Doods geheim

Robert Bryndza bij Boekerij:

De Erika Foster-serie
Het meisje in het ijs
De stalker in de nacht
Donker water
Laatste adem
Koud bloed
Doods geheim
Fatale waarheid
Dodelijke wraak
Schaduwzijde

De *Kate Marshall*-serie
Zonder gezicht
Schaduwland
Vallend duister
Duivelsbocht
Dwaalspoor

Stille angst

De *Coco-Pinchard*-serie
Het geheime leven van Coco Pinchard
Kerstmis met Coco
Het doldwaze leven van Coco Pinchard
Het nieuwe leven van Coco Pinchard
Kerstinkopen met Coco
Een waanzinnige kerst met Coco

boekerij.nl

Robert Bryndza

Doods geheim

Om de perfecte moord te plegen,
heb je de perfecte dekmantel nodig

Vertaald door Jan Mellema

BOEKERIJ

Eerste druk 2020
Vijftiende druk 2026

ISBN 978-90-225-8735-5
ISBN 978-94-023-1288-1 (e-book)
ISBN 978-90-528-6225-5 (audio)
NUR 330

Oorspronkelijke titel: *Deadly Secrets*
Vertaling: Jan Mellema
Omslagontwerp: DPS Design & Prepress Studio, Amsterdam
Omslagbeeld: Henry Steadman
Tekening op pagina 152: © Viera Bryndzova
Zetwerk: Mat-Zet bv

Voor Riky en Lola

De mens is het minst zichzelf wanneer hij uit eigen persoon spreekt. Geef hem een masker, en hij spreekt de waarheid.

– Oscar Wilde

1

Het was al laat op kerstavond toen Marissa Lewis op station Brockley uit de trein stapte en zich in de beschonken menigte liet meevoeren naar de voetgangersbrug. De eerste sneeuwvlokken dwarrelden traag door de lucht. Iedereen was vol drank en warme gevoelens en wilde zo snel mogelijk naar huis om van de kerstdagen te gaan genieten.

Marissa was een beeldschone vrouw. Ze had gitzwart haar, diepblauwe ogen en een perfect figuurtje, en ging er prat op het soort meisje te zijn waarvoor je moeder je vroeger waarschuwde. Ze was op weg naar huis en kwam van een nachtclub in Londen, waar ze als danseres werkte. Ze droeg een lange zwarte vintage jas met een opvallende bontkraag, had zich zwaar opgemaakt, met valse wimpers, knalrode lippenstift en bleke poeder op haar gezicht. Toen ze bij de trap van de brug kwam, draaiden twee jongemannen die iets hoger op de trap liepen zich om en keken verlekkerd naar haar. Ze volgde hun blikken en zag dat haar jas van onderen openhing, waardoor haar kousen en jarretels te zien waren, kleding die ze voor haar burlesque-act droeg. Ze bleef staan om de grote koperen knopen dicht te maken. De andere treinreizigers stroomden langs haar heen.

'Ik hoop dat dat nepbont is,' mompelde een stem achter haar. Marissa keek achterom en zag een magere jonge vrouw en haar al net zo magere vriend. Ze droegen allebei een aftandse winterjas, en het lange haar van de vrouw was vettig.

'Ja hoor, het is nep,' bezwoer Marissa haar. Met een brede glimlach probeerde ze de leugen te maskeren.

'Volgens mij is het echt,' zei de vrouw. Haar vriendje bleef met open mond staan kijken toen hij een glimp van de jarretels opving.

'Frank!' riep ze hem tot de orde. Ze trok hem mee, verder de trap op.

Marissa's bontkraag was wel degelijk echt. Ze had de jas voor een prikje in een vintageshop in Soho gekocht, samen met de beautycase die ze bij zich had.

Ze liep verder naar boven en stak de voetgangersbrug over. Beneden glansden de rails in het licht van de maan, en op de daken vormde zich een dun laagje sneeuw. Toen ze bijna aan de andere kant was, zag ze dat de twee jongemannen hun pas hadden ingehouden en boven aan de trap stonden te wachten. Haar hart begon sneller te slaan.

'Kan ik je helpen?' vroeg de langste van de twee. Hij bood haar zijn arm aan. Het was een knappe vent, met rood haar en blozende wangen. Hij droeg een driedelig pak en een lange beige winterjas. Zijn lichtbruine leren schoenen waren glanzend gepoetst. Zijn wat kleinere metgezel was bijna identiek gekleed, maar was minder knap dan zijn vriend.

'Dat is niet nodig,' zei ze.

'Het is glad, hoor,' zei hij. Hij stak zijn arm onder de hare door. De twee jongens versperden haar de doorgang. Ze keek hem even aan en besloot dat het misschien makkelijker was om zijn hulp te accepteren.

'Dank je,' zei ze, en ze pakte zijn arm. Toen zijn vriend haar beautycase wilde pakken, schudde ze glimlachend haar hoofd. Het strooizout knarste onder hun voeten terwijl ze de trap afdaalden met Marissa tussen hen in geklemd. Ze stonken naar bier en sigaretten.

'Ben je mannequin?' vroeg de langste van de twee.

'Nee.'

'Wat betekent M.L.?' vroeg de ander, wijzend op de letters die op het tasje stonden.

'Dat zijn mijn initialen.'

'O ja? Hoe heet je dan?'

'Ik ben Sid, en dit is Paul,' zei de langste. Grijnzend ontblootte Paul zijn grote gele tanden. Toen ze onder aan de trap kwamen, bedankte ze hen en trok haar arm terug. 'Zin om wat te gaan drinken?' vroeg Sid.

'Nee bedankt, ik ga naar huis,' zei Marissa. De jongens versperden haar nog steeds de doorgang, terwijl een stroom voetgangers hen passeerde. De twee bleven afwachtend staan om te kijken wat er zou gebeuren.

'Kom op, het is Kerstmis,' zei Sid. Marissa deed een stap opzij, waardoor de andere reizigers tussen hen door liepen. 'Kunnen we je anders misschien een lift geven?' probeerde hij. Hij duwde passanten aan de kant om dichter bij haar te komen. Paul volgde zijn voorbeeld en schoof een jonge vent opzij. Met een wazige blik keek hij uit zijn donkere kraaloogjes.

'Nee, jongens, ik moet echt naar huis, maar bedankt voor het aanbod. En prettige kerstdagen.'

'Weet je het zeker?' vroeg Paul.

'Ja, echt.'

'Mogen we even met je op de foto?' vroeg Sid.

'Wat?'

'Gewoon een selfie met ons drieën. Je bent een mooie meid, en dan hebben wij iets om naar te kijken als we 's nachts eenzaam in ons koude bedje liggen.'

De manier waarop ze naar haar staarden deed Marissa aan wolven denken. Hongerige wolven. Ze kwamen elk aan een kant van haar staan en bogen allebei hun hoofd naar haar toe. Ze voelde dat er een hand op haar kont werd gelegd. Sid bracht zijn iPhone in stelling en nam een selfie, en nog een. Zijn vingers kropen nu tussen haar billen.

'Geweldig,' zei ze, terwijl ze zich van hen losmaakte. Ze lieten haar de foto zien. Ze stond er met opengesperde ogen op, maar ze zag er minder bang uit dan ze zich had gevoeld.

'Je ziet er echt fantastisch uit,' zei Sid. 'Kunnen we je echt niet overhalen om iets te gaan drinken?'

'We hebben wodka en Malibu en wijn,' zei Paul.

Marissa draaide haar hoofd en zag dat er nog een paar mensen aankwamen. Ze keek de twee kerels weer aan en forceerde een glimlachje. 'Sorry, jongens. Vanavond niet.' Ze keek omhoog naar een van de beveiligingscamera's die in een plastic behuizing boven hen hing. De twee volgden haar blik, leken de hint te snappen en liepen weg.

'Wat een omhooggevallen trut,' hoorde ze Paul zeggen. Opgelucht leunde ze tegen de balustrade. Ze zag dat de twee naar een auto liepen, maar sloeg haar ogen neer toen ze achteromkeken. Ze hoorde hen lachen, portieren werden dichtgesmeten, en de motor werd gestart. Marissa merkte pas dat ze de hele tijd haar adem had ingehouden toen de auto optrok en wegreed.

Ze liet de lucht uit haar longen ontsnappen terwijl de laatste paar treinreizigers de trap af kwamen. Bovenaan stonden een lange knappe man van begin vijftig en zijn vrouw, die lijkbleek zag.

'Shit,' prevelde Marissa. Snel liep ze naar een van de kaartjesautomaten, waar ze strak naar het scherm keek.

'Marissa! Ik zie je wel!' zei de vrouw. Haar stem klonk zwaar door de drank aangetast. 'Ik zie je wel, hoer!' De vrouw stommelde de trap af.

'Jeanette!' riep de man.

'Laat ons met rust,' schreeuwde de vrouw, die nu bij Marissa was gekomen en vlak voor haar bleef staan. Ze hield haar lange uitgestoken vinger voor Marissa's gezicht. 'Blijf bij hem uit de buurt!'

Haar ogen waren bloeddoorlopen, haar gezicht was rood en opgezwollen, en haar rode lippenstift was in de rokersrimpels om haar mond uitgelopen.

'Jeanette!' siste de man. Hij liep op haar af en trok haar naar achteren. Hoewel de echtelieden ongeveer even oud waren, zag de man er met zijn doorgroefde gelaat nog goed uit, wat Marissa eraan herinnerde dat de tijd voor mannen minder genadeloos is.

'Ik doe mijn best om uit de buurt te blijven, maar we wonen bij elkaar in de straat. Het is bijna niet te voorkomen dat we elkaar zo nu en dan tegenkomen,' zei Marissa met een glimlachje.

'Je bent een bitch!'

'Heb je weer in de kroeg gezeten, Jeanette?'

'Ja!' beet ze Marissa toe. 'Met mijn eigen man.'

'Jij lijkt minder aangeschoten, Don. Ik had verwacht dat jij het flink op een zuipen zou hebben gezet, omdat je het anders niet meer met haar uithoudt.'

Jeanette hief een hand om Marissa een klap in het gezicht te geven, maar Don hield haar tegen. 'Nou is het mooi geweest. Waarom kun je niet eens een keertje je mond houden, Marissa? Je ziet toch dat ze niet helemaal honderd procent is?' zei hij.

'Praat verdomme niet over me alsof ik er niet bij ben,' zei Jeanette met dubbele tong.

'Kom, we gaan,' zei hij. Hij leidde zijn vrouw weg, bijna alsof ze een gehandicapte was.

'Godvergeten hoer,' mompelde Jeanette.

'Niemand heeft me ooit voor seks betaald!' schreeuwde Marissa. 'Vraag maar aan Don!'

Hij draaide zich met een treurig gezicht om. Ze wist niet of hij verdrietig was doordat zijn vrouw weer eens dronken was, of vanwege zichzelf. Hij leidde Jeanette naar een auto die in de straat geparkeerd stond en hielp haar met instappen. Toen ze wegreden, deed Marissa haar ogen dicht en dacht aan hem. Al die keren dat hij 's avonds laat bij haar had aangeklopt, wanneer haar moeder sliep, en ze samen naar haar slaapkamer slopen. Zijn warme lijf tegen haar huid wanneer ze de liefde bedreven...

Toen ze haar ogen weer opendeed, zag ze dat ook de laatste treinreizigers waren verdwenen. Ze was alleen. Het sneeuwde inmiddels behoorlijk, en de vlokken werden gevangen in het heldere licht van de lantaarnpalen die bij de uitgang stonden. Marissa verliet het station en liep rechtsaf Foxberry Road in. Kerstbomen flonkerden in de huizen, en de stilte op straat werd slechts doorbroken door het geknars van de sneeuw onder haar voeten.

Aan het eind boog de weg scherp naar rechts en begon Howson Road, een straat met rijtjeswoningen. Ze aarzelde. Het was een donker stuk. Veel lantaarns deden het niet; er brandden er maar twee over een afstand van vijfhonderd meter. Ze had hier eigenlijk tegelijk met andere treinreizigers langs willen lopen; er waren altijd wel een paar mensen die dezelfde kant op moesten, en dat maakte de wandeling veiliger. Maar Jeanette en de twee engerds bij het station hadden haar opgehouden.

Marissa liep snel van lichtbron naar lichtbron langs de donkere steegjes en onverlichte ramen. Ze was opgelucht toen ze Coniston Road bereikte, want daar was het wel goed verlicht, dankzij de school die aan het eind stond. Ze ging linksaf, liep langs het schoolplein en stak de straat over, naar haar huis. Het hek kraakte toen ze het opendeed. Er brandde geen licht in huis, en de kleine voortuin was in schaduwen gehuld. Ze had haar sleutel al gepakt en wilde die net in het slot steken toen ze een zachte plof achter zich hoorde.

'Jezus! Je laat me schrikken, Beaker,' zei ze toen ze de donkere, slanke kat op de afvalcontainer naast het hek zag zitten. Ze liep naar hem toe en tilde hem op. 'Kom. Buiten is het veel te koud.' Beaker begon te spinnen en keek haar met zijn diepgroene ogen aan. Ze drukte haar gezicht in zijn warme vacht. De kat liet zich dat even welgevallen, maar probeerde zich al snel los te wurmen. 'Goed dan, ouwe vlooienbaal.' De kat sprong op de grond en rende door een opening in de haag naar de aangrenzende tuin.

Toen Marissa haar sleutel nogmaals in het slot wilde steken, hoorde ze het hek achter haar piepen. Ze verstijfde van schrik. Er klonk een zacht schrapend geluid, en daarna het geknars van voeten in de sneeuw. Langzaam draaide ze zich om.

Een gestalte in een lange zwarte trenchcoat stond achter haar. Het gezicht ging verscholen achter een gasmasker van glimmend zwart leer, dat het hoofd strak omsloot, met twee grote ronde kijkgaten van glas. Het zuurstoffilter hing bijna op de borst. De figuur droeg zwarte handschoenen, en in de linkerhand zag ze een lang, dun mes.

Marissa probeerde alsnog haar sleutel in het slot te steken, maar de gestalte dook op haar af, pakte haar bij de schouder en drukte haar wild met haar rug tegen de deur. Metaal blikkerde, en bloed spoot tegen de kijkgaten van het masker.

Haar tasje viel op de grond. Ze bracht haar handen naar haar hals en merkte aan de bijtende pijn dat haar keel was opengesneden. Ze probeerde te gillen, maar bracht alleen een gorgelend geluid voort, en bloed stroomde in haar mond. Ze hief haar handen toen de figuur nogmaals uithaalde en het mes door twee vingers en de stof van haar jas gleed, in haar onderarmen. Ze hapte tevergeefs naar lucht en bracht alleen maar rochelende geluiden voort. Bloed spatte in het rond. Haar belager greep haar bij haar haar, sleepte haar over het pad en beukte haar met haar gezicht tegen de bakstenen hekpaal. Haar gezicht explodeerde van de pijn, en ze hoorde bot kraken.

Marissa begon te kokhalzen. Omdat haar longen met bloed waren gevuld, kreeg ze vrijwel geen lucht meer. Bijna afstandelijk keek ze naar deze onbekende, die haar nu bij het hek weg sleurde, de tuin door. Even leek haar belager onderuit te gaan, maar dat gebeurde niet. Met beide handen hief de dreigende gestalte het mes en bracht het met kracht naar beneden, in haar keel en nek. Terwijl haar bloed de sneeuw rood kleurde en het leven uit haar stroomde, dacht Marissa dat ze de ogen achter de grote kijkgaten herkende.

2

De wekker van inspecteur Erika Foster ging om zeven uur, en van onder het dekbed verscheen een magere bleke arm, die het alarm uitzette. Het was donker en koud in haar slaapkamer, en het licht van de straatlantaarns scheen door de flinterdunne rolgordijnen die ze al drie jaar lang van plan was te laten vervangen maar waar ze de huurbaas nooit over had aangesproken. Ze draaide zich om, schoof het dekbed van zich af en schuifelde naar de badkamer, waar ze douchte en haar tanden poetste.

Pas toen ze zich had aangekleed en haar mobieltje, portemonnee en legitimatiebewijs bij zich had gestoken, bedacht ze dat het eerste kerstdag was en dat ze door commissaris Paul Marsh voor de lunch was uitgenodigd.

'Shit,' zei ze. Ze ging op het bed zitten en streek met een hand door haar korte blonde haar. 'Shit.'

De meeste rechercheurs zouden zich vereerd hebben gevoeld als ze door de commissaris waren gevraagd om met de kerst bij hem en zijn gezin te komen lunchen, maar de relatie tussen Erika en Marsh was... gecompliceerd.

Erika had net een schokkende zaak afgesloten. Een jong stel had een reeks moorden gepleegd, en tot overmaat van ramp hadden ze de twee dochtertjes van de commissaris ontvoerd, waarbij Marsh' vrouw Marcie was aangerand. De politie had een grootscheepse klopjacht op touw gezet. Door Erika's kordate optreden waren de twee meisjes gered, en ze begreep dat Marsh en Marcie haar hadden uitgenodigd om haar te bedanken. Zelf zou ze de zaak het liefst zo snel mogelijk achter zich laten om door te gaan met haar leven.

Erika stond op, deed haar kleerkast open en liet haar blik langs de overzichtelijke hoeveelheid kleren gaan die daar hingen. Bijna uitsluitend werkkleding. Tussen de netjes opgehangen zwarte broeken, truien en witte blouses vond ze een blauw mouwloos jurkje. Ze hield het hangertje onder haar kin en bekeek zichzelf in de spiegel boven haar kaptafel. Ze was een meter tachtig lang, had prominente, hoge jukbeenderen, grote groene ogen, en haar korte blonde haar stond in vochtige plukken rechtovereind. 'Jezus, wat ben ik mager,' zei ze. Haar lichaam had ooit fraaiere rondingen gehad. Ze keek naar de foto van haar overleden man, Mark, die op de kaptafel stond. 'Wie moet er nog op de calorieën letten? Als weduwe hoef je niet meer bang te zijn voor vetrolletjes...' Ze schrok van haar eigen sarcasme. 'Sorry,' zei ze.

Mark was ook politieman geweest. Erika, Marsh en Mark hadden samen op de opleiding gezeten, maar Mark was ruim twee jaar geleden tijdens een inval in een drugspand om het leven gekomen. De foto van Mark was genomen in het huis in Manchester waar ze vijftien jaar hadden gewoond. De zon scheen naar binnen en viel op zijn gemillimeterde blonde haar, waardoor het leek of hij een gouden aureool om zijn hoofd had. Hij had een aantrekkelijk gezicht, en zijn lach was warm en aanstekelijk.

'Ik weet niet wat ik tegen Marsh en Marcie moet zeggen... Ik wil gewoon de bladzijde omslaan en verdergaan, zonder gedoe.'

Mark keek haar grijnzend aan.

'Wat een gedoe altijd, de kerst, hè? Is het te laat om het af te zeggen?'

Ja, leek zijn grijns te zeggen. *Kom op, Erika, schouders eronder. Je doet je best maar.*

'Je hebt gelijk, ik kan het nu niet meer afzeggen... Vrolijk kerstfeest.' Ze legde een vinger op haar lippen en drukte die tegen het glas.

Erika liep naar de kleine woonkamer met open keuken, die spaarzaam was ingericht met een bankje, een televisie en een halflege boekenkast. Op de magnetron stond een klein plastic kerstboompje. In voorgaande jaren had ze het ding altijd op de tv gezet, maar sinds de komst van de flatscreen kon ze het boompje alleen maar met goed fatsoen op de magnetron kwijt. Ze zette de koffiemachine aan en deed de gordijnen open. Het parkeerterrein en de weg erachter waren met een dikke laag sneeuw bedekt, die onder het licht van de lantaarns oranje kleurde. Er waren geen auto's of voetgangers te zien, en ze had het gevoel dat ze de enige mens op aarde was. Een windvlaag blies over het terrein en joeg een wolk stuifsneeuw naar de opgehoopte massa die zich bij de muur van het parkeerterrein verzameld had.

Haar vaste telefoon begon te rinkelen toen ze een kop koffie inschonk. Snel liep ze naar de hal om op te nemen, tegen beter weten in hopend dat de lunch werd afgeblazen. Het was Edward, de vader van Mark.

'Heb ik je uit bed gebeld, moppie?' zei hij met zijn warme Yorkshire-accent.

'Nee, hoor, ik ben al op. Vrolijk kerstfeest.'

'Ja, jij ook vrolijk kerstfeest. Is het koud daar in Londen?'

'Er ligt sneeuw,' zei ze. 'Het komt nauwelijks tot je enkels, maar de kranten zullen er wel weer vol van staan.'

'Hier ligt ruim een meter. En in Beverley ligt nog meer.' Hij klonk broos en gespannen.

'Kun je het wel warm houden?'

'Ja, hoor. Ik heb de kachel aangestoken, en ik laat hem de hele dag branden. Kan mij wat schelen. Jammer dat we elkaar niet zullen zien.'

Dat stak. Ze voelde zich schuldig. 'Na oud en nieuw kom ik zeker een keer langs. Ik heb wat vrije dagen opgespaard.'

'Moet je vandaag werken?'

'Vandaag niet. Paul Marsh heeft me uitgenodigd om bij hem thuis te komen lunchen. Na alles wat hij en zijn vrouw en kinderen hebben doorgemaakt, vond ik dat ik niet kon weigeren.'

'Wie zei je?'

'Paul. Paul Marsh...'

Het was even stil. 'Ach ja, natuurlijk. De jonge Paul. Heeft hij die Ford Cortina al verkocht?'

'Wat?'

'Hij zal er wel niet veel voor krijgen. Een roestbak is het. Je kunt zo met je vinger een gat in de carrosserie prikken.'

'Edward, waar heb je het over?' zei Erika. Marsh had ooit een rode Ford Cortina gehad, maar dat was jaren geleden, ergens in het begin van de jaren negentig.

'Ach ja, natuurlijk. Wat stom van me... Ik heb vannacht niet zo goed geslapen. Hoe gaat het met ze, na die toestand?'

Erika wist niet wat ze moest zeggen. Ze draaide het telefoonsnoer om haar vingers. Edward liep tegen de tachtig, maar was altijd goed bij de tijd geweest.

'Het is nog te kort geleden. Ik heb ze niet meer gezien sinds...'

Op de achtergrond hoorde ze een fluitketel.

'Doe ze de groeten.'

'Zal ik doen.'

'Ik moet ophangen, moppie. Ik ga theezetten; ik ben nog niet helemaal wakker. En daarna ga ik mijn cadeautjes uitpakken. Doe rustig aan, en fijne kerstdagen.'

'Edward, gaat het wel goed met je?' wilde ze zeggen, maar hij had al opgehangen.

Ze staarde naar de telefoon en liep toen naar het raam. Aan de overkant stond een groot, weelderig victoriaans herenhuis, en net als de andere huizen in de straat was het verbouwd tot appartementen. Hier en daar was het licht aan, en ze zag achter een van de ramen een stel met twee kleine kinderen die bij een grote kerstboom hun cadeautjes openmaakten. Buiten schuifelde een vrouw in een dikke winterjas over het trottoir, haar hoofd gebogen tegen de voortjagende sneeuw. Ze trok een zwart hondje aan een riem achter zich aan. Erika liep terug naar de telefoon, nam de hoorn van de haak en legde die toch weer neer.

Tegen elven verliet Erika haar flat. Het was flink gaan sneeuwen, en doordat alle winkels dicht waren, had de dag iets dromerigs. Een paar kinderen waren aan het sneeuwballen gooien.

Ter hoogte van station Crofton Park was het inmiddels zo druk op de weg dat het verkeer geleidelijk tot stilstand kwam. Piepend veegden de ruitenwissers de droge sneeuw van de ruit. Een eindje verderop zag ze het blauwe zwaailicht van een politieauto, waardoor haar humeur iets opklaarde, want daardoor dacht ze aan haar werk. Het verkeer kroop vooruit, en nadat ze Crofton Park School voorbij was, zag ze dat een van de zijstraten met politielint was afgezet. Twee politieauto's blokkeerden de doorgang. Brigadier John McGorry was in gesprek met twee agenten die bij het wapperende lint stonden. Toen Erika stopte en toeterde, keken ze op.

'Wat is er aan de hand?' riep Erika nadat ze haar raampje had opengedraaid. Ze negeerde de sneeuw die naar binnen waaide.

McGorry trok de kraag van zijn lange zwarte jas omhoog en liep snel naar haar toe. Hij was een knappe vent van rond de vijfentwintig, met donker haar dat in lokken voor zijn gezicht hing. Hij had een gladde, bleke huid, en zijn wangen waren rood van de kou. Toen hij bij haar auto kwam, streek hij met een gehandschoende hand zijn haar naar achteren. 'Vrolijk kerstfeest, chef. Op weg naar iets gezelligs?' vroeg hij. Het ontging hem niet dat ze zich had opgemaakt en oorbellen droeg.

'Lunchafspraak... Wat is er aan de hand?'

'Een jonge vrouw is voor haar huis neergestoken. De dader is helemaal door het lint gegaan. Overal zit bloed,' zei hij hoofdschuddend. Het verkeer kwam weer in beweging, en hij deed een stap achteruit omdat hij verwachtte dat Erika zou wegrijden. 'Een prettige lunch gewenst. Ik had gehoopt dat mijn dienst al achter de rug zou zijn. Hebt u morgen dienst?'

'Welke inspecteur heeft vandaag dienst?'

'Peter Farley, maar die zit bij een driedubbele steekpartij in Catford. Kennelijk blijft iedereen elkaar ook met de kerst gewoon afslachten.'

De auto voor haar trok op, en een busje dat achter haar stond toeterde. Erika bedacht dat ze veel meer zin had in een bloederige plaats delict dan in een kerstlunch met Marsh. Het busje achter haar toeterde nog een keer. Ze schakelde en parkeerde de auto op het trottoir, waardoor McGorry van schrik achteruitsprong. Ze pakte haar legitimatiebewijs en haar jas en stapte uit. ‘Laat me de plaats delict eens zien,’ zei ze.

3

Erika liet haar legitimatiebewijs zien, waarna ze met McGorry onder het politielint door dook. Ze liepen de straat in, langs slecht onderhouden huizen. Bewoners waren in ochtendkleding naar buiten gekomen en keken nieuwsgierig naar de politieafzetting aan het eind van de straat. Ook aan de andere kant hielden geüniformeerde agenten de wacht bij een afzetting met politielint.

Het kostte Erika moeite om McGorry bij te houden. Ze merkte dat de hoge hakken die ze voor haar lunchafspraak had aangetrokken weinig grip op het ijzige trottoir boden. Ze zou liever willen dat het zo warm was dat ze haar schoenen kon uittrekken en op blote voeten verder kon.

'Het komt wel heel slecht uit dat we uitgerekend vandaag de straat moeten afzetten. Ze hebben al mensen moeten wegsturen die bij hun familie op bezoek gingen...' Hij keek achterom en zag dat Erika steun zocht bij een muur en zich voorzichtig schuifelend voortbewoog.

'Wat?' zei ze toen ze bij hem kwam en zag dat hij naar haar stond te kijken.

'Niks. U bent op hoge hakken,' zei hij.

'Goed speurwerk, rechercheur.'

'Nee, echt, het staat u goed. Ik bedoel, chic, echt heel goed...'

Erika mompelde afkeurend en wilde verder lopen, maar gleed uit. McGorry kon haar nog net vastpakken. 'Wilt u dat ik u een arm geef?' vroeg hij. 'Het huis is nog een stukje verderop.'

'Niet echt, maar misschien gaat het zo dan wel sneller. En ik heb geen zin om onderuit te gaan in het bijzijn van onze geüniformeerde collega's.'

Ze pakte zijn arm, en samen liepen ze in een bedaard tempo verder.

'Ik heb ook een keer hoge hakken aangehad,' zei McGorry.

'Echt?'

'Naaldhakken van vijftien centimeter. Toen ik nog op de opleiding in Hendon zat, deden we een kerstshow voor het goede doel. Ik speelde Lady Bracknell in *The Importance of Being Earnest*.'

Ondanks haar irritatie kon Erika een glimlach niet onderdrukken terwijl ze over het gladde trottoir voortschuifelde. 'Vijftien centimeter? Maar Lady Bracknell is toch een stijve, traditionele oude victoriaanse dame?'

'Ik heb schoenmaat zevenenveertig. Het waren de enige schoenen met hakjes die er in mijn maat waren,' zei hij, wijzend op zijn grote schoenen.

'Hoeveel geld hebben jullie toen ingezameld?'

'Vierhonderddrieënzeventig pond vijftig...'

'Laat dan eens horen. Doe eens een stukje Lady Bracknell voor me,' zei Erika.

'Een hándtas?' zei hij met een geaffecteerd upperclass oudevrouwenstemmetje.

Erika glimlachte hoofdschuddend en zei: 'Goed dat je toen niet meteen een carrièreswitch hebt gemaakt.'

Ze liet zijn arm los toen ze bij een rijtjeshuis aan het eind van de straat kwamen dat met politielint was afgezet. Een laag muurtje en een hoge, besneeuwde haag onttrokken de voortuin aan het zicht, en door het openstaande hek zagen ze medewerkers van de forensische dienst in hun blauwe papieren wegwerpoveralls.

De agente die bij het lint op wacht stond tuurde naar Erika's ID. 'Er is al een inspecteur ingeschakeld. Hij heeft vertraging. Een steekpartij in...' begon ze.

'Nou, hij is er nog niet, en ik wel,' zei Erika.

De agente knikte en tilde het lint omhoog. Ze liepen naar het busje van de forensische dienst dat op het trottoir stond. Een andere geüniformeerde agente, een streng uitziende vrouw van middelbare leeftijd met een neuspiercing en gemillimeterd grijs haar, gaf hun elk een papieren overall. Ze trokken hun jas uit en legden die op het busje.

'Godsamme, wat is het koud,' zei McGorry. Snel trok hij de overall aan over zijn dunne kleren.

'Het was vannacht min twaalf,' zei de agente.

Erika hield zich aan het busje vast, balanceerde op één voet en trok de overall aan, maar haar linkerhak bleef haken, waardoor de broekspijp scheurde. 'Shit!'

'Die gooi ik wel weg. Hier hebt u een andere,' zei de agente. Ze gaf Erika een nieuwe overall. Toen Erika hem aan wilde trekken, overkwam haar hetzelfde. 'U kunt beter platte schoenen dragen, vooral op een dag als vandaag,' zei de agente.

Erika keek haar nijdig aan, en McGorry keek discreet een andere kant op toen ze een derde overall kreeg. Deze keer lukte het haar om het pak aan te trekken. Ze ritste de overall dicht, en allebei deden ze de capuchon op. Daarna trokken ze hoesjes over hun schoenen, wat Erika lastig vond, maar toen ze eenmaal zover waren, liepen ze naar het hek en betraden het krappe voortuintje.

Isaac Strong, de forensisch patholoog, was in de kleine ruimte met twee assistenten aan het werk. Hij was een lange, magere man van begin veertig. Zijn v-vormige haarlijn stak onder de capuchon van zijn overall uit. Hij had lange, dunne wenkbrauwen, wat hem een komische uitstraling verschafte.

Onder het raam van de erker lag een jonge vrouw op haar rug. Ze zat onder het bloed. Haar lange zwarte jas lag open. Door de nachtelijke vrieskou had haar bloed de consistentie van donkerrood sorbetijs gekregen. Haar keel was doorgesneden, en op die plek had het meeste bloed zich verzameld, in een plas onder haar. Haar dunne groene strapless jurk was met bloed doorweekt, en doordat het kledingstuk aan de zijkant gescheurd was, waren haar zwarte kousen en jarretels te zien. Het erkerraam zat onder de bevroren bloedspetters.

'Goedemorgen, en prettig kerstfeest,' zei Isaac hoofdschuddend. Zijn begroeting bleef ongemakkelijk in de lucht hangen. Erika keek naar het gezicht van de jonge vrouw. Er lag een angstige uitdrukking op haar bevroren gelaat. Haar lippen waren geweken, en een van haar voortanden was vlak bij het tandvlees afgebroken. Haar ogen waren glazig en diepblauw, en van een ongekende schoonheid, zelfs al was ze dood.

'Is al bekend wie dit is?' vroeg Erika.

'Marissa Lewis, tweeëntwintig jaar,' verklaarde Isaac.

'Is dat al officieel vastgesteld?'

'Haar moeder heeft het lichaam vanmorgen zo aangetroffen, en haar rijbewijs zat in haar portemonnee.'

Erika hurkte bij het lijk neer. Een vierkante beautycase met de initialen M.L. lag half onder de sneeuw bij de haag, en ernaast lag een zwarte schoen met hoge hak. Er waren plastic bordjes met cijfers bij gezet.

'Heeft iemand het lijk aangeraakt?'

'Nee,' zei McGorry. 'Ik was als eerste ter plekke. Ze is door haar moeder gevonden, en die zei dat ze niets had aangeraakt.'

'Heb je al een tijdstip van overlijden?'

'Dat is moeilijk te zeggen doordat het zo hard gevroren heeft,' zei Isaac. 'Haar keel is doorgesneden met een buitengewoon scherp mes, waardoor er diepe snijwonden zijn ontstaan en beide halsslagaders zijn geraakt. Je ziet dat dit onmiddellijk tot ernstig bloedverlies heeft geleid, en ze zal in een mum van tijd zijn doodgebloed. De wijsvinger aan haar rechterhand is bijna helemaal doorgesneden, en de duim, de middelvinger en de armen vertonen snijwonden, wat doet vermoeden dat ze zich met haar handen heeft willen verweren.'

'Je kunt alleen via het hek of de voordeur de tuin in en uit,' zei McGorry.

Erika zag dat er niet alleen op het raam bloedspetters zaten, maar ook op de verschoten blauwe voordeur. 'Zijn die sleutels van haar?' zei ze, wijzend op een sleutelbos met een hartvormige sleutelhanger.

'Ja,' zei McGorry.

Erika sloot haar ogen en bedacht hoe het geweest moest zijn om in dit omsloten tuintje overweldigd te worden door een maniakale messentrekker. Ze deed haar ogen weer open en keek naar Marissa's gezicht. 'Ze heeft een gebroken neus,' zei ze.

'Klopt. En haar linker jukbeen is ook gebroken. We hebben de afgebroken voortand gevonden, die zat vast in de hekpaal,' zei Isaac.

Erika en McGorry draaiden zich om naar het hek. Halverwege de paal was een genummerd bordje aangebracht. Sneeuw was aan de bakstenen blijven plakken. Naast het hek stonden een afvalcontainer en een plastic bak vol lege wodkaflessen. Erika draaide zich weer om naar het huis. De gordijnen zaten dicht en er brandde geen licht.

'Waar is de moeder?'

'Bij de overburen,' zei McGorry. Hij wees naar een huis aan de overkant van de straat, iets verderop.

'En weten we zeker dat het slachtoffer hier woonde? Ze ging niet toevallig bij haar moeder op bezoek voor de kerst?'

'Dat moeten we nog natrekken.'

'Het zal lastig worden haar te verplaatsen,' zei een van Isaacs assistenten, die de sneeuw rondom de bebloede benen had weggeschept.

'Hoezo?' vroeg Erika.

Hij keek op. De man was klein van stuk met grote, indringende bruine ogen. Hij wees naar een grote plas bloed die zich onder het slachtoffer had gevormd. 'Vanwege dat bloed. Ze is aan de grond vastgevroren.'

4

Isaac liep met Erika naar het hek. Hij keek omhoog naar de dreigende, grijze lucht. 'Ik moet haar hier weg zien te halen voordat het weer omslaat. Er is meer sneeuw voorspeld,' zei hij.

Ze keek achterom naar het lichaam. Isaacs assistenten groeven haar voorzichtig uit de bevroren, met bloed doordrenkte ondergrond. Erika had hetzelfde dubbele gevoel van afschuw en fascinatie dat ze altijd had op een plaats delict waar iemand vermoord was. Er waren zo veel dingen in haar leven die ze niet in de hand had, maar ze achtte zich in elk geval wel in staat om degene op te sporen die dit had gedaan. Ze was vastbesloten de dader in de kraag te grijpen.

'Wanneer denk je dat je de autopsie kunt doen?'

Isaac blies zijn wangen bol. 'Sorry. Over een paar dagen. Ik zit met een achterstand; dit is een drukke tijd voor verdachte sterfgevallen. En had ik je al verteld dat ik verhuisd ben? Ik werk tegenwoordig in het mortuarium van Lewisham Hospital.'

'Sinds wanneer?'

'Sinds het mortuarium in Penge aan een projectontwikkelaar is verkocht. Er staat al een paar weken een bord waarop staat dat op die plek Parkside Peninsula Apartments gebouwd gaan worden. We zijn vorige week overgegaan. Daardoor hebben we veel vertraging opgelopen.'

'Parkside Peninsula Apartments, Penge,' herhaalde Erika met een opgetrokken wenkbrauw.

Isaac trok ook een wenkbrauw op. 'O, en nog wat,' zei hij. 'Die bloedspetters. Degene die dit gedaan heeft, zal onder het bloed hebben gezeten en een wapen bij zich hebben gehad, maar de bloeddruppels houden abrupt bij het hek op.'

'Denk je dat de dader het mes heeft schoongemaakt? Of dat er een auto voor het hek stond?'

'Dat mag jij zien uit te vissen,' zei Isaac. 'Ik hou je op de hoogte wat betreft de autopsie.' Hij liep terug de voortuin in.

Erika en McGorry trokken hun overall uit, leverden die in en doken onder het politielint door. Ze knoopten hun jas dicht tegen de kou. Er was net een politiebusje gearriveerd, en de bestuurder ervan probeerde aan de stoeprand te parkeren. Een van de politiewagens reed weg om ruimte te maken, maar kwam in de sneeuw vast te zitten. De wielen draaiden rond zonder grip op de weg te krijgen.

'We moeten dus op zoek naar iemand die mogelijk een auto had,' zei Erika. 'De dader stapte in en reed weg. Maar waarnaartoe?' Ze keek om zich heen. Het huis was een hoekwoning, met een steegje ernaast. De huizen die er met de achtertuin aan grensden stonden in Howson Road, een straat die evenwijdig aan Coniston Road liep. 'Ik wil dat er zo snel mogelijk een buurtonderzoek wordt uitgevoerd. Het is eerste kerstdag, dus de meeste mensen zullen wel thuis zijn. Ik wil weten of iemand iets gezien heeft, en ik wil een lijst met speciale gevallen hier in de buurt: geweldplegers, mensen met een strafblad, enzovoort.'

Twee agenten in uniform schoten de politiewagen te hulp en begonnen het voertuig te duwen. De motor brulde, en de wielen draaiden.

'Aan het eind van de straat hiernaast is een spoorbrug, die naar Fitzwilliam Estate leidt,' zei McGorry.

Erika knikte. 'Goed om het buurtonderzoek daarnaartoe uit te breiden, als ze maar wel omzichtig te werk gaan.' Ze wist dat Fitzwilliam Estate, net als zo veel andere flats in arme wijken, slecht bekendstond. Ze wierp een blik in de steegjes die aan weerszijden van de straat te zien waren. 'En we moeten ook nagaan welke achtertuinen op die steegjes uitkomen...'

Ze gingen aan de kant toen de politiewagen eindelijk loskwam uit de sneeuw. Het voertuig trok op, ging aan het eind van de straat rechtsaf en werd tegenover de school geparkeerd. Het politiebusje werd op de vrijgekomen plek neergezet, waarna de bestuurder de motor uitschakelde. In de stilte die daarop volgde hoorden ze het geklik van een fotocamera.

Erika keek McGorry aan. 'Hoorde je dat?' mompelde ze. Hij knikte. Ze keken omhoog naar de omringende ramen, maar daar was niets bijzonders te zien. Achter hen klonk het geritsel van bladeren. Erika draaide zich om en keek naar de grote eik aan de overkant van de straat, die naast de omheining van het schoolplein stond. Een jongeman van naar schatting begin twintig gleed langs de takken naar beneden. Hij zette zijn voet op het metalen hek van de school en sprong in het steegje op de grond. Hij zag er sjofel uit en had lang blond haar. Om zijn nek hing een camera met een grote lens. Toen hij Erika en McGorry zag, ging hij er in de besneeuwde steeg als een haas vandoor.

'Hé! Stop!' riep Erika. McGorry zette de achtervolging in, en Erika ging achter hen aan. De jongeman droeg een lange jas met wapperende panden. Hij sprong op een afvalcontainer en over een muur met hoge bomen erachter. Even later kwam McGorry bij de container, en nadat hij zijn jas omhoog had getrokken, klauterde hij er moeizaam op. Erika kwam aangestrompeld toen McGorry zich aan een van de takken van de grote, besneeuwde naaldbomen optrok en op de muur klom.

'Wat is er aan de andere kant...?' begon ze, maar hij sprong al van het muurtje af, belandde op de grond en slaakte een kreet. De takken boven de muur zwiepten na en de sneeuw viel eraf. Erika hoorde nog meer kreten, en intuïtief bracht ze een hand naar haar portofoon, maar die bleek ze niet bij zich te hebben. Ze keek achterom, het steegje in, maar de straat met de plaats delict leek heel ver weg.

'Shit, als hij iets heeft gebroken...' mompelde ze, en ze dacht aan de hoeveelheid papierwerk die dan zou moeten worden ingevuld. Ze schudde die lelijke gedachte van zich af, trok haar schoenen uit en stopte ze in de zakken van haar lange jas. Toen trok ze haar jas op en klom op de afvalcontainer. De plastic bovenkant gaf mee en boog door onder haar gewicht. Toen ze haar been over de stenen muur gooide en zich aan een boomtak probeerde op te trekken, kreeg ze een lading sneeuw over zich heen. Aan de andere kant van de muur lag de grond hoger. Erika kwam zacht terecht, in een hoop bladeren, tussen de muur en de dichte rij bomen. Ze trok haar schoenen weer aan en liep de grote, besneeuwde tuin in. In het midden leidden twee voetsporen in de richting van twee grote schuren, een kas en een lange plastic kweektunnel. De hoge muren die om de tuin stonden dempten de verkeersgeluiden uit de omringende straten.

McGorry liep langzaam naar de schuren toe. Hij draaide zich om naar Erika, legde een vinger tegen zijn lippen, en wees naar de schuur die het dichtst bij het huis stond. Ze knikte. Het was een groot huis, dat hier en daar sporen van verval vertoonde. De ramen waren vies en de verf bladderde. Voor een hoog toegangshek in een van de hoeken van de tuin stonden overvolle afvalbakken. Voor de achterdeur van het huis was een kleine overdekte veranda gebouwd. Het trapje dat naar de tuin leidde stond vol bloempotten.

Toen Erika bij McGorry kwam, klonk er een kakofonie van klokken die sloegen. De blonde jongen kwam van achter de schuur tevoorschijn en rende terug naar de muur. McGorry was hem te snel af en werkte hem tegen de grond. Erika haastte zich naar de twee toe, maar verloor daarbij een van haar schoenen en viel achterover in de sneeuw.

'Rustig!' zei McGorry. De jongen verzette zich, maaide wild om zich heen en raakte McGorry in het gezicht.

'Ga van me af!' riep de jongen. Hij was broodmager, had een smal gezicht en keek woest uit zijn helderblauwe ogen, die tamelijk ver uit elkaar stonden. Erika krabbelde overeind en raakte ook haar andere schoen kwijt. McGorry had grote moeite om de jongeman in bedwang te houden. Sneeuw stoof omhoog, en de jongen schopte en sloeg om zich heen, leek aan de winnende hand en duwde McGorry met diens gezicht in de sneeuw. McGorry spartelde en maaide met zijn armen in het rond, kreeg de camera te pakken en trok de riem van het toestel strak om de hals van de jongen. De jongen liet McGorry los en klauwde naar de riem.

'Achteruit!' schreeuwde een stem. 'Laat hem los!' Een forsgebouwde, bejaarde vrouw in een oranje jumpsuit stond op het trapje. Ze had een jachtgeweer in haar handen. Haar grijze haar reikte tot over haar schouders en ze droeg een enorme bril, waardoor haar ogen werden vergroot. Met het geweer in de aanslag liep ze door de sneeuw op de twee vechtende mannen af.

Erika stak haar handen omhoog. De bejaarde vrouw keek woest uit haar ogen, en Erika besefte dat de situatie plotseling ernstig was geëscaleerd. McGorry hoestte en spuwde sneeuw uit. Hij hield de riem van de fotocamera nog steeds stevig vast. De jongeman klauwde wild naar zijn keel.

'John. Laat los!' riep Erika. McGorry liet de camerariem los, waarna de jongen kuchend in de sneeuw viel. 'Ik ben inspecteur Erika Foster van de London Metropolitan Police, en dit is mijn collega John McGorry. We kunnen ons legitimatiebewijs laten zien, maar dan moet u wel dat wapen wegdoen... Nu.'

De vrouw keek argwanend van Erika naar McGorry, zonder het geweer te laten zakken. 'Dat is míjn zoon die u aanviel, en u bevindt zich op privéterrein!'

'We zijn van de politie, en uw zoon maakte foto's op een plaats delict,' zei Erika. Ze vroeg zich af waartoe de vrouw in staat was.

'Joseph! Ga bij ze weg!' gilde de vrouw, nog steeds met het geweer op hen gericht. Joseph kwam hoestend en proestend naar haar toe. Zijn jas zat onder de sneeuw.

'Elspeth!' riep een andere stem. Een bejaarde man kwam naar buiten. Hij oogde als een excentrieke professor en droeg een lange blauwe cape en een versleten muts met lovertjes. Voor een van zijn ogen droeg hij een lens, die met een riem om zijn hoofd vastzat, waardoor hij één groot oog leek te hebben. 'Elspeth, doe dat geweer onmiddellijk weg!'

'Meneer, we zijn van de politie en kunnen ons legitimeren,' zei Erika met bonzend hart. Ze vond het stom dat ze in deze hachelijke situatie verzeild waren geraakt, en ze was zich ervan bewust dat ze geen schoenen meer aan haar voeten had. Haar voeten waren gevoelloos van de kou.

Met zachte hand pakte de man het geweer van Elspeth af en knikte de loop open. 'Hij is niet geladen,' zei hij. Hij legde het geweer als een jachtopziener over zijn arm. 'En we hebben een wapenvergunning.'

'Mijn jongen, mijn arme jongen!' riep Elspeth uit. Ze nam Joseph in haar armen en controleerde of hij ongedeerd was gebleven door met haar handen langs zijn hals te strijken en hem diep in de ogen te kijken. 'Hebben ze je pijn gedaan? Gaat het een beetje?'

Joseph zag er aangeslagen en geschrokken uit.

'Hoe komt het dat u zo snel bij dat geweer kon komen?' vroeg Erika. McGorry leunde buiten adem op zijn knieën.

'Als u met me mee naar binnen wilt gaan, dan kunt u zich warmen en kunnen we dit allemaal bespreken,' zei de man.

5

Erika en McGorry stampten hun voeten schoon op de veranda en klopten de sneeuw van hun jas. Toen werden ze naar een warme, knusse keuken gevoerd. Elspeth sprak Joseph toe alsof hij een klein kind was en leidde hem naar een van de stoelen bij de lange houten tafel. McGorry ging dicht bij de fel brandende open haard staan. De keuken was in rustieke stijl ingericht, met een buffetkast en een groot groen Aga-fornuis. Het rook er verrukkelijk naar gebraden kalkoen.

'Je hebt een buil!' riep Elspeth. Ze hield zijn hoofd scheef. Joseph hield zijn camera vast en keek verbolgen naar Erika en McGorry.

'Neemt u plaats,' zei de man. Hij trok een paar stoelen onder de tafel uit.

'Zou ik uw wapenvergunning mogen zien?' zei Erika zonder te gaan zitten.

'Zeker,' zei hij. Hij zette het geweer bij de haard neer en liep naar de buffetkast, waar hij een laatje opentrok en erin rommelde.

'We hebben er een vergunning voor,' benadrukte Elspeth nogmaals. Ze hielp Joseph uit zijn natte jas en hing een handdoek om zijn schouders. Erika merkte dat hij de camera geen moment losliet, zelfs niet toen zijn moeder probeerde zijn jas uit te trekken.

'Wat is uw volledige naam?'

'De achternaam is Pitkin. Ik ben David, dat zijn Elspeth en Joseph. Ik neem aan dat u niet had verwacht vandaag aan het werk te moeten,' zei hij. Hij wees naar Erika's doorweekte, geruïneerde schoenen.

'Dat klopt.'

'Was u op weg naar iets gezelligs?'

Erika besefte dat ze nog aan Marsh moest doorgeven dat ze niet bij de lunch zou zijn. Ze negeerde de opmerking van de man en zette de gedachte aan Marsh van zich af. 'Wat doet u voor de kost?'

'Ik ben horlogemaker,' zei hij. Hij tikte op de lens die met een leren riem om zijn hoofd zat. 'Ik repareer klokken en horloges, al moet ik toegeven dat het meer een hobby is. Ik ben met pensioen, was vroeger advocaat. Ah, gevonden,' zei hij. Hij haalde een opgevouwen document tevoorschijn.

'Was u advocaat?' vroeg Erika ontmoedigd.

'Zeker. Dertig jaar lang.'

Erika bestudeerde de wapenvergunning die de man haar gaf.

'Het geweer is van Elspeth. Ik heb mijn eigen geweer. We jagen graag. Uiteraard als hobby.'

'Dit lijkt in orde,' zei Erika. Ze gaf het document terug. 'Maar als het een hobby is, hoe komt het dan dat u het geweer onder handbereik had?'

Elspeth, die Josephs hals zat te inspecteren, keek op. 'We bewaren de geweren altijd in een afgesloten kast achter in het huis! Ik zag jullie in de tuin rondsluipen. Dit is niet meer de fijne buurt van vroeger. Er lopen drugsdealers rond, en om de haverklap wordt er ingebroken... Kijk nou wat jullie met hem gedaan hebben! Daar houdt hij een lelijke blauwe plek aan over.'

'Mag ik u eraan herinneren, inspecteur Foster, dat zelfverdediging hier in Engeland wettelijk gebaseerd dient te zijn op het principe van proportionaliteit?' vroeg David.

'Zwaait ze altijd met een geweer als iemand zich op klaarlichte dag in haar tuin waagt? Dat lijkt me wat overdreven,' zei Erika.

'Neem me niet kwalijk, maar ik wens in mijn eigen huis niet als "ze" te worden aangeduid,' beet Elspeth haar toe. 'Ik was van plan om jullie een stukje van mijn walnotentaart aan te bieden, om te laten zien dat ik niet wrokkig ben, maar dat ga ik nu mooi niet doen.'

McGorry draaide zich om en deed zijn best om een grijns te onderdrukken, maar Erika vond de situatie verre van grappig. Ze wilde de camera hebben die Joseph zo angstvallig bij zich hield, en daarna wilde ze terug naar de plaats delict.

'De rechtbank onderkent meestal dat het als zeer beangstigend wordt ervaren wanneer men in of om de eigen woning wordt bedreigd,' zei David. 'Volgens de geest van de wet heeft men het recht om zichzelf te verdedigen, en het eigen bezit en degenen voor wie men zich verantwoordelijk acht...'

'Op geen enkel moment is het leven van uw zoon of uw vrouw in gevaar geweest,' onderbrak McGorry hem.

'O nee? Hoe heet u, jongeman?'

'John McGorry. Ik ben brigadier.'

'Brigadier McGorry, waarom hebt u mijn zoon in een wurggreep genomen, terwijl dat niet is toegestaan?'

'Maar dat heb ik helemaal niet...'

'Liegt u alstublieft niet. U hebt de riem van Josephs camera gebruikt om zijn hals dicht te snoeren. Het is wettelijk niet toegestaan om verdachten of burgers in een wurggreep te nemen. In voorgaande jaren werd de politie er nog op getraind om wurggrepen toe te passen, maar volgens mij bent u een beetje te jong en onervaren...'

'Ik wilde alleen maar...' begon McGorry. Hij werd rood van ergernis. Erika wierp hem een blik toe om hem tot zwijgen te manen.

'En uw superieuren zouden dit ook moeten weten,' zei David.

'Dat weet ik ook wel,' zei Erika. 'Maar wanneer een politieagent iemand in een wurggreep heeft genomen, kan ik u vertellen, wordt de betreffende agent altijd in de gelegenheid gesteld om uit te leggen waarom de wurggreep in die specifieke situatie is toegepast. En gezien het feit dat uw zoon een poging deed mijn collega te smoren door hem met zijn gezicht in de sneeuw te drukken, zou het gebruik van de wurggreep als zelfverdediging redelijk of zelfs noodzakelijk kunnen worden geacht. Kijkt u maar online. De politie van West Mercia heeft er naar aanleiding van een incident nog een verklaring over opgesteld.'

David probeerde tevergeefs zijn irritatie voor zich te houden. 'Dat verklaart nog niet waarom u achter mijn zoon aan zat.'

'Uw zoon bevond zich op een plaats delict.'

'Dat is geen strafbaar feit,' zei David.

'Hij heeft daar foto's genomen...'

'Ook dat is geen strafbaar feit.'

Erika zweeg even en schonk hem een afgemeten lachje. 'Hij ging voor de politie op de vlucht.'

'Dat klopt, maar nu zijn we hier allemaal bijeen en is hij binnen de grenzen der redelijkheid bereid mee te werken.'

'Op de camera van uw zoon staat informatie die voor ons onderzoek van belang zou kunnen zijn,' zei Erika. Ze nam het zichzelf kwalijk dat ze achter de jongen aan was gegaan en nu gedwongen werd om zich samen met McGorry te verantwoorden tegenover deze gepensioneerde advocaat, die de situatie naar zijn hand dreigde te zetten.

'Waar is die plaats delict?' vroeg David.

'Daar kan ik niets over zeggen.'

'Ze hebben een lijk gevonden, in Coniston Road,' zei Joseph. Hij had een zachte, beschaafde stem en sprak zonder enig accent.

'Heb jij een lijk gevonden?' vroeg Elspeth, die nog steeds voorzichtig met een handdoek zijn haar droogdepte.

'Nee, mam,' zei hij, terwijl hij haar van zich af duwde. 'De polítie heeft dat lijk gevonden.'

'We mogen geen informatie prijsgeven over lopende moordzaken,' zei McGorry.

'Dus u denkt dat het om een moord gaat?' zei David.

'Een moord?' zei Elspeth.

'Het was Marissa Lewis. Ze is vlak voor haar voordeur doodgestoken,' zei Joseph.

'Dat is speculatief...' begon Erika.

'Nee. Ik was erbij toen het lijk werd ontdekt.' Joseph hield de camera beschermend tegen zich aan.

'Heb je de politie gebeld?' vroeg Erika.

'Ik had mijn mobieltje niet bij me.'

'Heb je foto's van de plaats delict gemaakt voordat de politie ter plekke was?'

'Daar hoef je geen antwoord op te geven, Joseph. We hebben

hem met de kerst een nieuwe cameralens gegeven,' verklaarde David.

'Als iemand hier in de buurt zoiets moest overkomen, zou het Marissa Lewis zijn,' zei Elspeth hoofdschuddend.

'Mijn vrouw speculeert ook,' zei David. 'Maar dat is niet verboden, dacht ik.' Hij bleef tergend kalm.

Erika zuchtte diep. 'Natuurlijk is dat niet verboden, maar zou ze – zou u – zich misschien nader kunnen verklaren?'

Elspeth hing de handdoek over een stoel, sloeg een kruisje en richtte zich tot Erika. 'Marissa Lewis heeft – had – een zekere reputatie, als u begrijpt wat ik bedoel. Ze stond bekend als een losbandig type. Ze werkte in een striptent.'

'Hebt u haar ooit aan het werk gezien?' vroeg McGorry.

'Natuurlijk niet! Geen van ons!' Ze keek naar David en Joseph, die hun hoofd schudden en naar de grond keken. 'Dat heb ik van mijn kapper gehoord.'

Erika keek naar de vettige grijze lokken die op Elspeths schouders hingen en vroeg zich af wat die kapper precies voor haar had betekend. 'Wie is uw kapper?'

'Sharon-Louise Braithwaite, de beste vriendin van Marissa Lewis. Ze werkt in de Goldilocks Hair Studio in de buurt van station Crofton Park. Marissa vroeg Sharon of ze in de zaak een poster mocht ophangen voor een van haar... optredens. Daar stond een foto van haar op met niks anders aan dan kousen, jarretels en een beha!' Elspeth schudde haar hoofd bij de herinnering. 'Ik heb ook van Sharon gehoord dat Marissa een affaire had met een getrouwde man die een eindje verderop woonde, en dat ze er nog verschillende andere mannen op na hield.'

'Weet u hoe die getrouwde man heet?'

'Don Walpole. Zijn vrouw heet Jeanette. Ze zijn ondanks alles nog bij elkaar.'

Erika richtte zich weer tot Joseph. 'Dus je was vanmorgen vroeg in de boom geklommen die tegenover het huis van Marissa Lewis staat om foto's te nemen. Wat heb je gefotografeerd?'

'De zonsopgang,' zei hij met een gladde grijns.

'Je zat daar in die boom om de zonsopgang te fotograferen, en nadat je dat lijk had ontdekt en de straat door politie werd afgezet, ben je daar gewoon blijven zitten?'

'Ik zag dat lijk pas toen Marissa's moeder begon te gillen.'

'Hoe laat was dat?'

'Weet ik veel.'

'We hebben onze kerstcadeautjes om tien voor zeven uitgepakt,' zei David. 'Daarna hebben we ontbeten, en rond twintig over zeven is Joseph weggegaan. De zon kwam vandaag om vijf over acht op.'

'Het was net licht geworden, dus het moet rond die tijd zijn geweest dat Marissa's moeder haar huis uit kwam,' zei Joseph. 'Ik draag geen horloge.'

'Heb je enig idee waarom Marissa's moeder naar buiten ging?'

'Nee.'

'Waarschijnlijk om lege flessen in de recyclebak te doen. Ze drinkt nogal veel,' zei Elspeth. 'Dat is een van de mindere straten.'

'De afgelopen dagen heeft het flink gesneeuwd, en het was steeds bewolkt. Hoe dacht je de zonsopgang te kunnen fotograferen?' vroeg McGorry.

'Als alle fotografen zo dachten, zouden ze geen enkele foto meer maken,' zei Joseph.

'Ben je een professioneel fotograaf?'

'Het woord "professioneel" lijkt me tamelijk overbodig. Zou u zichzelf omschrijven als een professionele rechercheur? Hebt u professioneel gehandeld toen u me in een wurggreep nam?'

'Nou moet je eens goed luisteren, jij kl...' begon McGorry. Hij deed een stap naar voren.

Erika hief een bezwerende hand. 'Joseph, verdoe onze tijd niet en geef gewoon antwoord op de vraag.'

'Hij hoeft jullie vragen helemaal niet te beantwoorden!' riep Elspeth.

'Een jonge vrouw is op brute wijze aangevallen en vermoord, pal voor haar huis. Ze zou de dag met familie doorbrengen, maar in plaats daarvan lag ze met doorgesneden keel in de sneeuw. Ze had botbreuken in haar gezicht, en mogelijk is ze seksueel misbruikt,' zei Erika. 'Joseph hoeft mijn vragen niet te beantwoorden, maar mogelijk weet hij dingen die voor ons onderzoek van belang kunnen zijn.'

Joseph keek nu voor het eerst ongemakkelijk; hij schoof heen en weer op zijn stoel. 'Oké, ik heb eerst een tijdje toegekeken, maar de politie kwam er al heel snel aan. En toen hebben ze de straat afgezet. Ik wist niet wat ik moest doen. Toen ik in die boom klom, was het nog geen plaats delict, maar toen ik weer naar beneden kwam wel.'

'Heb je het lijk gefotografeerd?'

'Nee.'

'Mag ik eens kijken wat voor foto's je genomen hebt?'

'Dat kan niet. Er zit een fotorolletje in,' zei hij. Hij hield het toestel omhoog. Erika liep naar hem toe en zag dat het een vintage model was, zonder digitaal schermpje. Ze wilde de camera pakken, maar voordat ze daar de kans toe kreeg, keerde Joseph het toestel om, klapte de achterkant open en haalde het rolletje eruit. Hij trok de film uit het rolletje en gooide die op de tafel. 'Zo. Geen foto's die kunnen worden afgedrukt. Allemaal weg.'

Erika keek hem ontzet aan. De jongen had een apart gezicht dat zowel iets kwetsbaars als iets hards uitstraalde. Hij keek haar uitdagend aan.

'Ik denk dat we ons buitengewoon welwillend hebben opgesteld, rechercheurs,' zei David. 'Als jullie verder geen vragen meer hebben, zouden we graag verder willen met de kerstviering.'

Erika en McGorry verlieten het huis via de voordeur. Het sneeuwde niet meer, en er was veel verkeer. Toen ze zich omdraaiden, zagen ze dat het huis niet bij de rest van de straat leek te passen: een slecht onderhouden, verzakt pand, tussen twee blokken rijtjeswoningen ingeklemd.

'Net of het huis er van bovenaf tussen gepropt is,' zei McGorry.

Erika stak haar handen in haar zakken en trok haar hoofd tussen haar schouders tegen de kou. Ze liepen door het steegje terug naar

Coniston Road. 'Ik moet dit allemaal wel rapporteren,' zei ze.

'En die wurggreep?'

'Ze hebben niet gezegd dat ze een klacht zullen indienen, maar dat betekent nog niet dat ze dat ook inderdaad niet zullen doen. Wat ben je toch een ontzettende idioot, John. Waarom liet je het in godsnaam zover komen?'

'Hij ging helemaal door het lint, ik probeerde hem alleen maar... te kalmeren, om te voorkomen dat hij me zou slaan. Automatische reactie. En u zei zelf dat ik als politieman altijd mag uitleggen waarom ik een wurggreep heb toegepast.'

'Die man kan nog steeds een klacht indienen en problemen veroorzaken. Je moet je focussen. Wees je ervan bewust wat voor consequenties je daden kunnen hebben.'

'Dat is onmogelijk.'

'Godsamme, natuurlijk is dat onmogelijk, maar het hoort wel bij je werk. Je kunt je niet in een situatie manoeuvreren waarin je buitenproportioneel geweld moet gebruiken.'

'Het spijt me,' zei McGorry blozend.

'Het is al goed. We leven in een lastige tijd, John. Iedereen neemt overal aanstoot aan, en wij krijgen de schuld, altijd. Gebruik je verstand. Denk na. Ik zal mijn best doen om me in het rapport een beetje op de vlakte te houden...'

Ze liepen weer in het steegje achter de hoge muur die de tuin van de familie Pitkin omheinde. Erika meende iets achter de afvalcontainer te zien liggen en bleef staan.

'Wat is er?' zei McGorry.

Ze bukte zich, en met behulp van een bewijszakje om haar vingers raapte ze een zwart plastic doosje op. Ze kwam overeind en hield het in het licht. Toen frunnikte ze net zolang met het plastic zakje tot ze het dekseltje ervanaf had gehaald.

'Een fotorolletje,' zei ze. Ze keek McGorry glimlachend aan.

'Gebruikt?'

'Ik hoop het. Voordat hij het filmpje eruit trok, zag ik op zijn camera dat hij er pas één foto mee had genomen.'

'Denkt u dat hij een rolletje vol heeft geschoten toen hij boven in de boom zat en het toen heeft vervangen?' zei McGorry hoopvol.

'Dat weten we pas zeker als we het laten ontwikkelen en het doosje op vingerafdrukken laten onderzoeken,' zei Erika.

6

Toen Erika en McGorry weer naar Coniston Road terugliepen, was het buurtonderzoek al in volle gang. Agenten in uniform gingen van deur tot deur en stonden te praten met buurtbewoners. Het was weer gaan sneeuwen, en hoewel het nauwelijks drie uur in de middag was, werd het al een beetje schemerig. De aanwezigheid van politie leek slecht te rijmen met de kerstversiering in de huizen.

Ze stapten in een politiebusje, waar Erika McGorry de opdracht gaf om het fotorolletje met spoed door de forensische dienst te laten onderzoeken en ontwikkelen. Terwijl hij met die klus aan de slag ging, stapte ze uit en zag ze dat er een zwarte bodybag op een brancard door het smalle hek naar het busje van de patholoog werd gereden. Iedereen bleef even staan kijken. Het viel Erika op hoe klein de zak leek. Isaac knikte haar toe terwijl de bodybag in het busje werd geladen en de portieren dichtgingen. Ze merkte dat ze weinig energie meer had en dat een depressie op de loer lag, maar zette die gevoelens welbewust van zich af. Ze haalde diep adem en was blij te worden afgeleid toen een agente op haar af stapte. Ze had kort, blond, krullend haar en droeg een lange blauwe winterjas. Ze was net ter plekke.

'Ik ben brigadier Tania Hill, ik onderhoud het contact met de familie,' zei ze. Ze gaf Erika een hand.

'Hoeveel weet je over de zaak?' vroeg Erika.

'Ik heb net het slachtoffer gezien. Ik heb nog nooit zo veel bevroren bloed gezien,' zei ze. Ze trok de kraag van haar jas omhoog. 'De moeder is kennelijk een erg kwetsbare persoon. Minimuminkomen, ernstig drankprobleem.'

'Ze is nu bij de overburen. Ik ben blij dat je er bent. Ik zou graag met de moeder willen praten,' zei Erika.

Ze liepen naar de overkant van de straat, naar een fraai huis met nieuwe kunststof kozijnen. Het voortuintje had plaatsgemaakt voor een terras van beton. Erika belde aan. Er werd opengedaan door een kleine vrouw van middelbare leeftijd. Ze had een roodfluwelen trainingspak en goudkleurige sloffen aan en droeg haar sneeuwwitte haar in een keurig kort opgeknipt kapsel, wat leek te contrasteren met haar gegroefde gelaat. Ze had een sigaret in haar linkerhand.

Erika stelde zichzelf en haar collega voor, en ze lieten hun ID zien.

'Hoe heet u?'

'Wie wil dat weten?' zei de vrouw. Het was bijna komisch hoe afwerend ze deed. Ze had een zware rokersstem.

'Ik,' zei Erika.

'Ik ben Joan Field.'

'Mogen we even binnenkomen?'

Joan deed een stap opzij. Het donkerblauwe kleed in de hal was smetteloos. 'Schoenen uit,' zei ze.

'Mogen we Joan zeggen?' vroeg Tania.

'Nee, ik heb liever dat jullie me mevrouw Field noemen.'

'Ik ben familierechercheur,' zei Tania. Ze zette haar schoenen bij de trap neer. 'Ik heb een ondersteunende taak en vervul een brugfunctie tussen Mandy en het politieonderzoek.'

Joan bekeek haar van top tot teen. 'Een brugfunctie? Heet dat tegenwoordig zo als je alleen maar de telefoon hoeft op te nemen?'

Tania negeerde de sneer. 'Waar is Mandy?'

'In de keuken.'

Ze liepen achter haar aan, kwamen langs een woonkamer waar een groot roodfluwelen driedelig bankstel stond en een zilverkleurig kerstboompje. De kamer leek weinig gebruikt; er stonden geen foto's of andere prulletjes. Achter in het huis was een kleine keuken, die uitkeek op de besneeuwde tuin. Het was er schoon, maar krap. Het plafond en de muren waren geel van de nicotine. In de gootsteen dreef een bevroren kalkoen, nog in de plastic verpakking.

Mandy, de moeder van Marissa Lewis, had een omvangrijk postuur. Ze had haar volumineuze lichaam in een smoezelig roze trainingspak gestoken. Ze zat aan de tafel, en haar gigantische achterwerk puilde aan weerskanten over het zitvlak van de houten stoel. Haar oude sportschoenen waren op de wreef opengeknipt omdat haar opgezwollen voeten er anders niet in pasten. Ze zag bleek en haar waterige ogen waren bloeddoorlopen.

'Mandy Trent?' vroeg ze.

'Marissa was niet geadopteerd. Ze is echt wel mijn dochter, hoor,' zei Mandy. Ze zag dat Erika haar verwonderd aankeek. 'Ze heeft de achternaam van haar vader gehouden, en ik heb mijn eigen naam weer aangenomen nadat hij ervandoor was gegaan... Marissa heeft de slanke genen van hem.' Ze klonk verbitterd.

'Willen jullie allebei thee?' zei Joan. Ze pakte de fluitketel.

'Graag,' zei Erika. Tania knikte, en ze trokken allebei een stoel bij.

'Mandy, ik ben hier als familierechercheur,' zei Tania, en ze legde een hand op haar arm. 'Je zult het er wel moeilijk mee hebben, en ik ben hier om je te helpen, en om uit te leggen wat er straks gaat gebeuren.'

Mandy stak een sigaret op en blies de rook in Tania's gezicht. 'Wat gaat er straks dan gebeuren? Moet ik haar lijk gaan bekijken? Ze was het echt, hoor.'

'Voel je je in staat om een paar vragen te beantwoorden?' vroeg Erika.

'Ik heb haar voor het huis gevonden, vanmorgen, toen ik het afval naar buiten wilde brengen. Ze lag daar maar, heel stil, maar al dat bloed... Er was zo veel.'

'Weet je nog hoe laat dat was?'

'Rond achten.'

'Woonde Marissa bij jou?' vroeg Erika.

'Ja. Ze heeft vanaf haar zestiende voor haar kost en inwoning betaald.'

'Weet je misschien waar Marissa gisteravond naartoe was?'

'Ze moest ergens dansen, vraag me niet waar dat was. Ze heeft –

hád – heel wat optredens. Ze had een burlesque-act en werkte in allerlei clubs in West End. Een paar keer per week.'

'En heb je gisteravond niets gehoord? Heb je haar niet horen thuiskomen?'

'Nee.'

'Had je haar op een bepaalde tijd thuis verwacht?'

Mandy schudde haar hoofd. 'Haar opvoeding is achter de rug, ze is volwassen...'

'Hoe laat ben je naar bed gegaan?'

'Ik denk dat ik rond een uur of tien in slaap ben gedommeld.'

'Heb je niets gehoord?'

'Zoals wat?'

'Gegil, geluiden voor het huis. Een auto?'

'Nee.'

'Zat Marissa's sleutel nog in de deur toen je haar hebt gevonden?'

'Ja. Dat heb ik ook al tegen de politie gezegd.'

'Heb je gisteravond tot tien uur in de huiskamer gezeten?'

'Ja, ik heb tv-gekeken. Er was niks aan. Vroeger waren er op kerstavond nog wel leuke dingen op tv.'

'Hoe lang was Marissa al aan het werk als danseres?' vroeg Tania.

'Een jaar of drie, vier. De zaken liepen goed, ze had altijd wel optredens. Al moet ik zeggen dat ze er niet veel mee verdient. Verdiende. Als ze haar kost en inwoning had betaald, vroeg ze me een paar dagen later alweer of ze geld kon lenen.'

'De spullen die ze nodig had voor haar act zullen heel wat gekost hebben,' zei Joan, die kopjes uit de kast haalde. 'Haar kleding en zo. Grote waaiers, van die struisvogelveren, dingen voor op haar hoofd... Je bent zelfs naar de kleine slaapkamer aan de achterkant verhuisd, zodat Marissa meer plek had om al haar spullen kwijt te kunnen, toch, Mandy?'

'Die kamer is dichter bij de wc, en ze betaalde natuurlijk extra voor die grote kamer,' verduidelijkte Mandy, alsof ze niet wilde weten dat het aardig van haar was geweest om Marissa de grootste kamer te geven. Erika snapte niet wat er precies aan de hand was. Mandy leek totaal niet aangedaan door Marissa's dood.

Joan kwam binnen met de thee.

'Had Marissa een serieuze relatie?' vroeg Erika.

Mandy blies geluidloos grinnikend de rook uit. 'Al die jongens waren allang weer vertrokken voordat het serieus kon worden. Een paar jongens uit de buurt waren in haar geïnteresseerd, en er waren een paar bewonderaars die naar haar optredens kwamen en haar cadeautjes gaven...' Erika en Tania wisselden een blik. 'Van de doden niets dan goeds, maar mijn dochter gedroeg zich als een regelrechte slet. Ze is met twee mannen in deze straat tussen de lakens gekropen, allebei getrouwd. En het was een komen en gaan van jongens, en dan heb ik het alleen over degenen waar ik weet van had.'

'Wie waren die getrouwde mannen?' vroeg Erika.

'Don Walpole. Woont met zijn vrouw op nummer 46. Marissa had een paar jaar geleden iets met hem, toen ze zestien was...'

'Het gerucht gaat dat hij daarvoor ook al met haar naar bed ging, toen ze nog niet eens zestien was,' onderbrak Joan haar met een veelbetekenend knikje.

'Don Walpole is geen kinderlokker, Joan. Hij deed gewoon wat elke vent zou doen als het hem op een presenteerblaadje werd aangeboden. Marissa was erg voorlijk; op haar veertiende zag ze eruit alsof ze twintig was,' zei Mandy. Met haar peukje stak ze een nieuwe sigaret op.

'En die andere getrouwde man?'

'Ivan... Hoe heet hij ook alweer?'

'Stowalski,' zei Joan.

'Ja. Een Pool. Heeft een aardig bedragje op de bank, dus ik denk dat ze hem daarom wel leuk vond. Hij is in elk geval geen knapperd. Ontzettend bleek en afgetrokken ziet hij eruit. Hij heeft een paar maanden wat met haar gehad.'

'Weet je misschien wanneer ze hem voor het laatst heeft gezien?'

'Nee. Hij heeft hier een paar weken geleden nog aangebeld, maar hij wilde niet binnenkomen.'

'Werkte Marissa fulltime als nachtclubdanseres?'

Mandy schudde haar hoofd. 'Nee. Ze werkte ook een paar uur in de week als verzorgster bij een oude dame, aan de overkant in Hilly Fields.'

'Hoe heet die mevrouw?'

'Elsa Fryatt,' zei Joan. 'Zevenennegentig is ze. Chique dame, ook al heet ze Elsa. Woont in een van de grote huizen die op de weilanden uitkijken.'

'Marissa had het goed voor elkaar daar,' zei Mandy. 'Ze hoefde alleen maar boodschappen met die vrouw te doen. Dan gingen ze in die oude auto van haar; daar mocht Marissa zelfs in rijden. Het waren eigenlijk geen echte zorgtaken die ze deed. Volgens mij vond ze het fijn om Marissa om zich heen te hebben, zoals een vrouw het ook fijn vind als een vent een ruig randje heeft. Ik denk dat ze gewone mensen heel vermakelijk vindt.'

'En vriendinnen?' vroeg Erika.

'Ik zou denken dat er bijna geen vriendinnen meer over zijn. Heb je niet gehoord wat ik zei? Ze is zevenennegentig.'

'Nee, ik bedoelde Marissa,' zei Erika.

Mandy blies sigarettenrook uit en nam een grote slok thee. 'De meiden die ook in de nachtclubs dansen zijn regelrechte krengen, stuk voor stuk. Dat zei Marissa altijd. Ze had één vriendin die ze al sinds haar schooltijd kent. Sharon-Louise Braithwaite. Werkt in de kapsalon.'

'In de Goldilocks Hair Studio?'

'Precies, die.'

'Zou ik mogen vragen of je een lijst kunt maken van de clubs waar Marissa optrad?'

Mandy's onderlip begon te trillen en ze veegde de tranen uit haar ogen. 'Godsamme, ik ben er met mijn kop niet bij om lijstjes te maken, en al dat gepraat in de verleden tijd: werkte, woonde...'

'Daar komen we later dan wel op terug,' zei Tania, en ze raakte Mandy's arm even aan.

'Wanneer mag ik weer mijn huis in?' zei Mandy. Ze trok haar arm terug.

'De forensische dienst is nog bezig te kijken of er sporen gevonden kunnen worden. Zo gauw ze daar klaar mee zijn, zullen we het je laten weten,' zei Erika. 'Wil je graag dat Tania een plek voor je zoekt waar je zolang kunt blijven?'
'Nee, ik blijf hier, bij Joan,' zei Mandy.
Joan knikte, al ging dat niet van harte.

7

'Wat vond je daar nou van?' vroeg Erika toen ze de kraag van haar jas opsloeg en samen met Tania naar buiten ging.

'Verdriet kan zich op verschillende manier uiten,' zei Tania.

Erika keek haar fronsend aan. 'Ga toch weg, kom toch niet aanzetten met dat soort flauwekul. Je hebt in je werk met heel wat rouwende nabestaanden te maken. Dit was pure vijandigheid.'

'Van hen allebei, al denk ik dat Joan zich door Mandy liet leiden. Mandy heeft duidelijk de broek aan, en zij keurde het gedrag van haar dochter het sterkst af.'

'Niet iedereen die wordt vermoord was geliefd bij de nabestaanden.'

'Beschouw je de moeder als een verdachte?'

'Iedereen is een verdachte. Ik wil dat de forensische dienst haar kleren onderzoekt, en ik wil ook dat er DNA van onder haar nagels wordt afgenomen...' Erika wenkte een jonge geüniformeerde agente naderbij, die met een bezorgd gezicht de straat overstak en naar het hek liep. 'Hoe heet je?'

'Kay Hornby, brigadier Kay Hornby, mevrouw,' zei ze.

'Ik wil dat je in overleg met de forensische dienst de kleren van Mandy Trent, de moeder van het slachtoffer, voor onderzoek meeneemt, en dat er DNA-monsters van onder haar nagels worden genomen.'

'Goed, mevrouw... Eh, ik heb wel een paar extra sportschoenen in mijn auto liggen,' zei ze toen ze naar Erika's hakschoenen keek, die doorweekt waren en van ellende bijna uit elkaar vielen.

Erika zag dat de jonge agente zwarte schoenen aanhad. 'Welke schoenmaat heb je?'

'Maat 40. Ze stinken niet, hoor. Ik gebruik ze alleen als ik moet rijden. Het was maar een idee, mevrouw.' Ze keek gespannen uit haar ogen, alsof ze bang was dat ze haar boekje te buiten was gegaan.

'Goed idee. Dat zou ik fijn vinden,' zei Erika.

'Uitstekend, mevrouw. Ik zal ze meteen gaan halen.'

Erika's mobieltje begon te trillen. Ze haalde het toestel uit haar zak en ging een eindje verderop staan.

'Waar blijf je nou?' zei Marsh. 'Het is verdomme al bijna vier uur!'

'Sorry. Ik ben op een plaats delict blijven plakken. Een jonge vrouw is vlak voor haar huis vermoord, in Coniston Road, vlak bij Crofton Park.'

'Je had vandaag helemaal geen dienst.'

'Ik help ze een handje. Veel collega's hebben met de kerst vrij genomen.'

'Dat weet ik ook wel!'

'Ik vertel je alleen maar waarom ik nu hier ben.'

'Ik verwachtte je voor de lunch.'

'Weet ik. Sorry. Het gaat me niet lukken. Ik heb cadeautjes voor de meisjes gekocht, die kom ik later dan wel langsbrengen...'

'Ik zei: ik verwachtte je voor de lunch.'

'Dat klinkt als een bevel.'

'Nee. Ik wilde je gewoon zien, en Marcie en de meisjes ook...'

Marsh zweeg. De stilte duurde voort, totdat het tot Erika doordrong dat hij had opgehangen. Ze stopte de telefoon weer in haar zak en voelde zich schuldig. Ze stak de straat over en liep naar het politiebusje, waar Kay met een paar roze-witte hardloopschoenen stond te wachten.

'Dank je,' zei Erika.

'Er zitten ook sokken in.'

Erika trok haar verpeste hakjes uit, en Kay hield haar bij haar arm vast toen ze de sokken en schoenen aantrok. 'Ah, veel beter zo. Bedankt.'

McGorry kwam het busje uit. Toen hij Kay zag, glimlachte hij en trok een wenkbrauw op.

'Later vandaag krijg je de schoenen wel weer terug,' zei Erika.

'Dat is goed, hoor. Gebruik ze maar zolang u ze nodig hebt,' zei Kay, die vervolgens naar het busje van de forensische dienst liep en McGorry in het voorbijgaan met een knikje begroette.

'Jij had toch al een vriendin?' vroeg Erika toen ze zag dat McGorry haar nakeek.

'Ja,' zei hij. Het leek of hij dat betreurde.

'Niet al je vrouwelijke collega's vallen als een blok voor je, hoor.'

'Ik heb geen idee waar u het over hebt.'

Erika rolde met haar ogen. 'Kom, we gaan aan de slag.'

Er stond een agent bij de voordeur op wacht. Het lichaam van Marissa Lewis was inmiddels uit de voortuin gehaald en er was een grote plas bevroren bloed achtergebleven. Het pad was geveegd, en de bloedsporen waren met gele genummerde bordjes gemarkeerd.

In het huis was het een zootje. Het was ouderwets gemeubileerd, en er hing een doordringende geur van vocht en gebakken eten. In de woonkamer was een piepklein kerstboompje neergezet, en in de vettige keuken stonden stapels vuile borden. Een trap leidde naar een groezelige overloop, waar het plafond doorboog. Deuren leidden naar een badkamer en twee slaapkamers. Erika en John trokken latex handschoenen aan. De kamer aan de voorkant had een erker die op de straat uitkeek. Buiten wemelde het van de politie. De kamer leek nog niet zo lang geleden geverfd en was schoon en opgeruimd. Er stond nieuw meubilair, en op het bed lag een prachtige gebloemde sprei. Bij de muur stonden drie etalagepoppen, een met een zwart korset aan. Aan de muur ertegenover hingen planken met zeven pruiken op hoofden van piepschuim, en op de kaptafel bij het raam stonden allerlei potjes en flesjes make-up. Voor een inbouwkast stonden hoge hakken in verschillende kleuren netjes op een rij.

'Roostert ze marshmallows op de gaskachel?' zei McGorry. Hij liep naar een kleine kachel en pakte een van de dunne metalen staven met een zwartgeblakerd marshmallowvormig uiteinde die tegen het rooster aan stonden.

'Volgens mij worden die dingen door vuurspuwers gebruikt,' zei Erika toen ze ze nader bekeek. Er hingen een paar ingelijste foto's aan de muur. Op een ervan lag Marissa in een levensgroot champagneglas, gekleed in roze doorschijnende lingerie. Op een andere foto droeg ze zwarte kousen, jarretels en tepelkwastjes, en hield ze een van de brandende staven bij haar mond. De laatste ingelijste foto was een aankondiging van een optreden. Gekleed in een zilverkleurig korset lag Marissa op een chaise longue, omringd door jongemannen in slipjes. In grote koppen stond er:

EEN AVOND MET MISS HONEY DIAMOND
14 JULI 2017
BETHNAL GREEN WORKING MEN'S CLUB

'Onder die naam zal ze hebben opgetreden. Miss Honey Diamond,' zei McGorry.

Erika zag bij de middelste etalagepop een diamantmotief dat in goud op het zwarte korset was geborduurd. 'Die diamant staat ook op de poster. En ook op de twee andere korsetten,' zei ze, toen ze naar de twee andere paspoppen keek.

'Een diamant voor Miss Honey Diamond,' zei McGorry, die naar een van de poppen was gestapt en een vinger over het borduursel liet gaan.

'We moeten nagaan of dit een speciaal kledingmerk is of dat ze er naderhand op zijn genaaid. Allereerst moeten we haar social media natrekken, en natuurlijk haar telefoongegevens.'

'Volgens de forensische dienst is er geen laptop of pc gevonden,' zei McGorry. 'En geen mobieltje, ook niet op haar lichaam.'

'Dus haar telefoon is verdwenen.'

Erika liep naar de kledingkast en deed die open. Daar hingen nog meer kleren die Marissa voor haar burlesque-act had gebruikt. Op twee beha's was hetzelfde diamantpatroon geborduurd. Ook waren er gewone kleren: spijkerbroeken, truien, een paar 'conventionele' jurken, schoenen. Aan de binnenkant van de deur hingen foto's van de befaamde Dita Von Teese. Op een ervan was ze in liggende positie in een reusachtig martiniglas afgebeeld.

Ze liepen terug naar de overloop, kwamen langs een groezelige badkamer en betraden een kleine slaapkamer aan de achterkant van het huis. Het vertrek was nauwelijks groter dan een inloopkast en was spaarzaam ingericht met een eenpersoonsbed en een kledingkast. Op het bed lagen allemaal vuilniszakken met kleren en handdoeken. Op de vensterbank zag Erika een haarborstel en een potje gezichtscrème. Op de radiator hing een enorme verschoten onderbroek.

'Jeetje,' zei McGorry. Hij hield de onderbroek omhoog. Erika keek hem misprijzend aan, maar onthield zich van commentaar. 'Heeft ze de mooiste kamer afgestaan zodat Marissa haar spullen kwijt kon?'

'Ze zei dat Marissa er extra voor betaalde.'

'Lijkt me niet dat ze hier heeft geslapen.'

Erika zag dat de plastic zakken bedekt waren met een laagje stof. 'Ze zei dat ze gisteravond om tien uur naar bed is gegaan.'

'Bedoelde ze dat ze op de bank heeft geslapen?' zei McGorry. Ze gingen weer naar beneden en liepen naar de woonkamer. Op de bank in de erker lagen een verkreukeld dekbed en een kussen. Op de grond lagen een lege literfles goedkope wodka en twee lege Pringles-kokers.

'Ze heeft niet gezegd dat ze op de bank slaapt,' zei Erika. Ze liep naar het raam. Het glas was vettig van de viezigheid en de condens, en aan de buitenkant zaten Marissa's bloedspetters. Het was enkelglas, en het verrotte kozijn hield de ijskoude wind niet helemaal tegen. Het geluid van het verkeer was duidelijk te horen.

'Misschien was ze te bezopen om het zich te kunnen herinneren,' zei McGorry, wijzend op de lege wodkafles.

Erika hoorde een portier van het politiebusje dichtslaan en het geknerp van sneeuw toen er iemand langs de heg liep. Ze vroeg zich af of de moordenaar Marissa had staan opwachten. 'Ik vraag me af of Marissa de kans heeft gehad om te gillen,' zei Erika, meer tegen zichzelf dan tegen McGorry.

8

Erika en McGorry liepen terug naar het politiebusje, waar een ploeg van zes agenten een korte pauze nam. Ze zaten druk met elkaar te kletsen maar vielen stil toen ze Erika zagen aankomen.

'Let maar niet op mij,' zei ze.

'Er is wat eten en drinken gebracht, mevrouw,' zei een van de agenten. Hij wees naar de tafel in de hoek met een koffiekan en een stapel voorverpakte broodjes.

'Bedankt. Hoe heet je?' zei ze.

'Brigadier Rich Skevington, mevrouw.'

Erika en McGorry pakten elk een broodje en schonken dampende koffie in een kartonnen bekertje. Het geluid van de stromende koffie klonk opvallend hard in de stilte. Erika keek om zich heen. De meesten kende ze niet; ze zagen er allemaal zo jong uit.

'Wie van jullie kan me een update geven over het buurtonderzoek?' vroeg ze. Ze verwijderde de plastic verpakking van het broodje en nam een hap.

'We hebben Don Walpole en Ivan Stowalski nog niet kunnen bereiken. We wachten tot we hun mobiele nummers hebben,' zei Kay, de jonge agente van wie Erika de schoenen te leen had gekregen.

'En de rest van de straat? Zijn mensen een beetje behulpzaam?' vroeg Erika, die de hap van het droge broodje wegspoelde met een slok koffie.

'In de helft van de huizen is niemand aanwezig, maar de buurtbewoners die Marissa Lewis kenden wisten van de affaire die ze had met Don Walpole, en dat ze het met Ivan Stowalski deed, achter de rug van zijn vrouw om.'

'Er is wat onduidelijkheid of de vrouw van Ivan Stowalski bij hem weg is,' zei Rich. 'Volgens hun buurvrouw, een bejaarde dame met kraaloogjes, zijn ze met de kerst bij zijn familie in het noorden. We hebben ook in tuinen en afvalbakken gezocht naar het mobieltje van het slachtoffer, voor het geval dat is gedumpt, maar tot nu toe zonder succes.'

'Hoe gaat het met het buurtonderzoek in de Estate?'

'Daar ben ik net geweest,' zei een andere jonge agent. 'We hebben met twee oude bekenden gesproken, en die hadden wel eens van Marissa Lewis gehoord.'

'Ze hadden wel eens van haar gehoord? Hoe bedoel je?' vroeg Erika.

'Ze zeiden dat Marissa er vroeger om bekendstond de oude fiets van de buurt te zijn; hun woorden, niet die van mij. De ene heeft een strafblad en heeft drie jaar gezeten voor verkrachting, en zijn maat is ooit veroordeeld wegens ernstige geweldpleging. Ze beweren allebei dat ze een alibi hebben en dat ze tot zes uur vanochtend in een club in New Cross Gate zaten, H2o. Ze zeiden dat we de camerabeelden van de club maar moesten bekijken.'

Erika rolde met haar ogen.

'H2o. Die club ken ik wel. Hoe vaak we daar wel niet camerabeelden van opgevraagd hebben... Goed, laat iemand dat uitzoeken.' Ze nam nog een hap van haar broodje. 'Wat zit er in godsnaam op deze broodjes?' vroeg ze met volle mond.

'Dit is een "broodje kerstdiner". Iets anders hadden ze niet meer bij het benzinestation,' zei Rich.

Erika spuwde een mondvol in de plastic verpakking. 'Kalkoen en cranberry kan ik nog wel snappen, en zelfs wat vulling, maar wie doet er in hemelsnaam nou gebakken aardappels op een broodje?'

Erika gooide de rest van haar broodje weg. Ze keek om zich heen en zag dat de anderen hun blik afwendden omdat ze niet degene wilden zijn op wie ze haar woede zou koelen. Alle collega's van haar leeftijd hadden vrij gevraagd om bij hun familie of partner te zijn. Ze miste de bekende gezichten met wie ze altijd werkte. Moss en Peterson, en Crane. Heel even vroeg ze zich af of die een fijne kerst hadden. Ze was blij dat McGorry er was, maar hij had nog weinig ervaring. Hij had vrijwillig aangeboden om dienst te doen, waarmee hij zich de woede van zijn vriendin op de hals had gehaald, die nu thuis in haar eentje op hem zat te wachten.

Haar telefoon ging. Omdat het een nummer was dat ze niet herkende, stapte ze uit het busje. Het was al donker, en ze voelde de koude lucht tot diep in haar keel.

'Hé, Erika, met Lee Graham.'

'Hallo. Prettige kerst,' zei ze.

'Ja, jij ook. Ik heb vandaag letterlijk aan het kortste eind getrokken en zit dus in het lab.'

Erika mocht Lee wel. Hij werkte als forensisch computerexpert voor de Met, en ze hadden een paar keer samengewerkt. Ze hadden een beetje met elkaar geflirt, maar meer niet. Ze vroeg zich af of hij single was, en of dat de reden was waarom hij met de kerst werkte.

'Waar heb ik de eer aan te danken?' vroeg ze.

'Ik bel je helaas niet om persoonlijke redenen. Ik zag je naam staan op een spoedaanvraag om een fotorolletje te ontwikkelen.'

'Klopt. Hoe snel gaat je dat lukken?'

'Is al klaar. Ik heb de foto's ingescand, en ik ben bezig ze naar je werkmailadres te sturen. De afdrukken krijg je wel met de gewone post.'

'Bedankt. Ik moet je eens op een borrel trakteren.'

'Dat lijkt me leuk,' zei hij.

Erika hoorde haar telefoon piepen. 'Volgens mij komt je mailtje net binnen.'

'Goed, dan hang ik op. Prettige kerst,' zei hij, waarna hij de verbinding verbrak.

Ze opende het mailbericht en scrolde door de bijgevoegde foto's. De meeste waren genomen vanuit de boom die uitkeek op Marissa's huis. Een serie foto's was 's avonds genomen, door het slaapkamerraam, toen ze net uit de douche kwam, eerst met een handdoek om zich heen geslagen, daarna naakt toen ze haar ondergoed aantrok. Er waren ook drie foto's die vanuit de boom genomen waren en het lichaam van Marissa in de sneeuw toonden. En nog drie vanuit een lager gezichtspunt, van dichtbij of in de voortuin genomen.

'Joseph Pitkin, leugenachtige schoft die je bent,' mompelde Erika. Ze liep naar het hek van Marissa's huis. Op de bevroren plas bloed in de voortuin lag al een vers laagje sneeuw. Ze keek naar de boom met de dikke kale takken. 'Zat je daar vaker om haar te bespieden, Joseph?' Erika bekeek de foto's nog eens en zag dat Lee onder aan het mailtje een bericht had gezet:

De eigenaar van deze camera heeft een ILFORD DELTA *100 Professional 35mm. Mogelijk heeft de fotograaf een doka om de foto's zelf te kunnen ontwikkelen. Lee.*

Ze wilde net teruggaan naar het busje toen ze de indringende stank van brandend plastic rook. Ze keek om zich heen en zag rook omhoogkringelen, aan het eind van het steegje dat naar het huis van Joseph Pitkin voerde.

Erika rende het steegje in. De geur werd steeds sterker. Tegen de tijd dat ze bij de tuin van de familie Pitkin was aangekomen, stegen er van achter de rij bomen dikke zwarte wolken naar de hemel. Ze klom op de afvalcontainer, wat veel gemakkelijker ging nu ze sportschoenen aanhad, en trok zichzelf op aan de muur. Tussen de bomen door zag ze Joseph in zijn lange jas bij een brandend olievat staan. Naast hem op de besneeuwde grond stond een doos papieren. Hij pakte een handvol en gooide ze in het vuur, wat een regen van vonken en vlammen de lucht in joeg. In het huis achter hem brandde geen licht; hij werd alleen beschenen door het schijnsel van het vuur.

Erika sprong van de muur en kwam zacht op de grond tussen de muur en de bomen terecht. Ze kwam tussen de bomen tevoorschijn. Joseph hoorde het geknars van de sneeuw onder haar voeten toen ze dichterbij kwam.

'Hou daarmee op. Onmiddellijk,' zei ze. Hij probeerde een schop te pakken die tegen het vat stond, maar ze was hem te snel af en griste het ding voor zijn neus weg. Ze dacht dat hij ervandoor zou gaan, maar hij liet zich in de sneeuw zakken en sloeg zijn handen voor zijn gezicht. Ze belde McGorry.

9

'Heel veel van deze foto's zijn van Marissa,' zei Erika, die door de doos met foto's rommelde die bij het olievat stond. Ze hield een zwart-witfoto omhoog van Marissa die bezig was met haar burlesque-dansact. McGorry raapte foto's op die in de sneeuw waren gevallen. Het vuur was gedoofd, maar het vat straalde op deze koude avond nog steeds warmte uit.

'Over fotogeniek gesproken!' zei McGorry. Hij liet een foto zien van Marissa, enkel gekleed in een slipje en tepelkwastjes, terwijl ze met haar tanden een lange zwarte handschoen uittrok.

'Ik heb geen behoefte aan grappig bedoeld commentaar. Stop ze nou maar gewoon in een zak,' zei Erika. Ze keek achterom naar het huis. In de keuken brandde licht, en twee agenten in uniform stonden bij Joseph, die in een stoel zat. De een was met hem in gesprek, de ander maakte aantekeningen, en Joseph huilde. 'Zijn dat echte tranen, denk je?'

'Hij is een moederskindje,' zei McGorry.

Joseph had zichzelf nu helemaal niet meer in de hand en trok vertwijfeld aan zijn haren. Hij ging staan en begon te schreeuwen. Een van de agenten duwde hem hardhandig terug op de stoel, die bijna omviel, en schreeuwde iets terug. Erika trok haar latex handschoenen uit en stak een sigaret op. Ze hadden verder niets meer uit de vlammen kunnen redden, en onder in het vat lag alleen een zwartgeblakerde hoop. Ze moest nu snel beslissen of ze Joseph voor verhoor naar het politiebureau wilde laten brengen. Hij had verteld dat zijn ouders even bij vrienden in de buurt op de borrel waren gegaan. Ze keek hoe laat het was. Het liep al tegen achten. Ze nam een flinke haal van haar sigaret. Haar telefoon ging. Ze ging in een hoek van de tuin staan en zag dat het Marsh was die belde. Terwijl ze de oproep wegdrukte en het toestel weer in haar zak liet glijden, liet ze per ongeluk haar sigaret vallen. Ze pakte haar mobieltje weer en activeerde de zaklamp, waarmee ze onder de bomen scheen. Tussen de stammen vond ze de sigaret terug. Hij brandde nog. Ze zag ook dat er aan het eind van de rij bomen een vierkant stukje grond was losgewoeld. Dat was eerder die dag nog niet zo geweest. Ze riep McGorry om de schop te brengen die tegen het olievat stond.

'Kijk,' zei ze toen hij bij haar kwam. 'Toen we hier vanmorgen waren, was die grond nog niet omgewoeld. Ga eens graven.'

Ze scheen met haar mobieltje bij terwijl McGorry begon te spitten. Al snel vond hij een modderig pakketje dat in plastic was verpakt. Erika trok nieuwe latex handschoenen aan en hurkte bij het gat neer. Ze veegde de modder van het plastic en begon de verschillende laagjes af te pellen, in de veronderstelling een blok hasj te vinden. Nadat ze de laatste laag plastic had weggetrokken, kwam er een iPhone met een roze hardcase hoesje tevoorschijn. Achterop stond in fonkelende Swarovski-kristallen de naam MARISSA.

'Verdomme,' zei McGorry.

'Zeg dat wel. We nemen hem voor verhoor mee naar het bureau,' zei Erika. Ze controleerde of de iPhone uitstond en borg het toestel op in een bewijszakje.

Ze gingen weer naar binnen en liepen naar de keuken. David en Elspeth Pitkin waren net thuisgekomen.

'Wat heeft deze inval te betekenen?' zei David. Hij had zijn dikke winterjas nog aan en zijn grijze ijsmuts nog op.

Elspeth liep naar Joseph toe en zag tot haar ontsteltenis dat hij gehuild had. 'Wat hebben ze je aangedaan?' zei ze. Hij keek haar zonder enige emotie aan.

'Meneer en mevrouw Pitkin. Was het vanavond gezellig?' vroeg Erika glimlachend.

David keek haar aan. 'Wat moet dit?'

'Uw zoon was in de tuin bezig foto's van het slachtoffer te verbranden.'

Elspeth wierp haar man een blik toe, maar daar reageerde hij niet op.

'Het is niet verboden om foto's te verbranden. Daar hebben we het al over gehad, inspecteur Foster.'

'Het is wel verboden om een telefoon van iemand af te pakken die net vermoord is en het toestel dan in de tuin te begraven.' Erika liet het zakje met het mobieltje zien. 'Dat heet het achterhouden van bewijsmateriaal.'

'Hoe weten we of jullie dat daar niet hebben neergelegd!' riep Elspeth. Haar stem sloeg over van emotie.

Erika knikte naar de twee geüniformeerde agenten. 'Joseph Pitkin, ik arresteer je op verdenking van het achterhouden van bewijsmateriaal...'

'Nee, nee, niet mijn jongen!' riep Elspeth. Ze ging voor de agenten staan om hen tegen te houden.

'... bewijsmateriaal betreffende een moordonderzoek. Je hoeft niets te zeggen, maar het kan tegen je gebruikt worden wanneer je je later op informatie beroept die je tijdens het verhoor hebt achtergehouden. Alles wat je zegt, kan in de rechtszaal gebruikt worden.'

'Hij was vannacht de hele tijd bij ons. Hij is niet naar buiten geweest!' verklaarde Elspeth, terwijl ze naar Joseph reikte om hem vast te pakken. Een van de agenten schoof haar aan de kant, duwde Josephs handen op zijn rug en sloeg hem in de boeien. 'Raak me niet aan! Blijf van me af!' gilde ze.

David keek met een asgrauw gezicht toe. 'Alstublieft, agenten, mijn zoon is heel kwetsbaar,' zei hij.

'Pak zijn telefoon,' zei Erika. Een van de agenten stak zijn hand in Josephs jaszak, haalde er een smartphone uit en gaf het toestel aan Erika, die het uitzette en het in een bewijszakje veiligstelde. 'Ik wil dat dit huis van boven tot onder wordt doorzocht. En omdat u van de wet op de hoogte bent, meneer Pitkin, zult u vast wel weten dat uw zoon me alle reden heeft gegeven om dat zonder huiszoekingsbevel te mogen doen.'

'Alstublieft! Sluit hem niet op. Alstublieft!' jammerde Elspeth. David moest haar in bedwang houden toen Joseph werd weggevoerd.

10

De detentieafdeling in Lewisham Row bevond zich in de kelder en werd van de rest van het politiebureau gescheiden door een dikke stalen deur. Erika zat al lang genoeg bij de politie om te weten dat de afdeling vroeger 'de cellen' genoemd werd. De huidige chique term kon niet verhullen dat dit een bedompt en deprimerend deel van het bureau was: een smalle gang met aan weerszijden grote stalen deuren met een luikje erin, geverfd in een donkere geelgroene tint.

Ray Newton was de agent van dienst. Hij was een kleine, rondbuikige, kalende man met een dikke snor, en hij stond al klaar toen Joseph door twee geüniformeerde agenten naar de balie werd gebracht.

'We hebben hem al gefouilleerd,' zei Erika. 'We wachten tot er een advocaat voor hem is gevonden.'

'Nou, jongeman,' zei Ray. Hij pakte er een clipboard bij en gaf hem een pen die met een stevig stuk touw aan de balie was bevestigd. 'We moeten wat formulieren invullen, dus de agenten zullen je handboeien afdoen. Ik heb geen zin in grappen. Als jij je prettig opstelt, doe ik dat ook.'

Joseph raakte weer helemaal buiten zinnen, nog voordat zijn handboeien werden losgemaakt. 'Waardeloze klootzakken zijn jullie!' schreeuwde hij. Hij probeerde zich om te draaien naar Erika en McGorry.

'Genoeg!' riep Ray.

'Ze hebben me erin geluisd! Ik heb niks gedaan! NIKS!'

'We laten hem hier achter,' zei Erika. Ze gebaarde naar McGorry om met haar mee te komen.

Ze gingen de trap op, passeerden de dikke stalen deur en kwamen in het hoofdgedeelte van het politiebureau. Bij de koffieautomaat bleven ze staan.

'Dat is voor het eerst dat er met Kerstmis iemand zo tegen me begint te vloeken en te tieren,' zei McGorry.

'Je komt dan meteen lekker in de kerststemming, hè? Alsof je bij de open haard zit met een lekker glaasje van het een of ander in de hand.'

'Wilt u hem een nachtje in de cel laten zweten?' vroeg McGorry.

'Ik wil hem morgenochtend gaan verhoren,' corrigeerde Erika hem. 'Kay probeert de mobiele telefoons te ontgrendelen.'

Haar mobieltje ging, en ze sprak kort met een van de agenten die nog bij de familie Pitkin waren.

'Ze hebben een geïmproviseerde doka gevonden, in een kleine kast in Josephs kamer, maar geen foto's,' zei ze toen ze het gesprek had beëindigd.

'Die heeft hij verbrand voordat we hem te pakken hadden,' zei McGorry.

'Kay is gespecialiseerd in het onderzoeken van elektronische apparatuur. Ik wil weten wat er op de mobieltjes van hem en Marissa staat voordat we hem verhoren. Laten we hopen dat het iets oplevert.'

'Het is wel een raar stelletje bij elkaar, niet? Dat zie je wel vaker bij chique mensen. Het is toch ontzettend stom van hem om dat mobieltje te begraven, met Marissa's gepersonaliseerde hoesje eromheen?'

'Je moet nooit onderschatten hoe stom mensen kunnen zijn. Ik wil zijn vingerafdrukken vergelijken met de afdrukken die op het filmrolletje in het steegje zaten.'

'En al die foto's van Marissa Lewis dan? Denkt u dat ze wist dat hij foto's van haar nam?' zei McGorry.

'Hij zal vast wel eens bij een van haar shows zijn geweest.'

'Waarom wilde hij ze dan verbranden?'

Erika schudde haar hoofd. Ze was doodop. 'We moeten controleren of dat mobieltje op naam van Marissa staat, en we moeten

Joseph natrekken. Heeft hij een strafblad? Enzovoort.' Ze selecteerde haar koffie, en zwijgend keken ze toe terwijl het bekertje verscheen en er dampende koffie in druppelde. 'Mandy Trent was nogal open over de contacten die Marissa zoal had. Ze noemde Joseph niet. Ik zal Tania, de familierechercheur, zeggen dat ze daar nog een keer naar moet vragen.' Ze pakte het bekertje uit de automaat.

'We hebben niet genoeg om hem van moord te beschuldigen. Bovendien heeft hij een alibi,' zei McGorry.

'Van zijn moeder.'

'We hebben niets wat bewijst dat hij vannacht op de plaats delict aanwezig was.'

'Nóg niet, nee. Nog niet. Het autopsierapport, het forensisch onderzoek, alles is nog in volle gang.'

Geeuwend gooide McGorry geld in de automaat en maakte een keuze.

Erika bestudeerde zijn vermoeide gezicht terwijl de automaat zijn beker vulde. 'Je kunt maar beter naar huis gaan om wat uit te rusten. Ik heb je hier morgen weer nodig bij het verhoor.'

Ze namen allebei een slokje van hun koffie en spuwden de vloeistof terug in de beker.

'Wat is dit, verdomme?'

'Ossenstaartsoep,' zei hij grijnzend.

'Je hebt toch wel op de koffieknop gedrukt?'

'Ja.'

Ze deponeerden hun bekers in de kleine afvalbak die naast de automaat stond. Erika deed er weer geld in en drukte op de kop voor koffie met melk. Nadat het apparaat klaar was, hield ze het bekertje eerst onder haar neus. 'Dit is verdomme ook ossenstaartsoep. Eerst sluiten ze de kantine, en vervolgens is er alleen nog maar ossenstaartsoep te krijgen!'

'Waarschijnlijk hebben ze de automaat verkeerd gevuld,' zei McGorry.

Erika rolde met haar ogen en gooide ook het tweede bekertje weg. 'Wat is dat toch met dit land? Broodjes met aardappel erop, en soep als je koffie wilt! Ik ken echt niemand die van ossenstaartsoep houdt, maar in de wereld van tweederangs drankenautomaten is dat na thee en koffie altijd de derde optie!'

'Je kunt het in blikken kopen...'

'Wat?'

'Ossenstaartsoep. Mijn oma heeft er de kast vol mee staan. Ze is er dol op.'

Erika keek hem grijnzend aan. 'Schiet op, ga naar huis, naar je kerstdiner. Ik zie je morgen wel weer,' zei ze.

Erika ging naar haar kantoor op de vierde verdieping. Het was een klein vertrek, met nauwelijks genoeg ruimte voor een klein bureau, een stoel en een boekenkast. Kay was aan het werk op een laptop waarop de smartphone van Joseph was aangesloten.

'Sorry, de koffieautomaat doet niet wat hij moet doen, en er was niets in het keukentje,' zei Erika. 'Lukt het een beetje?'

'Deze iPhone is met een wachtwoord vergrendeld. Misschien dat de Cyber Crime Unit er iets mee kan, maar dat is nog maar zeer de vraag. Het is praktisch onmogelijk om een iPhone te hacken. Ik zie aan het IMEI-nummer dat het een prepaidtoestel was.'

'Waardoor de telefoongegevens nog moeilijker te achterhalen zijn. Shit.'

'Het goede nieuws is dat de telefoon van Joseph Pitkin niet met een wachtwoord is vergrendeld.' Kay wees op het computerscherm naar een venster met gedownloade bestanden. 'Ik heb er net een hele reeks videobestanden van afgehaald.'

Dat klonk Erika als muziek in de oren. Ze trok een stoel bij. Kay klikte de videobestanden aan. Sommige waren heel kort: een filmpje van een cyperse kat die zich buiten in de zon op de vensterbank van Josephs slaapkamer lag en zich uitrekte, een filmpje van Elspeth die met een verhit gezicht een groot gevlochten brood uit de Aga haalde, nog meer beelden van de kat, die in de tuin tussen de bloempotten een vlinder achternazat, speels maar met de dodelijke intentie die zo kenmerkend is voor katten.

'Allemaal schattige filmpjes,' zei Erika. Toen Kay op het volgende videobestand klikte, denderde het geluid uit de computer. Ze schrokken allebei. De muziek kwam vervormd uit de luidspreker, en de beelden waren een waas van kleuren, tot het beeld werd scherpgesteld. Marissa Lewis stond op een klein podium in een bomvolle club. Achter haar hing een roodfluwelen gordijn. Het filmpje was vanuit de zaal gemaakt, en er waren een paar hoofden in beeld. Marissa's donkere haar was opgestoken in *pin curls*, haar lippen waren knalrood gestift en ze had enorme wimpers. Langzaam maakte ze de knopen van een lange zwarte jas los en liet het kledingstuk op de grond vallen. Ze droeg een roze satijnen korset in de stijl van de jaren vijftig, kousen, jarretels en naaldhakken. De beelden leken iets te trillen terwijl ze met haar act bezig was. Marissa stripte tot ze alleen nog ondergoed en tepelkwastjes aanhad, boog om het applaus in ontvangst te nemen en liep bevallig het podium af.

'Tjonge, wat was ze goed,' zei Kay.

'Ik dacht dat ze een goedkope act had, maar dit... Nou ja, dit is gewoon ontzettend professioneel,' zei Erika. Ze klikten door foto's die kennelijk op dezelfde avond genomen waren, van Joseph die met Marissa tussen de tafeltjes stond. Ze poseerden voor de camera; iemand anders moest de foto's genomen hebben.

'Zou Marissa hem gekend hebben, denk je?' vroeg Erika, terwijl Kay door zes bijna identieke foto's klikte: Joseph met zijn arm om Marissa's middel.

'Hij lijkt me een enge fan die je liever kwijt dan rijk bent. Wat moest hij met zes foto's? Op de laatste lijkt het alsof ze zich van hem los wil maken,' zei Kay.

'Wanneer zijn ze gemaakt?'

'Bijna een jaar geleden. Januari.'

Kay klikte door nog meer foto's van dezelfde avond, van Marissa die met andere bezoekers stond te praten, Marissa die voor foto's poseerde, en daarna een paar wazige foto's waarop ze naar de bar ging. Daarna veranderde de achtergrond. De volgende foto's waren vrij donker en er was geflitst.

'Wanneer zijn deze genomen?' vroeg Erika.

'Dezelfde dag, dezelfde tijd.'

'Lijkt wel backstage.' De foto's leken genomen in een lege kleedkamer, met een grote spiegel met lampjes eromheen. De close-ups toonden een rek met burlesque-kleding. Zwarte zijden kousen lagen op de grond; er was een diamant op geborduurd.

'Honey Diamond,' zei Erika. 'Zo'n diamant was ook op Marissa's kleding genaaid.'

Na de foto's verschenen er videobeelden van het huis van Marissa Lewis. Er was vanuit een hoog standpunt gefilmd, 's avonds. De beelden vertoonden Marissa's slaapkamerraam. Eerst waren de beelden trillerig, en blies de wind in de microfoon van het mobieltje. Marissa kwam in beeld; ze liep door haar slaapkamer met een handdoek om zich heen. Ze ging naar de kaptafel, pakte een borstel en begon haar natte haren te borstelen. Toen gleed haar handdoek op de grond en was ze naakt. De camera zoomde in, en het beeld werd onscherp. Toen de opname weer was scherpgesteld, keek Marissa naar buiten, recht in de camera.

'Shit,' klonk de stem van Joseph, boven het geraas van de wind uit. Hij hield de camera op haar gericht. Roerloos keek ze uit het raam. Op een gegeven moment bracht ze haar handen naar haar borsten en liet ze ze over haar buik naar beneden glijden. Ze stopte toen ze bij haar schaamhaar kwam, zwaaide vermanend met een wijsvinger en trok de gordijnen dicht. De verlichte gordijnen bleven even in beeld, waarna het filmpje stopte.

'Dus ze wist dat Joseph haar begluurde?' zei Kay.

'Ze wist in elk geval dat íémand dat deed,' zei Erika.

Kay klikte een volgend videobestand aan. Er was vanuit dezelfde hoek gefilmd, en ook nu was het avond. Deze keer was Marissa's slaapkamer helder verlicht. Ze kwam binnen met een lange, oudere man. Marissa liep met hem naar het raam, en de camera zoomde in op zijn gezicht. Kay spoelde het filmpje versneld vooruit toen ze naar het bed liepen, begonnen te zoenen en elkaar ontkleedden. Het was het langste filmpje dat op het mobieltje stond, met een duur van tien minuten, en toen de twee op Marissa's bed lagen te vrijen, werd er ingezoomd.

'We moeten een goed shot van het gezicht van die man hebben om te kunnen achterhalen wie hij is. Wanneer is dat filmpje gemaakt?'

'Op 14 december van dit jaar. Denk je dat ze wist dat ze gefilmd werd?'

'Misschien heeft ze Joseph zelfs gevraagd om te filmen,' zei Erika. Ze wreef vermoeid in haar ogen en ging zitten. 'Wat voor indruk had je van hem?'

'In de korte tijd dat ik er was? Hij leek me een bange jongen, die nogal aan zijn moeder hing.'

'Tot nu toe scoort hij hoog op de lijst. Hij was geobsedeerd door Marissa, stalkte haar, begluurde haar. Hij heeft Marissa's mobieltje gestolen en haar dode lichaam gefotografeerd. Maar ik wacht op de uitslagen van de forensische dienst. Ik heb een DNA-match nodig voordat ik hem officieel kan arresteren.'

In het detentieblok in de kelder van Lewisham Row was alles rustig. De celdeuren stonden open, klaar om lieden te ontvangen die zich op kerstavond hadden misdragen. Alleen de celdeur achteraan was dicht. Ray, de arrestantenbewaker, kwam uit zijn bureaustoel overeind om zoals elk kwartier zijn ronde te doen. Zijn glimmend gepoetste schoenen kraakten op de vloer. Hij deed het metalen luikje van de gesloten celdeur open en scheen met zijn zaklantaarn naar binnen. Joseph Pitkin lag op het bed dat in de hoek stond.

'Alles goed, jongen?' zei hij.

Joseph kromp ineen en draaide zich om naar de muur. 'Ja, hoor, geweldig,' mompelde hij. Hij knipperde met zijn ogen toen het metalen luikje met een klap werd dichtgedaan. Hij probeerde in het donker op het kale bed een lekkere lig te krijgen. De tranen stroomden in stilte over zijn wangen.

11

Zes kilometer van Sydenham gierde een koude wind door Walpole Road. De sneeuw werd in vlagen tegen de gevels van de rijtjeshuizen geblazen. Het was iets over elven 's avonds toen Diana Crow afscheid nam van haar vriendin Fiona en naar huis ging. Ze kneep haar ogen samen tegen de wind en de kou. Ze was langer gebleven dan ze zich had voorgenomen; Fiona had erop aangedrongen dat ze de kerstfilm helemaal zouden afkijken.

Met gezwinde pas liep Diana voorovergebogen over het donkere besneeuwde trottoir naar de hoofdstraat. Ondanks de kou gloeide haar gezicht, na vier glazen zoete sherry. Ze wachtte tot een kleine Fiat voorbij was gereden en stak over. Het had de hele dag flink gesneeuwd, waardoor de straat en het trottoir één geheel waren geworden. Voorzichtig schuifelde ze naar de overkant en hield haar pas in om te voelen waar de stoeprand was. Ze stapte het trottoir op en huiverde. Wat was het stil. In de huizen brandde licht, maar overal zaten de gordijnen potdicht. Het was maar een paar minuten lopen naar huis. Fiona had gezegd dat ze een taxi moest bellen, maar Diana vond het een belachelijk idee om je goede geld uit te geven aan een taxiritje van een halve minuut om thuis te komen, drie straten verderop.

Toen ze het station naderde, zag ze dat een van de straatlantaarns het niet deed, en dat de oprit naar het station in duisternis was gehuld. Er was nu geen verkeer, en ze versnelde haar pas toen ze het tunneltje naderde dat onder het spoor door liep. Het was er vochtig en er hing een pislucht. Ze trok de revers van haar jas voor haar mond. In de tunnel was het droog, en haar echoënde voetstappen verbraken de stilte. De stoep aan het andere einde, die door het schijnsel van de lantaarns oranje oplichtte, leek ver weg.

Ze liep snel door en had het licht bijna bereikt toen er bij een van de donkere muren iets leek uit te steken. Een lange gedaante kwam uit de schaduwen tevoorschijn en versperde haar de weg.

Ze bleef staan en was niet in staat om zich te verroeren. Naderhand zou ze zich afvragen waarom ze zich niet had omgedraaid om het op een lopen te zetten – ze kon binnen zestig seconden thuis zijn – en waarom ze zich niet had verzet of om hulp had geroepen. In plaats daarvan bleef ze stokstijf staan, verlamd van angst, terwijl de lange gedaante op haar af kwam. Hij boog zich naar haar toe. Zijn voeten maakten een zacht krakend geluid, en toen haar ogen een beetje aan het donker waren gewend, zag ze dat hij een gasmasker droeg. Ze kon niet zien wat er achter de twee grote kijkgaten zat, en het rubber bedekte zijn hoofd als een capuchon. Damp kringelde uit het grote filter dat aan een soort slurf omlaag bungelde. Er was een reeks witte vierkantjes op het filter aangebracht, dat daardoor leek op een groteske grijnzende mond. Er hing een zwak chemisch geurtje om haar belager. Zijn ademhaling versnelde toen zijn jas openviel en hij zichzelf aan haar toonde terwijl hij zich met een gehandschoende hand stond af te trekken.

Diana deed haar mond open om te gaan gillen, maar haar kreet werd gesmoord toen hij haar bij de keel greep en haar tegen de koude bakstenen drukte. Zijn krachtige, in leer gestoken hand sloot zich om haar keel. Het ging allemaal geruisloos. Ze hapte kokhalzend naar adem en wou dat ze buiten bewustzijn raakte. Net toen de randen van haar gezichtsveld zwart werden, liet hij zijn greep even verslappen zodat ze weer wat lucht kreeg, om haar keel vervolgens weer dicht te knijpen.

Het bleef stil op straat. Het sneeuwde. Alles was rustig en stil.

12

Het was al laat toen Erika thuiskwam. Het was koud in de flat. In de twee jaar dat ze er woonde, had ze nog niet de tijd gehad om uit te vinden hoe de timer op de thermostaat werkte. Het eerste wat ze deed toen ze binnenkwam, was de verwarming hoger zetten. Ze hield haar jas aan tot het wat warmer werd.

Daarna liet ze het bad vollopen, met kokendheet water, bijna te heet om te kunnen verdragen. Een heet bad hielp haar om de dingen van zich af te kunnen zetten en het werk naar de achtergrond te drukken, maar toch lukte het haar niet om het beeld van Marissa Lewis' lichaam, liggend in de sneeuw, van zich af te zetten. Een plaats delict vertelt altijd een verhaal, en het kleine tuintje in Coniston Road getuigde van een heftige worsteling. De ontstellende hoeveelheid bloed die aan Marissa's lichaam en de sneeuw onder haar was vastgevroren. Haar schoen, die vlak bij haar lag. Haar beautycase, kapot en op z'n kant, de inhoud verspreid in de sneeuw. Haar sleutels die nog in de voordeur staken. Als Marissa een paar seconden sneller was geweest, had ze dan de kans gekregen om de sleutel om te draaien en veilig naar binnen te gaan?

Erika vond het altijd lastig om een goed evenwicht te vinden tussen empathie met het vermoorde slachtoffer en afstand houden. Om niet helemaal gek te worden kon je het slachtoffer beter ontmenselijken en de persoon zien als een object: een ding, of bewijsmateriaal. Maar dat lukte Erika nooit, zoals ze ook geen normaal leven kon leiden als ze eenmaal thuis was. Ze had niemand die thuis op haar wachtte. Na de dood van Mark had ze een relatie met haar collega gehad, inspecteur James Peterson, en een tijdje was hij degene geweest die thuis op haar wachtte – of om preciezer te zijn was ze altijd naar zijn huis gegaan, en daar keken ze samen tv en bestelden een bezorgmaaltijd en lachten samen. En toen was Peterson zwaargewond geraakt tijdens het werk: in de buik geschoten, bij een operatie onder leiding van Erika, bij de ontknoping van een ontvoering en moord. Zijn moeizame herstel en terugkeer naar het werk had een wig tussen hen gedreven. Het was een pijnlijk einde van een veelbelovende relatie geweest. En weer was ze single en zat ze avonden achter elkaar alleen met haar gedachten.

Het beeld van de tand van Marissa Lewis die in het metselwerk van de stenen hekpaal was blijven steken, kwam bij haar boven. Ze deed haar ogen dicht, maar het beeld bleef: afgebroken, vlak bij het tandvlees, en met rode lippenstift besmeurd. Erika deed haar ogen open en liet heet water in het afgekoelde badwater stromen. Haar bleke benen waren door de hitte venijnig rood geworden. Voor haar geestesoog zag ze de foto die vanuit de boom genomen was, met Marissa's benen onder de bloedspetters. Haar lange winterjas opengeslagen in de sneeuw. Toen zag ze de plaats delict voor zich, en Isaac die bij het slachtoffer neerhurkte. De dunne jurk die was opgekropen en Marissa's ondergoed onbedekt liet. Het ondergoed was niet bezoedeld. Er zat geen bloed op, en onder de doorschijnende stof was een recht streepje schaamhaar zichtbaar.

Erika trok de stop uit het afvoerputje, stapte uit bad en sloeg een handdoek om zich heen. Snel liep ze naar de woonkamer, waar op de salontafel haar laptop en het dossier lagen. Ze had geen licht aangedaan, en de gordijnen waren nog open. Het was weer gaan sneeuwen. De vlokken maakten een droog, ritselend geluid wanneer ze tegen het raam kwamen. Ze liep naar de computer en klikte door de foto's die Joseph had gemaakt. Eerst de serie die hij vanuit de boom had gemaakt, en daarna de close-ups.

'Perverse klootzak die je bent,' mompelde ze, toen ze foto's vanuit twee verschillende perspectieven had bekeken en inzoomde. 'Je hebt haar jurk omhooggeschoven nadat je uit de boom bent gekomen...'

Erika schrok toen haar telefoon ging. Ze zag dat het iets over elven was. Het was Edward die belde, met de vraag of de kerstlunch gezellig was geweest.

'Ik ben uiteindelijk niet gegaan. Ik werd bij een plaats delict geroepen,' zei ze. 'Treurige zaak, een jonge vrouw die vlak voor haar huis is vermoord.'

'O. Wil je erover praten?'

'Niet echt, nee. Dat is te duister en te afschuwelijk voor de kerst. Heb jij een goede dag gehad?'

'Het was hier uiteindelijk heel gezellig,' zei hij lachend. 'Kelly van verderop kwam langs met haar moeder, Shirley. Ze hadden een grote schaal lasagne bij zich, en monopoly, de Manchester-versie. Moet jij eens raden wat de duurste straat is.'

'Coronation Street?'

'Nee. Ik dacht ook zoiets. Het is de Lowry bij Salford Quays. Net zo duur als Park Lane in de Londen-versie. Volgens mij kun je bij monopoly niet winnen als je niet het duurste onroerend goed hebt.'

'Moet je jezelf nou eens horen. Je zegt dingen als "onroerend goed".'

'Daarom heb ik ook gewonnen. Ik was gewoon een doorgewinterde huisjesmelker.' Hij klonk normaal, helemaal niet de verwarde oude man van die ochtend. Op de achtergrond hoorde ze de televisie aanstaan.

'Ik ben blij dat je zo'n leuke dag hebt gehad,' zei ze.

'Ik ben net op de begraafplaats geweest. Het sneeuwde, maar in de heuvels was het helder, en de maan scheen. Was het raar van me dat ik dat prachtig vond?'

'Helemaal niet.'

'Ik wilde niet dat Mark op deze kerstdag alleen zou zijn...' Zijn stem trilde, en hij brak. 'Het is zo moeilijk nu hij er niet meer is.'

'Ik weet het,' zei ze. Ze veegde haar tranen weg.

'Maar daar kunnen we nu eenmaal niets aan doen, hè?'

'Nee.'

Er viel een lange stilte, onderbroken door blikkerig gelach van Edwards televisie.

'Nou, ik wilde alleen maar even horen hoe het ermee ging, *lass*. Ik wens je een heel prettige avond.'

'Dank je wel.'

'Vrolijk kerstfeest. Ik bel binnenkort wel eens weer.'

'Vrolijk kerstfeest,' zei ze. Het televisiegelach verstomde, en Erika werd weer omringd door de stilte in haar flat en de sneeuw tegen de ramen. Ze trok de gordijnen dicht en deed een paar lampen aan. Weer ging haar mobieltje. Deze keer was het Kay.

'Sorry dat ik nog zo laat bel, inspecteur, maar ik heb iets op de mobiele telefoon van Joseph Pitkin gevonden, tussen de bestanden.'

'Dat geeft niet. Ben je nog steeds aan het werk?' vroeg Erika, onder de indruk.

'Ik was filmpjes aan het bekijken die hij had gedownload en kwam erachter dat hij bepaalde bestanden had gewist. Ik ben erin geslaagd een paar daarvan terug te halen. Het zijn verontrustende beelden.'

'Porno?'

'Nee. Foto's en filmpjes van Joseph. Ik mail ze nu naar u toe.'

Erika verbrak de verbinding en opende haar mail. Er waren zes foto's binnengekomen. Joseph lag naakt op een houten tafel, en zijn armen, bovenbenen en hals waren met leren riemen vastgebonden. Zijn angstig opengesperde ogen waren bloeddoorlopen. Iemand buiten beeld greep hem met een hand bij zijn keel, waardoor de spieren in zijn hals verstrakten. Erika klikte op het videobestand. Daarop stond dezelfde scène als op de foto's, en ze kreeg de indruk alsof de beelden met een mobieltje waren gemaakt.

'Nee, nee! Laat me gaan. Ik zal niemand iets zeggen. Echt niemand!' smeekte Joseph, knipperend tegen het felle licht van de camera op het mobieltje.

'Dat is je geraden. Of wil je soms dat ik dit filmpje naar al je vrienden en bekenden stuur?' zei een elektronisch vervormde stem. De hand verscheen weer in beeld en greep Joseph bij zijn genitaliën. Hij schreeuwde het uit toen de hand erin kneep. 'Ik weet waar je woont,' zei de stem. 'Ik heb je telefoon. Als je ook maar iets zegt, stuur ik dit naar iedereen die in je contacten staat... Vrienden. Familie. Iedereen.'

De camerahoek veranderde, en een tafel kwam in beeld waarop een verzameling seksspeeltjes was uitgestald. De hand pakte het grootste speeltje en ging terug naar Joseph, die tevergeefs probeerde zijn benen tegen elkaar aan te drukken. Zijn benen werden gespreid en op de tafel vastgebonden.

'NEE!' gilde hij. 'NEE!'

Erika schakelde het geluid uit en dwong zichzelf ook de rest van het filmpje te bekijken.

13

Erika kwam 's morgens even na achten in Lewisham Row aan. De nieuwbouw in het centrum van Lewisham, waarmee was begonnen toen Erika voor het eerst naar South London werd overgeplaatst, was bijna voltooid. Door de omringende torenflats met luxeappartementen leek het acht verdiepingen tellende politiebureau in het niet te verzinken. De bouwkranen stonden er nog, en op een ervan was een kerstboom geplaatst, met brandende lichtjes.

Ze had weinig slaap gehad. De beelden van Joseph hadden haar tot in haar dromen achtervolgd. Op de foto's leek hij slachtoffer te zijn, maar ze wilde hem verhoren over zijn betrokkenheid bij de moord op Marissa Lewis. Bovendien was er nog veel onduidelijk: de resultaten van de autopsie, DNA-onderzoek, en het moordwapen was nog niet gevonden. Erika deed het liever niet, maar de foto's van Joseph konden worden gebruikt om hem onder druk te zetten.

Om negen uur werd Joseph door twee geüniformeerde agenten naar verhoorkamer 1 gebracht. Hij had geen handboeien om, zag bleek en had donkere kringen onder zijn ogen. Een vermoeid ogende advocaat in een duur streepjespak vergezelde hem. De man leek niet blij dat hij op tweede kerstdag moest komen opdraven. Hij stelde zich voor als Henry Chevalier en ging naast Joseph zitten.

Erika nam tegenover hen plaats, met naast haar een al net zo vermoeid uitziende McGorry. Joseph wierp hem een hatelijke blik toe.

'Het is 26 december 2017, vier minuten over negen,' zei Erika. 'Bij het verhoor zijn aanwezig inspecteur Erika Foster, brigadier

McGorry, Joseph Pitkin en zijn raadsman, Henry Chevalier.'

Henry boog zich naar zijn cliënt toe en fluisterde iets in Josephs oor. Joseph knikte maar zei verder niets.

Erika sloeg een van de grijze kartonnen dossiermappen open die ze voor zich op de tafel had gelegd en haalde de foto's tevoorschijn die op het filmrolletje hadden gestaan. 'Joseph. Kun je me vertellen of jij deze foto's gemaakt hebt?' Ze legde de afdrukken voor hem op de tafel.

Heel even leek Joseph te schrikken. Hij leunde naar achteren en sloeg zijn armen over elkaar.

'Mijn cliënt geeft hier liever geen antwoord op,' zei Henry.

Erika vervolgde: 'Deze foto's komen van een filmrolletje dat we in het steegje achter de tuin van jouw ouders hebben gevonden. Volgens mij is het rolletje uit je zak gevallen toen je over de muur klom.' Joseph keek stuurs voor zich uit. 'We hebben er ook vingerafdrukken op aangetroffen. Een duim en een wijsvinger, en die komen overeen met die van jou. Ik zal het je nog een keer vragen: heb jij deze foto's genomen?'

Joseph keek vragend naar Henry, die knikte. 'Ja, die heb ik genomen.'

'Foto's van een dode,' zei Erika.

'Dat zien wij ook wel,' zei Henry.

Erika koos een van de foto's uit, een close-up van Marissa's bebloede gezicht, haar ogen opengesperd. Een uitdrukking van doodsangst. 'Deze foto is vanuit een hoog standpunt genomen, vanuit de boom tegenover Marissa's huis.' Toen Erika de foto aan Joseph liet zien, wendde hij zijn blik af. 'Je kunt zien dat haar dijen door haar jurk worden bedekt.' Ze pakte een andere foto. 'Maar op deze foto, die van dichtbij is genomen, is haar jurk omhooggeschoven, zodat je haar ondergoed kunt zien. Heb je het lichaam aangeraakt, Joseph?' Hij schudde zijn hoofd. 'Op je mobieltje hebben we filmpjes aangetroffen, waaruit blijkt dat je een ongezonde obsessie voor Marissa Lewis aan de dag legde. Je hebt haar stiekem gefilmd toen ze in haar slaapkamer was, en zelfs een keer toen ze seks had met een man.'

Joseph zat nu te trillen op zijn stoel, en hij zag lijkbleek. 'Ik heb haar niet vermoord.'

'Wat heb je dan gedaan?' zei McGorry, die nu ook naar achteren leunde en zijn armen over elkaar sloeg. 'Heb je aan haar gezeten toen ze dood in de sneeuw lag? Heb je van de gelegenheid gebruikgemaakt om met je vingers in haar broekje te gaan toen ze niet meer in staat was om zich daartegen te verzetten?'

'Ik zou graag zien dat het verhoor met iets meer respect werd afgenomen,' zei Henry.

Erika verzamelde de foto's en borg ze op. Daarna deed ze een andere map open. 'Ik heb het dossier uit de databank van de politie erop nageslagen. Op je veertiende heb je zes weken in een jeugdgevangenis gezeten. Op school was je een jongen te lijf gegaan met een gebroken fles. Gelukkig kon de chirurg zijn oog redden.' Erika hield de foto omhoog van een jonge jongen met donker haar. Een lelijke rij hechtingen liep van zijn linkerwenkbrauw over zijn ooglid.

'Dat was zelfverdediging. Hij sloeg me,' zei Joseph.

'Waarom sloeg je dan niet gewoon terug? In plaats daarvan heb je een fles kapotgeslagen en heb je die in zijn gezicht geduwd. Beetje gestoord om zoiets te doen,' zei McGorry.

'Mag ik vragen of mijn cliënt in staat van beschuldiging wordt gesteld?' zei Henry. 'En zo ja, hoe luidt de aanklacht dan? Hij heeft destijds gezeten voor wat hij had gedaan. Hij heeft ook een alibi voor het tijdstip waarop Marissa Lewis is vermoord.'

'Van zijn vader en moeder,' zei Erika.

'De vader van mijn cliënt is een gepensioneerde advocaat met een onberispelijke reputatie. Hij heeft verklaard dat Joseph de hele avond thuis was en dat hij pas de volgende dag naar buiten is gegaan.'

'Slapen ze allemaal in dezelfde kamer?'

'Dat is een belachelijke vraag.'

'O ja? De plek waar de moord is gepleegd ligt nog geen twee minuten van Josephs huis af. Hij heeft al laten zien dat hij het leuk vindt om over muurtjes te klimmen. Hij zou in een mum van tijd heen en terug kunnen zijn gegaan.'

'"Zou kunnen" is hier van essentieel belang. Inspecteurs, hebt u misschien ook concreet bewijsmateriaal?'

'We hebben DNA-monsters van het slachtoffer genomen, en het huis van de familie Pitkin wordt doorzocht. Het is slechts een kwestie van tijd,' zei Erika.

'Ja, tot nu toe al elf uur.'

'Ik ben gerechtigd om uw cliënt nog twee dagen langer vast te houden.'

'Dat wil ik u ten stelligste afraden,' zei Henry zacht, met een ijzeren vastberadenheid. Hij wierp haar van achter de tafel een indringende blik toe.

'Is dat een dreigement?'

'Natuurlijk niet,' zei hij met een gemaakt lachje. 'Denkt u nu werkelijk dat ik u zou bedreigen in een vertrek dat vol hangt met camera's en waar ons gesprek op de band wordt opgenomen? Hebt u last van paranoïde gevoelens, inspecteur Foster?'

'Nee. Het zal een kwestie van cafeïnegebrek zijn.' Ze glimlachte.

'Onze koffieautomaat is kapot,' zei McGorry. 'Welke knop je ook indrukt, er komt altijd ossenstaartsoep uit.'

Henry rolde met zijn ogen. 'Is dit relevant?'

Ze negeerden hem. McGorry en Erika wisselden een blik. Ze pakte de derde en laatste map en haalde er de foto's van Joseph uit waarop hij naakt op een tafel lag vastgebonden, plus een still van het videobestand. Ze spreidde de serie op de tafel uit, waarna ze allebei afwachtend naar achteren leunden.

Josephs reactie hadden ze totaal niet voorzien. Hij werd nog bleker dan hij al was, en zijn handen begonnen hevig te trillen.

'Wacht even. Waarom heb ik deze foto's niet van tevoren ter inzage gekregen?' zei Henry.

'We hebben deze foto's samen met een expliciet filmpje op je telefoon aangetroffen, Joseph,' zei Erika. 'Wie is degene die je dit heeft aangedaan? Heeft hij je de bestanden toegestuurd?'

Joseph schudde zijn hoofd en kwam overeind. Zijn stoel viel achterover op de grond. Hij kotste hevig over de tafel. Erika kon nog net twee van de mappen wegtrekken, en ze deinsden allemaal achteruit.

'Jezus!' riep Henry. Hij keek geschrokken naar de doorweekte papieren die hij in zijn handen had en liet ze op de grond vallen.

Joseph bleef roerloos staan, met gekromde rug; een lange sliert speeksel hing uit zijn mond. Ze keken allemaal zwijgend en ontzet toe. Plotseling dook hij schreeuwend op Erika af, met opgetrokken lippen. 'Lelijk kutwijf!' riep hij.

McGorry nam hem in een ijzeren greep, met Josephs armen strak langs zijn zij.

'Hoe kom je daaraan? Hoe? Hoe kom je daaraan? Hij heeft hier niets mee te maken. NIETS! Straks vermoordt hij me nog!'

'Wie? Wie zal jou vermoorden?' zei Erika. Ze sprong opzij toen Joseph haar probeerde te schoppen. 'We hebben assistentie nodig!' riep ze in de camera, die in een hoek van de verhoorkamer hing. Een paar tellen later stormden twee geüniformeerde agenten het vertrek binnen, en ze hielpen mee om Joseph naar de deur te krijgen. 'Wie? Wie zal jou vermoorden? Zeg wie hij is, dan is dit allemaal achter de rug.' De schoppende en tierende Joseph werd de verhoorkamer uit gesleurd. 'Zeg wie het is. Ik kan je beschermen!' De deur ging met een klap dicht.

'Chef,' zei McGorry, terwijl hij een hand op haar arm legde. 'Het verhoor is voorbij.'

Erika keek naar haar collega, naar de advocaat, naar de troep op de tafel, en langzaam kwam ze bij haar positieven. 'Ja.'

'Jezus nog aan toe,' zei Henry. Toen hij zijn tas pakte, die hij in een hoek van de kamer had gezet, merkte hij dat er braaksel op de mouw van zijn jas was gekomen. 'Jezus christus!' Hij verliet de kamer.

Erika en McGorry bleven verbouwereerd achter. 'We weten in elk geval zeker dat hij een stevige lunch heeft gehad met kerst,' zei McGorry met opgetrokken neus.

14

Erika en McGorry troffen Kay op de gang. Kay had het verhoor vanuit de observatiekamer ernaast gevolgd en kwam met een grote stapel papieren handdoekjes aanzetten.

'Wat had dit in godsnaam te betekenen?' zei McGorry. Hij pakte een handdoekje om de mouw van zijn colbert schoon te maken. 'Gatver, dit kan er vandaag ook nog wel bij.' Voorzichtig trok hij zijn jasje uit.

'Ik ben tot hem doorgedrongen. Ik heb een gevoelig punt geraakt,' zei Erika. Ze nam de haar aangeboden handdoekjes gedachteloos aan en zag dat haar kleren niet vies waren geworden.

'Het is nog niet zeker of die foto's en dat filmpje iets met Marissa Lewis te maken hebben. Het lijkt me een typisch geval van wraakporno,' zei Kay.

'Ik moet van dit jasje af. Ik ben zo weer terug, chef,' zei McGorry. Met zijn colbert tussen duim en wijsvinger liep hij snel weg.

'Wraakporno? Dat zie je toch bij minnaars die met ruzie uit elkaar zijn gegaan? Dat de een dan compromitterende beelden van de ander online zet? Nee. Dat filmpje wordt gebruikt om die jongen zijn mond te laten houden,' zei Erika.

'Een trauma uit het verleden mogen we niet gebruiken om hem onder druk te zetten.'

'Ik had hem bijna zover.'

'Hoe dan? Hoe kunt u dat nou zeggen als we nog compleet in het duister tasten, mevrouw?'

Erika draaide zich naar haar om. 'Zorg maar dat de troep in die verhoorkamer wordt opgeruimd,' zei ze, terwijl ze de papieren handdoekjes teruggaf. 'En noem me niet mevrouw.'

Erika ging terug naar haar kantoor. Ze belde met Isaac en met de forensische dienst, maar in beide gevallen kreeg ze te horen dat ze nog een dag moest wachten. Ze belde de agent die de leiding had over het buurtonderzoek in Coniston Road, en van hem hoorde ze dat het nog steeds niet was gelukt om contact op te nemen met de twee mannen die iets met Marissa hadden gehad, Don Walpole en Ivan Stowalski. Wel gaf hij haar de contactgegevens van de vriendin van Marissa, Sharon-Louise Braithwaite, die in de kapsalon werkte. Erika bedankte hem en noteerde het nummer. Ze wilde Sharon-Louise net bellen toen er op de deur werd geklopt.

'Wat?'

De deur ging open en McGorry stak zijn hoofd om de hoek. 'Pitkin is medisch onderzocht, chef. Lichamelijk is er niets met hem aan de hand. Bloeddruk prima, temperatuur prima, geen infecties, maar wel werd het advies gegeven om Pitkin een paar uur rust te gunnen voordat we hem weer verhoren. Hij is nog steeds erg over zijn toeren.'

Erika keek op haar horloge. Het liep tegen de middag. 'Ik heb nog vijf uur de tijd voordat ik moet beslissen of ik hem nog een paar dagen vast wil houden. Ik heb nog steeds niks wat ik hem ten laste kan leggen... Je weet best dat je wel mag binnenkomen, je hoeft niet in de deuropening te blijven staan!' snauwde ze. McGorry kwam binnen en deed de deur achter zich dicht. 'Goed, even een vraag op de man af: denk je dat hij het gedaan heeft?'

McGorry haalde zijn schouders op. 'Ik weet niet of hij daar überhaupt wel toe in staat is. De dader is echt helemaal door het lint gegaan, heeft met een mes op haar ingehakt en zal onder het bloed hebben gezeten. En hoe zit dat dan met dat bloedspoor op de plaats delict? Hij heeft niet eens een auto. En we hebben het moordwapen nog niet gevonden.'

'Wie zou hem met die foto's chanteren, denk je?'

'Kan een man of een vrouw zijn. Afgaand op zijn reactie zou ik zeggen dat het een man is. Op de foto's is te zien dat hij zich niet coöperatief opstelt, en als hij dat aanvankelijk nog wel deed, was dat niet meer zo tegen de tijd dat hij naakt werd vastgebonden. Hij moet lichamelijk zijn overmeesterd. Hij is doodsbang. Dan ligt het voor de hand dat hij tijdens het verhoor de hele boel onderkotste toen hij zag dat we de foto's en dat filmpje hadden.'

'Misschien werkte hij als schandknaap,' zei Erika. 'Of nee, hij komt uit een gegoede familie.'

'Hij stond bij het arbeidsbureau ingeschreven.'

'Er zijn nog te veel onduidelijkheden. En je hebt gelijk: hij leek in dat filmpje ontzettend bang. We moeten voorzichtig te werk gaan. Kennelijk is hij doodsbang voor degene die hierachter zit.'

15

Vier verdiepingen lager, in het detentieblok, lag Joseph op het eenpersoonsbed in het harde licht van de cel naar het piepkleine raampje te staren. Hij zag asgrauw en bestierf het bijna van angst. Hij was medisch onderzocht, had zich opgefrist, en daarna was hij weer naar zijn cel gebracht. Hij droeg donkere *ripped jeans* en een dikke donkere trui. Zijn riem en schoenen waren hem afgenomen.

Hij hoorde echoënde stemmen op de gang. Een groep jonge jongens was gearresteerd, en die maakten nu herrie; ze schreeuwden en vloekten tegen de arrestantenbewaker.

Hoe zijn ze aan die foto's gekomen? dacht hij. Ik had ze toch gewist? Hij zei dat niemand ze te zien zou krijgen als ik mijn mond hield.

Joseph zag de man voor zich die hij kende als 'T': een breed, knap gelaat met een hoog voorhoofd. Indringende ogen. Hij had gedacht dat ze vrienden waren, en T had hem zo veel vertrouwen geschonken dat hij hem de kelder had laten zien. 'Dit is mijn speelkamer,' had hij gezegd.

De donkere kelder had een laag plafond en een kale vloer van vlekkerig beton. Het was er bloedheet en er hing een vieze zweetlucht. Er stonden schandpalen, een kooi en er hingen leren boeien. De muren waren bedekt met pornografische afbeeldingen, uit seksbladen geknipt. Joseph schrok niet van de erotische afbeeldingen of van de seks. Wat hem beangstigde waren de gezichten van de gefotografeerde vrouwen en mannen die werden onderworpen. Er lag echte angst in hun ogen, en sommigen van hen bloedden.

'Is dat allemaal echt?' had hij gevraagd.

T had geknikt, en hij streek met zijn handen over zijn kruis en kwam op Joseph af.

'Ik moet gaan,' had Joseph gezegd. Hij liep snel naar de deur.

'Blijf nog even voor een drankje,' zei T. Hij strekte zijn arm, kreeg de achterkant van Josephs T-shirt te pakken en hield hem tegen. Joseph, die niet bang wilde overkomen en de situatie niet wilde laten escaleren, stemde toe. T had iets in dat laatste drankje gedaan, en toen Joseph wakker werd lag hij naakt op een tafel, vastgebonden. Hij kon geen kant op.

Hij wist niet hoe lang dat geduurd had. De angst om dood te gaan was al erg genoeg, maar het was nog erger om in de ogen te kijken van iemand die niet op je gegil reageerde, die zelfs opgewonden leek te raken als je pijn had. Het laatste beeld dat op zijn netvlies was gebrand, was dat van het gasmasker. Hij kon de geur nog steeds ruiken, de vieze zweetlucht vermengd met rubber en amylnitriet.

Verschillende keren werd zijn keel dichtgeknepen tot hij het bewustzijn verloor, en hij kwam dan weer bij kennis doordat T hem mond-op-mondbeademing gaf. Hij kon zich niet herinneren dat er foto's waren genomen, maar wel herinnerde hij zich dat er gefilmd werd... Het felle licht van het mobieltje waarmee opnamen werden gemaakt. Hij kreeg ze de volgende dag per mail toegestuurd, met een berichtje:

Ik heb deze foto's en het filmpje veilig opgeborgen. Zolang je je mond houdt, blijft dat zo.
T.

En nu wist de politie ervan, en als de politie ervan wist, zouden ze de boel verder gaan onderzoeken. Hadden ze dat bijgevoegde bericht ook achterhaald? Zouden ze zijn ouders ervan in kennis stellen? En wie zouden er nog meer achter komen? Joseph stak zijn hand tussen zijn dijbenen en begon snikkend heen en weer te wiegen. Blinde angst maakte zich weer van hem meester, en hij kokhalsde, maar er zat niets dan gal in zijn maag. Toen hij zijn mond wilde afvegen, bleven zijn vingers in de scheur van zijn linkerbroekspijp haken.

Hij schrok toen het luikje werd opengeklapt en het kabaal aan het eind van de gang harder klonk. De jongens waren nog steeds aan het schreeuwen, maar nu vanuit hun cellen.

'Alles goed, jongen?' zei de arrestantenbewaker. Joseph draaide zich om, keek op en knikte. Het luikje ging met een klap dicht, en het geschreeuw werd weer iets gedempt. Joseph ging aan de slag. Hij verbreedde de scheur in de broekspijp en trok een lange strook jeans los.

Buiten de cellen was de commotie afgezakt, en alle herrieschoppers zaten achter slot en grendel toen de arrestantenbewaker een kwartier later ging kijken hoe het met Joseph Pitkin was. Toen hij het luikje openklapte, zag hij Joseph niet. Het bed was leeg.

'Alles goed met je, jongen?' zei hij. Hij scheen met zijn zaklamp op het stalen toilet en de wastafel in de verste hoek. Het luikje zat hoog in de deur, dus toen hij de spijkerstof zag die aan het kleine scharnier van het luik was vastgemaakt, schrok hij. Hij stak een hand naar binnen en voelde de dunne strook strakgespannen spijkerstof en daarna de kruin van Joseph Pitkin. 'Shit! Shit!' riep hij. Hij rende terug naar het bureau en drukte op de alarmknop. Terwijl een sirene begon te loeien, pakte hij de sleutels en rende terug naar Josephs cel. Nadat hij het slot eenmaal had opengekregen, moest hij zijn volle gewicht tegen de deur zetten. Zijn collega, een agente van halverwege de vijftig, kwam aangerend om hem te helpen toen hij de deur openschoof. Joseph hing aan de andere kant van de deur, een halve meter van de grond, aan zijn nek bungelend aan een strook spijkerstof. Zijn gezicht was paars, en zijn opengesperde ogen waren bloeddoorlopen. 'Maak hem los, snel, maak hem los!' riep hij. Zijn collega was zo slim geweest om een schaar mee te nemen, waarmee ze de geïmproviseerde strop doorknipte. De bewaker legde Joseph op de grond en maakte het stuk textiel los. Zijn collega keek zwijgend toe toen hij een poging deed Joseph te reanimeren. Een paar minuten lang drukte hij pompend op Josephs borstkas en blies tussendoor lucht in zijn longen.

Ze wist dat hij dood was. Ze had het al zo vaak meegemaakt.

16

Hoofdinspecteur Melanie Hudson was iets meer dan een meter vijftig lang. Ze had kort blond haar en zachtgrijze ogen, maar uit haar uiterlijk viel niet op te maken dat ze een ijzeren wilskracht bezat.

Ze trof net voorbereidingen om met haar man en zoontje een middagje tv te kijken, met een doos chocolaatjes onder handbereik, toen ze werd gebeld met het bericht dat er op haar politiebureau iemand in de cel was overleden.

Ze reed onmiddellijk naar Lewisham Row en zag nog net dat het stoffelijk overschot van Joseph Pitkin naar buiten werd gebracht. Ze luisterde naar de verklaringen van de twee arrestantenbewakers en ging daarna naar haar kantoor. Toen ze de hoek om kwam en de gang in liep, zat Erika daar al op een stoel te wachten. 'Zit je hier helemaal in het donker?' zei ze. Ze deed het licht met haar elleboog aan.

'Dan kan ik beter nadenken.'

Ze zette haar tas neer en deed de deur van haar kantoor open. Erika liep achter haar aan naar binnen.

'Begin bij het begin en vertel me alles,' zei ze. Ze wees uitnodigend naar de stoel tegenover haar bureau.

Erika vertelde in het kort was er allemaal was gebeurd, vanaf het moment waarop ze voor het eerst op de plaats delict in Coniston Road kwam en zag dat Joseph de boel begluurde, tot en met zijn arrestatie, toen ze de foto's en het filmpje ontdekten.

'Ik heb de video-opnamen nodig die er van de formele verhoren gemaakt zijn. En ik wil een uitgeschreven rapport van je. En ook van McGorry. Is er iets wat je me wilt vertellen?'

Erika keek naar de grond.

'De vader van Joseph is een gepensioneerde advocaat... Toen we achter Joseph aan zaten, raakte McGorry verwikkeld in een trek- en duwpartijtje met hem, of eigenlijk was het gewoon een gevecht. McGorry wilde voorkomen dat hij er weer vandoor zou gaan... Hij hield de riem van zijn fototoestel vast die om zijn hals zat.'

'Wat versta je onder "hield vast"?' zei Melanie.

'De vader van Joseph, David Pitkin, vond dat McGorry een wurggreep had toegepast.'

'Was het inderdaad een wurggreep?'

'Het gebeurde in de hitte van de strijd. Joseph sloeg op McGorry in, hij zat boven op hem. John probeerde zich te verdedigen.'

'Maar was het een wurggreep?'

Erika krabde op haar hoofd. 'Ja. Verdomme, ja.'

'Hoe lang?'

'Weet ik niet. Niet zo lang. Misschien een seconde of tien.'

'Je snapt dat er een grondig onderzoek zal komen naar de reden waarom Joseph Pitkin zich heeft verhangen. Hij werd al extra in de gaten gehouden wegens suïcidegevaar.'

'Waarom wordt er bij suïcidegevaar om het kwartier gecontroleerd? In een kwartier kun je heel wat doen. Hij heeft nota bene zijn spijkerbroek aan repen gescheurd!' Erika veegde de tranen van haar wangen. Ze ging rechtop zitten en pakte een tissue. 'Ik wil naar de ouders toe om ze ervan op de hoogte te stellen.'

'Nee. Dat lijkt me geen goed idee.'

'Door mijn toedoen zat hij in de cel.'

'Hij zat in de cel omdat er voldoende reden was om hem voor verhoor vast te houden. Jij hebt al een aanvaring met dat gezin gehad. Ze hebben een neutraal iemand nodig. Ik zal ze zelf wel vertellen wat er gebeurd is, samen met een familierechercheur.'

'Ik was me er niet van bewust dat hij psychische klachten had. Ik heb zijn medische gegevens niet, maar na ons eerste, tamelijk heftige verhoor is hij door een arts onderzocht, en die was van mening dat hij na een korte onderbreking weer verhoord kon worden. Maar daar is het niet meer van gekomen. Hij was een cruciale schakel in mijn onderzoek...'

'Goed. Ik wil dat je de rest van de dag vrij neemt,' zei Melanie.

'Word ik van de zaak gehaald?'

'Nee. Ik wil eerst de beelden van het verhoor bekijken, en dan ga ik praten met de arrestantenbewaker en degenen die Joseph hebben gearresteerd. Ik wil dat je een gedetailleerd schriftelijk rapport opstelt. Ik wil ook met McGorry praten.'

Erika stond op. 'Oké.'

'Wacht even, ga zitten.'

Erika zakte terug op haar stoel. 'Wat?'

'Ik ga iets zeggen wat je niet leuk zult vinden, maar ik wil dat je me laat uitpraten.'

'Ja?'

'Je hebt het afgelopen jaar heel wat meegemaakt, Erika. Het is nog maar een week geleden dat je die ontvoeringszaak hebt afgesloten.'

'Tien dagen...' Erika deed haar ogen dicht. Het was een zenuwslopende zaak geweest. Een jong stel, Nina Hargreaves en Max Kirkham, had een reeks moorden en overvallen gepleegd. Natuurlijk maakte de pers daar een Bonnie-and-Clyde-verhaal van, en commissaris Marsh kwam vervolgens met een verklaring waarin hij de twee moordenaars met naam en toenaam noemde, wat hem noodlottig zou worden.

Marsh had gedacht een slimme zet te doen door de twee een ultimatum te stellen, maar het gevolg was dat hij hun een aanknopingspunt gaf: zijn gezicht en zijn naam. Nina en Max doken in zijn privéleven en ontdekten dat de vrouw van Marsh uit een rijk gezin kwam, en dat ze twee dochtertjes hadden.

Marcie werd overmeesterd toen ze alleen thuis was, en Nina Hargreaves maakte het kinderdagverblijf wijs dat ze de nieuwe oppas van de meisjes was. De zaak escaleerde tot een heuse ontvoering. Tegen alle advies in betaalden Marsh en Marcie het losgeld van tweehonderdduizend pond, maar de ontknoping van de zaak volgde pas nadat Erika erin slaagde achter de locatie te komen waar de twee dochters werden vastgehouden, op een afgelegen plek in Dartmoor, in het zuiden van Engeland.

Het daaruit voortvloeiende bloedbad, waarbij Max en Nina elkaar probeerden te vermoorden, stond nog levendig in het geheugen van Erika gegrift. De tweelingzusjes werden gered en bleven ongedeerd, maar het zou nog een hele tijd duren voordat de emotionele trauma's geheeld waren.

'Erika! Erika!'

Ze deed haar ogen open. Melanie keek haar bezorgd aan. 'Wat gebeurde daar?'

'Sorry. Ik ben moe, en ik ben nog steeds een beetje van slag. Het is niet alleen tragisch wanneer zo'n jonge vent zich van het leven beroofd, maar hij was ook een belangrijke getuige.'

Melanie haalde haar portefeuille tevoorschijn en haalde er een kaartje uit, dat ze aan Erika gaf.

'Dr. G. Priestley. Klinisch psycholoog,' las ze. Ze keek Melanie aan. 'Is dit voor mij?'

'Ja.'

'Denkt u dat ik gek ben? Labiel?'

Melanie hief een bezwerende hand op. 'Nee, dat denk ik niet. Laat ik allereerst zeggen dat ik zelf bij dr. Priestley loop. Ik ga er elke week naartoe.'

'Therapie?'

'Ja.'

Erika wist niet goed wat ze daarop moest zeggen. Ze keek nogmaals naar het kaartje. 'Wat is dit? Een verwijzing? Ik heb net met succes een onderzoek afgesloten, heb ervoor gezorgd dat twee meervoudige moordenaars niet nog meer ellende kunnen veroorzaken, ik red de dochters van de plaatselijke commissaris, en in plaats van dat ik word gefeliciteerd, moet ik in therapie?'

'Erika. Nee. Ik richt me nu persoonlijk tot je als een vriendin, of als een collega, van mens tot mens. Dit heeft niets met de Met te maken, of met welk onderzoek dan ook, of met de zelfmoord van Joseph Pitkin. Je bent een van mijn meest gewaardeerde medewerkers, en ik heb er alle vertrouwen in dat je al heel snel weer terug zult zijn om dit onderzoek voort te zetten, maar dit is wat ik op dit moment van je vraag. Het is mijn plicht om te melden wanneer iemand van mijn medewerkers onder de druk van het werk dreigt te bezwijken.'

'Ga ik op rapport?'

'Nee! Luister nou eens een keertje naar me, stomme idioot!'

Erika keek haar glimlachend aan.

'Sorry...' begon Melanie.

'Nee, dat geeft niks. Ik word liever uitgemaakt voor stomme idioot dan dat ik die managementprietpraat moet aanhoren.' Ze hield het visitekaartje omhoog. 'Dus dit is uw therapeut?'

'Ja.'

'Mag ik vragen waarom u...'

Melanie zuchtte diep en leunde naar achteren. 'Toen ik voor het eerst in verwachting raakte, was ik zwanger van een tweeling. Ik heb ze negen maanden lang bij me gedragen, hield een kraamfeestje, en de opgewonden familie en de echtgenoot zaten in het ziekenhuis te wachten om onze kindjes in hun armen te kunnen nemen... Ze zijn allebei dood geboren.' Ze haalde diep adem en veegde een traan weg. 'De artsen snapten niet goed hoe dat kwam. In mijn familie komen doodgeboren kinderen niet voor, en de zwangerschap verliep helemaal volgens het boekje. Dat niemand er een verklaring voor kon vinden, kon ik niet aan. Ik raakte mijn geloof kwijt, en verder al het andere ook. Ik ben er bijna aan onderdoor gegaan.'

'Wat afschuwelijk. Wanneer was dat?'

'Tien jaar geleden. Het was een hele toer om weer naar het normale leven terug te keren. Natuurlijk denk ik niet dat ik er ooit helemaal overheen zal komen, maar het gaat nu goed. Dus dit zeg ik tegen je als vriendin, zonder je te veroordelen: ga er niet aan onderdoor, Erika. Dat is je baan niet waard. Ik hoef je niet te vertellen hoe je je leven moet inrichten, maar ik ben niet tegen je. Zoals ik al zei, ben je een van mijn hoogst gewaardeerde medewerkers, en dat wil ik zo houden. Ik wil dat je blijft doen wat je altijd al gedaan hebt, maar zorg er dan wel voor dat je het allemaal aankunt.'

Erika keek weer naar het kaartje. 'Mag ik erover nadenken?'

'Natuurlijk, maar niet al te lang. Ga maar naar huis om wat slaap te pakken. Ik bel je wel. En stuur McGorry naar binnen.'

Erika verliet het kantoor en deed de deur achter zich dicht. McGorry en de arrestantenbewaker zaten allebei op de gang te wachten. Ze zagen er aangeslagen uit.

'Hoe ging het?' vroeg McGorry. Hij blies zijn wangen bol.

'Wel oké. Vertel gewoon maar hoe het gegaan is. Ik heb verteld van die wurggreep, want daar kon ik niet onderuit, maar ik heb erbij gezegd dat je uit zelfverdediging handelde. Dat komt ook in mijn rapport te staan.'

'Spijkerbroek. Zijn spijkerbroek,' mompelde de arrestantenbewaker hoofdschuddend. Hij kon het nog steeds niet geloven.

'Je hebt je werk gedaan,' zei Erika.

'Maar dat was niet genoeg,' zei hij.

Ze legde haar hand even op zijn arm, knikte gedag en verliet het politiebureau. Toen ze in haar auto stapte, zag ze dat de kerstcadeautjes voor de tweeling nog op de achterbank lagen. Ze startte de motor en reed naar het huis van commissaris Marsh.

17

Marsh woonde in een mooie straat met grote vrijstaande huizen in de buurt van Hilly Fields, dat prachtig uitkeek op de skyline van Londen. Net toen Erika een plekje vond om te parkeren, begon de zon te schijnen, en daardoor verscheen er een gouden glans op de besneeuwde straten. Ze hoopte dat de familie Marsh niet thuis was, zodat ze de cadeautjes bij de deur kon achterlaten. Ze haalde diep adem en pakte de grote deurklopper. Het ijzer bonsde luid op het hout.

Even later deed Marsh open. Hij was een knappe man van zo'n vijfenveertig, met gemillimeterd blond haar. Hij zag er bleek en afgetrokken uit, en leek flink te zijn afgevallen. 'Erika,' zei hij verrast.

Ze hield de cadeautjes omhoog. 'Ik weet dat ik een dag te laat ben, maar ik wilde de meisjes toch hun cadeautjes geven, en mijn excuses aanbieden omdat ik gisteren niet kwam opdagen.'

Marsh wilde net iets zeggen toen Marcie achter hem in de hal verscheen. 'Je bent er! Vrolijk kerstfeest,' zei ze, terwijl ze Erika omhelsde. 'Hoe is het met je?'

Marcie was een beeldschone vrouw, maar ook zij leek te zijn afgevallen. Haar lange zwarte haar, dat anders altijd glansde, hing er futloos bij, en ze had zich zwaar en kleurloos opgemaakt, wat niet verhulde dat ze een gebroken neus, een opgezwollen gezicht en twee blauwe ogen had, wat allemaal nog moest genezen.

'Met mij gaat het prima,' zei Erika ongemakkelijk. Zij en Marcie kenden elkaar al heel lang. Ze hadden nooit een hartelijke band gehad, tot Erika haar twee dochtertjes van de dood had gered.

'Kom binnen, de warmte in,' zei Marcie. Ze streek Erika over haar schouders. 'Wat heb je een dunne jas aan; in dit weer heb je meer dan een leren jasje nodig!'

Ze gingen haar voor naar de woonkamer, waar het verstikkend warm was. Het vuur in de haard brandde volop, en er stond een grote kerstboom naast de schouw. Marcies vader, Leonard, zat in een leunstoel in een hoekje te slapen, en de vader van Marsh, Alan, deed een dutje in een stoel bij de boom.

'Ga toch zitten,' zei Marcie. 'Ik ben net bezig een lunchbuffet klaar te zetten. Ik heb allerlei soorten koud vlees en verschillende kazen, en broccolisoep met stilton.'

'Heerlijk,' zei Erika.

'Kunnen we je iets inschenken? Champagne?' zei Marsh.

'Paul, je hoeft niet zo te schreeuwen. Ze slapen!' siste Marcie luid fluisterend.

'Ik praat net zo hard als jij,' siste hij terug.

'Nee, je was bijna aan het schreeuwen... Kom me maar in de keuken helpen. Excuseer ons, Erika.' Ze liepen naar de keuken.

Erika keek naar de twee oude mannen die met blozende wangen zaten te dutten. Marcies vader, Leonard, had een gezond kleurtje en zag er goed uit in zijn casual blauwe broek met een geblokt shirt en een dasje. Alan oogde wat sjofeler in zijn oude spijkerbroek met een gele wollen trui. Leonard verschoof in zijn stoel, ging kuchend rechtop zitten en had even tijd nodig om wakker te worden. Het was bijna komisch om te zien dat hij Erika tamelijk laat in de gaten kreeg.

'Hallo.'

'Hallo.'

'Volgens mij ken ik jou. Jij bent toch die mevrouw van de politie?' zei hij met een geaffecteerde stem. 'Ulrika was het toch?'

'Erika Foster, van de recherche.'

Hij kwam moeizaam overeind en kwam glimlachend met uitgestoken hand naar haar toe. Zijn kunstgebit stak onnatuurlijk wit af tegen zijn gebronsde huid. Toen ze hem een hand gaf, trok hij haar naar zich toe en zoende haar op beide wangen. 'We zijn je erg dankbaar voor wat je hebt gedaan, voor Paul en Marcie, en voor de tweeling. Dank je wel,' zei hij, nog steeds pompend haar hand schuddend.

'Ik deed gewoon mijn werk.'

'Afschuwelijk allemaal. Ik heb het op tv gezien. Ze hebben de beelden van het lichaam van Max Kirkham onherkenbaar in beeld gebracht.'

'Ja...'

Leonard schudde haar nog steeds de hand. 'Volgens Paul had die vrouw een vuurpijl op hem afgeschoten, waardoor zijn hele gezicht aan flarden is geschoten en zijn hersens uit elkaar zijn gespat. Denk je dat de meisjes dat gezien hebben?'

'Ja, ik denk het wel.'

'Mijn opa heeft in de Eerste Wereldoorlog in de loopgraven gezeten. Hij hield er natuurlijk shellshock aan over. Hij kon zich altijd als de dag van gisteren herinneren hoe jongens van zijn leeftijd werden getroffen door rondvliegende granaatscherven en hun achterhoofd werd weggeblazen.... Tegenwoordig krijgt iedereen natuurlijk meteen therapie aangeboden, maar destijds leed iedereen in stilte...'

Alan werd wakker. Het duurde even voordat hij bij zijn positieven was. Hij smakte met zijn lippen en wreef zijn ogen uit. Hij was met zijn verweerde gezicht en zijn gemillimeterde grijze haar een oudere versie van Marsh.

'Alan, dit is Ulrika, de politievrouw die die moordzuchtige klootzakken heeft opgepakt!'

'Hallo. Ik ben Erika,' zei ze. Ze trok haar hand terug uit Leonards greep.

'Ulrika... Dat is een Zweedse naam. Deed u vroeger niet het weerbericht?' vroeg Alan doodernstig.

'Het weerbericht?'

'Die arme drommel heeft ze niet allemaal meer op een rijtje,' mompelde Leonard. Hij tikte met een vinger tegen de zijkant van zijn hoofd.

'Ik hoor je wel, hoor!' zei Alan. 'Is ze de wijkverpleegster?'

Gelukkig kwam Marsh binnen. Hij had een dienblad met glazen

champagne bij zich. 'Pap, dit is Erika. Erika Foster. Ik heb met haar de opleiding in Manchester gedaan,' zei hij. Alan knikte, maar leek er nog steeds niets van te snappen.

'Was je hier ook met de lunch? Was ze er met de lunch ook, Paul?'

'Nee, pap, Erika stapt net binnen,' zei Marsh langzaam en extra hard.

Er viel een ongemakkelijke stilte. Leonard pakte de afstandsbediening en deed de tv aan. Er klonk een kakofonie aan kabaal toen *The Sound of Music* op het scherm verscheen. De Von Trapp-kinderen marcheerden de trap af. 'Laten we even naar de keuken gaan,' zei Marsh zacht. Erika keek glimlachend naar de twee oude mannen, die helemaal in de film opgingen.

'Sorry voor daarnet. Mijn vader is soms wat in de war. Het is een nogal frustrerende kerst geweest. Ik moet alles altijd honderd keer voor hem herhalen,' zei Marsh, terwijl ze naar de keuken gingen. 'Leonard mankeert niks, die luistert alleen nooit. Die leeft helemaal in zijn eigen wereldje.'

'Wie luistert er nooit?' vroeg Marcie toen ze de keuken binnenkwam. Ze was bezig een uitgebreid koud buffet op de lange keukentafel klaar te zetten.

'Je vader.'

'Mijn vader weet in elk geval nog wat voor dag het is.'

'Dat is niet erg aardig van je om te zeggen,' zei Marsh ontstemd.

'Het is toch gewoon zo? Je moet hem in een tehuis laten opnemen. Het is ontzettend stressvol om hem hier over de vloer te hebben. Mijn vader is tenminste nog goed bij zijn hoofd. Zoals je weet heeft hij gisteren met Trivial Pursuit gewonnen.'

Erika keek naar haar glas champagne en zou zich het liefst uit de vuurlinie terugtrekken.

'Ik zeg niet dat hij dezelfde kant op gaat als mijn vader. Ik zeg alleen maar dat hij een ouwe stijfkop is, en hoe hij tegen je moeder tekeergaat...'

'Mijn moeder is soms net zo erg.'

'Waarom is ze vandaag dan naar buiten gegaan? Ik wou dat ik dat ook had gedaan!'

Marcie keek hem aan. Ze had tranen in haar ogen.

'Misschien kan ik maar beter gaan,' zei Erika.

'Nee, blijf alsjeblieft,' zei Marcie. Ze depte haar ogen met een tissue. Marsh stond achter haar en probeerde zijn woede onder controle te houden.

Sophie en Mia kwamen de keuken in en doorbraken de geladen stemming. De kleine vierjarige meisjes leken als twee druppels water op elkaar en hadden dezelfde paarse fluwelen jurkjes aan met dikke crèmekleurige maillots en roze haarbanden in hun lange donkere haar. Toen ze Erika zagen, liepen ze naar haar toe zonder iets te zeggen en sloegen hun armen om haar benen. Erika zette haar glas neer, ging op haar hurken zitten om de twee meisjes te omhelzen en snoof de geur van hun haar op. In de warme, helder verlichte keuken leek alles wat er gebeurd was onwerkelijk en ver achter haar te liggen.

'We zijn zo blij dat je er bent,' zei Sophie als eerste.

'Ik vind het ook fijn om jullie te zien,' zei Erika. Ze keken elkaar aan. Mia knikte ernstig; haar grote bruine ogen waren heel expressief. Het speet Erika ontzettend dat ze de vorige dag niet bij de lunch was verschenen. 'Ik heb cadeautjes voor jullie meegenomen. Een beetje aan de late kant, maar vrolijk kerstfeest.' Ze gaf de twee tasjes aan de meisjes, die onmiddellijk de cadeautjes tevoorschijn haalden en ze opgewonden uitpakten. Het eerste cadeau was een Blingles Glimmer Studio Maker-set, en het tweede een Fashion Headbands-set, waarmee je je eigen haarband kon maken, in verschillende kleuren, met bloemetjes en glitter. 'Ik heb twee verschillende dingen voor jullie gekocht, maar ik weet hoe leuk jullie het vinden om cadeautjes met elkaar te delen,' zei Erika.

De twee meisjes keken haar oprecht verrast en opgetogen aan.

'O, meiden, wat zeg je dan tegen Erika?' zei Marcie.

'Dank je wel, Erika!' zeiden ze allebei.

'Hadden jullie dit nog niet? Ik heb een neefje en een nichtje van jullie leeftijd, en die zeiden dat dit echt heel leuk was.'

'Nee, dit hadden we nog niet, en het zijn de leukste cadeautjes ooit!' riep Mia, die haar weer omhelsde.

De meisjes keken naar Marcie. 'Mama, ga het nou pakken,' zei Sophie. Marcie liep naar het aanrecht en haalde een in cadeaupapier verpakt doosje tevoorschijn. Ze gaf het aan Sophie, en Mia pakte het ook beet, en samen gaven ze het aan Erika.

'Dit hebben we voor jou,' zei Mia.

Erika pakte het cadeautje uit. Het was een sieradendoosje. Toen ze het opendeed, zag ze een halsketting met een zilveren kruisje. Marcie pakte het doosje en haalde de ketting eruit, en Mia hield het korte haar in Erika's nek omhoog zodat ze het kettinkje om haar nek konden hangen.

'Wat een prachtig cadeau,' zei Erika tegen de meisjes. Ze keek omhoog naar Marcie en Marsh, die naar haar glimlachten.

De meisjes haalden allebei een nieuwe iPhone tevoorschijn, en met hun kleine handen swipeten ze vaardig over het scherm. 'Deze hebben we van pappie en mammie gekregen,' zei Sophie. 'Ze willen dat we altijd contact met ze kunnen houden, vanwege wat er gebeurd is.'

Ze hielden de schermen naar Erika toe om haar de foto te laten zien die ze van haar en de nieuwe ketting hadden genomen. Ze zag er mager en bijna doorschijnend uit, en ze stak bleek af tegen de witte koelkast.

'Je ziet er mooi uit,' zei Sophie.

'Maar volgens mij kun je wel wat eten gebruiken,' zei Mia. Gelukkig verbrak dat de spanning, en ze begonnen allemaal te lachen.

'Handen wassen, meiden,' zei Marcie.

Erika wachtte tot de meisjes de keuken uit waren. 'Hoe gaat het met ze?' vroeg ze.

Marcie en Marsh keken elkaar aan. 'Verrassend goed, gezien de omstandigheden,' zei Marcie. 'Sophie is de sterkste. Zij is degene die zich over Mia ontfermt.'

'Ze zonderen zich om de haverklap af om in hun zelfbedachte taaltje met elkaar te praten,' zei Marsh.

'Er bestaat geen handleiding voor dit soort situaties. Ik ga in het nieuwe jaar met ze naar een therapeut,' zei Marcie.

'En hoe gaat het met jullie twee?' vroeg Erika. Weer keken ze elkaar aan, deze keer alsof ze nu pas merkten dat ze een stel waren.

Aarzelend nam Marsh het woord. 'We kijken per dag hoe het gaat,' zei hij. Toen hij Marcie op haar been klopte, draaide ze zich van hem af.

'Kom, laten we gaan eten,' zei ze.

Later op die avond reed Erika naar huis. Ze putte veel troost uit het geschenk dat ze van de meisjes had gekregen, en steeds bracht ze haar hand naar het kruisje dat om haar nek hing. Voor de verandering was ze blij dat ze in een lege flat kwam. Bij Marsh thuis had een enorm vijandige sfeer gehangen, en hoewel het een ruime woning was, had het met al die gasten claustrofobisch geleken.

Erika schonk net een wodka met ijs voor zichzelf in toen haar telefoon ging. Het was Melanie. 'Ik heb alles doorgenomen wat met de dood van Joseph Pitkin te maken heeft, en op dit punt kan ik alleen maar concluderen dat het om een tragisch ongeval ging.'

'Oké. Hebt u al contact gehad met zijn ouders?'

'Ja. Zoals te verwachten was, waren ze helemaal van de kaart.'

'Nemen ze mij iets kwalijk?'

Melanie zuchtte. 'Daar ga ik nu geen antwoord op geven. Maar het is duidelijk dat ze een heel eigen kijk op de zaak hebben.'

'Hebt u hun nog gevraagd naar de foto's en het berichtje?'

'Nee, Erika, dat heb ik niet gedaan...' Melanie viel even stil. 'Maar ik wil wel dat je morgen weer op je werk verschijnt. Je krijgt een groter team voor de zaak-Marissa Lewis. Ik hoop dat je vannacht goed kunt slapen.'

Toen Melanie had opgehangen, ging Erika naar het raam van de woonkamer, waar ze het licht nog niet had aangedaan. Ze staarde naar buiten, naar de donkere besneeuwde straat. Een vos waagde zich in het oranje schijnsel van een straatlantaarn en bleef even staan, de poten in de sneeuw; het slanke lijf rilde even in het licht. Het dier stond te wachten, keek naar haar flatgebouw en leek te overwegen of het veilig was om in de afvalbakken te gaan snuffelen. Erika bleef vanuit haar donkere kamer staan kijken.

'Kom op. Het is veilig. Doe het,' zei ze. De vos sloop langzaam verder naar de parkeerplaats, langs de ondergesneeuwde auto's, in de richting van de afvalcontainers, waarin ongetwijfeld nog heel wat weggegooide etensresten te vinden waren. 'Goed zo.'

Boven haar in het gebouw hoorde Erika iets kraken, en iemand deed een lamp aan, waardoor er een groot rechthoekig vlak van licht op de donkere parkeerplaats viel. De vos draaide zich om en verdween in de schaduwen.

18

Donkere winteravonden in de buitenwijken van Londen waren altijd spannend voor de man die zichzelf graag 'T' noemde. Hij verliet zijn huis dan onder de bescherming van de duisternis, in het zwart gekleed, met het leren gasmasker in een van de grote zakken van zijn lange jas weggestopt.

South London strekte zich kilometers ver uit, en steeds was hij verheugd wanneer hij weer een plek had gevonden die hij nog niet kende tussen de straten vol rijtjeswoningen, donkere steegjes, kleine verborgen parkjes en braakliggende terreinen. In de buitenwijken van South London hingen over het algemeen geen beveiligingscamera's. Bij de stations waren ze alleen in de verlichte gedeelten geplaatst.

Hij vond dat zijn gezicht zijn ware masker was. Hij had een doodgewoon gezicht, niet echt dertien in een dozijn, maar acceptabel genoeg. In alle maanden waarin hij dit nu deed, was de enige foto die de politie van hem had kunnen maken er een met zijn gasmasker op.

Het verbaasde hem altijd hoe weinig de gemiddelde medemens opmerkte van de wereld om hem heen. Forenzen waren heel sterk in het niets willen zien. Ze wilden alleen maar naar hun werk of zo snel mogelijk naar huis. Die keken nauwelijks om zich heen. De blik strak naar de grond gericht. Bijna bang om betrokken te raken bij de wereld om hen heen. De werklozen, de dronkaards en de daklozen waren degenen voor wie je moest uitkijken. Die hadden wel oog voor hun omgeving en waren niet enkel op weg van A naar B. Ze waren juist afhankelijk van datgene wat zichtbaar was en waren gedwongen te kijken naar middelen om te overleven in een onbarmhartige omgeving. Zij waren doorgewinterde observatoren en wisten onmiddellijk van wie ze wat geld of een sigaret konden aftroggelen en wie drugs wilde kopen.

Het goede nieuws voor T was dat niemand enige aandacht aan de daklozen schonk. Niemand die iets betekende. Het zou veel gemakkelijker zijn geweest om een dakloze om zeep te helpen. Hij hoefde ze maar een paar pond aan te bieden en ze liepen met hem mee naar een donker hoekje. Voor vijf pond kon hij bijna alles doen wat hij wilde, afhankelijk van hoe wanhopig ze waren.

Maar daar was geen lol aan. Het was de angst waar hij op kickte, bij iemand die niet aan de drugs was, iemand met maatschappelijke vooruitzichten. Hij zocht leuke, goedgeklede belastingbetalers, hoekstenen van de samenleving, die hij uit hun veilige bubbel wilde sleuren. Ze hadden allemaal een speciale blik in de ogen wanneer hij ze in een hoek gedreven had, alsof ze wilden zeggen: *Dit soort dingen overkomen mij niet. Die overkomen anderen. Slechte mensen. Ik ben geen slecht mens.*

Het gasmasker diende een praktisch doel, maar het voegde ook een zintuiglijke sensatie toe. Het gevoel van de kap die strak om zijn hoofd zat, de dierlijke geur van zijn eigen oude zweet, gemengd met de geur van leer. Het dikke glas van de kijkgaten dat zijn zicht vervormde en de gezichten van zijn slachtoffers iets vergrootte.

Vanavond zou hij alleen maar toeschouwer zijn. De sneeuw werkte in zijn voordeel, want geluiden werden erdoor gedempt. Hij zou toekijken en afwachten. Hij wist nooit hoe ze heetten, maar hij vond het heerlijk om uit te vissen wat hun vaste gewoonten waren. Hoe laat ze naar het werk gingen, hoe laat ze weer thuiskwamen. Mensen waren gewoontedieren. Zelfs met de kerst.

Als je eenmaal hun vaste gewoonten kende, was de rest een fluitje van een cent.

19

De volgende dag kwam Erika vroeg op haar werk. Ze liep naar het keukentje op de begane grond, naast de kleedkamer die door de geüniformeerde agenten werd gebruikt. Ze stond naar een open kastje vol koffiebekers te kijken toen twee jonge agenten binnenkwamen, een man en een vrouw, met hun steekwerende vesten nog aan.

'Goedemorgen, inspecteur,' zeiden ze in koor. Ze leken verrast haar hier te zien.

'Goedemorgen. Hoe zit dat met die bekers? Is deze van iemand?'

De jongeman, die kleiner was dan Erika, pakte twee bekers en gaf er een aan zijn vrouwelijke collega, die zo verlegen leek te zijn dat ze geen oogcontact maakte.

'Niemand gebruikt die gebloemde bekers, inspecteur,' zei hij. Erika pakte een ervan uit het kastje, en er viel een ongemakkelijke stilte toen het water aan de kook raakte en de waterkoker zichzelf uitschakelde. Niemand kwam in beweging.

'Toe maar, jullie eerst. Jullie hebben het verdiend,' zei Erika. De jongeman pakte een lepel en schepte oploskoffie uit een grote voorraadbus in hun bekers. 'Was het een ruig nachtje?'

Hij knikte. 'De gebruikelijke nachtmerrie rond sluitingstijd van de pubs. De jonge tieners lijken met de feestdagen alleen maar meer te gaan zuipen en agressiever te worden.'

'En we moesten er tot drie keer toe op uit omdat mensen hadden gedacht dat ze de gasmaskerman hadden gezien,' zei de vrouw.

'De gasmaskerman?' zei Erika.

'Ja. Dat is de afgelopen weken voortdurend in het nieuws. Weet u dat niet?'

'Nee. Ik heb me met andere zaken beziggehouden.'

'Een vent met een gasmasker op valt vrouwen en mannen aan. Hij slaat vaak toe in de buurt van stations, vroeg in de ochtend, of 's nachts in de kleine uurtjes, nadat de laatste trein vertrokken is.'

'Hoeveel slachtoffers?'

'Vijf, sinds half november.'

'Verkracht hij ze ook?'

'Niet allemaal. Hij kneep zijn eerste twee slachtoffers de keel dicht tot ze buiten bewustzijn raakten, en toen ze weer bij kennis kwamen, was hij verdwenen. De plaatselijke tv-zender heeft gistermorgen een oproep uitgezonden, nadat op eerste kerstdag een vrouw was aangevallen, bij station Sydenham.'

'Een minuutje later en ze was thuis geweest,' zei de man.

'We zijn de hele avond en nacht gebeld door mensen die beweren iets gezien of gehoord te hebben. Stuk voor stuk vals alarm,' voegde de vrouw eraan toe.

Ze pakten hun koffie en gingen weg. Inspecteur Moss kwam de keuken binnen. Ze had een enorm grote winterjas aan. Moss was een stevige, gedrongen vrouw. Ze had vuurrood haar, dat vol smeltende sneeuwvlokken zat, en een bleek, sproetig gezicht.

'Goedemorgen, chef. Leuke kerst gehad?' Moss deed de knopen van haar jas los en pakte een beker.

'Het was...'

'U hebt gewoon doorgewerkt, hè?'

Erika knikte. 'Aan de moordzaak waarover ik je zo meteen meer zal vertellen.'

'Was het gezellig met de lunch?'

Erika schudde haar hoofd. 'Ik heb een "broodje kerstdiner" gehad. Dat was de eerste en meteen de laatste keer.'

Moss trok een grimas. 'Ik heb een "kerstpudding"-smoothie gehad. Voor mij ook de eerste en laatste keer. En mijn broer Gary is met zijn vrouw en kinderen bij ons blijven logeren.'

'Hoeveel?'

'Hij heeft maar één vrouw.'

'Heel grappig.'

'Drie kinderen.'

'Kunnen ze goed met Jacob opschieten?'

Moss wreef in haar ogen en schonk kokend water in haar beker. 'Jawel, maar hun kinderen kunnen niet zo goed met elkaar overweg. Ze hebben er de leeftijd voor: zeven, acht en negen. Horen en zien verging je. Ons huis is gewoon te klein. En bij de lunch wilden de kinderen alles weten over het L-woord.'

'Lapland?' zei Erika.

Grinnikend roerde Moss melk door haar koffie. 'Haha. Nee. Lesbo's, te weten Celia en ik. Waarom we getrouwd zijn, hoe we getrouwd zijn, en hoe het kan dat we Jacob hebben gekregen. Celia beantwoordde al hun vragen gewoon, maar ze bleven maar doorvragen. We kwamen niet eens toe aan het voorlezen van de grapjes die altijd in de Christmascrackers zitten. Het ging verder prima, maar het was niet hoe ik me een kerstlunch had voorgesteld.'

Erika wilde nog iets zeggen, toen een lange, knappe, zwarte agent het keukentje betrad. Hij bleef staan toen hij Erika en Moss zag.

'Oké. Goedemorgen,' zei hij. Hij was duidelijk van zijn à propos. Het was inspecteur Peterson.

Moss keek van Erika naar Peterson en wist eerst niet goed wat ze moest zeggen. 'Moet je nou kijken! Hij is er weer! Eindelijk!'

Peterson knikte, liet zijn ID zien, schonk hun beiden een brede glimlach, waardoor zijn ernstige gezicht iets onbenulligs kreeg.

'Je ziet er al veel beter uit,' zei Erika. Ze had totaal niet verwacht hem hier weer te zien. Een aangename verrassing, merkte ze. 'Heb je een prettige kerstvakantie gehad?'

'Het was niet echt een vakantie, meer de dagen afstrepen tot ik weer aan het werk kon... Achteraf bleek het... Nou, ik heb eigenlijk nog nooit zo'n leuke kerst gehad als dit jaar.'

'Vertel eens?' vroeg Erika. Ze was benieuwd of hij misschien iemand had ontmoet, maar had er spijt van dat ze ernaar gevraagd had.

'Dit is officieel weer mijn eerste dag op het werk,' zei hij om van gespreksonderwerp te veranderen. Er viel een ongemakkelijke stilte.

'Je hebt een goede dag uitgekozen. Over vijf minuten hou ik een briefing in de grote recherchekamer. Zorg dat je op tijd bent.' Erika pakte haar beker en liep het keukentje uit.

Moss en Peterson stonden een tijdje zwijgend bij elkaar. Moss liep naar de deur en controleerde of Erika buiten gehoorsafstand was.

'Heb je haar met de kerst nog gezien?' vroeg ze.

'Nee.'

'Komt het wel weer goed tussen jullie? Ik wil niet tussen twee van mijn meest geliefde collega's in komen te staan.'

'Ben ik een van je meest geliefde collega's?' vroeg hij grijnzend.

'Soms. Hangt ervan af. Je had haar met de kerst moeten bellen. Ik weet wel dat jullie het hadden uitgemaakt, maar ze heeft uiteindelijk de hele kerst doorgewerkt. Het was de bedoeling dat ze in elk geval eerste kerstdag vrij zou zijn... Je weet dat ze een ouwe taaie is, en dat bedoel ik in de positieve betekenis. Ik had haar uitgenodigd, maar ze zei dat ze niet tot last wilde zijn.'

'Ik was van plan om bij haar langs te gaan, maar toen... kwam er iets tussen,' zei Peterson. 'Ik heb het nog steeds niet verwerkt.' Glimlachend schudde hij zijn hoofd.

'Mag ik uit de manier waarop je kijkt opmaken dat het iets positiefs is?' vroeg Moss.

Hij deed de deur dicht. 'Als jij een kop koffie voor me maakt, zal ik je er alles in geuren en kleuren over vertellen,' zei hij.

20

De bijeenkomst werd gehouden in de grote recherchekamer op de begane grond van het politiebureau.

Erika stond voor een enorme plattegrond van Londen, drie vierkante meter groot, waarop goed te zien was dat de North en South Circular en de M25 als concentrische cirkels rond Central London lagen. De Theems liep als een dikke blauwe kronkellijn door het centrum. Twintig agenten plus ondersteunend personeel waren op de zaak-Marissa Lewis gezet, en het was voor het eerst sinds de kerst dat ze allemaal bij elkaar werden geroepen.

In het team zaten onder meer collega's met wie Erika eerder had samengewerkt: brigadier Crane, een man met dunnend rossig haar en een vriendelijk gezicht; Moss en Peterson, die nog steeds koffie aan het halen waren, constateerde ze; McGorry en Kay, die hun bureau aan het opruimen waren en Erika met een hoofdknikje en een glimlach begroetten toen ze langsliep. Samen met brigadier Singh, een kleine en buitengewoon slimme agent, waren rechercheurs Knight en Temple bezig alle informatie over de zaak op het whiteboard te plaatsen.

Hoofdinspecteur Hudson kwam ook even bij de briefing kijken en deed de deur achter zich dicht. Ze ging op een bureau achter in het vertrek zitten en knikte Erika glimlachend toe.

'Goedemorgen, iedereen,' begon Erika. 'Ik hoop dat jullie allemaal een prettige kerst hebben gehad. Jammer dat het altijd zo snel voorbij is...' Ze liep naar een uitvergrote afbeelding van Marissa Lewis, de foto die in haar paspoort zat. 'De tweeëntwintigjarige Marissa Lewis is voor de deur van haar huis in Coniston Road in South London vermoord. De resultaten van de autopsie moeten nog binnenkomen, maar vermoedelijk is ze laat op kerstavond om het leven gebracht...' De deur ging open, en Moss en Peterson kwamen binnen, elk met een beker koffie in de hand. Moss zei geluidloos sorry tegen Erika, en Peterson ook. Ze gingen bij het kopieerapparaat zitten dat bij de ramen aan de gangkant stond. 'Fijn dat jullie er ook zijn. Ik wist niet dat het zo lang duurde om een kop oploskoffie te maken.'

'Sorry, chef,' zei Moss beschaamd. Peterson staarde schuldbewust naar zijn beker.

Erika vervolgde haar verhaal. 'Marissa Lewis is herhaaldelijk met een scherp voorwerp gestoken.' Ze wees naar de close-ups waarop de messteken te zien waren. 'We hebben het moordwapen nog niet kunnen vinden. Maar uit het voorlopige forensisch rapport blijkt dat de plaats delict beperkt is gebleven tot het tuintje voor het huis. In huis zijn geen bloedsporen aangetroffen. We wachten nog op nadere bijzonderheden van de forensische dienst, en op de uitslagen van de autopsie...'

'Wil dat zeggen dat de moeder van Marissa er niets mee te maken heeft?' vroeg McGorry.

'Nee. Het betekent alleen dat als ze Marissa vermoord heeft, ze de sporen heeft weggewerkt en haar kleren heeft uitgetrokken voordat ze weer naar binnen ging. In deze fase van het onderzoek sluiten we niemand uit. Iedereen kan een verdachte zijn.'

Erika vertelde dat Joseph Pitkin was gearresteerd en dat hij zich in zijn cel van het leven had beroofd. Er viel even een stilte. Zelfmoordpogingen in de cel toonden op pijnlijke wijze aan hoe kwetsbaar mensen konden zijn die in hechtenis waren genomen.

'In dit stadium blijft de rol van Joseph Pitkin deel uitmaken van het onderzoek. Ik heb de indruk dat we eerst meer bewijsmateriaal moeten zien te vinden voordat we weer met zijn familie kunnen praten. Er zijn foto's en filmpjes op zijn mobieltje aangetroffen, waaruit blijkt dat er een verband is tussen hem en het slachtoffer. Bij verschillende gelegenheden, meestal 's avonds, heeft hij haar stiekem gefilmd, wanneer ze thuis was, in haar slaapkamer. Ik denk dat ze zich er op een gegeven moment bewust van werd dat ze gefilmd werd. We moeten zien vast te stellen of ze dit aanmoedigde of dat ze het goedvond dat hij haar filmde. In een van de filmpjes is te zien dat Marissa seks heeft met een man die aan de beschrijving voldoet van een buurtbewoner, Don Walpole genaamd.'

Erika wees op het whiteboard, waar een paar stills uit het filmpje waren opgehangen. 'Don Walpole is getrouwd, is begin vijftig, en zou een relatie hebben gehad met Marissa toen ze nog een tiener was. Hij woont ook in Coniston Road. Iemand anders bij haar uit de straat is Ivan Stowalski. Ook hij heeft een seksuele relatie met Marissa gehad. Hij is rond de vijfendertig, van Poolse afkomst, en woont met zijn vrouw in het Verenigd Koninkrijk. Marissa was een danseres die met haar burlesque-act in verschillende clubs in Londen optrad. Daarnaast verzorgde ze een bejaarde dame, die in Hilly Fields woont, bij haar om de hoek...'

Terwijl Erika aan het woord was, waren Knight en Temple samen met Singh bezig foto's uit de dossiers op te hangen.

'De moeder van Marissa is ook iemand die we moeten natrekken. Ze vertelde dat ze boven in het achterste slaapkamertje sliep, en dat ze daar ook op kerstavond had geslapen. Maar toen we in huis rondkeken, zagen we dat dat kamertje al een tijdje niet was gebruikt. Op het bed lagen oude kleren onder een laagje stof. We troffen beddengoed aan op de bank in de woonkamer, die bij het raam staat, dat enkelglas heeft en slecht geïsoleerd is. Marissa is voor dat raam neergestoken en vermoord.'

Erika zweeg even om de informatie te laten bezinken. Toen ging ze verder: 'Door de twee kerstdagen heeft het onderzoek wat vertraging opgelopen en konden we ons buurtonderzoek niet volledig uitvoeren. Iedereen bedankt die met buurtbewoners gepraat heeft, maar we zullen terug moeten om het hele onderzoek over te doen. Ik wil graag dat Marissa Lewis wordt nagetrokken, en de buurtbewoners die ik net heb genoemd, plus iedereen die deel van haar leven heeft uitgemaakt. Vrienden, familie, collega's, nachtclubs. We proberen toegang te krijgen tot haar iPhone om haar mailtjes en social media te kunnen bekijken. We hebben haar telefoongegevens opgevraagd. Ook hebben we de opnamen opgevraagd van de beveiligingscamera's in Coniston Road en rond station

Brockley. We moeten zien uit te vissen of ze na haar optreden op kerstavond de trein terug naar huis heeft genomen, wat ze normaal gesproken altijd deed. Brigadier Crane zal de taken verdelen. We zullen weer vanaf het begin moeten beginnen en de verloren kersttijd moeten inhalen.'

De kamer kwam tot leven. Erika liep naar Moss en Peterson.

'Nogmaals sorry, chef,' zei Moss.

'Welkom terug, James,' zei Erika.

Hij leek niet goed te weten hoe hij moest reageren. 'Bedankt,' zei hij, terwijl hij opstond.

Verschillende agenten kwamen naar hem toe om hem op zijn rug te kloppen en hem te verwelkomen, waarna ze verspreid over de recherchekamer aan het werk gingen.

'Je ziet er goed uit. Ik bedoel, je bent weer heel wat aangekomen,' zei Erika, zichzelf corrigerend. 'Je bent zo te zien weer helemaal de oude.'

'Er kunnen nog wel een paar pondjes bij,' zei hij. Hij deed zijn colbertje los en trok zijn broek op. 'Maar ik voel me weer helemaal de oude.' Hij sloeg met zijn hand op zijn platte buik.

'Niet doen, dat is niet eerlijk voor de rest van ons!' riep Crane grijnzend. Hij klopte op zijn eigen bierbuik.

'Spreek voor jezelf!' zei Moss. Ze legde een hand op haar omvangrijke buik. 'Ik heb gewoon grove botten.'

'Oké, oké, zo kan-ie wel weer. Blijf bij de les. Ik neem aan dat je het liefst bureauwerk wilt doen, om een beetje op gang te komen?'

Peterson knikte. 'Ik heb een nieuw wachtwoord voor Holmes nodig. Ik heb begrepen dat mijn oude wachtwoord niet meer geldig is, omdat ik er zo lang uit ben geweest.'

'Goed. Laat Crane daarnaar informeren.' Erika keek hem glimlachend aan, en hij glimlachte terug. Ze hielden elkaar even met hun blik gevangen. Toen keek hij weg. 'Moss, jij gaat met mij mee. James, ik wil graag dat je een profiel van Marissa Lewis opstelt en kijkt wat er over haar te vinden is.'

Hij knikte en liep weg, waardoor Erika achterbleef met Moss, die naar haar had staan kijken.

'Wat?'

'Niks. Alles lijkt oké tussen jullie, en dat is alleen maar... oké. Waar gaan we heen?'

'Ik wil eens praten met Marissa's beste vriendin.'

21

Erika sprak met Sharon-Louise in een pub af, de Brockley-Jack, in de buurt van de kapsalon waar ze werkte en die op 27 december nog gesloten was. Het sneeuwde weer toen Erika en Moss door Crofton Park reden, maar de temperatuur was iets omhooggegaan, waardoor de sneeuw op de weg papperig was geworden. Ze kwamen langs het station, een Co-Op en nog een paar winkels, tot ze het uithangbord van de Goldilocks Hair Salon zagen.

'Waarom moeten kapperszaken altijd van die woordspelerige namen hebben?' zei Moss. Ze keek naar het opzichtige goud-witte interieur toen ze langsreden. 'Vroeger ging ik altijd naar "Herr Kats", terwijl de eigenaar helemaal geen Duitser was. En tijdens mijn opleiding in Hendon was er een "British Hairways".'

'Is dat relevant?'

'Hebben ze dat niet in Slowakije? Kapperszaken met woordgrapjes in de naam?"

'Nee.'

'De clientèle komt meestal uit de werkende klasse. Daar is natuurlijk niks mis mee, maar het zijn vaak dames die er alles aan doen om er goed uit te zien. Ik wil wedden dat veel klanten dol zijn op roddelpraatjes. Heel anders dan die chique kapsalons die je in hartje Londen vindt.'

'Denk je dat onze Sharon-Louise wel van een sappige roddel houdt?'

'Kappers horen van alles en nog wat,' zei Moss. 'Hebt u dat nooit, dat je veel te veel zegt als je je haar laat doen? Ik voel me altijd verplicht om te kletsen.'

'Als ik al naar de kapper ga, en dat is niet vaak, dan vraag ik of ze onder het knippen niet willen praten,' zei Erika.

'Dat zal inderdaad wel,' mompelde Moss grijnzend.

Een oude dame stak de straat over. Erika zag het pas op het allerlaatste moment en moest vol op de rem gaan staan, waardoor zij en Moss allebei naar voren schoten. De auto kwam met gierende banden tot stilstand, een centimeter of dertig van de oude dame af, die onaangedaan doorliep en haar oude boodschappentas op wieltjes achter zich aan trok. Ze had lang grijs haar, en Erika's hart sloeg op hol toen ze de indruk kreeg dat het Elspeth Pitkin was, maar toen de oude dame zich omdraaide, zag Erika dat ze veel ouder was, met de ingevallen mond van iemand zonder tanden.

'Jeetje, dat was op het nippertje,' zei Moss.

De oude dame bereikte de overkant en stapte op het trottoir. In een flits zag Erika Joseph voor zich, hangend in zijn cel, de strop strak om zijn hals, zijn gezicht lijkbleek en opgezwollen. Achter haar werd getoeterd.

'Gaat het?'

Erika knikte. Ze reden de parkeerplaats van de Brockley Jack op. Om tien uur in de ochtend stonden er nog niet veel auto's.

Binnen was het rustig en lekker warm. Aan de bar zat een oude man met een biertje voor zich tv te kijken. Een forsgebouwde jonge vrouw, die in een hoekje van de zaak had plaatsgenomen, zwaaide naar hen. Ze liepen naar haar toe.

'Hoi. Ik ben Sharon-Louise, maar noem me maar Sharon, hoor,' zei ze. Ze stond op om hun een hand te geven. Ze had lang, glanzend, honingblond haar met roze lokken erdoor, en ze droeg een wikkeljurk met een bloemetjespatroon. Ze had een rond, breed gezicht en droeg een klein rond brilletje. Voor haar op de tafel stond een glas sinaasappelsap.

'Heb je nog genoeg te drinken?' vroeg Moss.

'Ja. Maar een zakje chips, daar zou ik een moord voor doen... Ik bedoel... O, shit, niet een moord.'

'Het geeft niet,' zei Moss. 'Welke smaak?'

'Ketchup of garnalencocktail,' zei ze. Erika vroeg om een sapje, en Moss liep naar de bar.

'Ik heb vannacht geen oog dichtgedaan toen ik had gehoord wat er met Marissa was gebeurd.' Sharon pakte een zakdoekje, schoof haar bril omhoog en droogde voorzichtig haar tranen.

Erika nam tegenover haar plaats. Moss kwam even later terug met twee glazen sinaasappelsap en chips en ging naast Sharon zitten.

'Van wie heb je het gehoord over Marissa?' vroeg Erika.

'Mijn moeder kreeg een telefoontje van een kennis van haar die bij Marissa in de straat woont... Het is al erg genoeg dat ik afscheid van haar moest nemen, maar ik dacht dat ik haar ooit wel weer zou zien...' Ze brak, haalde een verfrommeld zakdoekje tevoorschijn en schoof haar bril weer omhoog om haar ogen droog te deppen. 'Sorry. Het is gewoon te erg om te geloven... En alles gaat gewoon door, zoals altijd. Overal hangt nog kerstversiering, ze draaien vrolijke liedjes. Je zou bijna denken dat het niemand iets kan schelen... Maar zo gaan die dingen nou eenmaal.'

'Waarom moest je afscheid van Marissa nemen?'

Sharon boog zich naar voren, scheurde het chipszakje open en spreidde de chips uit over de tafel, zodat ze konden delen. 'Ze zou naar Amerika gaan.'

Erika en Moss keken elkaar verbaasd aan.

'Wanneer?'

'Ze zou morgen vertrekken.' Haar ogen werden weer vochtig, en ze pakte het zakdoekje weer.

'Waar in Amerika?' vroeg Moss.

'New York.'

'Waarom?'

'Ze was het hier ontzettend zat. Het weer. Hoe de dingen geregeld waren. "Hier blijf ik altijd uitschot," zei ze altijd. Ze dacht dat ze altijd alles tegen zou hebben, doordat ze niet op de juiste school had gezeten en geen geld had. Ze droomde ervan de volgende Dita Von Teese te worden, en in New York is de burlesque-scene echt enorm. In Amerika zijn meer kansen. Als je hard werkt, kun je daar nog ergens komen. Ze wilde een nieuwe start maken.'

'Had ze een werkvergunning?' vroeg Erika.

'Nee, ze had een toeristenvisum voor een half jaar. Ze wilde daar natuurlijk gaan werken, maar voor optredens krijg je vaak cash betaald. En ze had Ivan.'

'Ivan Stowalski?'

Sharon knikte.

'Wat zou Ivan dan doen?'

'Hij zou met haar meegaan. Hij werkt in de farmaceutische industrie en had daar een baan gevonden.'

'Hebben we het hier over de Ivan Stowalski die getrouwd is en in Coniston Road woont?' vroeg Moss.

'Zijn huwelijk is al jaren geleden op de klippen gelopen. Ezra, zijn vrouw, leidde een heel eigen leven.'

'Wist Ezra van zijn plannen?'

'Volgens Marissa hield hij veel voor haar verborgen. Hij is een beetje een softie. Geen ruggengraat. Ik snap niet hoe het hem met die goedbetaalde baan van hem lukt om leiding te geven aan flink wat mensen, want in zijn privéleven is hij echt hopeloos. Op kerstavond is hij met zijn vrouw naar het noorden gereden, naar de ouders van Ezra, die daar tegenwoordig wonen. Volgens Marissa zou hij het Ezra vertellen wanneer ze daar waren, en dan zou hij... nou ja, vandaag terugkomen.'

Erika keek haar fronsend aan.

'Ik weet het. Crazy, hè?'

'Hoe lang hadden Marissa en Ivan al wat met elkaar?'

'Een jaar. Hij betaalde heel veel voor haar: kleren en spullen voor haar act. Echt heel veel. Hij was helemaal in de ban van haar, en hij had haar echt nodig.'

'Hoezo "in de ban" en hoezo "nodig"?' vroeg Erika.

'Hij was altijd heel jaloers als ze moest optreden. Hij vroeg steeds of er mannen op haar af waren gestapt, en ging zelf ook vaak kijken. Dan zat hij op de voorste rij om haar als een politieman te bewaken... Ze wilde hem dumpen, maar toen hij haar over New York vertelde, rook ze haar kans. Hij heeft alles betaald.'

'Wat vond haar moeder daarvan?' vroeg Erika.

'Mandy? Ik weet niet of Marissa haar wel iets verteld heeft. Ze kunnen niet goed met elkaar overweg. Konden. Mandy is echt hopeloos. Ze heeft nooit echt gewerkt, en toen Marissa klein was, dook ze met Jan en alleman het bed in. Ze dronk zich klem en was aan de drugs. Marissa had een tamelijk afschuwelijke jeugd. Ze is twee keer uit huis geplaatst, toen ze tien was en op haar twaalfde.'

'Waarom woonde Marissa nu dan nog steeds bij haar?'

Sharon haalde haar schouders op. 'Dat ligt ingewikkeld. Ze hadden wel iets samen. En ze probeerden allebei altijd zo veel mogelijk steun te trekken. Mandy heeft een uitkering. Marissa kreeg geld als haar mantelzorger, plus een tegemoetkoming van de gemeente...' Sharon fronste haar wenkbrauwen. 'Shit. Nou heb ik Mandy verlinkt.'

Erika maakte een wegwuivend gebaar. 'Wij houden ons niet met uitkeringsfraude bezig. Maar hoe deden ze dat? Ze woonden toch in hetzelfde huis, moeder en dochter?'

'Marissa heeft de achternaam van haar vader aangehouden. Haar moeder heet Mandy Trent.'

'Ja. Waar is de vader van Marissa?'

'Al heel lang weg, toen ze nog klein was. Hij was bouwvakker en werkte bij een of ander project hier in de buurt.' Sharons ogen vulden zich weer met tranen, en ze pakte haar zakdoekje. 'Ik zal haar zo ontzettend missen.'

Ze had alle chips opgegeten, en nu was ze bezig de kruimeltjes te verzamelen. Moss ging naar de bar om nieuwe drankjes en chips te halen, en Erika wachtte tot ze terug was, zodat Sharon een beetje tot bedaren kon komen.

'Wat weet je van Joseph Pitkin?' vroeg Erika.

Sharon schudde laatdunkend haar hoofd. 'Die heeft alles in zijn schoot geworpen gekregen, maar hij is een waardeloze nietsnut.'

'Waarom?'

'Zijn ouders zitten er warmpjes bij. Ze hebben hem naar de beste scholen gestuurd, maar daar is hij steeds vanaf gestuurd. De wereld lag voor hem open, en toch koos hij ervoor om een enge loser te worden. Hij was geobsedeerd door haar, kwam naar haar shows toe.' Sharon schudde haar hoofd misprijzend. 'Mager sukkeltje, met een raar moedercomplex. Zijn moeder komt zo nu en dan bij ons om haar haar te laten doen. Haar haar is altijd vies, en ze stinkt. We hebben haar liever niet in de zaak, maar ze geeft altijd veel fooi.'

'Heeft Marissa hem ooit gevraagd om foto's van haar te nemen?'

'Wat voor foto's?'

'Hij was een amateurfotograaf.'

'O ja? Dan neem ik zonder meer aan dat zijn ouders al zijn apparatuur voor hem hebben gekocht. Ze heeft het daar nooit over gehad... Wacht eens even, wat bedoelt u met "was"?'

Erika vertelde het haar, zonder te veel in detail te treden.

'Jeetjemina,' zei Sharon. Ze propte nog wat chips in haar mond. 'Dat verbaast me niks. Een rare familie was het, en hij leek ze niet helemaal op een rijtje te hebben. Het gerucht gaat dat Elspeth hem tot zijn negende de borst heeft gegeven. Marissa zei altijd grappend dat zijn moeder het liefst zag dat hij zijn maagdelijkheid aan haar verloor.'

Moss keek haar fronsend aan. 'Die jongen heeft zichzelf van het leven beroofd.'

'Ik weet het. Treurige zaak, maar wat dan nog? Jullie willen toch niet dat ik erom ga liegen en net doe alsof het me veel doet? Ik mocht die vent niet.'

'Wat heeft hij je misdaan?'

'Niks, maar hij kon Marissa niet met rust laten. Het was een rare, griezelige gozer. Ze vertelde dat hij een paar keer voor haar huis had staan wachten om met haar te praten toen ze laat van een optreden thuiskwam.'

'Heeft ze daar ooit aangifte van gedaan?'

'Nee. Volgens mij voelde ze zich niet... bedreigd. Ik denk dat hij kleiner was dan zij, en zij was al niet zo groot.'

Erika leunde naar achteren en streek met haar handen door haar haar. 'Goed. Wat weet je over Don Walpole?'

Sharon zuchtte. 'Willen jullie het alleen maar hierover hebben? De mannen in haar leven? Het is 2017. Mensen gaan nou eenmaal met elkaar naar bed. Ze vond hem aardig. Ze viel op oudere mannen. Marissa had het de hele tijd over zijn grote lul, en dat hij zo goed wist wat hij ermee moest doen...' Ze trok een misprijzende grimas.

'Sliep Marissa ook wel met andere oudere mannen? Onbekende mannen?'

'Ja, hoor. Ze vertelde er graag in geuren en kleuren over. Mannen die ze op weg naar huis oppikte. Heel stijlvol. Een paar van Fitzwilliam Estate. Don, Ivan. Het ging haar alleen om de seks. Daar gebruikte ze die mannen voor. Haar vriendschappen gingen veel dieper. Ik was haar enige echte vriendin. Ik ken de echte Marissa.'

'En hoe was de echte Marissa?'

'Ondanks die harde buitenkant was ze een aardige meid. We kenden elkaar van school. Daar werd ik gepest, en zij was de enige die met me wilde praten.'

'Nam ze het voor je op?' vroeg Moss.

'Ja, en ze gaf me dieettips en bood aan om me een make-over te geven, zodat ik niet meer gepest werd. Ze moedigde me aan om de kappersopleiding te gaan doen. Ze zei ook dat ze wel met me mee wilde als ik mijn ogen zou laten laseren. Om mijn hand vast te houden, weet je wel, en me van de kliniek naar huis te brengen.'

'Was je van plan om dat te gaan doen?'

'Ja... Ooit. Hoewel, wie houdt er nu dan nog mijn hand vast?' Ze had een moment nodig om haar emoties onder controle te krijgen.

'Was Ivan de enige met wie ze een serieuze relatie had?'

'Ik zei toch dat ze niet verliefd was? Hij had geld. Met hem kwam ze nog eens ergens.'

'En de oude dame voor wie Marissa zorgde?' vroeg Erika.

'Elsa Fryatt? Daar had Marissa ook weer zo'n geluk mee. De zoon van mevrouw Fryatt wilde dat zijn moeder niet langer thuis bleef wonen. Het leek hem beter dat ze naar een tehuis zou gaan. Als compromis zouden ze iemand zoeken die voor haar kon zorgen. Ze haalde haar neus op voor de officiële thuishulp, je weet wel, van die mensen die daar speciaal voor opgeleid zijn. Mevrouw Fryatt hing een briefje op in die koffiezaak in Brockley High Road, dat artistiekerige tentje. Ze bood vijftien pond per uur! Ik denk dat ze Marissa interessant vond. En Marissa heeft haar heel wat geld afgetroggeld. Ze mocht tussen de middag bij haar eten, en ze gingen steeds met z'n tweeën naar tuincentra. Marissa mocht zelfs in haar Porsche rijden. Marissa zou me met die auto naar de oogkliniek brengen.'

'Hoeveel uur per week werkte ze bij mevrouw Fryatt?'

'Een uur of tien, vijftien. Het was echt een geweldig baantje. Bij haar om de hoek. En ze kreeg contant betaald.'

'Het lijkt me dat Marissa een tamelijk complex persoon was,' zei Erika. Sharon keek haar afwachtend aan. 'Sorry, dat was eigenlijk meer als vraag bedoeld, niet als constatering.'

'Ja, nee, dat is prima. Ik probeer alleen te bedenken wat ik daarop kan zeggen. Ik vond haar niet zo complex. Mensen reageerden altijd op een bepaalde manier op haar. Ze was niet zo academisch geschoold, om het zo maar eens te zeggen, maar ze was wel slim, en beeldschoon.'

Sharon barstte weer in tranen uit en hield een zakdoekje voor haar mond om haar gesnik te smoren. 'Ze... ze kon mensen het bloed onder de nagels vandaan halen,' zei ze tussen het snikken door. 'Maar wie zou haar nou willen vermoorden? Ze was altijd eerlijk over wie ze was. Daarom vond ik haar juist zo aardig. Mag ik haar nog zien? Ik wil Mandy vragen of ik Marissa's haar mag doen. Ik wil niet dat ze er straks als een oude vrouw bij ligt in het uitvaartcentrum...'

'Goede genade. Wat vond je daar nou van?' vroeg Erika toen ze weer met Moss in de auto zat. Ze zagen Sharon in de richting van Crofton Park Road lopen. Ze liep met trage pas en bracht steeds een zakdoekje naar haar gezicht.

'Ze heeft heel wat verteld,' zei Erika. 'Denk je dat ze ons alles verteld heeft?'

'Geen idee. Ik kreeg niet de indruk dat ze iets probeerde te verbergen. Hoewel, als Marissa voortdurend mensen voor haar karretjes spande, waar had ze Sharon dan nog voor nodig?'

'Een gratis knipbeurt?'

Moss trok een grimas. 'Meent u dat nou? Het stikt in Londen van de kapsalons, en je kunt gemakkelijk iemand vinden die het vak nog moet leren en die je gratis wil knippen om te oefenen. Nee, dat kan het niet zijn.'

Erika's telefoon ging.

'O, het is McGorry,' zei ze voordat ze opnam. 'Ja?' Ze luisterde even, bedankte hem en verbrak de verbinding. 'Ivan Stowalski is gisteravond laat naar Londen teruggereden. Alleen. Laten we zijn kant van het verhaal eens aanhoren.'

22

Ivan Stowalski woonde aan het eind van Coniston Road, dicht bij Crofton Park Road. Het huis stond ingeklemd tussen een woning die met plastic was afgetimmerd en werd gerenoveerd, en een pand dat in slechte staat verkeerde en hoognodig moest worden opgeknapt.

Er werd niet opengedaan, maar de gordijnen zaten dicht. Erika belde nog een keer aan, en de bel galmde luid door het huis.

'Op eerste kerstdag waren de gordijnen nog open. Bij het buurtonderzoek zagen ze dat er in de woonkamer een kerstboom stond,' zei Erika.

Moss tuurde door de brievenbus. 'Jezus,' zei ze kuchend. 'Moet u eens ruiken.'

Erika hurkte bij de brievenbus neer, bracht haar neus naar de opening en deinsde kuchend achteruit. 'Shit, dat is gas.'

Ze liepen naar het tuinhek en keken achterom naar het huis. Alle ramen waren gesloten, en de gordijnen zaten dicht. Het leek alsof er op een van de vensterbanken dekens waren neergelegd. Erika haalde haar portofoon tevoorschijn, vroeg om versterking en gaf het adres door. Daarna liep ze terug naar de voordeur, bracht haar mond voor de brievenbus en riep: 'Dit is de politie. Is er iemand?' Ze hoestte. 'Het is echt een heel sterke lucht.'

'Als er binnen veel gas is, bestaat de kans dat de boel ontploft en dat er meerdere woningen worden opgeblazen. En er zijn heel wat mensen thuis,' zei Moss. Ze wees naar andere huizen in de straat, waar wel licht brandde.

Erika knikte. Ze probeerde de deur te forceren en knalde er op pijnlijke wijze tegenaan zonder dat de deur meegaf. Bij de tweede poging begaf de hout het krakend en vloog de deur met een zwaai open. Erika tuimelde op het tapijt in de hal. Het gas stroomde naar buiten. Ze drukte haar mouw tegen haar neus.

'We moeten de ramen en deuren openzetten en kijken waar het gas vandaan komt,' zei ze toen ze weer in de deuropening stond om frisse lucht op te snuiven. Moss haalde diep adem, bedekte haar mond en haar neus, en samen renden ze naar binnen. Het huis bleek smaakvol gemeubileerd te zijn, maar het was er donker. In de woonkamer trok Erika de gordijnen open. Ze zag dat de schuiframen met dubbel glas er solide uitzagen: gemaakt van dik hout, en allemaal met tape dichtgeplakt. Onderop, bij de vensterbank, lagen dekens. Erika gaf een seintje naar Moss en voelde dat haar longen op springen stonden. Ze renden terug naar buiten. Hun ogen traanden, en ze hapten kuchend naar lucht.

'We moeten... de ramen en deuren openzetten,' zei Erika. Moss knikte. Ze haalden diep adem, stormden naar binnen en gingen weer naar de woonkamer.

Erika pakte een zware stoel die bij een boekenkast stond, en Moss keek om zich heen en vond een schaar op een bureautje bij het raam. Haar ogen traanden hevig, en ze veegde de tranen met haar mouw weg, hield de schaar als een dolk vast en stak de punt ervan in de hoek van een van de ramen. Ze had een paar pogingen nodig voordat ze het kozijn had doorboord. Ze deed hetzelfde met de andere twee ramen. Ze ging achteruit en knikte naar Erika, die de ramen met de poten van de stoel te lijf ging en ze alle drie verbrijzelde. Het glas knalde naar buiten, en frisse lucht stroomde naar binnen.

Ze liepen weer via de voordeur naar buiten om lucht in hun longen te zuigen.

'Hé! Jullie! Wat doen jullie daar?' riep een oudere man aan de overkant van de straat. Zijn ronde bril hing aan een kettinkje om zijn nek, en hij had een krant in de hand.

'U moet weer naar binnen gaan!' riep Moss.

'Niet voordat jullie me verteld hebben waar jullie mee bezig zijn!'

'Politie! U moet naar binnen gaan!' riepen ze allebei.

'Keuken, achterin,' zei Erika. Ze haalden diep adem en renden naar binnen, de gang door, langs de trap, waar de geur van gas sterker werd. De fraai ingerichte moderne keuken keek uit op de tuin. De deur van de oven stond open, en de gaspitten sisten. Moss zette het gas uit. Er was een grote glazen schuifdeur, maar er zat geen sleutel in het slot. Erika zag geen schaar, maar wel een grote stenen deurstop. Ze pakte hem op en wierp die tegen het glas. Het ding kaatste terug, waardoor ze een sprongetje opzij moest doen om hem niet tegen zich aan te krijgen.

Ze stonden allebei te hoesten en te proesten. Erika raapte de deurstop op en gooide het ding nog een keer tegen de glazen deur. Een netwerk van barstjes verspreidde zich naar de hoeken, waardoor het glas bijna ondoorzichtig werd, maar de deur brak niet. Erika's longen leken elk moment uit elkaar te kunnen klappen, en Moss was op haar knieën gezakt. Bij de derde poging versplinterde de grote glazen deur. Ze strompelden naar buiten, de besneeuwde tuin in, en zogen hun longen vol met heerlijk frisse, schone lucht.

'Boven. We moeten ook nog boven gaan kijken,' zei Erika hoestend. Ze haalden diep adem en renden weer naar binnen, de keuken door. Ze merkten dat de gaslucht niet meer zo intens was.

Ze hoorden een sirene loeien. Een brandweerauto stopte voor het huis. Boven had het huis dezelfde indeling als dat van Marissa, met een slaapkamer aan de voor- en achterkant, en een badkamer tegenover de trapopgang. De deur van het slaapkamertje aan de achterkant en de badkamerdeur stonden open. Ze zetten de ramen open en renden naar de grote slaapkamer, waarvan de deur op slot bleek te zitten. Ze voelden het tochten doordat er lucht van beneden naar boven stroomde en de concentratie gas in de lucht verdunde. Ze hoorden voetstappen op de trap, en stemmen.

'Hierheen!' riep Erika. Drie brandweermannen verschenen boven aan de trap. 'Deze deur moet open!'

Ze hakten met een bijl op de deur in, die versplinterde en op een gegeven moment openzwaaide. Gas stroomde naar buiten, de brandweermannen stormden naar binnen en deden de gordijnen en ramen open.

Op het netjes opgemaakte bed lag een lange, magere man. Hij had een bleek gezicht en dun rossig haar. Het was Ivan; Erika herkende hem van de foto's in de recherchekamer. Twee ambulancemedewerkers kwamen met een brancard en medische apparatuur de slaapkamer binnen. Erika en Moss gingen aan de kant, zodat de man onderzocht kon worden.

'Hij heeft een zwakke pols,' zei de ene verpleegkundige, een vrouw. Samen met haar mannelijke collega legden ze hem op de brancard, maakten de riemen vast en legden hem op de grond.

'Hij heet Ivan Stowalski,' zei Erika.

'Ivan, kun je me horen?' vroeg de vrouw. Ze tikte met de vlakke hand op zijn wang, waarna hij zacht kreunde en zijn oogleden begonnen te trillen.

'Zijn bloed zit vol koolmonoxide. Laten we hem een infuus en zuurstof geven.' Ze deed een EHBO-kist open.

Erika zag toen pas wat er op het bed lag. Eerst had ze gedacht dat het een sprei met een druk patroontje was, maar nu zag ze dat het bed bezaaid was met uitgeprinte foto's van Marissa Lewis. Er waren foto's van haar dansact, verschillende naaktfoto's van haar in bed, en van Marissa onder de douche. Er waren tientallen kiekjes van Marissa en Ivan in parken en bij beroemde plekken in Londen, waarbij ze lachend in de camera keken. Tussen de foto's lagen ook een paar van de kleren die ze bij haar act had gedragen: een zwart korset en een rode zijden beha.

Erika keek weer naar de verpleegkundigen, die een infuus bij Ivans arm hadden ingebracht en hem met behulp van een grote zak en een maskertje lucht toedienden.

'Wat houdt hij daar vast?' vroeg een van de brandweermannen.

Erika boog zich voorover en keek wat hij in zijn hand had. 'Ondergoed,' zei ze. Het was een rood slipje met een goudkleurige diamant erop geborduurd. 'Van Marissa. Dat is haar merkteken.'

23

Ivan Stowalski was door de verpleegkundigen gestabiliseerd. Hij ademde, maar was nog steeds niet bij kennis.

Erika en Moss keken vanaf het trottoir toe terwijl de ambulance wegreed.

'Weer een verdachte die onder onze ogen overlijdt,' zei Moss.

'Hij is nog niet overleden,' merkte Erika op.

De brandweerlieden hadden het hele huis op gaslekken geïnspecteerd, tot op zolder aan toe. Toen ze het sein gaven dat het gevaar geweken was, kwam een forensisch team om in het huis naar sporen te zoeken.

Erika dook onder het politielint door en liep naar Moss toe, die in de auto zat en water uit een fles dronk.

'Gaat het?' vroeg ze.

'Jawel. Mijn keel doet een beetje zeer.'

'Mijn keel ook, en ik rook twintig sigaretten per dag.'

'Ze brengen Ivan Stowalski naar het University College Hospital. Zo gauw hij bij kennis is, willen we met hem praten, heb ik gezegd. Zijn auto is op kerstavond om half twaalf door de tolpoortjes gegaan, in noordelijke richting.'

'Is dat niet heel laat om nog naar familie toe te gaan?'

'Als ze naar het noorden gingen, zullen ze nogal laat zijn aangekomen.'

'Vier of vijf uur in de ochtend. Waarom zou je zo laat nog op pad gaan? We moeten zien uit te vissen hoe laat Marissa van haar optreden terug was. Als dat eerder was, zou hij genoeg tijd gehad kunnen hebben.' Erika begon weer te hoesten; er zat nog wat gas in haar longen. Ze tuurde omhoog naar de lucht, naar een lichtgrijze wolk. Verschillende buren stonden van achter het raam of voor de deur toe te kijken, ook de man met de bril, die nog steeds de krant in zijn hand had. Erika keek naar de glasscherven die in de voortuin van Ivans huis lagen. Toen keek ze naar Moss, die nog een paar slokken water nam. 'Kun je wel door?'

'Zeker wel.'

'Ik wil graag nog praten met Don Walpole en met Marissa's moeder.'

Moss stapte uit, en samen gingen ze op weg.

Twee huizen verderop stond een forsgebouwde bejaarde zwarte man met peper-en-zoutkleurig haar een sigaret te roken. 'Heeft Ivan geprobeerd de hand aan zichzelf te slaan?' vroeg hij. Hij had een warm Jamaicaans accent en droeg een ruimvallende, grijze broek en een dikke oranje fleecetrui met veel brandgaatjes erin. Hij hield zijn hoofd schuin naar achteren en tuurde met half toegeknepen ogen naar Erika en Moss, alsof hij bang was dat ze op het punt stonden iets onverwachts te doen. Ze bleven bij zijn tuinhekje staan.

'We mogen niet over het onderzoek praten,' zei Erika.

'Slechte zaak, dat die vrouw vermoord is. Die Ivan heeft zichzelf compleet voor schut gezet door het met die vrouw aan te leggen. Hij kan absoluut niet aan haar tippen. Ik zag dat hij op een brancard naar buiten werd gebracht. Heeft hij geprobeerd de hand aan zichzelf te slaan?' Hij kwam dichterbij en legde zijn hand op Erika's schouder. Het puntje van zijn sigaret gloeide. 'Ziet u die auto daar, aan de overkant?' zei hij. Hij wees naar een witte Alfa Romeo met een grote deuk in de bumper. Het rechterachterlicht was kapot, en eronder lagen plastic scherven in de vieze sneeuw. Erika voelde dat de man de greep op haar schouder verstevigde. Zijn adem rook naar hoestpastilles en sigaretten.

Tactvol maakte ze zich uit zijn greep los en deed een stap achteruit. 'Ja.'

'Dat is zijn auto. Hij is vanmorgen vroeg teruggekomen, botste tegen die andere auto op, want daarvan zijn de koplampen nu verbrijzeld. Hij bleef niet wachten, hij heeft nergens aangebeld om de verzekeringspapieren in orde te maken.' Hij stak zijn sigaret weer in zijn mond en sloeg zijn armen over elkaar.

'Hoe laat was dat?' vroeg Moss.

'Vanmorgen rond zevenen.'

'Waarom was u al zo vroeg op?'

'Ik ben een oude man,' zei hij grinnikend, terwijl er rook uit zijn mond kwam. 'En van mijn vrouw mag ik in huis niet roken.'

'En u weet zeker dat het Ivan Stowalski was?'

'Zijn achternaam ken ik niet, maar ik ben niet blind! Het was die Pool.' Erika en Moss dachten even na. De man vervolgde zijn verhaal. 'Waarschijnlijk had hij gehoord dat ze dood was, dat meisje met wie hij wat had.'

'Hoe weet u dat die twee een relatie hadden?' vroeg Erika.

'Bent u nou een echte rechercheur? Dat weet ik omdat ik hier het grootste deel van de dag ben. Ik zie een hele hoop, al slaan mensen meestal geen acht op een oude man... Ze kwam heel vaak bij hem over de vloer. Nadat zijn vrouw naar haar werk was vertrokken.'

'Wanneer speelde dat?'

'Deze zomer. Nu het steeds zo koud is, komt ze hier niet meer zo vaak. De laatste keer dat ik haar heb gezien was op kerstavond...' Abrupt draaide de man zich om, en hij liep langs het paadje naar zijn huis en deed de voordeur open.

'Hé!' begon Erika, maar hij bleek alleen maar wat uit de hal te pakken en kwam terug met een asbak.

'Mijn vrouw. Ze zet dit ding nooit terug nadat ze hem heeft geleegd,' zei hij. Hij zette de asbak op de hekpaal, drukte zijn peuk uit en stak een nieuwe sigaret op.

'Hoe laat hebt u Marissa gezien?'

'Ik heb haar twee keer gezien op de dag voor kerst. Eerst 's middags. Het begon al donker te worden, dus het zal net voor vieren zijn geweest. Ze kwam Ivans huis uit met een gezicht dat op onweer stond. Hij kwam achter haar aan en smeekte haar om niet weg te lopen... Tjonge, wat was het een zielige vertoning, hij in z'n spijkerbroek en zijn T-shirt, zonder schoenen aan. Hij knielde zelfs voor haar in de sneeuw, jammerend en smekend. Toen was helemaal goed te zien wat een spetter ze is. Weten jullie dat ze een stripper is? Een stripper met hierboven ook flink wat,' zei hij, terwijl hij tegen zijn slaap tikte. 'Dat is een gouden combinatie.'

'Hebt u enig idee waar ze ruzie om hadden?' vroeg Moss.

'Nee. Ze zei dat hij weg moest gaan en haar met rust moest laten. Ze stond echt te schreeuwen en te vloeken. Hij liep achter haar aan de straat op, als een schoothondje, maar ze zei dat ze de politie zou bellen als hij haar niet met rust liet.'

'Zei ze dat werkelijk, dat ze de politie zou bellen?' zei Erika.

'Ik ben niet doof, mevrouw. Ik heb het echt gehoord.'

'Is hij toen weer naar binnen gegaan?'

'Ja, even later wel, met de staart tussen zijn benen.'

'Wanneer hebt u haar voor de tweede keer gezien?'

'Rond tienen die avond. Ze liep gewoon langs, op weg naar haar huis.'

'Was ze alleen?'

'Ja.'

'Weet u of Ivan toen thuis was?'

De oude man dacht even na. 'Volgens mij brandde er wel licht.'

Erika en Moss lieten dat even bezinken.

'Is er al iemand bij u langs geweest om met u te praten?' vroeg Erika.

'Wie bijvoorbeeld?'

'De politie. Met de kerst is er een buurtonderzoek geweest, en ik zou hebben verwacht dat u dit allemaal ook aan een van de agenten hebt verteld.'

De man hief zijn hand en stak een vermanend vingertje op. 'Hoho, mevrouw Bromsnor. Met de kerst was ik er niet. We waren bij mijn dochter en kleinkinderen; ze woont in Brent Cross. We zijn op eerste kerstdag vroeg van huis gegaan.'

'Hoe laat?'

'We zijn rond zevenen vertrokken. Het was afschuwelijk op de weg.'

'Hebt u die ochtend nog iets bijzonders gezien?'

Hij schudde zijn hoofd.

'Goed. Dank u wel. Mag ik een van mijn agenten bij u langssturen om een officiële verklaring af te nemen?'

'Als ik er ben, lijkt me dat geen enkel probleem.' Hij keek haar breed lachend aan en ontblootte zijn gele tanden.

Ze liepen verder de straat door.

'Dus op de dag dat ze vermoord werd, had ze nog ruzie met Ivan,' zei Moss. 'Hij was thuis toen ze om tien uur 's avonds van haar werk thuiskwam.'

'Het wordt steeds interessanter,' zei Erika.

24

Don Walpole woonde een eindje verderop in de straat, zes huizen van Marissa af. Zijn huis zag er leuk en weinig opvallend uit. Erika bedacht hoeveel huizen er wel niet in South London stonden, en dat ze allemaal op elkaar leken. In Slowakije, haar land van herkomst, had je bijna geen rijtjeshuizen. Prefab flatgebouwen waren het Slowaakse equivalent ervan; wat betreft woonruimte net zo claustrofobisch.

De voortuin van de Walpoles was open, met alleen een laag muurtje en zonder haag. De rode mutsen van een paar tuinkabouters staken uit de sneeuw omhoog, en een huisnummer ontbrak. Naast de deur hing het woord 'Summerdown' in zwarte ijzeren krulletters. De tv in de woonkamer stond aan.

Erika belde aan, en even later deed een forsgebouwde vrouw in een groezelige rode fleecetrui open. Haar ogen waren bloeddoorlopen.

'Ja?' zei ze. Ze legde een hand op de muur om haar evenwicht te bewaren.

'Bent u Jeanette Walpole?'

'Wie wil dat weten?' zei ze. Ze stond te wankelen op haar benen. Erika kon zien dat ze dronken was.

Erika en Moss stelden zichzelf aan haar voor en lieten hun ID zien.

'Is uw man er ook?'

Ze draaide haar hoofd en riep: 'Don! De politie wil je spreken over die hoer van je!'

Er klonk gestommel op de trap, en Don verscheen. Hij had een spijkerbroek en een coltrui aan en zag er veel jonger en vitaler uit dan zijn vrouw. Hij was knap, al straalde hij ook iets onbenulligs uit.

Zijn vrouw vond het overduidelijk leuk dat hij in verlegenheid werd gebracht. 'Hij doet het in zijn broek van angst, zie je wel?' Ze nam hem minachtend van top tot teen op. 'Hij heeft de ballen niet om die bitch te hebben vermoord... Hij heeft sowieso geen ballen van betekenis.' Ze stak haar hand uit om hem in zijn kruis te grijpen, maar Don hield haar tegen.

'Zo kan-ie wel weer, Jeanette,' zei hij.

'Au! Hij doet me pijn,' jammerde ze.

Hij liet haar ogenblikkelijk los. 'Ik deed haar geen pijn,' zei hij verontschuldigend.

'We zouden graag even met u praten, meneer Walpole,' zei Erika. 'Misschien kunnen we beter ergens anders afspreken?'

'Dat is prima. Loop alvast maar door naar de keuken, dan kom ik er zo aan.'

Ze liepen de gang door, waar het smetteloos schoon was, langs de trap naar de keuken achter in het huis. Het was er gerieflijk, en er stond een oude inbouwkeuken van hout. Aan de muur hing een televisie, waarvan het geluid zacht aanstond. Er was een oude zwart-witfilm op. Het sportkatern van *The Guardian* lag opengeslagen op de tafel, en er stond een beker koffie naast.

Er waren geen foto's op de deur van de koelkast geplakt; er hing alleen een magneetje uit Barcelona. In een hoek stond een flatscreen-pc op een voet. Erika liep ernaartoe en bewoog de muis. Een screensaver verscheen op het scherm: een foto van Don en Jeanette in de tuinen van een of ander landhuis. Hij had zijn arm ongemakkelijk om haar schouders geslagen, maar ze drukte zich niet tegen hem aan. Geen van beiden lachte. Naast de koelkast stonden dozen pinot grigio hoog opgestapeld.

Moss liep naar het raam dat uitkeek op de tuin. 'Jeetje, moet je al die lege flessen zien,' zei ze.

Erika kwam bij haar staan en zag dat het glasrecyclekrat boordevol was. 'Denk je dat van één week is?' vroeg ze.

'Iets meer dan een week,' zei een stem. Ze draaiden zich om en zagen Don in de deuropening staan. Hij deed de deur voorzichtig achter zich dicht. 'Ik heb haar zover gekregen dat ze even is gaan liggen.' Hij zei het op een toon van iemand die het gelukt was om een baby voor een middagslaapje onder zeil te krijgen. 'Mijn vrouw heeft al jaren een drankprobleem... Maar ik neem aan dat jullie iets anders willen bespreken?'

'We zijn hier vanwege uw relatie met Marissa Lewis,' zei Erika.

Don knikte. Hij had een imposant postuur, zag er fit en goedverzorgd uit en had grote, gespierde armen. 'Hebben jullie zin in koffie?'

'Nee, dank u.'

Ze gingen aan de keukentafel zitten. Hij schoof de krant opzij.

'We hebben gehoord dat u een relatie met Marissa had,' zei Erika.

'Heel wat mensen waren daarvan op de hoogte. Zo'n zes jaar geleden kwam ze langs met de vraag of we misschien een werkster nodig hadden. Ze ging van deur tot deur om te vragen of ze ergens aan de slag kon. Haar moeder was net haar uitkering kwijtgeraakt, en ze zaten krap bij kas. Ik heb haar voor een paar uur aangenomen, want ik wist dat haar moeder aan de drank was. Jeanette begon ook steeds meer te drinken. Ik dacht: ik ben tenminste een volwassene met een baan, en ik kan hier beter mee overweg. Zij was nog maar zestien.'

'Hoe begon het?' wilde Moss weten.

'Ik weet niet, gewoon omdat ze er was. Ze keek me steeds veelbetekenend aan, en op een gegeven moment zijn we met elkaar naar bed gegaan, toen Jeanette nog onder zeil was.'

'Hoe lang heeft dat geduurd?'

'Een paar jaar. Op een gegeven moment vond Jeanette haren van Marissa in haar borstel, nadat ze hier had gedoucht.'

'En wat gebeurde er toen?'

'Ze raakte helemaal buiten zinnen, riep dat ze wilde scheiden. Ze vloog Marissa aan, sloeg haar een bloedneus. Marissa ging naar huis, en toen kwam Mandy langs. Zij en Jeanette kregen slaande ruzie, midden op straat. Gillen en schreeuwen. Ik hield er een gebroken neus aan over, en ik ben een tand kwijtgeraakt toen ik tussenbeide wilde komen...'

'En was dat het einde van uw affaire met Marissa?'

'Ja,' zei hij. Hij leunde naar achteren en sloeg zijn armen over elkaar.

'Daarna hebt u haar niet meer gezien?'

'Nee. Nou ja, ik zag haar natuurlijk nog wel, want ze woonde hier vlakbij, maar ik heb niks meer met haar te maken gehad.'

'U hebt daarna niet meer met haar afgesproken of seks met haar gehad?' vroeg Moss.

'Nee. Dat zeg ik toch? Nee.'

Er viel een stilte. Erika haalde haar mobieltje tevoorschijn. Ze scrolde door haar bestanden, op zoek naar een filmpje, en legde het toestel tussen hen op de tafel. Op het scherm begon het filmpje dat op de telefoon van Joseph Pitkin had gestaan. Marissa in haar slaapkamer, de man die op Don leek kwam de kamer binnen en keek onrustig om zich heen. Ze zoenden bij het raam. Marissa begon zijn broekriem los te maken.

'Stop, meer hoef ik niet te zien,' zei hij. Hij stond op, liep naar het raam en staarde naar buiten. Erika zette het filmpje stop en borg het mobieltje op. 'Kennen jullie dat gevoel van: jeetje, hoe ben ik hier in hemelsnaam in verzeild geraakt?'

Erika en Moss zwegen.

'Ik wilde nog zo veel doen. In mijn jonge jaren zat ik in de jeugdselectie van Millwall. Ze zeiden dat ik profvoetballer kon worden, en dat wilde ik zelf heel graag, maar toen brak ik mijn been door een auto-ongeluk.'

'Wat heeft dat te maken met het feit dat u hebt gelogen over uw contact met Marissa?' vroeg Erika.

'Ze was opwindend. Ze was... sexy en... ik voelde weer dat ik leefde wanneer ik bij haar was.'

'Zei ze dingen die u graag wilde horen?'

Hij knikte zwijgend en veegde de tranen uit zijn ogen. 'Een paar maanden geleden wilde ze weer wat met me beginnen.'

'Dit filmpje is van september.'

Hij knikte. 'We hadden seks, zoals u waarschijnlijk wel gezien zult hebben. Het was fantastisch.'

'Kwam het initiatief van haar, of van u?'

'Van haar. Ze stuurde me op een avond een sms'je, zomaar opeens. Jeanette was laveloos. Het gaat bergafwaarts met haar, ze drinkt de hele dag door, scheldt me uit en kotst het hele huis onder. Haar gezondheid holt achteruit. Het is alsof je een kind over de vloer hebt. In feite ben ik haar verzorger, en als ik niet op mijn werk ben, is dat wat ik doe. Ik laat haar getier en gevloek over me heen komen, ik kook en doe het huishouden, ik geef haar te eten, ik ruim de kots op. Dus toen ik een berichtje kreeg van een beeldschone jonge vrouw die me helemaal suf wilde neuken, heb ik ja gezegd. Daar schaam ik me niet voor.'

'Waarom bleef het bij die ene keer?' vroeg Erika.

'Ze vertelde me na afloop dat ze pas vijftien was toen we voor het eerst seks met elkaar hadden...' Hij verborg zijn hoofd in zijn handen.

'En laat me raden: ze wilde aangifte doen?'

Hij knikte. 'Ze vertelde dat de pers dol is op misbruikzaken van jaren her, en dat ze haar zouden geloven.'

'Hebt u haar misbruikt?'

'NEE! Het was met wederzijdse instemming, u moet me op mijn woord geloven, en ik dacht echt dat ze al zestien was. Ze was een vrouw. Ze had het lichaam van een vrouw. Ik kick niet op... Ik zou nooit...' Hij begon weer te snikken, en grote tranen biggelden over zijn wangen. Erika haalde papieren zakdoekjes tevoorschijn en gaf hem er een. Hij veegde er gegeneerd zijn tranen mee weg. 'Ze zei dat ze vijf mille wilde, anders zou ze naar de politie stappen om aangifte te doen.'

'Was u bang dat ze dat echt zou doen?'

'Ja.'

'Hoe reageerde u toen?' vroeg Moss.

'Ze pakte het heel slim aan. Ze wilde afspreken in een koffietentje in hartje Londen. Het was er druk en ze vertelde me hoe we de boel zouden afhandelen.'

'Hebt u haar het geld gegeven?' vroeg Erika.

Hij knikte en wreef over zijn gezicht. 'Ik dacht dat het bij die ene keer zou blijven, maar later wilde ze nog een keer vijf mille hebben.'

'Hoe hebt u dat aan haar gegeven?'

'Dat bedrag heb ik overgemaakt.'

'Was ze inderdaad vijftien toen u voor het eerst seks met haar had?'

'Wordt dit officieel vastge...'

'Was ze vijftien?' herhaalde Erika met stemverheffing.

'Ja! Oké. JA! Twee dagen later zou ze zestien worden. Dat wist ik toen niet, ze vertelde me dat in september, maar ze was zestien op twee dagen na!' zei hij. Hij stak twee vingers op. 'Als we gewacht hadden tot na het weekend, was het wel legaal geweest. Hoe zit dat dan? Op vrijdag ben ik een pedofiel, maar op de maandag daarna niet meer? Als ik word veroordeeld voor een zedendelict, weet u dan wat er gebeurt? Dan raak ik mijn baan kwijt. We hebben een hypotheek. Mijn vrouw kan niet voor zichzelf zorgen. U weet zelf ook wel hoe die dingen tegenwoordig gaan. Het zou met grote koppen in de krant komen.'

Erika wreef over haar gezicht, en Moss schudde haar hoofd.

'Wanneer hebt u Marissa voor het laatst gezien, meneer Walpole?' vroeg Erika.

'Op kerstavond. Op het station.'

'Hoe laat?'

'Om ongeveer kwart voor tien. Jeanette zag haar bij de kaartjesautomaat staan en wilde wat tegen haar zeggen.'

'Wat zei ze?'

'Hetzelfde als alle andere keren: "lelijke bitch, vieze hoer".'

'Weet Jeanette dat u gechanteerd werd?'

'Nee.'

'En waar was u de rest van kerstavond?' vroeg Erika.

'Ik was hier,' zei hij. Hij keek haar recht in de ogen. 'Ik was aan het werk.'

'Wat doet u voor werk?'

'Ik ben grafisch ontwerper. Ik werk vanuit huis.'

'Hebt u hier een eigen werkruimte?' vroeg Moss.

'Ik zit altijd aan de keukentafel te werken.'

'Gebruikt u de logeerkamer niet?'

Hij zuchtte. 'Nee. Daar slaap ik namelijk.'

'En Jeanette?'

'Die heeft de slaapkamer aan de voorkant. Zijn al dit soort vragen nou echt nodig? Ik zie het nut er niet van in.'

'Uw vrouw is uw alibi voor kerstavond, maar jullie slapen apart, en 's avonds is ze vaak laveloos,' zei Erika.

'Ik heb Marissa niet vermoord,' zei hij, en zijn handen begonnen te trillen.

'Waarom was u niet thuis toen er op eerste kerstdag buurtonderzoek werd gedaan?'

'We zijn 's morgens naar de zus van Jeanette gegaan. Die woont in Greenwich, en daar zijn we gaan lunchen. Ze kan dit bevestigen.'

'Hoe laat zijn jullie van huis gegaan?'

'Rond achten. We wilden erbij zijn als de cadeautjes werden uitgepakt. Ze heeft kinderen en kleinkinderen.'

'Hebben jullie ook kinderen?'

'Nee. We hebben het wel geprobeerd, maar Jeanette kon geen kinderen krijgen. Ze is wel twee keer zwanger geweest, heeft het kind ook steeds voldragen, maar ze hebben het niet gered... Ik wou dat mensen dat wisten als ze haar zien. Er is een reden waarom ze drinkt. Ik neem aan dat jullie me arresteren?'

'Nee. Wel zou ik graag een agent langssturen om een officiële verklaring af te nemen. Ik wil ook graag dat u DNA afstaat. Dat gaat uiteraard op vrijwillige basis, maar als u weigert, zal dat in de weging worden meegenomen.'

'Mag ik daarover nadenken?'

Erika en Moss keken elkaar aan.

'U hebt vierentwintig uur de tijd. Ik wil uw huis ook graag doorzoeken. Ik zal desnoods een huiszoekingsbevel regelen.'

'Dat is niet nodig. Gaat u vooral uw gang. Ik heb weinig meer hoog te houden. Ik ben eerlijk over wie ik ben. Ik heb niets te verbergen.'

25

'Jezus, Marissa durft wel, zeg, om hem op die manier uit te melken,' zei Moss toen ze het huis van Don Walpole verlieten.

'De politie zou haar beschuldiging serieus hebben genomen,' zei Erika. 'Het zit me dwars dat hij niet zonder meer DNA wil afstaan.'

'Wat wilt u daaraan doen?'

'We moeten hem verder natrekken. Ik zie niet in wat voor nut het nog heeft om hem aan te klagen voor seks met een minderjarige, nu Marissa dood is, maar we kunnen dat wel gebruiken om hem onder druk te zetten als hij uiteindelijk besluit geen DNA af te staan. Ik wil ook langs de moeder van Marissa, om na te gaan of zij van Marissa's Amerika-plannen af wist.'

Erika belde even met Tania, de familierechercheur. 'Mandy is nog steeds bij de overbuurvrouw,' wist Erika te vertellen nadat ze het gesprek had beëindigd.

Ze staken de weg schuin over en liepen naar het huis van Joan. Joan deed open, ook nu weer gekleed in een fluwelen trainingspak, deze keer koningsblauw. Ze zag er afgepeigerd uit.

'We komen eens kijken hoe het met Mandy is,' zei Erika.

Ze moesten van Joan hun schoenen uitdoen, waarna Joan hun voorging naar de woonkamer. Mandy zat in een van de fauteuils, bij Tania, die op de bank zat. Tania zette het geluid van de tv uit. Het programma *This Morning* was erop. Er stonden kopjes op de grote glanzende salontafel, en een voor de helft leeggegeten pak geglazuurde cakejes. Mandy wierp hun een onverzettelijke blik toe. Ze had donkere kringen onder haar ogen. 'Nog nieuws?' vroeg ze hoopvol.

'We zijn met een paar dingen bezig,' zei Erika. 'Mogen we er even bij komen zitten?'

'Jawel,' zei ze.

'Mandy wilde weten wanneer ze de begrafenis kan regelen,' zei Tania.

'Daar kan ik eerdaags meer over zeggen,' zei Erika. Ze ging bij het raam zitten. Moss nam naast Tania op de bank plaats. 'Er zijn dingen die we nog voor Marissa moeten doen.'

'Wat voor dingen?'

'Eerst moeten we de oorzaak van overlijden vaststellen. De forensische kant van de zaak. Het stoffelijk overschot van uw dochter wordt goed bewaard.'

Er viel een langgerekte stilte.

Joan bleef onrustig in de deuropening staan. 'Zijn jullie klaar met die theekopjes?' vroeg ze.

'Ja, bedankt,' zei Tania.

Joan zette de kopjes op een dienblad en zag dat er een vlek op de tafel zat. 'Wat is dit?' zei ze beschuldigend. Ze keken allemaal naar een miniem druppeltje thee dat op de gewreven tafel terecht was gekomen. Ze wreef er met een vinger overheen en haalde vervolgens een doekje tevoorschijn, afkeurend mompelend: 'Het is een theevlek! En ik heb de tafel net nog gewreven!'

Mandy keek naar Joan. 'Het was niet mijn schuld. Ik heb een onderzettertje gebruikt!'

'Sorry, dan zal ik het zijn geweest,' zei Tania.

Joan pakte het dienblad en beende naar de keuken. Even later klonken er kletterende geluiden toen de kopjes in de vaatwasser werden gezet.

'Volgens mij heeft ze zo langzamerhand genoeg van me,' zei Mandy met gedempte stem. 'Maar ik zie er zo tegen op om weer naar huis te gaan. Ik zie haar steeds voor me, op haar rug in de tuin, haar ogen opengesperd.'

'Tania. Help jij Joan even in de keuken?' vroeg Erika met een hoofdknikje.

'Natuurlijk,' zei ze. Ze keek Erika geamuseerd aan, liep naar de keuken en deed de deur achter zich dicht.

Mandy leek zich beter te kunnen ontspannen nu de bozige geluiden van Joan in de keuken gedempt werden. ‘Fijne meid, die Tania,’ zei Mandy. Ze haalde haar mobieltje uit de zak van haar hoody. ‘Ik bekijk steeds de foto’s die ik van Marissa heb. Ik ben bang dat ik straks niet meer weet hoe ze eruitziet.’ Ze scrolde door de foto’s en vond er een van Marissa die zich helemaal had uitgedost voor haar burlesque-act. De foto was in de alledaagse setting van de keuken genomen. Marissa stond voor een pedaalemmer en een kastdeur waar een rolveger tegenaan stond.

‘Ze was heel mooi,’ zei Moss.

‘Ja. Ik weet niet van wie ze dat heeft. Kijk mij nou eens. Ik ben geen godin, en haar vader… nou, z’n tanden stonden alle kanten op.’ Ze schoot in de lach, en haar lachen ging over in huilen. ‘We zullen nooit meer een gezin vormen. En we waren toch al niet zo’n modelgezinnetje.’

‘Mandy, in ons onderzoek zitten we met een cruciale vraag. Het gaat om het tijdstip waarop Marissa voor het huis is aangevallen. Hoe laat zei je ook alweer dat je naar bed bent gegaan?’

‘Weet ik veel. Wat heb ik toen gezegd? Tegen tienen?’

‘Oké, nou, er zijn twee getuigen die hebben gezien dat Marissa rond kwart voor tien op station Brockley is uitgestapt, en iemand die haar om tien uur in Coniston Road voorbij zag lopen.’

‘Wie waren dat dan?’

‘Don Walpole en zijn vrouw Jeanette zaten in dezelfde trein. Ze zagen haar om kwart voor tien op het station bij de kaartautomaat staan, en de meneer van nummer 37 stond rond tien uur voor zijn huis een sigaretje te roken toen hij haar zag lopen.’

Mandy kneep haar ogen half dicht. ‘Hij ziet niet meer zo goed.’

‘Die tijdstippen kunnen op zich kloppen. Het is maar een minuut of tien lopen vanaf het station. Als je om tien uur nog wakker was, of bezig was naar bed te gaan, zou je toch iets gehoord moeten hebben?’

Net toen Mandy iets wilde zeggen, stormde Joan de kamer binnen, met een doekje en boenwas in de hand. Tania volgde haar.

‘Ik zit net midden in een gesprek met Mandy,’ beet Erika haar toe.

'Je moet er snel bij zijn als je watervlekken hebt, anders krijg je ze er bijna niet meer uit!'

'Joan, alsjeblieft, kan dit niet even wachten?' zei Tania.

'Dit is mijn huis! Ik mag hier verdomme doen wat ik wil!' schreeuwde Joan. Haar lip krulde van woede omhoog. Het deed Erika denken aan een vals hondje.

'Sorry, Joan,' zei Mandy. 'Ik denk dat ik vannacht maar weer eens ga proberen in mijn eigen huis te slapen. De dames van de politie hebben nog maar een paar minuten nodig. Zou dat gaan, denk je?'

Joans stemming sloeg als een blad aan de boom om, en plotseling leek ze een en al welwillendheid. 'O, weet je dat nou wel zeker, schat? Je mag hier net zo lang blijven als je wilt, hoor, dat is echt geen probleem...'

'Nee. Ik denk dat ik maar naar huis ga.'

'Misschien is dat helemaal niet zo slecht. Ik zal je toiletspullen even inpakken,' zei Joan, die al bijna de kamer uit was en de trap op rende. Tania ging met haar mee en deed de deur dicht.

'Mandy, ik had het met je over kerstavond. Heb je iets gehoord toen Marissa thuiskwam?'

'Dames, u moet weten dat ik een drankprobleem heb,' zei Mandy, die haar handen over elkaar wreef op haar schoot. 'Ik schaamde me ervoor om het toe te geven, maar ik had een black-out. Op kerstavond heb ik meer gedronken dan ik meestal doe. Het komt door de tijd van het jaar, dan is het donker en koud en... Ik weet nog wel dat ik aan het begin van de avond wat crackertjes met kaas voor mezelf heb klaargemaakt, maar van de rest van de avond kan ik me niets meer herinneren, tot ik de volgende dag wakker werd.'

'Hoe laat?'

'Vroeg. Ik moest naar de plee.'

'En heb je beneden op de bank geslapen?'

'Ja.'

'Eerder heb je verklaard dat je niet beneden lag...'

'Ik had een black-out. Ik denk dat ik beneden heb geslapen. Ik weet alleen maar dat ik op de plee zat en de kat hoorde.'

'Hebben jullie een kat?'

'Beaker. Eigenlijk is hij aan komen lopen omdat we hem steeds eten gaven. Ik zat op de plee toen hij aan de voordeur krabde, dus toen ben ik ernaartoe gegaan, en daardoor heb ik haar gevonden.' Mandy bracht een grote vlezige hand naar haar gezicht. Ze begon te huilen. 'Sorry, maar ik kan me echt niks meer herinneren. Echt niks meer.'

'Wist je dat Marissa plannen had om weg te gaan en in New York wilde gaan wonen?'

'In haar eentje?'

'Nee, met Ivan. Hij was op zijn werk gevraagd om daarnaartoe te gaan, en hij zou Marissa meenemen.'

'In plaats van zijn vrouw?' vroeg Mandy.

'Ja.'

Erika en Moss zagen dat ze verward voor zich uit keek.

'Ze wist dat ik haar kostgeld nodig had...' Ze krabde met een vinger aan de tafel en kreeg tranen in haar ogen. 'Maar nou snap ik het. Ze zou ervandoor gaan zonder me iets te zeggen.' Ze veegde de tranen met de rug van haar hand weg. 'Ik weet dat je van de doden niets dan goeds mag spreken, maar ze was gewoon een egoïstisch kreng.'

'Het spijt me dat we erover begonnen zijn, maar we wilden u de informatie niet onthouden,' zei Erika.

'Ik wil nog steeds dat jullie de dader vinden, hoor. Marissa was dan misschien wel een kreng, maar ze was mijn eigen vlees en bloed,' zei Mandy. Met een kille blik keek ze Erika recht in de ogen.

26

Erika en Moss liepen naar het huis van mevrouw Fryatt.

'Godsamme. We hebben nu met drie mensen gesproken die een totaal verschillende kijk op Marissa hebben,' zei Erika. 'Deed ze zich bij iedereen weer anders voor? Was ze aardig, was ze een bitch? Was ze eerlijk, of loog ze alles aan elkaar? Ze gaf heel wat mensen een aanleiding om haar dood te wensen.'

'Denk je dat Mandy het gedaan heeft?'

'Ik denk dat iedereen op dit moment verdacht is. Hoewel we geen ondersteunend bewijsmateriaal hebben. In het huis zijn geen bloedsporen aangetroffen. Mandy moest dan eerst naar binnen zijn gegaan, helemaal onder het bloed, om al het bloed van zich af te boenen zonder daarvan een spoor achter te laten. En het is één grote troep in huis. Ze had niet eens de moeite genomen om op te ruimen. Het lijkt me dat het daar al weken niet is schoongemaakt.'

'En wat zou haar motief dan zijn? Het kostgeld dat Marissa haar elke week gaf, was een hoop geld voor haar. Nu Marissa dood is, houdt dat ook op,' zei Moss.

Mevrouw Fryatt woonde tegenover de grote begraafplaats van Crofton Park, aan Newton Avenue, in Hilly Fields, niet ver van waar Marsh woonde. Er stonden grote, statige huizen, een eindje van de weg af, met een enorme tuin ervoor. Newton Avenue lag dicht bij Coniston Road, maar tegelijkertijd was het een wereld van verschil vergeleken met de smoezelige, tegen elkaar aan geplakte rijtjeshuizen.

'Jeetje, wat chic: een schoenschraper,' zei Moss toen ze de voordeur naderden. Ze wees op het smeedijzeren rek dat was bevestigd op de witmarmeren trap naast de voordeur. Erika trok aan een ijzeren handgreep, waarna er ver weg in het huis een bel klonk. Een paar minuten later deed een lange, brede, oudere man met dunnend piekerig zwart haar open. Hij keek hen met zijn kraalogen afwachtend aan. Ze lieten hun ID zien en stelden zichzelf voor.

'We hebben begrepen dat Elsa Fryatt, die hier woont, soms bezoek kreeg van Marissa Lewis?' vroeg Erika.

'We hebben het nieuws gehoord,' zei hij, terwijl hij Erika en Moss nauwlettend in de gaten hield. Zweet parelde boven op zijn hoofd. 'Ik ben Charles Fryatt, de zoon van Elsa Fryatt.'

'Van wie hebben jullie het gehoord?' vroeg Moss.

'Haar moeder belde. Ze zei dat haar dochter op brute wijze om het leven was gebracht en niet meer langs zou komen.'

Hij zag er oud uit, tegen de zeventig.

'Zouden we even met uw moeder mogen praten?'

Hij ging opzij om hen binnen te laten. De hal leidde naar een imposante trap met een hoog plafond. 'Ze is in de salon,' zei hij.

Ze liepen langs een grote staande klok die aan de voet van de trap stond, onder een enorme kristallen kroonluchter. Charles Fryatt had een merkwaardige manier van lopen, met grote passen en een naar voren gebogen nek. Ze kwamen langs de woonkamer, waar opvallend veel boekenkasten stonden, en een grote kerstboom die smaakvol was versierd met witte lichtjes. Achter in het huis was een grote zitkamer, die uitkeek op de besneeuwde tuin. Deze kamer leek meer in gebruik, met een grote televisie, veel leunstoelen en een salontafel met tijdschriften en boeken erop. Op de grootste bank zat een oude dame. Erika had verwacht een gerimpelde invalide aan te treffen, maar in plaats daarvan zat er een kleine vrouw met een wilskrachtige kaak en een kiene blik rechtop op de bank. Ze had een wollen rok en een tweedjasje aan, en een paar met schapenvacht gevoerde pantoffels. Haar asblonde haar was kort en modieus geknipt. Haar zwaar gerimpelde gezicht verried haar leeftijd.

'Goedemorgen, dames van de politie. Ik ben Elsa Fryatt,' zei ze.

Ze kwam overeind om Erika en Moss een hand te geven. 'Mijn gehoorapparaat vangt alles op,' zei ze, wijzend op de twee knoppen in haar oren. Ze bewoog zich soepel, beter dan haar zoon. Ze sprak met een licht accent, dat fris klonk maar dat Erika niet kon plaatsen. Erika en Moss stelden zich voor en lieten hun legitimatiebewijs zien.

'Hebt u misschien zin in een kopje koffie, en wellicht een *mince pie*?' vroeg Elsa. 'Charles, je weet hoe het koffieapparaat werkt?'

'Ja, natuurlijk.'

'Warm de mince pies van Marks and Spencer even op... En die we op de kerstmarkt hebben gekocht mag je wel weggooien.'

Charles knikte en verliet de kamer. Erika vroeg zich af of hij ziek was. Hij zweette bovenmatig.

'Ik heb liever mince pies uit de winkel dan zelfgemaakte, u ook?' zei Elsa.

'Ik vind ze allemaal lekker, hoor. Maakt mij niet uit waar ze vandaan komen,' zei Moss. Het vuur in de haard was aan. Ze gingen tegenover de oude dame op de bank zitten. Die sloeg haar handen ineen en keek hen met haar opvallend blauwe ogen aan.

'U wilt ons spreken vanwege Marissa?' Ze maakte afkeurende geluidjes en schudde haar hoofd. 'Afschuwelijk gedoe. Wie doet nou zoiets? En ze was nog zo jong...' Hoofdschuddend bracht ze een knokige hand naar haar mond, maar wist haar tranen te bedwingen.

'Kunt u bevestigen dat Marissa regelmatig bij u kwam bij wijze van thuiszorg?' vroeg Erika.

Mevrouw Fryatt wuifde het woord weg. 'Ze was meer iemand die me gezelschap hield. Ze deed mijn boodschappen, regelde mijn afspraken. Ik vertrouwde haar taken toe die je een gewone bediende niet zou toevertrouwen.'

'Mag ik vragen... Hebt u veel personeel?'

Ze lachte. 'Nee, nou lijkt het misschien mooier dan het is. Ik heb een werkster die elke dag een paar uur komt en ook voor me kookt. Daarnaast hebben we een tuinman die tevens een soort klusjesman is. Charles is vaak thuis. Marissa deed mijn was en hielp me met boodschappen doen en andere persoonlijke zaken.'

'Hoe lang werkte ze al voor u?'

'Iets meer dan een jaar. Ik had een briefje opgehangen in een koffiezaakje hier in de buurt, en ook heb ik op internet een oproep geplaatst, of eigenlijk heeft Charles dat gedaan. Ik wilde iemand hebben die hier in de buurt woonde.'

'Wist u dat Marissa als danseres in nachtclubs werkte?'

'Natuurlijk. Ik ben meermalen naar een optreden van haar geweest.'

'In de stripclubs?' vroeg Moss.

Mevrouw Fryatt richtte zich tot Moss, bijna voor het eerst. 'Stripclubs? Ik ben nog nooit in een stripclub geweest. Ik heb Marissa zien optreden in Café De Paris in de buurt van Leicester Square, en ze stond ook elke week in Soho... Ik ben de naam van die club vergeten, maar het was er kleiner en knusser... Het was niet strippen wat ze deed. Burlesque is een kunstvorm, en daar was ze erg goed in...' Ze beet op haar lip, en het leek of het haar weer allemaal te veel werd. 'Het spijt me. Ze bracht zo veel leven in de brouwerij. We hadden het altijd zo leuk samen.'

'Mag ik vragen hoeveel Marissa bij u verdiende?'

'Over geld praat ik niet,' zei ze, en ze trok haar neus op alsof alleen al de gedachte haar tegenstond. 'Ik betaalde haar heel goed, en ze kwam hier elke doordeweekse dag gedurende een uur of drie, vier.'

'Mevrouw Fryatt, ik kan uw accent maar steeds niet plaatsen,' zei Erika.

'O nee?'

Erika zweeg, en toen mevrouw Fryatt er verder niet op inging, vroeg ze: 'Mag ik vragen waar u vandaan komt?'

'Ik kom oorspronkelijk uit Oostenrijk. Is dat relevant?'

Het antwoord leek Erika te verbazen. 'Zeker niet. Het viel me alleen op. Ik kom uit Slowakije.'

'Ja, ik vroeg me ook al af wat voor accent u had. U spreekt uw klinkers kort uit.'

'Ik heb in Manchester Engels geleerd. Daar kwam ik bij mijn komst naar Engeland terecht.'

‘Och hemeltje,’ zei mevrouw Fryatt. Ze hield haar hoofd schuin en keek Erika met een kille glimlach aan.

‘Waar hebt u zo… charmant Engels leren spreken?’ vroeg Erika afstandelijk.

‘Mijn familie is in Engeland komen wonen toen de oorlog uitbrak. Mijn vader was diplomaat.’

Charles kwam terug met een groot dienblad met elegant porseleinen servies: kopjes en schotels, een melkkannetje, een suikerpot, en een schaal met warme mince pies. Mevrouw Fryatt keek hem vragend aan toen hij niet leek te kunnen beslissen waar hij alles zou neerzetten en het dienblad met zijn knie ondersteunde. Ze deed geen moeite hem te helpen de stapels boeken en tijdschriften op de tafel aan de kant te schuiven. De kopjes en de cafetière begonnen te schuiven. Gelukkig sprong Moss overeind en nam het dienblad van hem over.

‘Jezus! Eerst het dienblad neerzetten en daarna pas dingen aan de kant schuiven,’ beet mevrouw Fryatt haar zoon toe. ‘Mannen kunnen nooit meer dan één stap vooruitdenken…’

Charles wierp haar een vernietigende blik toe en schoof boeken en tijdschriften aan de kant om plaats te maken voor het dienblad.

‘Charles is een uitstekende juwelier, en hij heeft een encyclopedische kennis van edelstenen, edelmetalen en antieke sieraden, maar op het praktische vlak is hij hopeloos.’

Charles pakte het dienblad en zette het op de tafel. ‘Alsjeblieft, moeder.’

Nadat hij was weggegaan, schonk mevrouw Fryatt de koffie in.

‘Hij weet niet wat hij met zichzelf aan moet als de winkel dicht is.’

‘Winkel?’ zei Erika.

‘Hij is juwelier in Hatton Garden,’ zei ze trots. ‘Hij is getrouwd met een ontzettend aardig Joods meisje, en ze hebben de winkel geërfd. Hij is natuurlijk degene die de zaak runt. Zijn kennis is onuitputtelijk. Binnen die kringen accepteren ze hem nu, maar dat was in het begin wel lastig, als u begrijpt wat ik bedoel.’

Ze dronken van hun koffie.

'Hebt u al een verdachte op het oog?' vroeg mevrouw Fryatt.

'We hebben gemerkt dat Marissa een zeer kleurrijk bestaan leidde. Vertelde ze u veel over haar privéleven?'

'Niet veel. Ik had de indruk dat ze de zaken professioneel aanpakte. Ze leek met haar burlesque-act veel waardering te oogsten, en ze wilde daar een carrière in opbouwen. Ik heb een paar collega's van haar ontmoet. Tussen die meiden leek veel kameraadschap te bestaan. Ik had niet zo veel op met... Hoe heet ze ook alweer? Een afschuwelijk, achterlijk kind was het, met een dikke bril. Ze had een naam alsof ze in een klucht speelde...'

'Sharon,' zei Moss.

'Ja, die bedoel ik. Marissa zei dat ze zich een beetje aan haar ergerde. Ze claimde haar erg. Volgens haar wilde Sharon steeds dat ze "het gezicht" werd van de kapsalon die ze heeft...' Mevrouw Fryatt trok een misprijzende grimas.

'Ik neem aan dat u daar geen klant bent?' vroeg Erika.

'Klopt. Ik ga altijd naar Charles and Charles in Chelsea, en het is het geld dubbel en dwars waard om daar helemaal naartoe te gaan.'

'Dus u had niet de indruk dat Marissa vijanden had?' vroeg Moss.

'Nee, niet voor zover ik weet. Vergeet niet, *dear*, dat ze... Nou, ik weet dat het tegenwoordig niet meer bon ton is om dat te zeggen, maar ze was mijn hulpje. Ik vond haar ontzettend aardig, maar door het verschil in leeftijd en sociale achtergrond waren we niet close met elkaar. Ik niet, tenminste; zij had er geen moeite mee om uitvoerig te vertellen over haar afschuwelijke moeder. Aan de drank, veel te dik, en in alle opzichten een kreng van een mens.'

Mevrouw Fryatt bood hun een tweede kopje koffie aan, wat Erika niet afsloeg.

'Marissa vertelde me wel iets wat ik tamelijk schokkend vond... Het was een paar weken geleden. Ze had een optreden gehad en ging met de trein naar station Crofton Park. Het was laat en tamelijk donker. Toen ze langs de begraafplaats kwam, kwam er een lange man op haar af die een gasmasker droeg.'

Erika zette haar kopje neer. 'Wat?'

'Ja, het was al laat, en ze liep in haar eentje van het station naar huis, wat ik waanzin vond, en toen kwam hij vanaf de begraafplaats op haar af en trok haar naar een donkere plek bij het hoge ijzeren hek. Gelukkig verzette ze zich en lukte het haar om te ontsnappen.'

Erika en Moss wisselden een blik.

'Heeft ze daar aangifte van gedaan?'

'Dat weet ik niet. Ze was er heel laconiek onder en deed hem af als een of andere gestoorde gek. Maar het lijkt erop dat die vent veel gevaarlijker is. Ik heb erover in de krant gelezen. Een man met een gasmasker op die het gemunt heeft op mensen die 's avonds laat van het station naar huis lopen. Een paar weken geleden heeft hij een vrouw en een jongeman aangevallen, en nu dus die arme vrouw op kerstavond. Hebt u enig idee wie het zou kunnen zijn?'

Erika ging niet op haar vraag in. Ze dacht aan het gesprek dat ze eerder op de dag met twee agenten had gehad. De zaak kwam nu volop in beeld en had haar volledige aandacht. 'Weet u nog wanneer dat precies was?' vroeg Erika.

'De exacte datum weet ik niet meer. Misschien begin november. Ze zei dat ze met de laatste trein naar huis was gekomen, en dat het daarom zo stil was op het station. Het was al na middernacht. Ze liep van het station naar huis, en bij de ingang van de begraafplaats in Brockley Road verscheen er ineens vanuit het niets een lange, donkere figuur. Hij was in het zwart gekleed – een lange, zwarte jas, zwarte handschoenen – en hij had een gasmasker op. Doodeng was het, zei ze. Hij probeerde haar mee te trekken, de begraafplaats op.'

'Heeft hij haar aangerand?' vroeg Moss.

'Ja. Hij probeerde het, maar het lukte haar om te ontsnappen. Er kwam een auto aan, en het licht van de koplampen schrikte hem af. Ze rende de hele weg naar huis. Ze heeft ontzettend veel geluk gehad, maar dat was typisch Marissa. Ik vond dat ze altijd een beschermengel had,' zei mevrouw Fryatt. 'Nou ja,' voegde ze er met een bedrukt gezicht aan toe, 'tot voor kort.'

27

Erika en Moss haalden onderweg naar het politiebureau iets te eten. Ze waren die ochtend heel wat te weten gekomen. Sharon had verteld dat Marissa van plan was naar Amerika te gaan, Ivan had geprobeerd zich van het leven te beroven, Marissa had Don gechanteerd, en mevrouw Fryatt had verteld dat Marissa was aangevallen door een man met een gasmasker.

Terwijl de gedachten en vragen door haar hoofd tolden, merkte Erika dat ze hoofdpijn kreeg. Toen ze in Lewisham Row terug waren, gingen ze meteen naar de recherchekamer. Op het whiteboard hing nu een grote poster van Marissa Lewis in haar burlesque-outfit. McGorry, Peterson en nog een paar mannelijke agenten stonden naast het bureau en keken ernaar.

'Zo eentje wil ik ook wel,' zei Peterson.

'Wat is hier aan de hand?' zei Erika bits. Ze was woedend. Peterson wilde wat zeggen, maar ze snoerde hem de mond: 'Ik snap dat Marissa een sexy danseres was, maar ze is door iemand om het leven gebracht. Moeten jullie nou per se foto's van haar ophangen waarop ze in uitdagende poses in haar ondergoed staat?'

Er viel een ongemakkelijke stilte.

'De reden dat we die poster hebben opgehangen, is omdat daarop het merk van haar kleding te zien is, en het tekentje dat erop geborduurd is,' zei Peterson. 'Ziet u die diamant op haar roze korset?'

'Zeker. Dat is me niet ontgaan. Haar artiestennaam was Honey Diamond,' zei Erika. Door het felle licht in de recherchekamer werd het doffe gebons in haar achterhoofd sterker.

'We hebben contact opgenomen met de winkel waar ze haar kleding vandaan had. Het bedrijf heet Stand Up and Tease en is in

Soho gevestigd. Ik heb ontdekt dat ze ook een verstel- en naaiatelier hebben, en ze hebben ons de naam van de man gegeven die dat diamantje op haar kleding heeft geborduurd...'

'Goed. Waarom staan jullie daar dan nog te kletsen?'

'We staan hier omdat de lunch net is aangekomen,' zei McGorry. Hij wees naar een doos met broodjes die op de tafel voor het whiteboard stond.

'Ik zei net dat ik ook wel zin had in zo'n broodje met kaas en augurk,' zei Peterson. Hij keek haar afwachtend aan. Zijn collega's keken weg, en Moss leek zich onder de situatie erg ongemakkelijk te voelen.

'Oké. Goed gedaan. Ik wil graag een lijst met alle optredens die Marissa de afgelopen maand gehad heeft. En stuur de adresgegevens naar me door van de persoon die het diamantdessin op haar kleding heeft genaaid.'

'Natuurlijk,' zei Peterson.

'Moss, breng jij iedereen op de hoogte van wat we vanmorgen te weten zijn gekomen, en werk je het whiteboard bij?'

'Doe ik, chef.'

Erika verliet de recherchekamer. Moss pakte een broodje.

'Wat heeft zij?' vroeg McGorry.

'We hebben vanmorgen heel wat meegemaakt,' zei ze.

'Dat hoeft ze toch niet op ons af te reageren,' zei Peterson.

Moss keek hem aan en vertelde wat er was gebeurd.

Erika voelde zich stom toen ze de recherchekamer verliet. Ze zag hoe de anderen hadden gekeken toen ze tegen Peterson was uitgevaren. Wisten ze dat Peterson en zij iets met elkaar hadden gehad?

Ze bleef bij de koffieautomaat staan, wist dat het apparaat gerepareerd was en koos een espresso. Ze dacht aan Peterson die weer terug was, en dat ze weer moesten samenwerken. Hij was een prima rechercheur en een waardevolle aanvulling op het team, maar als het in het vervolg steeds zo ging, moest ze misschien overwegen hem te laten overplaatsen.

'Liefde en werk gaan niet samen, stomme oen,' mopperde ze, terwijl ze wachtte tot de automaat haar beker had gevuld. Ze nam de trap naar haar kantoor, ging achter haar bureau zitten, zette haar computer aan en logde in op Holmes. Ze voerde de zoektermen 'gasmasker' en 'aanval' in, waarna er een lijst met overeenkomstige berichten op het scherm verscheen.

In de afgelopen drie maanden waren er vier gevallen bekend van een lange man met een gasmasker op die mensen had aangevallen, drie keer een vrouw en één keer een man. De incidenten hadden steeds 's avonds laat of vroeg in de ochtend plaatsgevonden, in de buurt van stations. Het eerste slachtoffer was een twintigjarige vrouw, Rachel Elder genaamd, die op weg was naar station Gipsy Hill om naar haar werk te gaan; ze werkte als verpleegkundige in Lewisham Hospital. Ze was door een man een steegje in getrokken, waar hij haar zijn geslacht liet zien en haar vervolgens bij de keel greep. De aanval duurde een hele tijd, omdat ze steeds het bewustzijn dreigde te verliezen doordat haar keel werd dichtgeknepen, waarna haar belager de greep op haar iets liet verslappen en ze weer wat lucht kreeg, enzovoort. Op een gegeven moment was ze buiten kennis geraakt, en toen ze bijkwam was haar belager verdwenen.

Het tweede incident vond plaats bij station East Dulwich, en het slachtoffer was ene Kelvin Price, een drieëntwintigjarige acteur die in een toneelstuk in West End speelde. Hij was na afloop van een voorstelling wat gaan drinken en had de laatste trein terug genomen. Vlak na middernacht was hij een steegje vlak bij het station in getrokken, door een man met een lange soepele zwarte jas en een gasmasker met glazen kijkgaten. Ook zijn keel was herhaaldelijk dichtgeknepen tot hij het bewustzijn verloor. Hij zei dat de man had staan masturberen, en dat hij zijn naaktheid aan hem had getoond.

'O, mijn god,' zei Erika toen ze las wat er nog meer op het scherm stond. De derde aanval betrof ene Jenny Thorndike, die in de buurt van station Penge East was aangevallen. Ze was 's morgens in alle vroegte naar het station gelopen om de eerste trein te halen, toen 'vanuit het niets' iemand met een gasmasker was verschenen. Ze had geprobeerd zich te verweren, maar hij had haar in het gezicht geslagen en haar meegesleurd naar een parkje in de buurt, waar ze werd mishandeld en waar haar keel werd dichtgeknepen.

De meest recente aanval had op eerste kerstdag in Sydenham plaatsgevonden. Een vrouw van achter in de vijftig, Diana Crow, was bij een vriendin op bezoek geweest en was op weg naar huis toen ze in het tunneltje onder het spoor was vastgegrepen. Haar belager had haar keel dichtgeknepen, en haar in het gezicht geslagen, met een gebroken kaak tot gevolg. Ze had de volgende dag aangifte gedaan.

'Marissa, je hebt geluk gehad, maar waarom heb je geen aangifte gedaan?' zei Erika. Ze nam een slokje van haar espresso. Ze vond de naam van de rechercheur die de zaak had onderzocht, inspecteur Peter Farley, en stuurde hem een mailtje, waarin ze om toezending van het dossier verzocht en hem voorstelde om informatie over hun onderzoek te delen. Haar inbox bliepte; er kwam een nieuw mailbericht binnen.

Dag Erika, de Cyber Crime Unit heeft deze gewiste afbeelding van het mobieltje van Joseph Pitkin weten te achterhalen.
KA

Erika opende de bijlage.

Ik heb deze foto's en het filmpje veilig opgeborgen. Zolang je je mond houdt, blijft dat zo.
T.

'Jezus...' zei ze. Ze leunde naar achteren. Het was een enge tekening, zo te zien uitgevoerd met een zwarte balpen op gelig papier.

Ze schrok toen er op de deur werd geklopt. 'Wat?'

Het was Peterson. Hij stak zijn hoofd om de deur. 'Komt het uit?'

'Waar gaat het over?'

'Ik heb net een belletje van Isaac Strong gehad. Hij heeft de autopsie van Marissa Lewis afgerond. Hij wil weten of je tijd hebt.'

'Oké, bedankt. Ik bel hem wel terug,' zei ze. Ze masseerde haar slapen.

Peterson kwam het kantoor binnen en deed de deur dicht. 'Wat is dat in godsnaam?' zei hij.

'Dat hebben ze op de telefoon van Joseph Pitkin gevonden. Hij had het gewist, samen met de pornografische foto's en het filmpje.'

'Een gasmasker? Denk je dat de dader dat tekeningetje als zijn persoonlijke merkteken gebruikt?'

'Ik weet het niet. Ik krijg dit ook net pas onder ogen. Ik wil dat je dit aan de anderen laat zien, en hang het ook op het whiteboard. Kijk of andere slachtoffers dit ook hebben gekregen, via de mail of de gewone post. En kijk ook of de tekening overeenkomt met de politietekeningen die op aanwijzing van de slachtoffers zijn gemaakt.'

'Ja...' Peterson keek haar ongemakkelijk aan. 'Kunnen we even praten?'

'Ik heb één minuut,' zei ze. Ze pakte haar jas, die over de stoel hing. 'Hoezo?'

'Ik wil het graag ergens over hebben.'

'Werkgerelateerd?'

'Eh, nou...'

'Kan het ook wachten? Kunnen we dit gesprek voortzetten als ik weer terug ben?'

Hij knikte. Erika pakte haar mobieltje en haar autosleutel en vertrok.

Peterson nam de trap naar beneden en kwam Moss bij de koffieautomaat tegen.

'Dat was snel. Hoe reageerde ze?'

Hij schudde zijn hoofd. 'Ze moest naar het mortuarium. Ik kreeg de kans niet om het te zeggen.'

'James! Je moet het haar echt vertellen.'

'Dat weet ik. Maar het is gewoon ontzettend moeilijk als we midden in een onderzoek zitten.'

'Toon eens wat meer lef en grijp je kans,' zei Moss. Ze nam een slokje koffie en ging terug naar de recherchekamer.

28

Er stonden veel auto's op de parkeerplaats van Lewisham Hospital toen Erika kwam aanrijden. Ze moest wachten tot er een kaartje tevoorschijn kwam voordat de slagbomen omhooggingen en ze het terrein op kon. Twee keer nam ze een verkeerde afslag, zodat ze uiteindelijk aan een ziekenhuismedewerker vroeg waar de parkeerplaats voor het mortuarium was. Toen ze kwam waar ze zijn moest, parkeerde ze de auto bij een laag, vierkant gebouw met een grote schoorsteen die zwarte rook de grijze lucht in pompte.

Ze moest zich bij de balie registreren, passeerde een deur die naar de verbrandingsoven van het ziekenhuis voerde, en vond uiteindelijk het mortuarium aan het eind van een lange gang.

Isaac drukte op een knop om haar binnen te laten. 'Je hebt ons gevonden,' zei hij.

'Ja, het is niet zo makkelijk als in Penge...'

'En hier moeten we betalen voor het voorrecht om naar ons werk te komen.'

Isaac bracht haar naar de grote autopsieruimte. Ze knipperde tegen het felle licht. Zes stalen autopsietafels met goten stonden naast elkaar op een rij.

'Ik zou mijn jas aanhouden als ik jou was,' zei hij. 'Ik draag een fleecetrui onder dit schort... Sorry dat het langer heeft geduurd dan ik zou willen.'

Marissa lag op de eerste sectietafel, tot haar hals onder een wit laken. Isaac sloeg het laken terug. Haar huid vertoonde een ziekelijke gele tint. Er liep een lang spoor van ruwe hechtingen van haar navel naar haar borsten, waar het in een Y-vorm langs haar borstbeen liep. Het lichaam was gewassen, al het bloed was weg, en de snijwonden in haar hals deden Erika aan kieuwen denken.

Haar blik gleed omlaag. 'Ze heeft een diamant laten tatoeëren, vlak boven haar schaamstreek,' zei ze. Ze wees naar het kleine streepje krullende haartjes. 'Dat tekentje staat ook op de kleding die ze bij haar act droeg.'

Isaac knikte. 'Ze had een kleine hoeveelheid alcohol in haar bloed toen ze overleed, maar het ligt in de lijn der verwachtingen dat ze op kerstavond iets heeft gedronken. Andere drugs, legaal of illegaal, zijn er niet in haar bloed aangetroffen.'

Erika keek weer naar het Y-vormige litteken op Marissa's romp, en daarna naar haar gezicht, dat er zeer jeugdig uitzag nu er geen make-up op zat. Ze leek nog maar een kind. Erika haalde diep adem en voelde dat de bonzende hoofdpijn was opgerukt naar de voorkant van haar schedel. Ze had een vreemde sensatie, alsof ze tegelijkertijd naar beneden en omhoog werd gedrukt.

'Ze was gezond. Alle organen waren in goede conditie.' Isaac verplaatste de aandacht naar haar hals. 'Het mes dat gebruikt is had een lengte van ongeveer twintig centimeter. Haar hals vertoont drie lange snijwonden, waarvan één de halsslagaders heeft geraakt. Dat betekent dat ze heel snel is doodgebloed. De bovenkant van het mes had een kartelrand. Fruitmesjes van vroeger hadden dat vaak.'

'Dus het kan een mes zijn geweest dat iemand al een tijdje in bezit had?'

Hij knikte. 'We hebben geen DNA-sporen op het lichaam aangetroffen.'

'Helemaal niets?'

'Dat klopt. Geen lichaamssappen, geen haren. Ze is niet seksueel misbruikt.'

Een vrouwelijke collega van Isaac kwam binnen en liep naar een van de grote roestvrijstalen deuren achter in de ruimte. Ze deed hem met een klik open, waarna de la soepel naar voren gleed. Erika keek nog eens goed. Het was het lichaam van Joseph Pitkin.

'Wat is er?' vroeg Isaac.

'Die jonge gozer... Die heeft zich op tweede kerstdag van het leven beroofd, toen hij in de cel zat... Mag ik even?'

De collega van Isaac knikte. Erika en Isaac liepen naar haar toe. Joseph leek nog kleiner nu hij dood was, en ontzettend mager. Zijn hals vertoonde vurige rode striemen, en een donkerpaarse streep onder zijn kin markeerde de plek waar de strop in de huid had gesneden en zijn adamsappel had verbrijzeld.

'Ik wil zijn lichaam nog een keer onderzoeken,' zei de collega, een kleine vrouw met zachte grijze ogen. 'Ik wil je iets laten zien, Isaac.' Ze tilde Josephs handen op. 'Zijn huid vertoont pigmentatie, op de rug van zijn handen zitten witte plekken die tot over de polsen doorlopen. Ik heb de medische gegevens erop nageslagen, en nergens staat dat er huidafwijkingen zoals vitiligo in de familie voorkomen.'

Isaac bestudeerde de lichte vlekken. 'Ja. Ik denk niet dat dit het gevolg is van een ziekte. De vlekken lijken chemisch gebleekt, niet het gevolg van natuurlijke pigmentatie.'

'Hij fotografeerde en had een doka,' zei Erika.

'Ah, vandaar,' zei de vrouw.

'Chemicaliën die in doka's gebruikt worden kunnen vaak leiden tot huidpigmentatie, als de persoon in kwestie geen handschoenen droeg. Zijn er in de longen sporen gevonden?'

'Nee,' zei de vrouw. 'Die waren in perfecte staat. Net als zijn andere organen.'

De woorden van de vrouw galmden na in Erika's hoofd: ... *in perfecte staat. Net als zijn andere organen.* Ze zag de tekening van het gasmasker voor zich, en daarna het filmpje van Joseph, de hand die in beeld kwam en Joseph bij zijn keel greep. Josephs gezicht dat rood aanliep, daarna paars werd, zijn nekspieren die zich aanspanden... Ze zag het berichtje weer voor zich; de lege kijkgaten van het gasmasker drongen zich op.

De doffe pijn werd erger en drukte alle gedachten weg. De kamer begon te draaien, en ze moest zich aan de rand van de sectietafel vasthouden om niet te vallen.

'Erika?' zei Isaac. Ze merkte dat de ruimte om haar heen vervaagde, en ze zag sterretjes. Toen werd alles zwart.

29

Toen Erika haar ogen opsloeg, lag ze op een kleine bank in een kantoor. Het was er warm, en het stond er vol verhuisdozen. Isaac knielde bij haar neer en keek haar bezorgd aan.

'Hier, neem wat water,' zei hij. Ze pakte het bekertje aan en nam een paar slokken. Het water was lekker koud en spoelde de nare droge smaak achter in haar mond weg. 'Mag ik je bloeddruk even opnemen?' vroeg hij. Hij haalde een bloeddrukmeter tevoorschijn. Ze knikte, waarna hij haar mouw omhoogschoof.

'Wat zit er in die dozen?' vroeg ze.

'Boeken.'

Ze voelde de druk op haar arm toenemen toen hij de manchet oppompte.

'Heb je vandaag al iets gegeten?'

'Ik heb tussen de middag iets genomen.'

Hij liet haar arm los, zette het uiteinde van de stethoscoop op haar pols en hield de tijd bij op zijn horloge terwijl hij luisterde. Ze voelde haar hartslag in haar arm. Toen liet hij de lucht ontsnappen. 'Je bloeddruk is aan de lage kant: honderd over vijfenzestig.' Hij haalde een klein zaklampje tevoorschijn en scheen ermee in haar ogen. Ze knipperde even.

'Sinds wanneer gebruik je dat lampje? Je patiënten vertonen over het algemeen geen verwijde pupillen meer.'

'Dit zat in een Christmascracker. Ik heb hem geruild voor een roze haarspeldje.'

Erika grinnikte. Haar hoofd bonsde nog, maar de pijn was iets gezakt.

'Je bent een paar minuten weggeweest. Mag ik wat bloed afnemen?'

'Als het moet,' zei ze.

Isaac liep de kamer uit en kwam even later terug met een naald en een buisje dat steriel in plastic was verpakt. Hij deed schone latex handschoenen aan. Erika keek weg toen hij de naald in haar arm zette, en haar gezicht vertrok toen ze de prik voelde.

'Goed, dat is één,' zei hij. Hij trok het buisje los en verbond een tweede buisje met de naald. 'Ben je de laatste tijd wel vaker flauwgevallen?'

'Nee.'

'Bij de dokter langs geweest?'

'Nee. Er kwam vandaag een melding binnen... Een vent had geprobeerd zichzelf van kant te maken. Hij had het gas opengedraaid en de deuren en ramen afgeplakt...' Ze legde uit wat er gebeurd was.

'Je hebt je toen niet even door iemand van de ambulance laten onderzoeken?'

'Nee.'

'Verdomme, Erika. Je bent blootgesteld aan hoge concentraties gas. Hoeveel vocht heb je vandaag genomen?'

'Een espressootje.'

'Het gif moet je lichaam uit. Je moet liters water drinken.'

'Oké, oké.'

Hij ging weg en kwam terug met een groot glas water en een Mars. Hij bleef erbij toen ze wat dronk en een hap van de Mars nam.

'Maak je verhaal over de autopsie nog even af.'

'Dat was het wel. O nee, ik vergeet iets. In haar mond hebben we sporen van paraffine gevonden. Ik begrijp niet helemaal hoe dat kan. Ik heb het alleen maar gezien bij mensen die zelfmoord hadden gepleegd, of alcoholisten die zo wanhopig zijn dat ze op de gekste manieren aan hun kick proberen te komen.'

'Vuurspuwen maakte deel uit van haar act,' zei Erika.

'Aha,' zei Isaac. 'Het raadsel is opgelost.'

'Ik ga vanavond naar The Matrix Club, waar Marissa regelmatig optrad. Ik wil even praten met een paar collega's van haar. Heb je zin om mee te gaan?'

‘Dat klinkt als een heel bizarre date,’ zei hij grijnzend. ‘Helaas moet ik werken.’

‘Ah, oké.’

‘Maar jij moet het rustig aan doen.’

‘Ik ga een uurtje naar huis, om lekker te ontspannen en wat te eten,’ zei ze. Ze dronk het glas leeg en stond op.

‘Ik zal de gebruikelijke bloedtests doen. Bespaart je weer een bezoekje aan de dokter,’ zei hij.

‘Dank je.’

‘Erg naar van die jongen die zichzelf in de cel van kant heeft gemaakt.’

‘Ja, heel naar,’ zei ze.

Erika verliet het mortuarium. Buiten was het al donker. Het was druk op de parkeerplaats, en er stond een lange rij auto’s voor de slagbomen te wachten. Ze zocht haar portemonnee in de voering van haar jas en ging naar de parkeerautomaat om te betalen. Ze drukte de gevoelens over Joseph en Marissa weg, zoals ze dat al jaren deed bij alle doden die ze in haar lange loopbaan had gezien. Ze veegde ze als het ware onder het tapijt.

30

Erika ging terug naar haar flat, nam een douche en at zittend achter haar laptop een grote portie fish-and-chips die ze op weg naar huis had gekocht. Peterson stuurde een mailtje met de gegevens van de kleermaker die de danskleding van Marissa had verfraaid, en hij schreef erbij dat de man die avond in The Matrix Club in Wardour Street in Soho zou werken.

Erika had zich net elegant aangekleed voor een avondje burlesque en stond voor de spiegel om te kijken of ze er niet te stijfjes uitzag, toen de bel ging.

'Goedenavond,' zei Peterson toen ze opendeed. Hij droeg een mooi zwart pak met een donkerblauwe das en een fraaie lange zwarte winterjas.

'Wat kom jij hier doen?' vroeg ze.

'Ik ga met je mee naar The Matrix Club,' zei hij met een glimlach.

'Waarom heb je me niet even gebeld of gemaild?'

'Omdat je dan waarschijnlijk had gezegd dat ik moest opdonderen.'

'Ik zou me wat professioneler hebben uitgedrukt. Omdat het met het werk te maken heeft.'

Ze keken elkaar glimlachend aan.

'Je ziet er geweldig uit,' zei hij.

'Ziet iedereen nu niet van kilometers afstand dat ik een undercover smeris ben die zich heeft opgedoft?' vroeg ze. Ze liet haar blik over haar blauwe, op maat gemaakte broek en haar witte mouwloze blouse gaan en bracht een hand naar haar haar, dat stug in model bleef. Ze had haar haar geföhnd en er toen een spuitbus hairspray op losgelaten, in een poging hetzelfde kapsel te creëren als na haar laatste bezoek aan de kapper, maar ze vond dat ze er een beetje te stijf uitzag.

'Nee. Absoluut niet,' zei hij.

'Mooi. En jij ziet er ook goed uit. Heel elegant, bedoel ik.'

'Dank je. Vind je het goed dat ik meega? Het is gewoon politiewerk, en per slot van rekening heb ik ontdekt waar we die kleermaker kunnen vinden.'

'Is goed. Ik kan wel wat assistentie gebruiken.'

Ondanks de sneeuw was het erg druk in Soho. Drommen mensen stroomden door Old Compton Street en genoten van de vrije dagen tussen kerst en oud en nieuw. De sneeuw viel traag, en de witte trottoirs werden her en der beschenen door het kleurige schijnsel van de uitgaansgelegenheden. Erika en Peterson lieten zich met de stroom meevoeren. In de trein van Forest Hill naar Charing Cross hadden ze het over het lopende onderzoek gehad. Erika had hem verteld over haar bezoek aan het mortuarium, en dat ze het lijk van Joseph Pitkin had gezien. Ze verzweeg dat ze was flauwgevallen.

Peterson vertelde haar over Ivan Stowalski, die in het ziekenhuis lag en nog steeds niet bij kennis was gekomen. Zijn vrouw was aan het eind van de middag bij zijn bed verschenen. 'Het is nog onbekend of hij door zuurstofgebrek een hersenbeschadiging heeft opgelopen,' zei hij. 'We hebben Don Walpole ook nagetrokken. Deze herfst heeft hij zijn hypotheek met elf mille verhoogd, en hij heeft tien mille naar Marissa overgemaakt... Hij heeft geen strafblad, zelfs nog geen parkeerbon, de arme drommel.'

'Dat betekent nog niet dat hij haar niet vermoord heeft,' zei Erika.

Ze hadden nauwelijks de kans gehad om het over iets anders dan het werk te hebben tegen de tijd dat ze uit de trein stapten en naar Soho liepen, door de drukke mensenmassa op Leicester Square. De kerstversieringen waren betoverend, en Erika vond het jammer dat het tussen haar en Peterson zo was gelopen. Ergens hoopte ze dat ze hun relatie nieuw leven in konden blazen, maar ze besloot het probleem voorlopig van zich af te zetten.

The Matrix Club zat op de hoek van Wardour Street en Old Compton Street. De ingang was een kleine zwarte deur met de naam van de zaak in neon erboven. Een stukje van het trottoir was met twee touwen afgezet, en bij de deur stond een lange, magere man achter een katheder. Hij had een dikke lange winterjas aan, droeg knalblauwe oogschaduw en had een klein roze sjaaltje aan één kant van zijn kaalgeschoren hoofd bevestigd.

'Twee kaartjes, alstublieft,' zei Erika toen ze op hem af stapten.

'En de naam is...?' zei hij, terwijl hij hun een vluchtige blik toewierp.

'Erika en James,' zei ze. Ze keek achterom naar Peterson. Op de een of andere manier was het net of ze een date hadden nu ze hun voornamen had uitgesproken.

'Jullie volledige naam, graag. Ik sta hier niet voor de lol,' zei hij. Hij rolde met zijn ogen en wees op een clipboard. Zijn nagels waren knalroze gelakt.

'Ik heb niet gereserveerd,' zei Erika. Ze voelde zich buitengewoon onnozel.

'Het spijt me, maar dan bent u de zwakste schakel. Tot ziens!' Hij wuifde hen weg en wenkte het volgende stel naderbij.

'Stomme zak,' zei Peterson. Hij haalde zijn ID tevoorschijn.

'Shit. Ik had onopgemerkt naar binnen gewild, zonder dat ze wisten dat we van de politie zijn.' Ze pakte haar legitimatiebewijs en voelde zich tekortschieten. Het was niets voor haar om fouten te maken. Het stel dat achter hen had gestaan stond wel op de gastenlijst, en met een zwierig gebaar werd het touw voor hen losgemaakt.

Ze liepen terug naar de katheder. De man bij de deur keek Peterson flirterig aan.

'Heb je een tropische verrassing voor me?'

'Nee.'

'Zal deze Caraïbische jongen jou eens een tropische verrassing geven?'

Erika kon haar lachen bijna niet inhouden.

‘Hier heb ik geen zin in,’ mompelde Peterson.

‘Waar heb je dan zin in?’ zei de man. Hij boog zich veelbetekenend naar Peterson toe en deed gemaakt wellustig. Erika liep op de man af.

‘Ik ben inspecteur Erika Foster, recherche, en dit is mijn collega James Peterson. We zijn hier voor een informeel bezoekje, maar ik zou het heel fijn vinden wanneer we op uw medewerking kunnen rekenen. Een van de vrouwen die hier werkten is een paar dagen geleden om het leven gekomen. Ze trad op onder de naam...’

‘Honey Diamond,’ maakte de portier de zin voor haar af. Hij liet zijn onwelwillende houding op slag varen. ‘Een tragische geschiedenis. We zijn bezig een benefietshow te organiseren. Denkt u dat iemand van hier het gedaan heeft?’

‘Nee, we willen alleen maar even praten met een paar van haar collega’s. Klopt het dat Martin Fisher hier werkt?’

‘Ja. Die doet de kleding.’

‘Hij heeft voor Honey Diamond gewerkt. Voor Marissa. We zouden graag even met hem praten, voor wat achtergrondinformatie.’

‘Oké, prima, kom maar met mij mee.’

Hij maakte het touw los en liep met hen mee naar binnen. De club was luxueus ingericht, met glanzende zwarte tafels en stoelen, die bij een klein podium met een rood gordijn stonden. De man wees hun een tafeltje vooraan.

‘Hoe heet u?’ vroeg Erika.

‘Mistress Ebony. Overdag ben ik Dwayne Morris,’ zei hij. Hij trok een stoel voor Erika naar achteren en haalde een aansteker tevoorschijn om een kaars aan te steken. ‘Er komt zo iemand om de bestelling op te nemen. En het is hier toegestaan om te vapen.’ Hij liep weg.

Een serveerster nam hun bestelling op. Ze hielden het bij sinaasappelsap en cola.

Al snel werd het drukker, en toen begon de show. Hoewel er op het podium geen geslachtsdelen werden getoond, vond Erika het toch ongemakkelijk om daar met Peterson te zitten. De shows werden uitgevoerd door vrouwen en mannen van allerlei soorten en maten. Sommigen voerden een traditionele striptease op, maar er kwam ook een strippende Adolf Hitler voorbij, en een Star Wars-stormtrooper, en toen verscheen er een vrouw op het podium die gekleed was als een zelfmoordterroriste. Langzaam ontdeed ze zich van haar kleren, terwijl er op de achtergrond een tikkend geluid te horen was, dat steeds harder klonk. Haar intieme delen waren bedekt met draden en met staven dynamiet. Op een gegeven moment ging het licht uit, waarna het geluid van een enorme explosie klonk, en toen het licht weer aanging, droeg ze een transparante bodystocking, waarop glinsterende rode en gouden lovertjes waren geborduurd, die vlammen en vuur verbeeldden.

En daarmee eindigde de show.

'Jeetje,' zei Peterson. 'De laatste dansvoorstelling die ik heb gezien was Riverdance, samen met mijn moeder, voor de kerst.'

'Ja, dit is heel wat anders dan een beetje folkloristisch gehuppel,' zei Erika.

Dwayne kwam naar hen toe toen het publiek zich na afloop naar de bar begaf. 'Martin wil jullie graag spreken,' zei hij.

Ze pakten hun jas en liepen met hem mee het podium op, tussen de fluwelen gordijnen door. Ze kwamen achter het toneel terecht, waar het een ongeordende bende was, een krappe ruimte vol opgestapelde stoelen, rekken met kleding, en lege dozen van afhaalmaaltijden. De deur van een klein kantoortje stond open. Een forsgebouwde man van middelbare leeftijd met een kalende kop en een bril was achter een naaimachine aan het werk. Er stonden rekken met kleren, en achter hem bevond zich een bureau met een telefoon en een computer. Achter hem aan de muur hing een grote poster van de Broadway-productie *Mame*, en aan een andere muur hing een grote spiegel.

'Dit zijn Erika Foster en haar collega James Peterson, van de recherche,' zei Dwayne. Hij vertrok en deed de deur achter zich dicht.

'Hebben jullie de show gezien?' vroeg Martin, terwijl hij het pedaal van zijn naaimachine indrukte en een grote lap blauwe stof onder de naald door duwde.

'Ja,' zei Erika.

'Wat vonden jullie van de zelfmoordterroriste?'

'Heel fraai gedaan.'

Hij grijnsde en schoof zijn bril terug op zijn neus. Hij deed de naald omhoog en inspecteerde de naad. 'Willen jullie praten over Honey Diamond? Alias Marissa Lewis?'

'Hebt u haar kleding versteld, en het diamantje ontworpen dat ze op al haar kleren liet naaien?' vroeg Peterson.

'Ja. Al moet ik daarbij opmerken dat ze geen vlotte betaler was... Ik ga het niet mooier maken dan het is. Ze was een kreng van een meid. Ik vind het erg dat ze dood is, maar dat doet daar niets aan af.'

'Waarom mocht u haar niet zo?'

Martin legde de lap stof neer en ging er eens goed voor zitten. 'Ze was niet aardig, ze straalde totaal geen warmte uit en was afschuwelijk ambitieus. Iedereen moest voor haar wijken.'

'Wat was haar ambitie?'

'God mag het weten, ze wilde gewoon beroemd worden. Ze wilde de volgende Dita Von Teese worden. Wat ze daarbij vergat was dat ze haar act moest blijven ontwikkelen. Iedereen kan zich als een Kardashian gedragen, of een poging daartoe doen. Deze zomer kwam er een footballspeler naar de shows kijken, vraag me niet hoe hij heette. Marissa maakte er geen geheim van dat ze met hem onder de lakens wilde kruipen. Ze zei zelfs dat ze wilde proberen een sekstape met hem te maken.'

'En is dat haar gelukt?' vroeg Erika.

'Nee. Hij koos een van de blonde meiden, Jenna Minx, die iets meer stijl heeft dan Marissa. Hoewel dat op zich nog niet zo veel zegt.'

'Hoe lang trad Marissa hier al op?' vroeg Erika.

'Sinds januari.' Hij pakte een schaar en zette die in een felgele lap stof. 'Het moet gezegd dat ze ondanks haar gebreken een echte podiumpersoonlijkheid was en een van de populairste acts had. Al gaat het gerucht dat ze voor sommige klanten meer deed dan alleen dansen.'

'Prostitutie?'

Hij knikte. 'Een paar keer hebben rijke types haar na afloop van de show mee uit genomen, en zonder enige schaamte vertelde ze dan wat ze had gedaan en hoeveel ze ervoor had gekregen.'

'Dat vertelde ze u?'

'Ja, mij, of wie het ook maar wilde horen. Jan en alleman.'

'Had ze het ooit over buren, vrienden, relaties met mannen bij haar in de buurt?'

'Er was een Poolse vent, Ivan, een beetje een sukkel, die ze een hele tijd geld heeft afgetroggeld. Arme drommel. Kwam hier vaak naar haar optreden kijken. Hij zat dan vooraan en hield zijn anorak aan. Keek de hele tijd zijn ogen uit en zat dan met zijn benen over elkaar om zijn erectie te verbergen. Er werkte hier ook een meisje dat een vriend had die bij de tv werkte en realityshows produceerde. Marissa probeerde hem te versieren, maar hij was niet geïnteresseerd. Vlak voordat de show begon, kregen de twee meiden ruzie met elkaar. Tijdens de optredens van de anderen heb ik in allerijl hun kostuums nog zitten repareren.'

'Vertelde Marissa veel over haar relatie met Ivan?'

'Ze zei altijd grappend dat ze hem in haar kast bewaarde... Vanwege het feit dat hij altijd zo'n bleke kop had. En ze belde hem regelmatig op omdat ze geld wilde hebben, of een nieuw jurkje, en dan zette ze hem op de speaker om hem belachelijk te maken. Arme drommel.'

'Zei Marissa ooit dat hij haar sloeg, of dat ze bang voor hem was?' vroeg Peterson.

'Nee. Marissa had de broek aan. Ze was de baas over hem, en over zijn portemonnee.'

'Had Marissa het ooit over haar andere baantje?' vroeg Erika.

Martin duwde zijn bril terug op zijn neus en snoof minachtend. 'Ja. Ze was kennelijk van alle markten thuis. Ze werkte als een soort thuiszorghulp. Al vond ik dat net zoiets als koning Herodes die een carrière in de kraamzorg ambieert... Ze pikte van die oude dame. Eerst alleen maar eten en parfum en zo. Die mevrouw...'

'Mevrouw Fryatt,' zei Erika.

'Ja, die is hier een keer komen kijken naar een optreden van Marissa als Honey Diamond. Ze had zich als een heuse Joan Collins opgedoft en droeg bont en diamanten. We snapten meteen waarom Marissa voor haar was gaan werken...'

'U vertelde dat ze eerst alleen maar eten en parfum pikte. Wat bedoelde u met het woord "eerst"?'

'Later heeft Marissa twee diamanten oorbellen van haar gestolen.'

'Wanneer was dat?' vroeg Peterson.

Martin legde de schaar en de stof neer. 'Dat zal een paar weken voor de kerst zijn geweest. Ik dacht eerst dat het flauwekul was, dat ze het verhaal uit haar duim had gezogen om van twee doodgewone oorbellen iets bijzonders te maken – dat was typisch iets voor Marissa, ze loog de hele boel aan elkaar – maar ze is met een van de meiden naar Hatton Garden geweest om de oorbellen te laten taxeren. Ze bleken echt te zijn en hadden een waarde van tien mille.'

Erika keek Peterson aan. Mevrouw Fryatt had niets over oorbellen gezegd.

'Heeft Marissa ooit iets verteld over een aanval?' vroeg Peterson.

Martin leek oprecht verbaasd te zijn. 'Heeft Marissa iemand aangevallen?'

'Nee, ze is zelf aangevallen, ongeveer een maand geleden, onderweg van het station naar huis. Een man greep haar beet.'

Martin schudde zijn hoofd. 'Niet dat ik weet. En meestal kreeg ik alle ins en outs van haar leven te horen, of ik het nu wilde of niet.'

'Begrijpt u dat we bezig zijn met een moordonderzoek, en dat u zich in niet erg positieve bewoordingen over Marissa Lewis uitlaat?' zei Peterson.

'Hebt u liever dat ik lieg?'

'Nee,' zei Erika.

'Ik weet het: over de doden niets dan goeds, en niemand verdient het om op de stoep van d'r eigen huis te worden neergestoken. Afschuwelijk,' zei hij. Hij zette zijn bril af, liet hem aan een gouden ketting op zijn omvangrijke buik hangen en sloeg een kruisje.

'Wist u dat ze van plan was om naar New York te gaan?'

'Ja. Daar had ze het wel eens over gehad.'

'Niet in detail?'

'Nee, maar ik heb wel gevraagd hoe ze dat dacht te financieren. Zo'n onderneming kost heel wat, en daar komen de kosten van een visum en dat soort dingen dan nog eens overheen. Ze zei toen iets wat me is bijgebleven. Ze zei dat de diamant haar geluk zou brengen, en een nieuwe start.'

'Die diamant op haar kleren?'

'Nee, ze overwoog een andere outfit te nemen en haar artiestennaam te veranderen.'

'Wilde ze de diamanten oorbellen verkopen?' vroeg Peterson.

'Ik weet dat ze niet bepaald de slimste was, maar ze wist wel degelijk het verschil tussen enkelvoud en meervoud. Ze bedoelde één diamant, en bovendien speelde dit voordat de oorbellen ten tonele verschenen,' zei Martin. 'Het zou kunnen dat ze zich in cryptische bewoordingen uitliet, of misschien was het gewoon flauwekul wat ze zei. Helaas was bij Marissa meestal dat laatste het geval.'

'Was u hier op kerstavond, tijdens haar laatste optreden?'

'Ja. Toen droeg ze die oorbellen ook.'

'Weet u dat zeker?' vroeg Peterson.

'Ja, want ze kwam hier poedelnaakt binnen met de vraag of ik haar jarretel kon maken. Ik hield mijn blik strak tot boven haar hals gericht. Ik heb het niet zo op de vrouwelijke anatomie,' zei hij. Hij perste zijn lippen op elkaar. 'Vooral niet wanneer een vrouw plompverloren mijn blikveld binnendringt.'

'Met wie is Marissa destijds naar de juwelier in Hatton Garden gegaan?' vroeg Peterson.

'Ze heeft vanavond opgetreden, ik bel haar wel even...' Hij haalde een mobieltje tevoorschijn en maakte een van zijn clip-oorbellen los om te kunnen telefoneren.

'Tuttebol! Ben je er nog? De politie wil even met je praten... Niks ernstigs, gewoon een paar vragen.'

Een eindje verderop ging een deur krakend open, en even later verscheen er een kleine vrouw in spijkerbroek en een paarse wollen trui in de deuropening. Erika herkende haar als de strippende stormtrooper.

'U wilde me spreken?'

'Kom binnen, Ella, je hoeft niet op de gang te blijven staan,' zei Martin. Hij clipte zijn oorbel weer vast. 'Dit is Ella Bartlett.'

Ze glimlachte naar Erika en wierp Peterson een geïnteresseerde blik toe.

'Ben je met Marissa mee geweest om haar oorbellen te laten taxeren?' vroeg Erika.

'Ja. Die vent dacht dat ze wel tien en een half mille waard waren. Hij wilde ze zelf wel kopen, omdat ze volgens hem uitzonderlijk zuiver waren.'

'En Marissa ging niet op zijn aanbod in?'

'Niet toen ik erbij was. Ze was ontzettend in haar nopjes dat haar oorbellen zo veel waard waren. Alsof ze er geen afstand van wilde doen.'

'Wanneer ben je met haar mee geweest?'

'Een week geleden, ongeveer.'

'Was je goed bevriend met Marissa?'

'Niet heel goed. Ik was net als iedereen benieuwd of ze echt waren, en ik moest toch die kant op voor mijn sportschool, dus ik wilde wel met haar mee.'

'Weet je nog hoe die juwelier heette?'

'Nee. Het was dicht bij de Gym Box, waar ik altijd naartoe ga om te sporten, in Farringdon, een straatje of twee verderop...'

Erika wierp Peterson een blik toe. Dan bleven er nog honderden juweliers in Hatton Garden over.

'Mag ik je mijn nummer geven zodat je me kunt bellen als je nog iets te binnen schiet? Het is heel belangrijk,' zei Erika. Ze gaf haar een visitekaartje. Het meisje knikte en maakte aanstalten om op te stappen.

'O, Ella, ik zit me ineens te bedenken: ik heb nog een flaconnetje Febreze voor je stormtrooperhelm. Ik weet dat het daaronder flink kan gaan broeien,' zei Martin. Hij gaf haar de spuitfles. Ella keek ongemakkelijk naar Peterson en pakte het flesje Febreze aan. 'En ik krijg ook nog vijf negenennegentig van je,' riep hij haar na. 'Hebt u nog meer vragen, rechercheurs? Ik moet nog zes g-strings in elkaar zetten, en ik wil de laatste trein naar huis niet missen.'

'Bedankt voor het gesprek,' zei Erika.

31

'Godsamme, wat een zaak,' zei Erika. Ze liep met Peterson terug naar station Charing Cross. Ze namen de stille achterafstraatjes zodat ze met elkaar van gedachten konden wisselen.

'Wat heeft die diamant ermee te maken?' zei Peterson.

'Dat was zo ongeveer Marissa's handelsmerk. Misschien dacht ze als Honey Diamond een fortuin te kunnen vergaren. Dita Von Teese heeft miljoenen verdiend, en ze wilde de volgende Dita Von Teese worden.'

'Het is net of we terecht zijn gekomen in een doolhof van...'

'Van intriges? Van misleiding?' zei Erika.

'Shit. Het woord is shit. Deze zaak is één groot moeras. Iedereen had een hekel aan haar.'

Erika knikte. 'Marissa had een grote mond en was indiscreet, maar voor zover ik kan zien was mevrouw Fryatt de enige die wist dat ze door de man met het gasmasker is aangevallen.'

'Dat Marissa er vaak op los fantaseerde en niet erg geliefd was, betekent nog niet dat ze geen angsten en geheimen kende. Er zijn heel wat mensen die geen aangifte durven doen als ze aangevallen of aangerand zijn. En zelfs lieden die overlopen van zelfverzekerdheid bluffen vaak en zijn helemaal niet zo zelfverzekerd als ze wel doen voorkomen,' zei Peterson.

Erika knikte. Ze waren zo verdiept in hun gesprek dat ze niet hadden opgelet en ineens vanuit een zijstraat in Regent Street terechtkwamen. Er viel nu natte sneeuw.

'Zullen we even koffie gaan drinken?' vroeg Peterson toen hij op de hoek een Starbucks zag die nog open was. 'In elk geval tot het ophoudt met sneeuwen?'

'Is goed.'

Ze wachtten op een paar rode bussen die voorbijreden en staken snel over om de sneeuw te ontvluchten en de helder verlichte koffietent binnen te gaan. Erika vond een tafeltje bij het raam, en Peterson kwam terug met twee koffie. Erika zag dat de etalages aan de overkant in de kerstsfeer waren versierd, en Regent Street had een overspanning van kerstverlichting. Ze namen een slok van de hete koffie en keken naar buiten, naar de drukte op straat.

'Dus we hebben Joseph Pitkin, die Marissa meer dan eens heeft gestalkt en gefotografeerd en haar ook gefilmd heeft, naar we aannemen op haar verzoek, om Don Walpole te kunnen chanteren,' begon Erika.

'We hebben Ivan Stowalski, die een obsessie voor haar had en bij zijn vrouw weg wilde gaan om met Marissa naar New York te vertrekken, en die een poging heeft gedaan om zichzelf van kant te maken,' zei Peterson.

'Dan hebben we Don Walpole, die seks met haar had toen ze vijftien was, waarmee ze hem chanteerde. Als hij zijn mond zou opendoen, zou ze ervoor zorgen dat hij op de lijst met zedendelinquenten werd geplaatst... Kennelijk heeft ze ook twee diamanten oorbellen van mevrouw Fryatt gestolen, al heeft mevrouw Fryatt daar niets over gezegd, terwijl ze ontzettend goed bij haar verstand leek te zijn toen we haar spraken.'

'Denk je dat haar zoon ervan wist? Hij heeft toch een juwelierszaak in Hatton Garden?' vroeg Peterson.

'Dat zou kunnen... Maar mevrouw Fryatt was de enige die wist dat Marissa op straat was aangevallen,' zei Erika.

'Door een man met een gasmasker op, iemand die op de een of andere manier iets te maken heeft met Joseph Pitkin. Joseph heeft zelfmoord gepleegd vanwege de foto's die je hem tijdens het verhoor hebt laten zien... Nou, wat ik bedoel te zeggen is dat hij erg bang moet zijn geweest.'

'Ik heb hem te veel onder druk gezet,' zei ze vermoeid. 'Hadden we dat berichtje met de tekening van het gasmasker maar eerder ontdekt, dan had ik misschien meer uit hem gekregen... Of hem ervan hebben kunnen weerhouden... Ik weet het niet.'

'Dat kon je niet weten,' zei Peterson. Hij legde een hand op haar arm. Ze schonk hem een flauwe glimlach.

'En Mandy geeft alleen maar ontwijkende verklaringen over de avond waarop Marissa is vermoord. Ze moet toen iets gehoord hebben.'

'Was ze niet aan de drank?'

'Ja. Misschien lag ze ladderzat op de bank terwijl Marissa aan de andere kant van het raam werd neergestoken. Wat we morgen moeten doen is het tijdpad omkeren en kijken wie er een alibi heeft en wie niet. Ik wil ook nog een keer bij mevrouw Fryatt langs om haar te vragen naar die oorbellen.'

Ze namen een slok van hun koffie en zaten zwijgend bij elkaar.

Peterson schoof ongemakkelijk op zijn krukje heen en weer. 'Erika, er is iets wat ik graag met je wil bespreken...' begon hij.

Haar telefoon ging, en ze haalde het toestel uit haar tas. Ze keek op haar horloge en zag dat het bijna halftwaalf was. 'Shit. Straks mis ik de laatste trein nog. Ik moet vanavond nog een rapport afmaken.' Erika dronk de rest van haar koffie op en pakte haar telefoon weer. 'Ik bel een Uber,' zei ze, terwijl ze over het scherm swipete. 'Ah, er is een auto in de buurt die hier over een minuutje kan zijn. Super. Rij je mee?'

'Nee, ik ga wel met de trein,' zei hij.

'Denk je dat je die nog kan halen?'

'Jawel. Ik vind het wel lekker om even te lopen. Prachtig, al die kerstlichtjes overal.'

Erika keek hem even aan. 'Gaat het? Wat wilde je net zeggen?'

'Ik weet niet of we daar wel tijd voor hebben.'

Haar telefoon bliepte, en een auto reed voor. 'Nee. Dat is mijn auto. Die was echt heel dicht in de buurt.'

'Het was niet belangrijk. Ga nou maar.'

'Oké. Bedankt voor de koffie. Ik zie je morgenochtend.' Ze pakte haar jas en hing die over haar schouder, zwaaide nog even en liep door de natte sneeuw naar de auto.

Peterson zag haar instappen, waarna de auto wegreed. Hij nam nog een slok van zijn koffie, en toen hij hoorde dat er een sms'je binnenkwam, pakte hij zijn mobieltje en toetste snel een nummer in.

'Ja, ik weet het. Sorry. Ik dacht dat ik onderhand wel klaar zou zijn... Ja, ik heb haar wel gesproken, maar we hebben het alleen maar over het werk gehad... Ja, met deze baan ben je dag en nacht bezig... Nee, ik heb het haar nog niet verteld, maar dat ga ik zeker nog doen. Beloofd. Ik ook van jou.'

Hij verbrak de verbinding en staarde een tijdje uit het raam. Hij werd verteerd door gevoelens van schuld en berouw. Hij voelde zich schuldig omdat hij gelukkig was, en het speet hem dat Erika daar geen deel van uitmaakte. Hij dronk zijn koffie op en liep terug naar Charing Cross, door de met kerstlampjes versierde straat. Hij bedacht dat een mens vaak door een onverwachte gebeurtenis van zijn stuk gebracht kan worden. Op een positieve manier.

32

Het was erg warm in de Uber-auto, terwijl Erika langs Piccadilly Circus zoefde. De chauffeur keek naar haar in de achteruitkijkspiegel. 'Wilt u misschien een *Evening Standard*?' vroeg ze. Erika zei dat ze dat graag wilde, waarna de chauffeur haar de krant aangaf.

Erika liet zich op de achterbank terugzakken en begon te lezen. Ze nam de krant vluchtig door en las alleen de roddelberichten. Ze staken net bij Vauxhall de Theems over toen Erika een pagina omsloeg en een luid 'fuck' liet horen.

'Alles goed?' vroeg de chauffeur.

'Sorry. Er schiet me net iets te binnen,' loog ze. Er stond een paginagroot artikel in de krant over de vorige zaak die ze onder handen had gehad: de moorden en de ontvoering van de tweeling van het gezin Marsh door Max Kirkham en Nina Hargreaves. In de *Evening Standard* hadden al verschillende sensatieberichten over de zaak gestaan, waarbij Nina en Max werden afgeschilderd als een moderne Bonnie en Clyde, of Myra Hindley en Ian Brady. Nu schreven ze dat niemand het lichaam van Max Kirkham had willen begraven. De krant had contact gezocht met zijn moeder, maar die wilde niets meer met haar zoon te maken hebben. Volgens de krant zou ze hebben gezegd: 'Breng hem maar naar de vuilstort. Hij is mijn zoon niet meer.' Dit was dezelfde moeder die werd beschuldigd van het hinderen van de rechtsgang.

Onder het artikel stond een foto van Erika. Ze was er wel aan gewend dat ze in kranten werd afgeschilderd als een twistzieke rechercheur die altijd moeilijk deed. Wat haar nu het meest stoorde was dat ze een foto hadden gebruikt waarop ze net uit haar flatgebouw naar buiten stapte. Het straatnaambord met 'Manor Mount

SE23' was duidelijk zichtbaar in een hoek van de foto, en ze hadden nagelaten het nummerbord van haar auto onleesbaar te maken.

Ze pakte haar mobieltje en zocht naar een nummer. De telefoon ging een paar keer over voordat ze een vermoeid klinkende stem aan de lijn kreeg.

'Hallo?' zei Colleen Scanlan, de politiemedewerker die de contacten met de media onderhield.

'Colleen, je spreekt met Erika Foster.'

'Erika. Het is al ontzettend laat.'

'Ik heb net een artikel in de *Evening Standard* onder ogen gekregen over de zaak-Max Kirkham en Nina Hargreaves. Er staat een foto van mij bij die voor mijn huis genomen is. Het straatnaambord is te zien, en ook het kenteken van mijn auto.'

Het bleef lang stil aan de andere kant van de lijn.

'Ik heb geen zeggenschap over wat de pers publiceert.'

Erika dekte haar telefoon met een hand af en haalde een paar keer diep adem. Ze had een hekel aan Colleen, die in haar ogen een luie dienstklopper was die geen stap harder liep dan noodzakelijk, net genoeg deed om haar baan te behouden, maar geen enkele moeite deed om iemand te helpen.

'Ik weet dat je niets kunt doen aan de papieren editie, maar wat ik heel erg op prijs zou stellen is als je zou willen nagaan of de foto ook op de onlineversie staat, en zo ja, als je die er dan vanaf kunt laten halen. NU.'

Colleen zuchtte. 'Het lijkt me sterk dat het kantoor open is, maar ik kan wel een berichtje sturen. Dat is op zich wel mogelijk,' zei ze stijfjes.

'Dank je wel,' zei Erika. Met die woorden beëindigde ze het gesprek.

De rest van de rit verliep in stilte. Erika keek steeds op haar mobieltje om te zien of er al een sms'je of een mailtje van Colleen binnenkwam, maar dat bleek steeds niet het geval. Vlak voor middernacht kwamen ze bij Forest Hill aan. De Uber zette haar voor haar flatgebouw af.

Nadat Erika naar binnen was gegaan, zette ze de verwarming

hoger, ging douchen en liep in pyjama terug naar de woonkamer. Ze schonk zich een groot glas wodka in, ging met de laptop op de bank zitten en opende het rapport voor Melanie waarmee ze al een begin had gemaakt. De vloer boven haar kraakte; Allison, haar bovenbuurvrouw, liep heen en weer. Ze klikte op Internet Explorer en opende de website van de *Evening Standard*. Het bewuste artikel stond online, met haar foto erbij.

'Shit,' zei ze. Ze stond op en deed de gordijnen dicht, in een plotselinge vlaag van paranoia doordat er nu online informatie over haar te vinden was, en haar adres daaruit af te leiden was. Ze hield zich voor niet zo belachelijk te reageren. Ze hadden niet haar volledige adres gepubliceerd of zo. Ze checkte haar e-mail nog een keer, maar er was niets van Colleen. Toen ze probeerde haar nog een keer te bellen, werd ze doorgeschakeld naar de voicemail. Ze nam een flinke slok van haar wodka en begon aan het rapport te werken.

Erika schrok wakker. Haar laptop lag ondersteboven naast haar op de bank, en de telefoon ging. Ze keek op de klok in de keuken. Het was bijna twee uur 's nachts. Ze ging rechtop zitten terwijl de telefoon bleef rinkelen. Ze legde haar laptop op de salontafel en kwam overeind. Haar eerste gedachte was dat Colleen haar terugbelde. Het antwoordapparaat werd ingeschakeld. Na de ingesproken meldtekst fluisterde een schorre stem: 'Erika... Erika... Erikaaaaa...'

Verstijfd van schrik bleef ze in de deuropening naar de gang staan. Haar naam ging over in een ademstoot, en daarna klonk er een vreemd, krassend geluid. De nare, schorre stem zei weer haar naam.

'Erikaaaaaa... Erikaaaaaa...'

Het was een schorre, donkere, dreigende stem. Er klonk een vervormd geluid, een schor gehijg en een bijna onmenselijk gekokhals. Onwillekeurig slaakte Erika een kreet van angst.

Ze greep het kabeltje van het antwoordapparaat en trok de stekker uit het stopcontact. Ook de kabel van de vaste telefoon trok ze los. Ze liep snel naar de voordeur, controleerde of die op slot zat, en ging de hele flat door. Ze deed alle lichten aan en keek of de ramen op slot zaten. Daarna ging ze weer op de bank zitten, trillend, en probeerde haar ademhaling onder controle te krijgen.

Voor het eerst in haar lange loopbaan vond ze het vervelend dat ze geen pistool had.

33

Jason Bates werd om zes uur wakker doordat de wekker ging. Even later werd er zacht op de deur geklopt. Het was iemand van de thuiszorg die het van hem overnam zodat hij naar zijn werk kon.

'Hoe was het met haar?' vroeg de vriendelijke vrouw met het gegroefde gezicht. Hij was nog zo suf dat het even duurde voordat hij op haar naam kwam... Dawn. Ze heette Dawn.

'Ze heeft een goede nacht gehad,' zei hij. Zijn moeder had een goede nacht als hij er maar drie keer uit hoefde te komen. Dawn trok haar jas uit en warmde haar handen bij de radiator, terwijl Jason zijn ontbijt klaarmaakte en voorbereidingen trof om naar zijn werk te gaan.

De plasticfabriek was een kwartiertje met de trein. Het was nog donker toen hij de deur uit ging. Hij keek achterom naar het raam waarachter zijn moeder al in de rolstoel was gezet om hem te zien vertrekken. Hij zwaaide naar haar, en ze tilde een hand op. De woede en frustratie die hij jegens haar voelde ebde weg. Hij vroeg zich af of de medewerkers van de thuiszorg dit elke ochtend deden: familieleden eraan herinneren dat de hulpbehoevende een mens was. Hij kon het alleen op die manier zien als hij buiten was en naar binnen kon kijken.

De straten waren donker en er hing een ijskoude mist. Hij had het gevoel dat hij door natte lakens waadde. Het was zo vroeg dat het koffietentje bij station Gipsy Hill nog niet open was, en hij liep snel verder, tussen de open poortjes door, net op tijd voordat de deuren van de trein dichtgleden. Als je voor je werk met de trein de stad uit moest, had dat als enige voordeel dat het 's ochtends niet zo druk was, en al helemaal niet tussen kerst en oud en nieuw. De coupé was bijna leeg, en hij ging bij het raam zitten. De verwarming blies warme lucht tegen zijn benen. Hij deed zijn koptelefoon op en zette een luisterboek op, waarnaar hij de rest van de ochtend wilde luisteren terwijl hij op de vorkheftruck zat, met één oor vrij, voor de veiligheid.

Hij stapte uit in West Norwood. Ook nu was hij de enige op het perron. Het was een kwartier lopen naar het magazijn, en er liep een lange weg naartoe, langs vervallen gebouwen en overwoekerde hagen. Hij deed zijn capuchon op en sjokte door de sneeuw. Zijn voetstappen knerpten in de stilte. Het schijnsel van de straatlantaarns drong niet helemaal in de mist door, waardoor er een tunnel van licht was ontstaan. In de verte kreeg de zwarte hemel al een donkerblauw kleurtje. Toen hij het hek van een oud kantoorpand passeerde, stapte er een donkere, lange gestalte uit de schaduwen tevoorschijn. De figuur was gekleed in een lange zwarte jas en had een donker, glanzend gasmasker op. Er kringelde damp uit het grote filter dat op zijn borst hing en waar een reeks kleine witte vierkantjes op stond, zodat het op een breed grijnzende mond leek.

Jason bleef staan. Eerst was hij niet bang. Het gebeurde zo onverwacht. Hij hoorde een trein voorbijdenderen. De figuur bleef even staan kijken en kwam toen dichterbij.

'Hé, hé!' riep Jason toen de gestalte op hem af kwam, zich naar hem toe boog en hem een dreun in zijn gezicht gaf.

Een poosje later kwam Jason weer bij kennis. Hij voelde sneeuw onder zijn rug en hij zag de hemel boven zich, die nu een scala aan lichtblauwe tinten vertoonde. Zijn handen waren op zijn rug vastgebonden en hij lag op zijn polsen, die daardoor pijn deden. Zijn benen waren koud, en hij merkte dat hij vanaf zijn middel naakt was. Er zat iets in zijn mond, een doekje of iets dergelijks. Hij keek om zich heen, kreunde en hoorde dat het geluid tot dof gemompel werd afgezwakt. Er zoefde een trein voorbij achter een hoge muur links van hem, en rechts was de ingang van het grote vervallen kantoorpand. Talloze rijen ingegooide ramen leken hem aan te staren, en in een paar ervan zaten fladderende vogels. Hij werd misselijk toen hij zag dat de persoon met het gasmasker zo'n vijf meter verderop vanuit de deuropening van het gebouw naar hem stond te kijken. Zijn jas hing open, en hij stond te masturberen; zijn zwartgehandschoende hand ging snel heen en weer. Damp kringelde in slierten uit het filter.

Het was onwerkelijk en angstaanjagend. Jason zag een paar vormen uit de smeltende sneeuw steken: een uitgebrande auto en enkele oude gasflessen. Plotseling hoorde hij stemmen op de weg naar het station, en hij keek naar de hoge hagen. Hij kon de weg niet zien.

Er lopen mensen langs. Forenzen! dacht hij. Hij schreeuwde het uit, maar uit zijn mond klonk slechts een gesmoord gekreun. De stemmen verdwenen in de verte. De gedaante hield plotseling op met masturberen, ritste zijn broek dicht en liep op hem af. Hij pakte Jason bij zijn voeten vast en sleurde hem door de smeltende sneeuw. Jason probeerde te schoppen, maar pijn vlamde door zijn lijf toen zijn rug over steen schuurde. Hij werd drie traptreden omhoog gesleurd, tot hij op het kale beton voor de ingang lag. Er was weinig ruimte. Zijn belager boog zich over hem heen en keek hem door de spiegelende kijkgaten aan. Toen hurkte hij bij Jason neer.

Jason haalde uit met zijn been, en zijn voet raakte het gasmasker, dat daardoor opzijgedrukt werd. De man slaakte een gedempte kreet, viel achterover door de verbrijzelde glazen deur, en haalde de zijkant van zijn hals open aan een glasscherf. Hij belandde op zijn rug aan de andere kant van de deur. Het gasmasker schoof bijna van zijn hoofd, bleef scheef zitten en liet zijn mond en neus onbedekt.

Jason keek ontzet naar de figuur en raakte in paniek. Het griezeligste was misschien nog wel het feit dat zijn belager de greep op de situatie helemaal kwijt was. Jason kwam snel overeind, maar zijn broek hing op zijn enkels en zijn voeten raakten verstrikt. Zijn belager ging langzaam rechtop zitten, trok een handschoen uit en bracht een hand naar de bloedende snijwond in zijn hals. De man draaide zich om en tilde het masker op om zijn bebloede hand beter te kunnen bekijken. Hij was kennelijk opgelucht dat het geen diepe wond was, zette zijn masker weer op, draaide zich om naar Jason en trok zijn handschoen weer aan.

Toen liep hij op Jason af en sleurde hem het trapje weer op.

34

Na een slapeloze nacht op de bank te hebben doorgebracht zette Erika om zes uur de tv aan. Ontbijt-tv. Ze vond het sterk van zichzelf dat ze zo stoïcijns gereageerd had. Het telefoontje had haar weliswaar angst aangejaagd, maar het was haar gelukt om die angst de baas te blijven. Toen ze hoorde dat de buren opstonden en er water door de leidingbuizen liep, bracht dat haar weer terug in de werkelijkheid. Om half acht zette ze koffie en ging ze douchen, en toen het licht werd deed ze de gordijnen open en merkte ze dat haar angst met het blauw verkleuren van de lucht verdween.

Vlak voordat ze naar haar werk ging, deed ze de stekker van haar telefoon weer in het stopcontact en luisterde ze het bericht af dat de schorre stem had ingesproken. Degene die had gebeld had geen poging gedaan het telefoonnummer geheim te houden. Het was een mobiel nummer dat ze niet herkende, en ze noteerde het. Ze rolde het snoer op en nam het antwoordapparaat mee.

Toen ze eenmaal in haar auto zat en zich in de ochtendspits begaf, kwam de werkelijkheid langzamerhand bij haar binnen. Ze had nog steeds geen bericht van Colleen Scanlan ontvangen; geen voicemail of sms'je.

Tijdens haar slapeloze nacht had ze veel nagedacht over het onderzoek, en telkens kwam de kwestie van de diamanten oorbellen terug. Waarom had mevrouw Fryatt daar niets over gezegd? Ze keek op haar horloge en zag dat het iets over achten was. Ze besloot van haar vaste route af te wijken en om te rijden, door Honor Oak Park naar Hilly Fields. Toen ze bij het huis van mevrouw Fryatt kwam, zag ze de oude dame voor het huis staan, leunend op een wandelstok. Ze had zich goed tegen de kou ingepakt. Erika probeerde voor het huis te parkeren, maar mevrouw Fryatt begon met haar stok te zwaaien en riep: 'Doorrijden! U mag hier niet parkeren! Ik hou deze plek bezet!'

Erika draaide haar raampje naar beneden. 'Goedemorgen. Kan ik u misschien ergens heen brengen?' zei ze.

'Ik wacht op mijn zoon; hij zou me naar de huisarts brengen. Hij zei dat hij me zou ophalen...' Ze keek langs Erika de lege straat in en leunde moeizaam op haar stok.

'Is alles goed met u?'

'Het is mijn been. Ik heb vier dagen moeten wachten voordat ik een afspraak kon maken. U weet hoe moeilijk het is om een afspraak te kunnen maken... Waar blijft hij nou? Straks kom ik nog te laat! Zet uw auto alstublieft ergens anders neer.'

Haar neus druppelde van de kou, en ze klemde haar stok onder haar arm om een zakdoekje tevoorschijn te halen.

'Ik heb nog wat vragen,' zei Erika.

'Nog meer vragen? Gisteren vroeg u me al het hemd van mijn lijf.'

'Heeft Marissa diamanten oorbellen van u gestolen?'

'Nee.'

Erika hield mevrouw Fryatt scherp in de gaten. De oude dame keek afwezig langs haar heen.

'Weet u dat zeker?'

'Natuurlijk weet ik dat zeker. Ik ben nog goed gezond, zowel lichamelijk als in mijn hoofd.'

'Ja, dat zei u gisteren ook al, maar nu moet u kennelijk toch naar de dokter.'

'Wat is dit? Ik heb niets misdaan. Ik wil me graag coöperatief opstellen, maar die toon van u zint me niks.'

Er verscheen een auto aan het eind van de straat, en mevrouw Fryatt keek hoopvol op, tot ze zag dat het niet haar zoon was. De auto reed voorbij.

'Ik heb met een collega van Marissa gesproken, iemand die kostuums voor haar verstelde. Volgens hem pronkte Marissa met een stel diamanten oorbellen, en beweerde ze trots dat ze die van u had gepikt.'

Mevrouw Fryatt draaide zich om naar Erika. Ze leek zichzelf

weer onder controle te hebben. 'O ja? Wat merkwaardig. Dat is namelijk helemaal niet waar.'

'Ik begrijp niet waarom hij zoiets zou verzinnen,' zei Erika. Ze keek onderzoekend naar de oude dame, maar die was nog altijd afgeleid en keek naar het eind van de straat.

'Nou, als u het al niet begrijpt, hoe moet ik dat dan in hemelsnaam weten? Droeg Marissa diamanten oorbellen, of hebt u die in haar huis aangetroffen?'

'Daar kan ik geen mededelingen over doen.'

'Nee dus,' zei mevrouw Fryatt laatdunkend.

'Marissa is met een van haar collega's bij een juwelier in Hatton Garden geweest om ze te laten taxeren.'

'Ah, daar zul je hem eindelijk hebben! Het werd potdorie tijd!' zei ze. Ze zwaaide weer met haar wandelstok. Een glanzende witte auto stopte naast de auto van Erika. 'Was dat het, mevrouw de rechercheur? Ik heb geen idee wat Marissa bedoeld kan hebben. Waarschijnlijk zat ze wat te fantaseren. Dat deed ze wel vaker.'

De zoon van mevrouw Fryatt, Charles, stapte uit en liep op zijn moeder af.

'Wat ben je laat!' riep ze.

Hij leek zich te schamen en keek opgelaten naar Erika. 'Het was druk op de weg,' zei hij. 'Hallo, mevrouw de rechercheur. Is alles in orde?'

'Heeft Marissa u ooit verteld dat ze diamanten oorbellen van uw moeder had gestolen?' vroeg Erika hem.

Mevrouw Fryatt rolde met haar ogen en maakte aanstalten om naar de auto te gaan. 'Daar weet hij niets van af. Ik ben de enige die toegang heeft tot mijn kluis, en al mijn sieraden en juwelen zijn er nog. Kom, opschieten! Ik wil niet te laat komen!'

Charles keek Erika ongemakkelijk glimlachend aan. Ze merkte dat er op de zijkant van zijn hals een grote pleister zat, waar een beetje bloed doorheen was gesijpeld.

'Hebt u zich gesneden?'

'Ja, tijdens het scheren... Ik schoot uit met mijn scheermes... Een teken dat ik niet te laat wilde komen om mijn moeder op te halen,' zei hij, en hij schonk haar een glimlach. Het was een rare grimas, waarbij hij zijn grote scheve tanden ontblootte, zonder dat de lach zijn ogen bereikte. Snel liep hij naar zijn moeder toe, die inmiddels bij de auto stond. Een achteropkomende automobilist begon te toeteren.

Mevrouw Fryatt zwaaide met haar stok naar de bestuurder. 'Kunt u misschien ÉÉN MINUUTJE wachten, ja?' riep ze.

Charles hielp haar met instappen en maakte de gordel voor haar vast. Hij knikte naar Erika, nu weer met een serieuze blik in zijn ogen, en reed weg.

Er klopte iets niet, maar Erika kon er de vinger niet op leggen. 'Nou, ik heb haar wel in het nauw gedreven,' zei ze. Ze pakte haar mobieltje en kreeg McGorry aan de lijn.

'Ik kom eraan, chef,' zei hij. 'Ik stap net in Lewisham uit de metro.'

'Niks aan de hand, hoor. Ik heb alleen even een vraagje. Jullie hebben het huis van Marissa van boven tot onder doorzocht en al haar spullen bekeken. Zijn jullie geen diamanten oorbellen tegengekomen?'

'Eh... er lagen wel sieraden... Maar ik weet het niet. Ik weet niet of ik het verschil zou zien tussen een echte diamant en een siersteentje. Ik kan de foto's van de forensische dienst nog wel even bekijken. Kunt u zich herinneren of we iets gezien hebben toen we in haar slaapkamer rondkeken?'

'Nee. Zou je het even voor me willen nakijken?'

'Natuurlijk.'

Erika verbrak de verbinding. Ze dacht aan de mensen die de oorbellen mogelijk gepakt konden hebben. Joseph Pitkin had Marissa aangeraakt voordat de politie ter plekke was... Mandy ontdekte het lichaam van haar dochter in de sneeuw. Zou Ivan ze ingepikt kunnen hebben? Wanneer had Don Walpole haar voor het laatst in levenden lijve gezien?

'Hij heeft haar op kerstavond nog op het station gezien!' zei ze triomfantelijk. Ze startte de motor, keerde de auto en reed naar Coniston Road.

35

Don Walpole deed open en was niet blij Erika weer te zien.

'Kom ik gelegen?' vroeg ze. Hij had een schort voor, en Erika rook gebakken spek, waardoor haar maag begon te rommelen.

'Maakt dat iets uit?' zei hij.

'Ik heb maar een paar minuten van uw tijd nodig.'

Hij deed een stap opzij, liet haar binnen en ging haar voor naar de keuken. Ze zag dat Jeanette stommelend de trap af kwam, gekleed in een grote paarse badjas en met een handdoek om haar natte haar. Ze zag er belabberd uit.

'Wie is dat?' vroeg Jeanette met half geopende ogen. Erika stelde zich voor, maar Jeanette leek zich niet te herinneren dat Erika de vorige dag op bezoek was geweest. Ze liepen verder naar de keuken.

'Ik wil graag nog wat weten over Marissa,' zei Erika zachtjes.

Don rende naar het fornuis en draaide snel de eieren om die in de pan lagen te spetteren. Hij droeg een donkere spijkerbroek en een dikke wollen bruine coltrui.

Jeanette schuifelde de keuken in, sloeg geen acht op Erika en pakte een grote fles sinaasappelsap uit de koelkast. 'Hebt u me nodig?' vroeg ze.

'Nee. Ik ben hier alleen maar om...' begon Erika, maar Jeanette liep de keuken alweer uit.

'Wil je gebakken eieren?' vroeg Don.

'Nee!' riep ze. Erika zag haar de gang door schuifelen en de woonkamer binnengaan. Ze deed de deur achter zich dicht, en even later ging de televisie aan.

Don zuchtte en schoof de eieren heen en weer in de olie. Boterhammen sprongen in het broodrooster omhoog. Hij legde ze op twee borden. 'Wilt u haar eieren? Anders gooi ik ze toch maar weg,' zei hij.

Erika aarzelde. Ze had plotseling ontzettend veel trek, maar ze hield zich in. 'Nee, bedankt. Ik wilde u alleen maar een paar vragen stellen...'

'Ik probeer haar zover te krijgen dat ze wat eet, maar de meeste calorieën krijgt ze met de drank binnen. Daardoor heeft ze nu een omvangrijk postuur en ontzettend dunne beentjes.'

'Mijn moeder was ook aan de drank,' zei Erika.

'Is dat zo?'

'Nee, dat wás zo. Ze is al een hele tijd geleden overleden. Ze werd nooit gewelddadig, maar wel maakte ze de hele tijd ruzie, waardoor het lastig was om normaal met haar om te gaan.'

Don knikte. Zijn donkere ogen stonden verdrietig, en hij had zwarte kringen onder zijn ogen. Hij begon de toast te beboteren. 'Wat wilde u me vragen?'

'U zei toch dat u Marissa op kerstavond hebt gezien, op station Brockley?'

'Ja. Toen Jeanette haar... aansprak, zullen we maar zeggen.'

'Weet u nog of Marissa toen oorbellen droeg? Dat moet u dan wel zijn opgevallen, want het waren oorbellen van echt diamant.'

Don schepte de eieren uit de pan en legde er twee op zijn toast. 'Echte diamanten? Waar haalde ze echt diamanten oorbellen vandaan?'

'Ik kan geen nadere bijzonderheden geven. Had ze op kerstavond oorbellen in?'

'Ze had bewonderaars genoeg. Ze zal vast wel een of andere arme drommel hebben overgehaald om dure juwelen voor haar te kopen.'

'Meneer Walpole. Denkt u alstublieft goed na. Wat had ze aan toen u en uw vrouw haar op het station tegenkwamen? Probeer haar alstublieft weer voor de geest te halen.'

'Het enige wat ik nog weet is dat ze een lange zwarte jas aanhad.'

'En haar haar en make-up?'

'Ze had zich opgemaakt. Eh... ze droeg van die valse wimpers. Ik weet niet meer of ze oorbellen droeg.'

'Mag ik het aan Jeanette vragen?'

'Ik denk niet dat zij nog iets weet.'

'Het is wel belangrijk voor het onderzoek.'

Don zette het bord op de tafel. Erika liep achter hem aan naar de woonkamer. Jeanette lag op de bank. Haar natte haren hingen futloos om haar hoofd, voor de helft voor haar gezicht. Ze was een ontbijtprogramma aan het bekijken, en het geluid stond hard.

'Jeanette. Ze wil even met jou praten,' zei Don met stemverheffing. Hij ging terug naar de keuken en liet de twee vrouwen alleen.

Jeanette keek Erika van achter haar natte haar aan. 'Wat?'

'Mag ik u een vraag stellen?'

'Ga je gang.'

'Mag de tv wat zachter?' Met overduidelijke tegenzin zette Jeanette het geluid uit. 'Dank u wel. U en uw man zijn Marissa Lewis op kerstavond tegengekomen.'

'Die hoer,' siste ze.

'Weet u misschien nog of ze sieraden droeg?'

'Voor de verandering kon je haar tieten nu eens niet zien, want ze had een dikke jas aan, dichtgeknoopt over haar decolleté. Maar ze had oorbellen in.'

'Wat voor soort?'

Ze trok haar schouders op. 'Witte edelstenen, kleine knopjes.'

'Weet u dat zeker?'

'Honderd procent zeker,' zei ze, zonder haar blik los te maken van de tv.

'Hoe bent u daar zo zeker van?' vroeg Erika.

Jeanette draaide haar hoofd naar haar om. 'Omdat ik al voor me zag hoe ik die uit haar oren zou trekken, en hoeveel pijn dat zou doen.'

Erika wou dat ze een foto van de diamanten oorbellen had om aan haar te laten zien. 'Denkt u dat ze van echt diamant waren?'

'Dat lijkt me heel sterk.'

'Maar zou u echte diamanten herkennen als u ze zag?'

'Kom ik over als iemand die weet hoe echte diamanten eruitzien?' zei ze op bittere toon. Het was geen vraag die een antwoord behoefde.

Erika keek om zich heen en zag een lange zwarte jas die over een droogrek was gehangen. Het ding stond voor de brandende gaskachel, en er kwam een beetje damp vanaf. 'Is dat de jas van Don?'

'Van wie zou hij anders moeten zijn?'

'Is hij vandaag naar buiten geweest?'

'Weet ik veel. Misschien is hij melk gaan halen. Bent u nou klaar met uw vragen?'

'Ja. Bedankt.'

Jeanette zette het geluid van de tv weer aan, waarna het kabaal weer losbarstte.

Toen Erika het huis had verlaten, bleef ze een paar minuten in haar auto zitten en probeerde de feiten van de zaak op een rijtje te zetten. Daarna reed ze een eindje verder en stopte voor het huis van Marissa. De sneeuw in het voortuintje was aan het smelten. Er waren twee steegjes, een die langs het huis liep, en een aan de overkant van de straat. Aan het eind van de straat, net voorbij de school, was een splitsing, die naar een woonwijk en een voetgangersbrug over het spoor liep.

De moordenaar had een auto gebruikt, wat bleek uit een analyse van de bloedsporen. De dader zou onder het bloed hebben gezeten en zou een bebloed moordwapen bij zich hebben gehad, waardoor er een bloedspoor op het pad en het trottoir achtergebleven zou moeten zijn, maar het spoor hield abrupt op bij het tuinhek. Erika reed stapvoets naar het steegje en draaide er heel langzaam in, waarbij ze zijkanten van de auto goed in de gaten hield. Het steegje was te smal voor een auto.

Ze schrok toen haar mobieltje ging. Het was McGorry.

'Chef, u moet snel naar het bureau komen. We hebben een grote doorbraak,' zei hij.

36

Erika parkeerde haar auto bij het politiebureau, pakte haar tas en het antwoordapparaat en liep snel naar de recherchekamer. Moss, Peterson, Kay en de rest van het team hadden zich al rond het bureau van McGorry verzameld.

'Wat is het?' vroeg Erika toen ze de opgewonden gezichten zag.

'Ik heb alle verklaringen bekeken die in verband met de moord op Marissa Lewis zijn afgenomen, en de gebeurtenissen op kerstavond op een tijdlijn geplaatst,' zei McGorry. 'Ze werkte tot halfnegen in The Matrix Club. Omdat het kerstavond was, hadden ze de show iets naar voren geschoven. Na afloop heeft ze nog snel iets gedronken en is toen naar huis gegaan. Ze nam de trein van tien over negen vanaf Charing Cross...' Hij vergrootte een venster op zijn computerscherm. 'Daar is ze, hollend op weg naar het station. Ze haalt het op het nippertje, vlak voordat de deuren dichtgaan.' Hij liet het kleine filmpje zien van een rennende Marissa Lewis op hoge hakken en in een wapperende lange jas. 'Ze was alleen toen ze instapte.'

'Oké,' zei Erika. 'Heeft dit allemaal nog enige betekenis?'

'O, zeker,' zei McGorry grijnzend. Peterson knikte en grijnsde ook.

'Nou, schiet dan eens op!'

'Ik heb ook videobeelden van de trein, toen ze in London Bridge overstapte. Dat was een nieuwere trein, met beveiligingscamera's aan boord.' Ze zagen een drukke treincoupé vanuit het gezichtspunt van een camera die boven de deuren aan het plafond was bevestigd. 'Daar staat ze, ingeklemd tussen die twee kerels. Homo's, schat ik zo in, aangezien ze totaal geen interesse in haar lijken te tonen.'

'Kom op, jongens, zonder jullie persoonlijk commentaar, graag.'

'Ik wil alleen maar zeggen dat er geen engerds zijn die in haar geïnteresseerd lijken te zijn,' verduidelijkte hij. Hij speelde de beelden van de tien minuten durende treinreis versneld af. 'Goed, hier is het inmiddels 21.42 uur, en de trein stroomt leeg op Station Brockley.'

'Waren er ook beveiligingscamera's op het station?' vroeg Erika.

'Alleen op het perron. Op die beelden is te zien dat Marissa met een heleboel andere reizigers uitstapt,' zei hij. Hij klikte een ander filmpje aan.

'Goed, wat heb je nog meer voor me?'

'Nu komt het beste. Marissa Lewis woonde tegenover een school, en aan beide kanten van het schoolplein hangen camera's. Een ervan laat het tuinhek van Marissa Lewis zien.'

Op het laatste filmpje was Marissa's huis voor de helft zichtbaar, van het tuinhek tot de steeg, plus een deel van de straat die naar de splitsing leidde.

'Hoe laat is het daar?' vroeg Erika.

'Deze beelden zijn van 21.40 uur.'

Hij scrolde door de zwart-witbeelden en liet opnamen zien van de lege besneeuwde straat en het tuinhek.

'Wat is dat?' vroeg Erika toen er om 21.51 uur een donkere flits te zien was.

'Een kat die op het hek springt,' zei McGorry.

'Marissa had een kat,' zei Kay. 'Beaker heet-ie.'

'Heb je hem verhoord?' grapte een van de geüniformeerde agenten.

'Donder op,' zei Kay.

'Stilte!' riep Erika.

'Nu komt het,' zei McGorry. Een in het zwart gehulde gedaante met een gasmasker op kwam in beeld en liep voorzichtig en doelbewust over het besneeuwde trottoir naar het hek, bijna schuifelend doordat het glad was. Bij het hek aangekomen keek de schim opzij naar het huis, liep door en verdween in de schaduwen van het steegje.

'Jezus,' zei Erika.

'Goed, we spoelen even zeven minuten door,' zei McGorry. De tijdsaanduiding van de video-opnamen ging in sneltreinvaart vooruit. 'Kijk, hier zie je dat Marissa Lewis thuiskomt.'

Marissa verscheen bij het hek. Er viel een stilte in de kamer. De meesten hadden de beelden al gezien, maar de impact ervan was nu net zo verpletterend als de eerste keer. Marissa deed het hek open, stapte de tuin in en verdween in de schaduwen. Tien seconden later kwam de gedaante met het gasmasker uit het duistere steegje tevoorschijn en ging naar het hek, met een lang mes in de hand. De schim deed snel het hek open, liep de tuin in en werd door het donker verzwolgen.

'De camera heeft niet geregistreerd wat er in de tuin is gebeurd,' zei McGorry. 'Vier minuten later komt hij weer tevoorschijn.'

'Weet je zeker dat er verder niets te zien is?' vroeg Erika.

'Ik heb de beelden verschillende keren bekeken, ook in slow motion. Er is werkelijk niets te zien: de camera registreert niks wat te donker is.'

Hij speelde de video verder af. De gedaante kwam tevoorschijn met het druipende mes, bleef bij het hek staan en keek achterom naar de donkere tuin.

'Hij maakt het mes met een doekje schoon dat hij gemakshalve bij zich heeft. Hij stopt het mes en het doekje in zijn zak, en dan gaat hij naar rechts, uit beeld.' Het team dat om Erika heen stond zweeg. 'Daarna ben ik hem kwijtgeraakt. In die wijk zijn verder geen beveiligingscamera's. Misschien is hij net buiten beeld in een auto gestapt, of is hij een huis binnengegaan. Dat weten we niet.'

'Spoel nog eens terug,' zei Erika. Ze liet de video stopzetten op het moment dat de man met het gasmasker uit de tuin tevoorschijn kwam, en heel even kwam het gasmasker goed in beeld. Ze stond op en liep naar haar bureau, waar een kopie lag van het bericht dat Joseph Pitkin had gekregen. Ze hield het bij het scherm en keek naar het met een zwarte balpen getekende gasmasker. 'Is het zo'n soort gasmasker?' vroeg ze.

'Ik weet het niet. Misschien is het een masker dat vroeger in het leger werd gebruikt,' zei McGorry.

'We moeten de politietekeningen nog eens bekijken die zijn gemaakt op aanwijzing van de mensen die zijn aangevallen. En als die nog niet zijn gemaakt, moet dat alsnog gebeuren. Nu we deze beelden hebben en het precieze tijdstip van de moord weten, kunnen we een nieuw buurtonderzoek laten uitvoeren bij de huizen die op de woning van Marissa uitkijken, voor het geval iemand toen iets heeft gezien. Geweldig gedaan, dit.'

'Ik heb het samen met Kay gedaan,' zei McGorry. Hij keek haar grijnzend aan. Op een van de bureaus begon een telefoon te rinkelen. Moss liep er snel naartoe om op te nemen.

'Geweldig gedaan, jullie allebei.'

'Chef,' zei Moss, terwijl ze de hoorn met een hand afdekte. 'De man met het gasmasker heeft weer toegeslagen, in West Norwood, vanmorgen vroeg. Een jonge vent die naar zijn werk ging.'

37

Jason Bates was door de politie naar SARC gebracht, het Sexual Assault Referral Center in Camberwell. Erika reed er in haar eentje naartoe en kwam er aan het eind van de middag aan. Het was een klein, onopvallend gebouw dat een eindje van de grote weg af stond. Bij een ongemarkeerde deur aan de zijkant van het gebouw stond al iemand op haar te wachten, een forse, stoere agent met een grote baard.

'Is er al bewijsmateriaal afgenomen?' vroeg Erika.

'Ja, hij is al onderzocht. We hebben monsters genomen.'

'Was er iets bruikbaars bij?'

'Bloed.'

Erika knikte; het leek haar ongepast om al te enthousiast te reageren. 'Kan ik even met hem praten?'

'Degene die de leiding over het onderzoek heeft is nu bij hem. Het was een afschuwelijk ervaring. Hij heeft er een ernstig trauma aan overgehouden.'

'Dat weet ik, maar de moordzaak waar ik aan werk heeft hier raakvlakken mee.'

Hij knikte. 'Wacht hier maar even.'

Erika nam plaats op een bankje in de lange gang. De agent deed een deur open waarboven een bordje hing met ONDERZOEKSKAMER, een vertrek dat geschikt was voor forensisch onderzoek: een steriele ruimte met schone plastic tafels waar vervuiling van bewijsmateriaal was uitgesloten.

Erika keek om zich heen. In de gang hingen posters van een zonnige weide en van een paar balen kleurige oosterse kruiden, ongetwijfeld bedoeld als tegenhanger van de klinische sfeer. De deur ging weer open, en de agent met de baard kwam tevoorschijn.

Hij was in het gezelschap van inspecteur Peter Farley, een man van middelbare leeftijd met grijzend haar. Erika liet haar ID zien.

'Dag Erika, fijn dat je er bent,' zei hij. Ze volgde hem naar een klein vertrek met posters en planten, wederom een vergeefse poging om de klinische sfeer te doorbreken.

Een verpleegkundige zat bij een jonge man die een deken om zich heen had. Zijn blote voeten staken onder een lang papieren gewaad uit. Naast hem stond een onaangeroerde kop thee. Hij had een tenger postuur, rossig haar en lichtgekleurde wenkbrauwen. Zijn linkeroog vertoonde een rode vlek op de plek waar een adertje was gesprongen. Zijn lip was gebarsten en er zat geronnen bloed op zijn neus. Rondom zijn ogen waren donkere kneuzingen zichtbaar. Hij ging moeizaam verzitten.

'Dit is Erika, een collega van me,' zei Peter.

Jason staarde voor zich uit en knikte.

'Wat kun je me vertellen over degene die jou dit heeft aangedaan?' vroeg Erika.

Jason slikte moeizaam en trok een grimas. 'Het was een lange vent. Ik ben een meter vijfenzeventig, en volgens mij was hij langer dan ik. En hij droeg een gasmasker.'

'Kun je dat masker beschrijven?'

Hij beschreef wat er gebeurd was, hoe hij het masker van zijn belager bijna van zijn hoofd had getrapt, en dat de man zich aan het glas in de deurpost had gesneden.

'Van dat bloed hebben we een DNA-monster genomen,' zei Peter.

Jason vervolgde zijn relaas. 'Hij... hij drong zich aan me op. Hij...' Een traan welde op in zijn bloeddoorlopen oog en biggelde over zijn wang. Erika pakte zijn hand, maar die trok hij terug. 'Hij bracht zijn... dat masker vlak voor mijn gezicht. Ik zag zijn ogen, ze waren donker en klein, en het wit van zijn ogen... Ik kon het wit van zijn ogen echt zien. En toen... toen heeft hij me verkracht.' Hij begon te kokhalzen, boog naar voren en legde een hand op zijn buik. De verpleegkundige gaf hem een doekje, waarmee hij zijn mond afveegde.

'We kunnen hier maar beter mee ophouden,' zei ze tegen Erika.
'Nee,' zei Jason. Hij verfrommelde het papieren doekje tot een bal. 'Ik wil met haar praten.'
De verpleegkundige knikte.
'Dank je, Jason. Ik snap dat het moeilijk voor je is,' zei Erika.
'U begrijpt het niet... Die gestoorde gek deed een condoom om.' Hij veegde de tranen uit zijn ogen. 'Hij was gespierd, sterk.' Hij richtte zijn ogen naar het plafond, schudde zijn hoofd en kon maar niet geloven wat er gebeurd was.
Erika keek naar Peter. Ze wilde weten of er sporen van sperma waren gevonden, maar hij schudde zijn hoofd.
'Kun je je nog andere dingen herinneren? Maakt niet uit wat,' zei Erika.
'Hij was in het zwart gekleed. Een lange winterjas. Hij had zwarte laarzen aan, en hij droeg dus een gasmasker. Dikke leren handschoenen... Toen hij een van de handschoenen uittrok, raakte hij me aan.'
'Waar?'
'Bij mijn hals. Hij raakte mijn hals aan om mijn hartslag te voelen...'
'En dat gasmasker? Hoe zou je dat beschrijven?' vroeg Erika.
'Gewoon een gasmasker. Ik weet niet, van die dingen die mensen vroeger in de oorlog droegen. Er zaten witte vierkantjes op die slurf, dat ronde ding waar hij door ademde...' Jason schudde zijn hoofd en kneep zijn ogen iets samen. 'Het begon net licht te worden. Maar ik rook die geur, zijn adem toen hij dichtbij kwam. Het was een chemisch geurtje, erg sterk, zoals nagellak of zo. Ik weet het niet.'
'Het is oké. Dank je, Jason.'

Toen Erika weer buiten stond belde ze Moss, die in de recherchekamer was. Ze vertelde wat ze te weten was gekomen, dat de dader een snijwond had opgelopen en dat er monsters van zijn bloed waren genomen.
'Ik wil dat er DNA van Don Walpole wordt afgenomen. Stuur ie-

mand naar zijn adres met een DNA-koffertje om een speekselmonster te nemen.'

'U bent gisteravond met Peterson in The Matrix Club geweest. Hoe is dat afgelopen?' vroeg Moss.

Erika vertelde in het kort wat er gebeurd was en dat ze mevrouw Fryatt en Don over de oorbellen had gesproken.

'Ik ben net bezig met de uitslagen van de forensische dienst, en wat de politie in het huis van Marissa Lewis heeft aangetroffen. Er zijn geen oorbellen gevonden. Ik heb Tania er ook bij Mandy Trent naar laten vragen, maar die wist niet of Marissa zulke dure oorbellen bezat,' zei Moss.

'Goed. O, kijk nog even op mijn bureau. Daar staat mijn antwoordapparaat.'

'Oké, maar ik snap niet waarom u dat ding naar het werk hebt meegenomen...'

Erika legde uit wat er in de *Evening Standard* had gestaan, en dat er 's avonds laat een vreemd bericht was ingesproken. 'Er lopen heel wat gestoorde figuren rond die waarschijnlijk mijn nummer hebben en me graag de stuipen op het lijf willen jagen. Kun je het nummer natrekken? Het is een mobiel nummer, ik heb het op mijn bureau gelegd.'

'Tuurlijk. En nog iets, chef. Het University College Hospital heeft gebeld. Ivan Stowalski is nog steeds niet bij bewustzijn. Zijn vrouw Ezra is vanmorgen aangekomen, en zij is nu bij hem.'

'Goed. Ik ben onderweg. Ik ga er wel naartoe om te kijken of ik iets uit haar kan krijgen. Misschien interessant om haar visie op het geheel te horen. Hou me op de hoogte.'

38

Ezra Stowalski was een kleine vrouw met kort blond haar en een vriendelijk, door zorgen getekend gezicht. Ivan lag op een kamer op de bovenste verdieping van het ziekenhuis, en toen Erika daar aankwam, was een verpleegkundige net bezig bloed bij hem af te nemen. Erika wachtte tot ze klaar was, liet haar ID zien en stelde zich aan Ivans vrouw voor.

'Ik vind het afschuwelijk wat er allemaal gebeurd is,' zei Erika.

'Waarom kon u hem niet met rust laten?' zei Ezra verbolgen. 'Waarom moest u zo nodig de deur intrappen om hem te redden?' Ze had een licht accent, maar sprak alle woorden correct uit.

'Het is mijn werk om mensenlevens te redden.'

Ezra keek naar Ivan. Zijn huid was grauw, en hij lag via allerlei buisjes en draden aan verschillende apparaten. Zijn borstkas ging op het ritme van een sissend beademingsapparaat op en neer. Ezra wendde haar blik af en deed haar ogen dicht. Er lag een gekwelde uitdrukking op haar gezicht. 'Ik wist nergens van af. Dat hij er met haar vandoor wilde. Wat was ik toch stom.'

'U bent niet stom.'

'Is het ook uw werk om mensen naar de mond te praten?'

'Meestal ben ik daar niet zo goed in. Vandaag is er dus iets raars aan de hand.'

Ezra glimlachte.

'Wist u dat hij een affaire had?' vroeg Erika.

'Ja.'

'Hoe is dat begonnen?'

'Ze heeft ooit een briefje bij ons in de bus gedaan, waarin ze aanbood om voor mensen te wassen of te strijken. Haar moeder heeft nooit voor haar gezorgd. Dat vond ik zielig voor haar. Ik vond het bewonderenswaardig dat ze iets wilde doen om haar situatie te verbeteren. Ik vroeg of ze bij ons de strijk wilde doen...' Ze keek naar Ivan. 'Ik had nooit gedacht dat hij op een jonge meid zou vallen.'

'Wanneer was dat?'

'Een jaartje geleden. Misschien iets langer.'

'Hebt u hem ermee geconfronteerd?'

'Nee. Dat durfde ik niet goed, en ik was al blij dat hij... dat hij niks van mij wilde. We sliepen toen al een tijdje apart. Ik stak mijn kop gewoon in het zand. Al had ik niet verwacht dat hij bij me weg zou gaan of me op zo'n laffe manier zou laten stikken. Met zijn ontrouw kon ik nog wel leven. Het waren de leugens en het gebrek aan respect voor ons gezamenlijke leven die ik niet aankon.'

'Waarom bent u teruggekomen?'

'Mijn trouwbelofte,' zei ze. Hoewel ze het met weinig overtuiging had gezegd, keek ze weer naar haar man.

'Waar was uw man op kerstavond na acht uur?'

'Hij zat boven in zijn kantoor te werken. Ik was mijn koffers aan het pakken.'

'Waarom zijn jullie zo laat nog naar het noorden vertrokken om naar uw ouders te gaan? U bent die avond pas om elf uur van huis gegaan.'

'Hoe weet u dat?'

'Uw auto staat op camerabeelden. Om half twaalf verliet u de tolweg in Londen en ging u in noordelijke richting verder.'

'Denkt u dat hij haar vermoord heeft?' vroeg Ezra met grote ogen.

Erika gaf geen antwoord. 'Waar was Ivan die avond tussen acht en half elf?'

'Hij zei dat hij nog wat moest werken.'

'Op kerstavond?'

'Zijn werk, zijn baan, het houdt nooit op. Hij werkt 's avonds en in het weekend altijd door.'

'Waar pakte u de koffers?'

'Boven, in onze slaapkamer.'

'En waar werkt Ivan als hij thuis is?'

'In de keuken.'

'Moest u steeds van boven naar beneden om uw koffers te pakken?' vroeg Erika.

'Nee. Tegen negenen was ik klaar. Ik bleef boven en heb in onze slaapkamer tv-gekeken.'

'Hebt u Ivan tussen negen en half elf in de keuken zien werken?'

'Nee. Ik bleef boven wachten... Het zou kunnen dat ik even ben weggedommeld. Dat is rond het tijdstip waarop zij is vermoord, hè?'

'Ja, dat denken we wel. Deed Ivan die avond anders dan normaal? En is er verder nog iets wat u me wilt vertellen? Was hij jaloers van aard? Wilde hij altijd weten met wie u bevriend was en met wie u sprak?'

'Nee. Tenminste, niet bij mij... Ik dacht dat het een onbezonnen affaire was. Ik had geen idee dat hij zulke serieuze plannen met haar had. Dat hij een toekomst met haar wilde. Dat hij van haar hield. Misschien heeft hij haar wel vermoord. Zo zie je maar weer: zelfs de mensen met wie je je leven deelt, ken je niet echt.' Ze strekte haar arm, pakte de dekens en trok ze op tot aan Ivans kin. 'Hij verdient het niet om nog bij kennis te komen. Is het slecht dat ik zulke gedachten heb?' zei ze.

Weer deed Erika er het zwijgen toe.

39

McGorry belde iets na vijven bij Don Walpole aan. Hij had twee agenten in uniform bij zich, die een DNA-koffertje hadden meegebracht. Het was stil in de straat, en het dooide, waardoor de sneeuw op de weg in grijze smurrie was veranderd. McGorry drukte nog een keer op de bel en hoorde dat er binnen een klingelend geluid klonk. Hij deed een stap naar achteren, liep naar het raam en tuurde door een kier in de gordijnen.

'Niemand thuis,' zei hij. De twee agenten stonden te blauwbekken. Toen McGorry zijn mobieltje had gepakt en het nummer van Don intoetste, kreeg hij meteen het antwoordapparaat. Een paar huizen verderop zag McGorry een oude man staan, die voor zijn huis een sigaretje stond te roken. Op de hekpaal stond een asbak. McGorry liep de tuin van Don Walpole uit en ging naar de man toe. 'Kent u degene die daar woont?' vroeg hij.

De oude man nam een trek van zijn sigaret, zijn fluisterende lippen maakten een kleine 'o', en toen knikte hij en blies de rook uit. 'Daar wonen Don en Jeanette.'

'Hebt u ze vandaag nog gezien?'

'Ze zijn vanmiddag weggegaan, een uurtje geleden. Ze hadden nogal haast.'

'Hoe zag u dat ze haast hadden? Hoe bedoelt u dat?'

'Ze gingen snel te werk... En hebt u Jeanette wel eens gezien? Dat is een heel dikke vrouw. Die doet niks snel.'

'Hebben ze gezegd wanneer ze terug zouden zijn?'

'Wat denkt u dat dit voor buurt is? Hier praat niemand met elkaar. Maar ik heb ze zien vertrekken.'

'Waren ze met de auto?'

Hij knikte.

'Hadden ze bagage?'

'Nee.'

'Shit,' zei McGorry. 'Bedankt.'

Toen McGorry wegging, stak de oude man een volgende sigaret op, en McGorry hoorde hem mompelen: 'Politie... Niks heb je aan ze. Als ze ergens moeten aanbellen, hebben ze meteen drie man nodig.'

40

Het was al over zessen toen Erika uit het ziekenhuis kwam. Ze merkte voor de zoveelste keer dat ze de hele dag nog niets gegeten of gedronken had. Ze liep naar de Starbucks aan de overkant en ging in een lange rij staan om een broodje en een cappuccino te kopen. Het was erg druk, en ze overwoog haar bestelling mee te nemen naar haar auto, maar ze was ontzettend moe en het was buiten akelig koud. Ze wilde even tien minuten zitten en nadenken over de zaak en alle nieuwe ontwikkelingen. Had Ivan een motief om Marissa te vermoorden? Kennelijk voelde hij zich zo schuldig dat hij de hand aan zichzelf had geslagen.

Bijna alle stoelen waren bezet, voornamelijk door twintigers die met mobieltjes aan hun oor zaten te kletsen of achter een laptop zaten te werken. Achterin vond ze een tafeltje met drie gemakkelijke stoelen eromheen. Een jong stel van nog geen twintig hield twee van de drie stoelen bezet. Ze zaten hand in hand en bogen zich naar elkaar toe om te knuffelen en te zoenen. Op de derde stoel hadden ze hun boodschappentassen gelegd.

'Sorry,' zei Erika, 'maar mag ik hier zitten?'

Het stel was net verwikkeld in een zoen. De jongen deed één oog open en keek naar Erika, zonder zijn bezigheden te staken.

'Zeg! Ik praat tegen jullie! Zouden jullie die tassen misschien ergens anders neer kunnen zetten?' zei Erika. Ze liet zien dat ze zelf de handen vol had.

De twee maakten zich van elkaar los, en het meisje zei, op een onuitstaanbaar ironische toon: 'Eh, sorry, maar we hebben zeg maar met een vriend van ons afgesproken.' Ze draaide zich weer om naar haar vriendje om verder te gaan met waar ze gebleven waren.

'Wanneer komt die vriend van jullie?'

'Weet ik niet. Straks.'

'Nou, zolang hij er nog niet is, kan ik hier dan misschien zitten?'

Het meisje draaide zich weer naar haar om en keek haar verontwaardigd aan. 'Hoor eens, mevrouw, ik zeg net dat we hier met een vriend van ons hebben afgesproken, ja? Dit vind ik helemaal niet prettig.'

De neerbuigende toon die het meisje aansloeg was de druppel die de emmer deed overlopen. Erika zette haar koffie en haar broodje met een klap op de tafel, pakte de boodschappentassen en schoof ze van de stoel.

'Hé! Wat een manieren, zeg. In die tassen zitten zeg maar heel dure spullen, hoor. Ziet u niet dat die tasjes van de Apple Shop zijn?' zei de jongen.

Erika ging zitten, scheurde de verpakking van haar broodje en nam een hap.

'Neem me niet kwalijk,' zei het meisje, dat de aandacht van een barista trok die bezig was gebruikte koffiekopjes op te halen. 'Deze mevrouw doet heel bot en onbeschoft, en ze heeft mijn spullen vernield. Ze gooide mijn tassen gewoon op de grond!'

De jonge barista leek erg onder de indruk van de mooie grote ogen van het meisje, en hij richtte zich tot Erika, die er onverzorgd uitzag in haar jas en natte schoenen en net een hap van haar broodje had genomen. 'Het spijt me, mevrouw. Als dat inderdaad het geval is, moet ik u verzoeken hier weg te gaan.'

Erika kauwde op haar broodje en keek naar de jongeman, die haar met een zelfverzekerde, neerbuigende glimlach aankeek. Ze slikte de hap door. 'Nee.'

'Pardon?'

'Nee. Ik ga niet weg.'

'Maar hij heeft u net zeg maar gezegd dat u weg moet gaan,' zei het meisje verontwaardigd. 'U snapt toch wel dat u dit soort gelegenheden moet verlaten als ze dat van u verlangen? Zo staat het zeg maar in de wet.' Haar vriendje knikte ernstig.

Erika nam nog een hap van haar broodje en een slok koffie.

'Moet ik mijn manager erbij halen?' zei de barista.

Erika stak haar hand in haar zak en haalde haar ID tevoorschijn. 'Ik ben inspecteur Erika Foster, recherche. Ik wil u adviseren gewoon verder te gaan met het ophalen van de vuile kopjes. Hebt u gezien wat voor troep het hier is? En jij? Jij mag wel eens wat manieren leren.'

'Wat? Maar dat laat ik me niet zomaar zeggen!' zei het meisje.

'We mogen tegen elkaar zeggen wat we willen. We leven in een democratie. Als rechercheur heb ik natuurlijk het recht om burgers aan te houden. Ik kan jullie laten oppakken als ik daar zin in heb. Jullie hadden die vrije stoel leeg kunnen maken, maar nee, jullie behoren tot die bevoorrechte jonge generatie die denkt dat je altijd maar gewoon kunt doen wat je wilt. Jullie oogsten wat jullie hebben gezaaid. Jullie deden erg onbeschoft tegen mij, en in reactie daarop zou ik jullie het leven behoorlijk zuur kunnen maken. Of jullie kunnen opdonderen zodat ik hier tien minuten kan zitten om in alle rust mijn broodje op te eten.'

Het meisje en de jongen stonden op en pakten hun boodschappentassen, gadegeslagen door de gasten aan de omringende tafels. De barista keek Erika onzeker aan, kennelijk niet goed wetend of ze als politievrouw wel in haar recht stond. Hij liep naar de kassa.

Erika at de rest van haar broodje snel op, onder de blikken van de andere klanten. Daarna pakte ze haar koffiebeker en vertrok, voordat er een of andere manager zou komen opdagen om met haar te praten.

41

Erika liep terug naar de parkeergarage. Door het incident in de koffietent bonsde het bloed door haar lijf. Ze stapte in, zette de verwarming hoger en wreef in haar handen om warm te worden. Buiten de open parkeergarage joegen sneeuwvlokken door de lucht, en door de warme lucht en de comfortabele autostoel merkte Erika des te meer hoe moe ze was. Ze leunde achterover en deed haar ogen dicht.

Er leken maar een paar seconden te zijn verstreken toen haar telefoon ging. Ze was in slaap gevallen, en ze baadde onder haar jas in het zweet. Het was al bijna acht uur. Ze pakte haar mobieltje en nam versuft op.

'Chef, alles goed?' vroeg Moss.

'Ja,' zei ze. Ze schraapte haar keel.

'We zijn net door het University College Hospital gebeld. Ivan Stowalski is een half uur geleden overleden.'

'Shit... Daar ben ik net geweest.'

'Denkt u dat hij het gedaan zou kunnen hebben? Uit alles wat we over hem te weten zijn gekomen komt hij naar voren als een watje, iemand die door Marissa totaal overvleugeld werd.'

'Hij was helemaal van haar in de ban, ja,' zei Erika. 'En stille bedeesde types kunnen net zo goed hun zelfbeheersing verliezen als degenen met een kort lontje.'

Er viel een stilte.

'Bent u daar nog?' vroeg Moss.

'Ja. Ik heb een lange dag achter de rug, en het is nooit fijn om te horen dat een van onze verdachten de pijp uit is gegaan.'

'Ja, het is altijd een hele klus om te bewijzen dat iemand het gedaan heeft als die persoon inmiddels is overleden,' zei Moss.

Erika draaide het raampje open om wat frisse lucht in de bedompte auto binnen te laten. 'Goed. Bedankt voor het bericht. Morgen praten we verder.' Erika verbrak de verbinding en staarde voor zich uit, met het mobieltje in haar hand, toen de telefoon weer ging.

'Hallo, spreek ik met Erika Foster?' vroeg een vrouwenstem.

'Ja. Met wie spreek ik?'

'Ik bel namens het gezondheidscentrum in St. Thomas' Hospital. Mag ik ter verificatie uw geboortedatum?'

Erika moest nog steeds verwerken dat Ivan was overleden en was er met haar hoofd niet helemaal bij. 'Wacht eens, waar belt u over?'

'Ik heb eerst uw geboortedatum nodig voordat ik het met u over uw medische gegevens mag hebben.'

'Dat is 14 augustus 1972.'

'En uw postcode?'

'SE23 3PZ.'

'Dank u. Ik bel voor de uitslag van het bloedonderzoek. Dokter Strong heeft gisteren bloed ingestuurd met de vraag of wij contact met u wilden opnemen over de uitslag...'

Door de toon waarop de doktersassistente sprak raakte Erika enigszins in paniek. Ze dacht terug aan de laatste keer dat ze haar bloed had laten onderzoeken. Toen ze aan de zaak-Andrea Douglas-Brown werkte, was ze door een jonge jongen gebeten. Drie maanden later had ze haar bloed laten onderzoeken, maar gelukkig bleek er niets aan de hand te zijn. Ze zette de verwarming lager.

'Bent u er nog?'

'Ja.'

'Ik kan u gelukkig meedelen dat uw blootstelling aan een hoge concentratie koolmonoxide geen verdere vervelende of zorgwekkende gevolgen heeft gehad. De tests waren allemaal negatief. Wel is gebleken dat de concentratie oestrogeen in uw bloed erg laag is. Mag ik vragen of u nog steeds regelmatig ongesteld wordt?'

Erika zette de motor uit en pijnigde haar hersens om te bedenken wanneer ze voor het laatst ongesteld was geweest. 'Een week of zes, acht geleden?'

'Aha. Hebt u de afgelopen maand seks gehad?'

'Nee.'

'Goed. Ik wil u adviseren om voor de zekerheid even voor een check-up naar uw huisarts te gaan. Het zou goed kunnen dat uw menopauze nog niet begonnen is, maar alles wijst er eigenlijk op dat dat wel het geval is.'

'Menopauze?'

'Ja,' zei de verpleegkundige, nu op mildere toon. 'U hebt er de leeftijd voor. Het is heel normaal dat de aanmaak van oestrogeen bij vrouwen na hun veertigste terugloopt. Hebt u misschien andere symptomen gehad? Haaruitval, droge huid, droge vagina, opvliegers, nachtelijke transpiratie, stemmingswisselingen? U noemde net al dat u onregelmatig ongesteld werd?'

Erika bracht een hand naar haar hoofd en zette het portier op een kier. Koude lucht stroomde naar binnen. 'Moet u horen, ik zit hier op mijn werk. Mag ik u terugbellen?'

'Er is geen reden tot ongerustheid, mevrouw Foster. Ik bel u alleen maar om de uitslagen door te geven en te vertellen dat uit de bloedwaarden blijkt dat uw gezondheid perfect is. IJzerwaarden goed. Helaas krijgen we allemaal op een gegeven moment met de menopauze te maken.'

Erika bedankte haar en legde de telefoon neer. Het bericht dat ze net had gehoord kwam hard aan. Ze had jarenlang hard gewerkt en zich op haar carrière gericht, dag in, dag uit, en nu was het over en uit, het absolute einde. Haar lichaam zou niet meer in staat zijn om kinderen voort te brengen.

Ze startte de motor en reed terug naar South London. Ze dacht diep na over haar leven, en over de avond die ze met Peterson had doorgebracht. Ze wilde geen kind van hem, maar ze voelde zich gelukkig als hij bij haar was, en hoewel hun gezamenlijke avondje uit werkgerelateerd was, had ze genoten van zijn gezelschap. Ze probeerde hem te bellen, maar zijn telefoon schakelde over op de voicemail. Daarna belde ze het politiebureau en kreeg ze Crane aan de lijn, die vertelde dat Peterson al naar huis was. Het voelde ineens heel belangrijk om dingen met hem te bespreken, om een eind te maken aan deze onzekerheid – en zelfs misschien om hun relatie nieuw leven in te blazen.

Tegen negenen stond ze bij Peterson voor de deur. Hij woonde in een klein flatgebouw in Ladywell, in de buurt van haar eigen appartement in Forest Hill. Nadat ze had aangeklopt en even had gewacht, deed hij open. Hij droeg een spijkerbroek en een T-shirt en had een jongetje van gemengd bloed op zijn arm. Ze schatte hem op zo'n zes of zeven jaar.

'Hallo,' zei Erika. Ze keek in verwarring van Peterson naar het jongetje, dat haar met een brede glimlach aankeek. Het was een schattig ventje, dat een Spiderman-pyjama aanhad.

'Erika, hoi,' zei Peterson. Hij leek verrast te zijn haar te zien, maar er verscheen een bezorgde uitdrukking op zijn gezicht toen hij zag hoe bleek en van slag ze was.

'Papa, straks loopt het bad over,' zei het jongetje. Achter hen verscheen een blonde vrouw van tegen de veertig.

'James, wie is dat?' vroeg ze. Ze wierp Erika een wantrouwende blik toe.

'Waarom noemt hij jou "papa"?' vroeg Erika. Ze zocht steun aan de deurpost.

'Omdat hij mijn papa is,' zei het jongetje.

Er viel een ondraaglijke stilte.

'Fran, kun jij Kyle even nemen en de kraan in de badkamer dichtdraaien?' zei Peterson.

Fran keek hem zenuwachtig aan en nam het jongetje van hem over. 'Is dat...?' vroeg ze.

'Dat? Wat bedoel je met "dat"?' begon Erika.

'Oké, oké, oké, laten we dit buiten bespreken,' zei Peterson. Hij liep met haar de gemeenschappelijke hal in.

Erika keek hem verbijsterd aan. 'Heb je een zoon?'

Hij knikte.

'Hoe oud is hij?'

'Zes. In april wordt hij zeven.'

'Hè? Wat?' Ze was met stomheid geslagen.

'Erika. Ik weet dit ook pas sinds twee weken.'

'En die vrouw, is dat zijn moeder? Wie is ze?'

'Fran was een vriendin van me. We zijn in 2012 uit elkaar gegaan, een paar maanden voor de Olympische Spelen.'

'Wat hebben de Olympische Spelen er goddomme mee te maken?' riep ze.

'Ik wil alleen maar zeggen dat het een hele tijd geleden was! Nadat het uit was, is ze voor haar werk naar Duitsland gegaan. Ze is grafisch vormgever en merkte pas veel later dat ze zwanger was.'

'En dat heeft ze je toen niet verteld?'

'Nee.'

'En nu is ze bij je ingetrokken en laat jij je bad vollopen voor haar kind? En je bent verdomme met mij in deze hal gaan staan om me dat te vertellen?'

'Erika, ik wist niet hoe je zou reageren.'

'Hier heb ik niks aan!' riep ze. Ze keek hem aan, en haar ogen vulden zich met tranen.

'Ik wilde het je steeds vertellen. Ik heb het op het werk geprobeerd, en laatst toen ik bij je langskwam, en toen we samen voor het werk op stap gingen, en toen we samen koffiedronken, maar toen moest je ervandoor.'

'Dan had je beter je best moeten doen, stomme lul! En nu kom ik er zo achter, bij toeval, omdat ik bij je langskom!'

'Wie komt er tegenwoordig nog onaangekondigd langs? Wat had je dan verwacht?'

'Ik heb je gebeld, James.'

'Waarom niet op mijn vaste nummer?'

'Ik heb je vaste nummer niet.'

'Dat jij niet de moeite hebt genomen om mijn vaste nummer op te zoeken is niet mijn probleem.'

Erika gaf hem een klap in het gezicht. Ze verstijfden allebei. Verderop in de hal ging een deur open, en een oude dame tuurde door de kier die het deurkettinkje toeliet. 'James, is alles goed?'

Hij draaide zich naar haar om. 'Ja, sorry, Doris, alles is in orde. We zijn alleen maar...'

Hij hoorde de deur van de hal dichtgaan en zag dat Erika naar haar auto liep. Hij rende achter haar aan. 'Erika!'

Maar ze startte de motor en reed weg. De auto glibberde vervaarlijk door de sneeuw. Hij keek haar na tot haar auto achter de heuvel was verdwenen. 'Shit,' zei hij. Hij keek naar zijn blote voeten in de sneeuw.

42

Isaac Strong bakte graag zijn eigen brood. Het had iets rustgevends om met opgerolde mouwen deeg te kneden. Hij vond het heerlijk om in de keuken te staan, die smaakvol in wit was uitgevoerd: witte kastjes, muren, tafelbladen, en een witte vloer. Het pièce de résistance was het grote witte aanrecht met keramische wasbak, dat een vermogen had gekost. Hij wilde per se geen roestvrij staal in de keuken; daarmee was hij op zijn werk al de hele tijd omringd. Onder het kneden luisterde hij naar *Gardeners' Question Time*. Een jonge vrouw vertelde op ernstige toon dat haar kamerplanten onder de luis zaten. Hij luisterde via de BBC iPlayer-app die hij op zijn telefoon had geïnstalleerd naar de radio, en het programma werd plotseling onderbroken toen hij werd gebeld. Hij zag dat het Erika was en nam op met zijn elleboog, zodat hij het kneden niet hoefde te onderbreken.

'Ben je thuis?' vroeg ze. Haar stem klonk vermoeid en raar.

'Ja, natuurlijk.'

'Ik sta voor je deur.'

Toen hij opendeed, zag hij een Erika die hij nog nooit gezien had. Haar ogen waren rood, en de tranen stroomden haar over de wangen. Ze zag er gebroken uit. Hij zei niets, stak zijn armen uit en omhelsde haar. Ze kwam binnen, en samen gingen ze naar de keuken.

'Iets drinken?' vroeg hij. Hij pakte een fles whisky.

'Graag.'

Ze ging aan de tafel zitten. 'Het gaat over James Peterson. Hij heeft een zoon...'

'Wát?'

Ze begon haar relaas. Isaac hoorde haar aan en schonk haar tussendoor bij.

'Ik had nooit gedacht dat we samen kinderen zouden krijgen,' zei ze tot besluit. 'En ik weet van hem, en van de keren dat ik zijn moeder heb gesproken, dat hij graag kinderen wilde... Maar ik was zo egoïstisch om te denken dat we uiteindelijk misschien een stel zonder kinderen werden... Je weet wel, gelukkig en tevreden.'

Isaac trok een wenkbrauw op. 'Voor iemand die zo intelligent is als jij, Erika, is dat het stomste wat ik je ooit heb horen zeggen.'

Ze schoot in de lach en veegde haar tranen weg. 'Toen hij opendeed, zag hij er zo gelukkig uit. Hij was een vader. Die rol was hem op het lijf geschreven. En dat jongetje heeft nu een vader. Daar zou ik nooit tussen willen komen.'

'Dat is je geraden ook.'

Erika knikte, nipte van haar whisky en trok een vies gezicht. 'Walgelijk spul, dit.'

'Daar heb ik je bij je eerste twee glazen niet over horen klagen. Dat is toevallig wel een echte Chivas Regal, vijfentwintig jaar gerijpt.'

'Het smaakt naar Benadryl.'

'Heb je liever een biertje?'

'Ja, graag.'

Hij haalde een biertje uit de koelkast en opende het flesje voor haar.

'Bedankt,' zei ze toen hij het flesje voor haar had neergezet. Ze nam een flinke teug en veegde haar mond af. 'O god, wat een puinhoop is dit. Ik moet met James samenwerken. Hij heeft het vast al aan Moss verteld, want laatst vroeg ze nog of we met elkaar gepraat hadden. God mag weten hoe lang ze het al weet. En hoe zit het met de anderen van het team? Wisten zij het ook allang en ben ik de enige die niets in de gaten had?'

'Kom op nou, je hebt het over Moss. Ik denk niet dat ze zoiets uit kwade wil voor jou zou verzwijgen. Ze is heel loyaal. Ze is eerlijk. Hoe heet Petersons zoon?'

'Kyle. Een schattig jongetje.'

'En die vriendin, die moeder?'

'Dat weet ik niet meer...' Erika nam nog een flinke slok van haar bier. 'Ze ziet er leuk uit, en alsof ze alles onder controle had.'

'Hoe kun je zien of iemand alles onder controle heeft?'

'Ze had een trui om haar schouders hangen, zoals een fotomodel, en ze had glanzend gesteild haar.'

'Misschien ís ze wel een fotomodel.'

Erika keek hem misprijzend aan.

'Of zou ze oefenen voor een fotoshoot?'

'Kutfotomodel,' zei Erika somber. Ze pulkte aan het etiket van het bierflesje.

'Zulke dingen moet je niet denken, Erika. Dat is beneden jouw niveau. Dat "kutfotomodel" blijft in je hoofd hangen, en dan flap je dat er straks net op het verkeerde moment uit.'

Erika staarde somber voor zich uit en wreef in haar ogen. 'Je hebt gelijk.'

Isaac liep terug naar het deeg, gooide het in de afvalbak en begon het aanrecht schoon te maken. 'Hoe staat het met het onderzoek?'

'Muurvast,' zei ze. Ze dronk het restje van haar bier op. Isaac liep naar de koelkast om nog een flesje voor haar te pakken.

'Doe je niet met me mee?' vroeg ze.

'Ik slik antibiotica. Ik heb een luchtweginfectie gehad.'

'Er zijn twee zaken die elkaar overlappen. De moord, en nu nog een zaak over een man met een gasmasker die mensen in de buurt van stations aanvalt, 's avonds laat of vroeg in de ochtend. In geen van die zaken zit enig schot.' Haar telefoon ging, en ze zag dat het Crane was. 'Sorry, deze moet ik even nemen. Hallo?'

'Chef, sorry dat ik nog zo laat bel. Ik heb dat nummer nagetrokken van die persoon door wie u 's nachts bent gebeld. Het is een prepaid mobieltje en staat op naam van ene Edward Foster. Is dat misschien iemand die u kent?'

Erika voelde het bloed in haar aderen stollen.

'O, mijn god, ja. Dat is mijn schoonvader.'

43

Erika pleegde een paar telefoontjes en ontdekte dat Edward in de vroege ochtend was opgenomen in het Manchester Royal Infirmary Hospital. Hij was gevallen en moest met spoed aan zijn heup worden geopereerd. Er waren complicaties opgetreden, en hij was naar de intensive care gebracht.

Het was al laat, maar Isaac bood aan haar van Londen naar Manchester te brengen omdat zij te veel gedronken had om zelf te rijden. Hij propte een paar spullen voor zichzelf in een tas, en omdat ze vond dat het te veel tijd zou kosten om langs haar flat te rijden, gingen ze meteen op weg.

Het sneeuwde gestaag, en Erika was zwijgzaam. Toen ze op de M25 reden en onder het bord THE NORTH door reden, werd Erika bang en ongerust. Dit was voor het eerst sinds Marks dood dat ze weer naar Manchester ging.

'Wat doen we als we bij het ziekenhuis zijn?' vroeg Isaac. Hij tuurde op de gps op het dashboard.

'Dan vraag ik natuurlijk of ik naar Edward mag.'

'Volgens de gps komen we daar vannacht net na drieën aan. Dan mag je vast niet naar hem toe.'

'Wat vind jij dan dat we moeten doen?'

'Waar woont Edward?' vroeg Isaac. Hij zette de ruitenwissers aan.

'In Slaithwaite. Dat is een klein plaatsje in Yorkshire, ongeveer een uur van Manchester.'

Isaac toetste de gegevens in en wachtte terwijl de gps een nieuwe route berekende.

'Ik zie dat we iets eerder in Slaithwaite kunnen zijn dan in Manchester...'

‘Maar Slaithwaite ligt dicht bij de Dales, en Edward had het over sneeuw,’ zei Erika. Ze keek naar de dwarrelende vlokken die in het schijnsel van de koplampen oplichtten.

‘Wil je dan naar een hotel in de buurt van het ziekenhuis gaan?’

Erika bedacht hoe dicht het Manchester Royal Infirmary bij haar vroegere huis lag, het koophuis waar ze met Mark had gewoond en dat nu verhuurd werd. Het lag er nog geen vijf kilometer vanaf. Ze was er na de dood van Mark niet meer geweest. Vrienden van hen woonden nog wel in de buurt, mensen die ze sindsdien niet meer had gezien. De ruitenwissers gleden ritmisch over de voorruit heen en weer, en in de verwarmde leren stoelen van Isaacs Jeep Cherokee werd ze een beetje slaperig. ‘Nee, laten we maar naar Slaithwaite gaan,’ zei ze.

Isaac deed de radio aan en zette het geluid zacht. Een nieuwslezer begon gedempt te mompelen. Erika dacht aan hun huis. Ze was die ochtend van huis weggegaan om in een van de buitenwijken van Manchester een inval in een drugspand te doen. Bij de hevige schietpartij die was uitgebroken waren Mark en vier andere agenten van haar team om het leven gekomen, jongens die ze als haar vrienden beschouwde. Ze kende hun vrouwen. Een van hen had als medewerker voor hetzelfde team gewerkt.

Op de radio begon de nieuwslezer met een bericht over gevechten in het Midden-Oosten, en er waren gedempte schoten te horen. Isaac zette een muziekzender op.

Erika bleef tijdens de inval niet ongedeerd: een kogel doorboorde haar hals, waarbij haar slagaders net niet geraakt werden. Per helikopter was ze overgebracht naar het ziekenhuis en ze had twee weken op de intensive care gelegen. Ze was alleen uit het ziekenhuis gekomen om de begrafenis van Mark te kunnen bijwonen. Ze was nooit meer naar hun huis teruggegaan, had een verhuisbedrijf in de arm genomen om het leeg te halen en alle spullen in een opslagruimte op te bergen.

Erika had tot haar verbijstering gemerkt hoe makkelijk het was om een punt achter haar oude leven te zetten. Na een paar telefoontjes en een flinke smak geld was alles geregeld. Het huis werd nu verhuurd aan mensen die ze nooit had ontmoet.

De auto ploegde door de sneeuw. Ze viel uitgeput in slaap.

Op de dag van de inval was ze vroeg van huis gegaan, voor zevenen, maar omdat het zomer was viel het zonlicht al door het keukenraam naar binnen. Ze had haar mobieltje gepakt dat op de keukentafel lag. Er lag fruit in de schaal, een appel en een banaan, en op het aanrecht lagen twee bioscoopkaartjes voor de film Magic in the Moonlight *van Woody Allen waar ze die avond met z'n tweeën naartoe zouden gaan.*

Erika had het onderzoek aan een ander team kunnen overlaten, maar ze had zich in de zaak vastgebeten, als een hond met een bot. Ze zat al twee jaar achter drugsdealer Jerome Goodman aan en was erop gebrand de klootzak te grazen te nemen.

Maar wat had dat haar opgeleverd? Ze had het erop gewaagd en was haar echtgenoot kwijtgeraakt, en vier collega's, en zelf was ze er bijna ook onderdoor gegaan. Haar leven stelde daarna weinig meer voor. En tot overmaat van ramp was Jerome Goodman ook nog eens verdwenen. De man was nog steeds niet opgespoord. Liep nog steeds ergens rond.

In haar onrustige slaap gingen haar gedachten naar Edward. Waarom had ze niet beter opgelet? Waarom had ze niet meer tijd met hem doorgebracht, waarom had ze niet meer moeite gedaan om hem op te zoeken? Waarom kende ze zijn mobiele nummer niet uit haar hoofd? In gedachten zag ze hem al onder aan de trap liggen. Een bot dat uit zijn been stak en tegen de badstof van zijn oude pyjama drukte... Maar in haar droom sneeuwde het binnen... En achter de trap was geen muur... Ze probeerde Edward te helpen, maar hij was veranderd. Het was Marissa die daar lag, maar er was geen trap meer. Ze lag buiten op het pad voor het huis, half onder een laagje sneeuw en bevroren bloed... Toen Erika zich bukte, deed Marissa haar ogen open. Bloed stroomde uit haar mond, en ze richtte zich op om Erika vast te pakken...

'Erika? Erika?'

Ze deed haar ogen verschrikt open. Het donkere interieur van de auto kwam weer in beeld. Het was warm, en op de radio was 'Do They Know It's Christmas?' te horen. Isaac keek opzij naar haar. 'Gaat het?'

'Hoe lang heb ik geslapen?'

'Een paar minuten... Je riep namen in je slaap: Edward, Mark en Marissa.'

Erika wreef haar ogen uit. 'Ik heb gedroomd,' zei ze.

'Wil je naar Edwards huis? We kunnen daar gaan slapen, dan kunnen we daarna naar het ziekenhuis.'

'Ja. Lukt het je nog steeds om te rijden?' Ze tuurde naar buiten, maar overal was het donker. Alleen de besneeuwde snelweg was zichtbaar.

Isaac knikte. 'We hebben minstens nog anderhalf uur te gaan. Ga nog maar wat slapen.'

'Nee. Laten we praten, maakt niet uit waarover. Als het maar niet over het werk is.'

44

Moss en haar vrouw, Celia, zaten de volgende ochtend vroeg in de keuken aan het ontbijt toen Moss' telefoon ging. Het was Erika, die uitlegde dat Edward een ongeluk had gehad en dat ze een paar dagen verlof nam.

'Ik ben in Manchester,' zei Erika. 'Slaithwaite, het dorpje waar Edward woont. Isaac is bij me.'

'Isaac Strong?' zei Moss. Ze nam een hap van haar muesli.

'Ja...' Erika had geen zin om de situatie nader uit te leggen, en Moss ging er niet verder op in.

'Gaat het wel?' vroeg ze.

'Ja, hoor.'

'En Edward?'

'Hij is gevallen en heeft een heup gebroken. Hij is geopereerd en ligt aan allerlei apparatuur.'

Jacob, de zoon van Moss en Celia, stormde met zijn speelgoedgitaar de kamer binnen. Hij gleed op zijn knieën over de vloer, en uit zijn elektrische gitaar kwam blikkerig gejengel. Moss gebaarde met haar vrije hand naar Celia, die onmiddellijk ingreep, naar Jacob liep en de gitaar uitzette.

'Mama is aan het bellen,' fluisterde ze.

Jacob keek naar zijn andere moeder en zag dat ze fronsend de telefoon aan haar oor hield.

'En hoe is het daar met de sneeuw?' vroeg Moss.

'Een centimeter of dertig,' zei Erika aan de andere kant van de lijn. 'Gelukkig waren de wegen schoongeveegd en zijn we met Isaacs fourwheeldrive. Ik blijf hier in elk geval een paar dagen. Ik heb net met hoofdinspecteur Hudson gebeld om haar van de situatie op de hoogte te brengen.'

'Oké. Ik praat degene wel bij die u zal vervangen...'

'Ik zou graag zien dat jij de honneurs voor me waarneemt. Ik heb het al met Melanie besproken, en zij vindt het goed dat jij de leiding van de zaak overneemt.'

Moss wist even niet wat ze moest zeggen. 'Maar... het is een ingewikkelde zaak. Er zijn zo veel losse eindjes, en nu komt die zaak van de gasmaskerman er ook nog bij...'

'Heb je liever dat ik iemand anders zoek?'

'Nee! Natuurlijk niet,' zei ze snel. Celia probeerde het gesprek te volgen en was benieuwd wat er aan de hand was, en waarom Moss van alle opwinding bloosde. 'Dus het is maar voor een paar dagen?'

'Het kan ook wat langer zijn. Ik blijf hier in elk geval tot Edward weer de oude is. Mijn leven lijkt wat uit balans. Dat is al een tijdje zo.'

'Goed,' zei Moss. Ze zag als een berg op tegen de haar toegeschoven taak.

'Dit is nu jouw onderzoek. Er is niemand anders aan wie ik deze zaak toevertrouw. Je kunt me altijd bellen als dat nodig mocht zijn. Melanie is al dingen aan het regelen. Je weet toch dat overuren niet bestaan in mijn functie? Je bent altijd aan het werk.'

'Natuurlijk,' zei Moss. Ze wierp een blik naar Celia en Jacob.

'Bel me maar als je iets nodig hebt,' zei Erika, en met die woorden beëindigde ze het gesprek.

'Wat is er? Je ziet eruit alsof er iemand is overleden!' zei Celia. Toen Moss' ernstige blik niet overging in een lach, vroeg ze: 'Er is toch niet echt iemand overleden?'

'Nee. Erika moet wegens omstandigheden weg. Haar schoonvader heeft zijn heup gebroken. Ze wil graag dat ik de boel zolang van haar overneem.' Moss liet zich in een stoel zakken. Ze duwde haar kom met muesli weg; ze had geen trek meer.

'Maar dat is geweldig, snoes. Natuurlijk niet dat die schoonvader zijn heup heeft gebroken, maar wel dat ze zo veel vertrouwen in je heeft,' zei Celia.

'Ja, dat is echt geweldig, snoes,' zei Jacob, haar stem imiterend.

Moss pakte hem bij zijn voeten en begon hem te kietelen. Hij probeerde zich los te wurmen en kraaide het uit. 'Hou op met kietelen. Je weet dat ik daar een hekel aan heb!'

'Hij heeft een hékel aan kietelen. Goede woordenschat voor een jongetje van vijf,' zei Celia met een veelbetekenende glimlach. 'Die functie betaalt toch wel beter, mag ik hopen?' Moss liet Jacob los.

'Natuurlijk... Er zijn wel veel dingen waar ik aan moet denken. Ik zal vanmorgen de briefing moeten doen. Misschien kan ik voor iedereen van het team koffie meenemen.'

'Je zult het fantastisch doen. Iedereen is dol op je,' zei Celia. Ze pakte Moss bij haar schouders en gaf haar een zoen. 'Als je maar niet zo fanatiek wordt als Erika.'

'Ze is niet fanatiek, ze is gewoon ontzettend goed in wat ze doet. En het gaat er niet om dat iedereen dol op me is. Ik moet nu het team aansturen.'

'Volgens mij sluit het een het andere niet uit. Blijf gewoon jezelf. Hoe gaat het met Peterson? Ik neem aan dat ze hem niet heeft gevraagd vanwege hun gezamenlijk verleden. Heeft hij haar al verteld over zijn plotseling opgedoken zoontje?'

Moss haalde haar schouders op. 'Weet ik niet. Ik heb hem op het hart gedrukt om daar niet al te lang mee te wachten, maar hij durfde steeds niet.'

'Vind je het niet een beetje raar dat die vrouw hem plotseling opbelde, vlak voor de kerst, om hem te vertellen dat hij een zoon heeft?'

'Jawel.'

'Waarom zou ze dat gedaan hebben, denk je?' vroeg Celia.

'Ze wilde dat hij deel zou gaan uitmaken van Kyles leven... Misschien verlangde ze naar geborgenheid. Hij zei dat ze in Duitsland woonde en ontslagen was.'

'Maar ze heeft hem zes jaar lang welbewust alle informatie over hem onthouden.'

'Hij was er bijna niet meer geweest. En hij wilde al zo lang kinderen.'

'Denk je dat zij kinderen wilde? Erika?' vroeg Celia. Ze streek een lok van haar lange blonde haar achter haar oor en begon de tafel af te ruimen.

'Ik denk dat Erika nog wel kinderen wil.'

'Ik wil niet vervelend doen, maar is dat inmiddels niet een gepasseerd station voor haar?'

'Dat weet ik niet, en ik vind het niet leuk om het hierover te hebben.'

'Hoezo? Ze is hier toch niet?'

'Het voelt toch een beetje als verraad. Erika is nooit zo mededeelzaam, en ze is een goede vriendin van me.'

'Dat weet ik wel, maar wij kunnen het er toch wel over hebben? Ik vertel het heus niet verder, hoor.'

Moss boog zich naar haar toe en gaf haar een zoen. Vanuit haar ooghoeken zag ze Jacob kijken.

'We hebben een spion in huis,' zei ze. 'Volgens mij wil hij heel graag gekieteld worden.'

Jacob begon al te gillen bij het vooruitzicht en rende weg toen Moss en Celia achter hem aan kwamen. Ze zaten hem achterna om de keukentafel heen, en daarna tot in de woonkamer, waar ze met z'n drieën op de bank belandden. Moss en Celia kietelden hem tot hij het weer uitgilde van de pret.

Toen Erika het gesprek met Moss had beëindigd, keek ze om zich heen. Ze was in het huis van Edward, in de schemerige slaapkamer boven. Buiten werd het al licht, en door het raam tekenden de contouren van de besneeuwde Yorkshire Dales zich tegen de donkerblauwe ochtendlucht af. De slaapkamer was een ongelofelijke troep, het bed was niet opgemaakt en moest hoognodig verschoond worden. De vrieskou kwam door een barst in het schuifraam naar binnen. De vloer was vies, en op het kleed naast het bed lagen allerlei pillen. De elektriciteit deed het niet. Ze liep net de overloop op toen Isaac uit de badkamer kwam.

'Wat een bende is het hier,' zei hij. 'De muren zijn vochtig en beschimmeld, en er is al een hele tijd niet meer schoongemaakt.' Hij hield een doorzichtige plastic tas met medicijnen omhoog. 'Zijn medicijnkastje staat vol medicijnen die over de datum zijn: antibiotica, pillen voor zijn hart, bloedverdunners, cholesterolverlagende pillen, en ook antidepressiva. Volgens mij heeft hij verschillende kuurtjes niet afgemaakt of neemt hij zijn medicijnen niet op tijd in, want er staan diverse potjes die nog halfvol zijn, allemaal herhaalrecepten.'

Erika trok haar jas dichter om zich heen en probeerde de schimmelgeur te negeren. Vroeger was het hier in huis altijd zo knus en gezellig geweest. Wat was er gebeurd?

Ze waren laat aangekomen, in het donker, en hadden de houtkachel aangestoken, waarna ze elk op een bank waren gaan liggen en onrustig in slaap waren gevallen.

'De cv-ketel doet het niet,' zei Erika. 'Ik moet erachter zien te komen of de rekening niet is betaald of dat het aan het apparaat zelf ligt.' Ze liepen langs de kleine trap naar beneden. In de woonkamer was het iets minder smerig, maar op de salontafel stonden vieze borden. De kleine kerstboom was maar ten dele versierd. Ze liepen naar de keuken, waar ze zagen dat de gootsteen vol vuile vaat stond, en het aanrecht vol oude etensresten lag. De koelkast was praktisch leeg, op een beschimmeld halfje wit na, en een paar winterpenen met zwarte plekken in de groentela. Ze schrokken toen een kakkerlak onder een omgekeerd steelpannetje op het afdruiprek kroop en over het aanrecht scharrelde.

'Jezus christus!' riep Erika uit. Ze pakte een oude krant en sloeg het beest dood. Ze keken allebei ontzet naar het platgeslagen insect.

'Als er één is, zijn er vast meer,' zei Isaac zacht. Bezorgd fronste hij zijn dunne wenkbrauwen. Erika legde de krant weg, liep naar de telefoon en nam de hoorn van de haak.

'Afgesloten,' zei ze. Ze keek naar de telefoonkabel, boog het hoofd en wreef de tranen uit haar ogen. 'Hij heeft me met de kerst gebeld. Hij zei dat hij gezelschap had van de buren, en ik nam aan dat ze bij hem op bezoek waren. Ik wist niet dat hij ook een mobiele telefoon had. Dat wist ik gewoonweg niet. Toen ik hem op eerste kerstdag aan de lijn had, merkte ik dat hij sommige dingen niet helemaal op een rijtje had, maar verder klonk hij prima. Ik had hem moeten vragen of hij nog wel voor zichzelf kon zorgen.'

Isaac gaf een kneepje in haar hand. 'Je bent er nu. Wij zijn er nu. Richt je daarop.'

Ze knikte. 'Heb jij het ook zo koud?'

'Ik heb het nog kouder,' zei hij. 'Laten we eerst gaan ontbijten met een kop hete thee erbij. Plannen maken gaat veel beter met wat warms in onze maag...' Hij keek op zijn horloge. 'Het is nu acht uur. Het duurt nog even voordat we bij hem op bezoek kunnen. Tijd genoeg op een plan op te stellen.'

'We moeten hier schoonmaken en opruimen, en ik moet kijken of hij zijn rekeningen wel betaald heeft... en...'

'Een ontbijtje, en een kop thee,' zei Isaac. 'Daarna gaan we een plan maken.'

45

Moss keek door het raam van de recherchekamer en zag dat het er druk was. Ze haalde diep adem voordat ze de deur opendeed. Ze was in gezelschap van hoofdinspecteur Hudson, en toen de agenten Hudson en Moss zagen binnenkomen, viel er een stilte.

'Goedemorgen, iedereen,' zei Melanie.

'Goedemorgen, hoofdinspecteur,' zei iedereen bijna in koor.

'Erika – inspecteur Foster – kan hier wegens dringende familiezaken niet zijn. Haar schoonvader is ziek, en ze is naar Manchester om bij hem te zijn. Inspecteur Moss zal haar taken overnemen en het onderzoek tijdens haar afwezigheid leiden. Ik zou graag zien dat jullie haar met hetzelfde respect zullen behandelen als Erika. Het is allemaal vrij eenvoudig, maar zijn er vragen?'

De aanwezigen keken allemaal naar Moss en naar Hudson, die naast haar stond. Hudson leek slecht op haar gemak. Niemand zei iets.

'Goed. Dan laat ik de rest aan jou over, Moss.'

Zo gauw Melanie de kamer verlaten had en buiten gehoorsafstand was, begon iedereen Moss te vragen wanneer Erika weer terug zou komen.

'Ik weet net zo weinig als de hoofdinspecteur,' zei ze, terwijl ze haar handen bezwerend hief. 'Er is verder niets veranderd. We moeten er nog steeds voor zorgen dat we die klootzak te pakken krijgen.' Ze ging naar het whiteboard en wees naar de politietekening van het gasmasker, liep vervolgens naar de tekening van het gasmasker uit het berichtje aan Joseph Pitkin. 'We moeten kijken wat voor verbanden er zijn, we moeten meer informatie boven tafel krijgen. Joseph Pitkin kunnen we helaas niet meer verhoren, maar ik wil met zijn ouders praten om te zien of zij iets over dat berichtje kunnen vertellen. Ook moeten we Marissa's iPhone zien te ontgrendelen. Ze had geen laptop of pc, dus al haar onlineactiviteiten op haar telefoon zijn van cruciaal belang voor dit onderzoek.'

Ze liep naar de foto's van de andere slachtoffers die door de man met het gasmasker waren belaagd.

'We moeten kijken of er een link bestaat tussen de slachtoffers, als dat al het geval is. Iets waar de aanvaller zich steeds op richt. Denk daarbij niet alleen aan lichamelijke kenmerken. De slachtoffers waren mannen en vrouwen van uiteenlopende leeftijden, variërend van begin twintig tot achter in de vijftig. Een van de twee mannen die zijn aangevallen was hetero, de andere was homo. Er is maar één van de slachtoffers om het leven gekomen. Marissa Lewis. Alle slachtoffers zijn dicht bij hun huis of dicht bij het werk aangevallen, in de buurt van stations. Marissa was met de laatste trein teruggekomen en is van alle slachtoffers het verst van een station aangevallen. Heeft de dader toen een steek laten vallen? Het meest recente slachtoffer heeft zijn belager tegen zijn hoofd getrapt, waardoor het gasmasker verschoof en het gezicht van de dader bijna te zien was. Is Marissa vermoord omdat ze zag door wie ze werd aangevallen? Kende ze haar belager misschien?'

Moss liep naar de foto's van Marissa die op de plaats delict genomen waren. 'In het sectierapport van Isaac Strong staat dat het wapen een lang mes met een kartelrand geweest moet zijn. We hebben nog steeds geen moordwapen, en de tijd begint te dringen. Misschien moeten we overschakelen op drastische maatregelen. Misschien moeten we bij iedereen in Coniston Road langsgaan om te kijken wat er in de besteklade ligt.'

Hier en daar werd wat gelachen.

Moss hief haar hand. 'Oké, oké. Ik hou ook wel van een geintje, maar nu ben ik serieus. Wat zegt de chef altijd? Domme vragen bestaan niet. Nou, ik zou daaraan toe willen voegen: er bestaan geen domme onderzoeksmethoden.'

'Maar jij bent nu de chef.'

'Dat klopt.' Moss liep naar de foto's van de verdachten en andere personen die in beeld waren. 'Onze lijst met verdachten slinkt zienderogen. Joseph Pitkin leeft niet meer, maar gisteren heeft de man met het gasmasker opnieuw toegeslagen, wat doet vermoeden dat Joseph niet de dader was. Hetzelfde geldt voor Ivan Stowalski, die gisteravond in het ziekenhuis is overleden als gevolg van een gaslek in zijn huis. Hij had dat gaslek zelf veroorzaakt, en we beschouwen het dan ook als een zelfmoord. Maar we hebben Don Walpole nog wel in het vizier: geen strafblad, zorgt voor zijn vrouw, die aan de drank is, maar is een affaire met Marissa begonnen toen die nog minderjarig was. Marissa heeft een poging gedaan hem daarmee te chanteren en heeft gedreigd naar de politie te stappen. We wilden gisteren DNA bij hem afnemen, maar hij was niet thuis en nam zijn telefoon niet op. Ik wil het vandaag nog een keer proberen. Een ander punt is dat Marissa beweerde dat ze diamanten oorbellen van mevrouw Fryatt heeft gestolen. Een van haar collega's uit The Matrix Club heeft verklaard dat ze met Marissa naar Hatton Garden is geweest om de oorbellen te laten taxeren, maar mevrouw Fryatt ontkent dat er juwelen zijn gestolen. De bewuste oorbellen zijn nog niet gevonden. Charles Fryatt runt een goedlopende juwelierszaak in Hatton Garden. Dat is allemaal heel onduidelijk.'

'Zou Marissa de oorbellen van een bewonderaar kunnen hebben gekregen?' vroeg McGorry. 'In het rapport van de chef – van de andere chef, bedoel ik – staat dat de meiden in de clubs tal van bewonderaars hadden, rijke jongens die na de show bleven rondhangen in de hoop dat er nog wat meer voor hen in zat dan alleen maar een dansact?'

'Ja, maar we moeten alles natrekken. Ik wil dat een van jullie nogmaals contact opneemt met dat meisje met wie Marissa naar de juwelier is gegaan, en indien nodig moeten we met haar naar Hatton Garden om te kijken of ze zich kan herinneren welke juwelier dat geweest kan zijn.'

Er viel een stilte, en Moss zag iedereen moedeloos naar haar kijken. Zo voelde zij zich ook, maar ze was vastberaden daar niets van te laten merken. 'Goed. We gaan aan de slag en komen hier vanmiddag om vier uur weer bij elkaar.'

Toen het team opbrak en aan het werk ging, kwam Peterson naar Moss toe met de vraag of hij haar even onder vier ogen kon spreken.

'Alleen als het snel kan.'

'Goed gedaan, trouwens.'

'Bedankt. Al had ik eerder verwacht dat ze jou zou hebben gevraagd.'

Hij schudde zijn hoofd en liep met haar naar de kopieermachines achter in de recherchekamer. 'Ze heeft het gisteravond ontdekt, van Kyle en Fran,' zei hij met gedempte stem.

'Ontdekt?'

'Ze kwam 's avonds langs, tegen badtijd. Tijd voor Kyle om in bad te gaan, bedoel ik.'

'Dat snap ik.'

'Ik deed de deur open met Kyle op mijn arm. Hij noemde me papa. Fran was er ook.'

'Shit.'

'Ik heb geprobeerd met haar te praten, maar ze is in haar auto gestapt en weggereden. Ik wist niet goed of ik achter haar aan moest, maar ik heb het niet gedaan, en nu heeft ze verlof opgenomen.'

Moss zag hoe bezorgd hij keek. 'Dit heeft allemaal niks met jou te maken, James. Het is echt waar dat Marks vader is gevallen en met de ambulance naar het ziekenhuis is gebracht. Hij heeft met spoed een nieuwe heup gekregen, en er zijn complicaties opgetreden. Dat is de reden waarom ze nu niet op haar werk is.'

'O, shit. Zei ze niets over mij?' zei hij.

'Ze had andere dingen aan haar hoofd. Net als ik.'

Hij knikte. 'Oké. En goed gedaan. Ik vind het prima dat jij haar vervangt.'

'Bedankt. Ik wil graag dat Crane en jij de boel hier aansturen.'

'Tuurlijk.'

Moss liep naar Kay, die achter haar computer zat. 'Jij gaat vandaag met mij mee. Ik wil bij de familie Pitkin langs om wat vragen over Joseph te stellen.'

46

Het dooide toen Moss en Kay in Coniston Road aankwamen en naar het huis van Don Walpole gingen. Kay had het DNA-koffertje bij zich, maar er werd niet opengedaan.

'Shit,' zei Moss. Ze haalde haar portofoon tevoorschijn en nam contact op met het bureau. 'Crane, ik wil dat je een opsporingsbevel voor Don Walpole regelt...' Moss keek op en zag even verderop de oude man op zijn gebruikelijke plek staan. Hij rookte een sigaretje. 'Wacht even, ik bel je zo meteen terug.'

Ze liepen naar hem toe.

'Zoeken jullie Don?'

'Inderdaad,' zei Moss. Ze liet hem haar legitimatiebewijs zien. 'Mijn collega zei dat u hem en zijn vrouw gistermiddag hebt zien vertrekken. Hebt u hen vandaag nog gezien?'

De man schudde zijn hoofd. 'Ik sta regelmatig buiten; mijn vrouw wil niet dat er binnen gerookt wordt. Ik stond hier voor zessen al, en later om half acht en acht uur... En toen om negen uur.'

'Dus u paft heel wat sigaretjes weg op een dag,' zei Kay.

'U zult het als rechercheur nog ver schoppen,' zei hij. Hij wees met zijn sigaret naar haar en grijnsde zijn gele tanden bloot.

'Hebt u bij hen thuis geen licht zien branden of enige beweging waargenomen?' vroeg Moss.

'Nee.'

Ze liepen terug naar de auto. Moss nam weer contact op met Crane en vroeg hem om het nummer van Don te blijven proberen en zijn auto op te sporen met behulp van het nationale kentekenregistratiesysteem. Daarna reden ze het korte stukje de hoek om naar het huis van David en Elspeth Pitkin.

David Pitkin deed open. Hij was in het zwart gekleed en had

donkere kringen onder zijn ogen. Ze lieten hun ID zien en vroegen of ze even binnen mochten komen.

'Houden jullie nooit op?' zei hij ontstemd.

'We hebben nog een paar vragen over Joseph, over zijn band met Marissa Lewis,' zei Moss, in een poging tactvol te zijn.

'Sorry, maar nee. Het gaat ontzettend slecht met mijn vrouw. Ze is niet meer uit bed geweest sinds...'

'Het is afschuwelijk wat er met uw zoon is gebeurd,' zei Kay. 'We willen niet dat zijn dood helemaal voor niets is geweest. We denken dat hij dingen wist die van belang zijn voor deze zaak. Hij had ons mogelijk kunnen helpen met ons onderzoek.'

David keek hen afwachtend aan en liet de woorden tot zich doordringen. 'Waar is ze?'

'Wie?' vroeg Moss.

'Die afschuwelijke rechercheur met dat blonde haar.'

'Die is met verlof. Ik heb de zaak overgenomen,' zei Moss.

'Komt dat doordat ik een officiële klacht heb ingediend? Ik heb een brief naar de hoofdinspecteur gestuurd met het verzoek om een volledig onderzoek, en met de vraag of ze van haar functie kan worden ontheven.'

'Ja, uw brief is in behandeling genomen. Daarom heb ik nu de leiding over het onderzoek,' zei Moss. Ze wist zeker dat Erika het helemaal zou snappen dat ze nu met David Pitkin meepraatte.

Hij ging hun voor naar de keuken. 'Kan ik u een kop thee aanbieden?'

Kay keek vragend naar Moss.

'We willen u niet tot last zijn,' zei Moss. 'We hebben alleen maar een paar vragen die we willen stellen.'

'Neem toch een kop thee, verdomme!' blafte hij hun toe. 'Ik moet wat omhanden hebben.'

Ze knikten en gingen aan de lange tafel zitten. Moss zag dat er heel wat klokken in de keuken hingen, en dat ze allemaal op 13.25 uur waren blijven stilstaan. Het was stil in het vertrek.

'Dat is iets wat ik met opzet heb gedaan,' zei hij toen hij haar blik volgde. 'Dat is het tijdstip waarop de arts verklaarde dat Joseph...' Hij maakte zijn zin niet af. Ze wachtten zwijgend tot hij thee had gezet en drie kopjes op tafel zette.

'Hoe lang was Joseph al aan het fotograferen?' vroeg Moss.

David Pitkin keek op van die vraag. 'Ik weet het niet... Vier of vijf jaar.'

'En de spullen die hij nodig had kocht u voor hem?'

'Op school deden ze een project waarbij met behulp van closetrolletjes, aluminiumfolie en fotopapier een gaatjescamera werd gemaakt. Hij vond dat fascinerend en zeurde net zo lang aan mijn kop tot ik spullen voor hem kocht zodat hij zijn eigen gaatjescamera kon maken.'

'En had hij een doka nodig om de foto's te kunnen ontwikkelen?'

'Ja.'

'Waar hebt u de chemicaliën gekocht?'

'In een fotozaak in Greenwich. Dames, ik weet niet hoe relevant uw vragen zijn. Bent u misschien van plan om zelf te gaan fotograferen?'

'We willen graag weten wat Joseph zoal deed met zijn hobby.'

'Het was geen hobby. Hij wilde er zijn beroep van maken.'

'Wanneer kreeg Joseph zijn eigen camera, en wanneer begon hij zijn eigen spullen te kopen?'

'Dat weet ik niet meer precies. Sinds een paar jaar, denk ik, zoals ik net ook al zei. Destijds had ik mijn handen vol aan mijn advocatenpraktijk, en ik heb mijn gezinsleven enigszins verwaarloosd. Soms zag ik ze dagen achter elkaar niet...' David keek treurig uit het raam en nam een slokje van zijn thee. 'Soms denk ik wel eens dat het allemaal niet de moeite waard is geweest, mijn werk. Justitie... In feite is het niets anders dan een levensgrote schaakpartij.'

Moss besloot niet nader op dat onderwerp in te gaan.

'Was Joseph lid van een camera- of fotoclub?'

'Ook dat weet ik niet.'

'Mogen we even met uw vrouw praten?' vroeg Kay.

'Nee, daar komt niets van in. De dokter is vanmorgen vroeg geweest en heeft haar een slaapmiddel gegeven.'

'Heeft Joseph wel eens geld voor zijn foto's gekregen?'

David keek haar verbijsterd aan. 'Nee. Hij stond al heel lang bij het arbeidsbureau ingeschreven. Dat weet u waarschijnlijk allang.'

'Is Marissa Lewis ooit bij u thuis geweest?' zei Moss. 'En dan met name het afgelopen jaar?'

'Nee. Niet dat ik weet. We maakten ons altijd zorgen om hem. Hij leek totaal niet geïnteresseerd in een relatie, met vrouwen noch mannen.'

Moss keek naar Kay. Ze hadden bijna geen vragen meer. Er was nog één kwestie waarover ze meer wilden weten.

'Meneer Pitkin, ik wil u graag een paar foto's voorleggen die we op het mobieltje van Joseph hebben aangetroffen. Ze kunnen schokkend zijn, maar ik wil toch graag dat u ze bekijkt, omdat ze van cruciaal belang zijn voor ons onderzoek.'

David kneep zijn ogen tot spleetjes toen Moss een kartonnen map tevoorschijn haalde, die op tafel opensloeg en er de foto's uit haalde van Joseph die vastgebonden op een tafel lag. Ze liet David ook het berichtje zien met het tekeningetje van het gasmasker.

David bekeek de foto's en deed zijn best zijn emoties onder controle te houden. Uiteindelijk keek hij op. Woede vlamde in zijn ogen. 'Wie denken jullie wel niet dat jullie zijn om hier binnen te komen en me deze foto's te laten zien?'

'Meneer Pitkin. Heeft Joseph u nooit verteld over een vriend, of dat hij voor zijn leven vreesde?'

'Heeft niemand u ooit verteld dat Joseph zichzelf mogelijk iets zou aandoen?' kaatste hij terug.

'Nee.'

'Maar u zag toch wel dat hij tijdens het verhoor ontzettend overstuur raakte? Was er onder uw collega's niemand die eraan dacht een arts in te schakelen? Was er niemand die het een slecht idee vond om hem weer in de cel te stoppen, HELEMAAL IN ZIJN EENTJE?' Met een wild gebaar veegde David de foto's van de tafel. 'EN NU OPGEDONDERD! MIJN HUIS UIT!'

Kay raapte de foto's gehaast op en stopte ze terug in de map.

'Meneer Pitkin, alstublieft, weet u echt niet van wie Joseph zo'n berichtje gekregen zou kunnen hebben?'

'HEBBEN JULLIE ME NIET GEHOORD?' blafte hij. Hij greep Moss bij haar jas, sleurde haar uit haar stoel en sleepte haar de gang in.

'Meneer. Houdt u daar alstublieft mee op,' zei Kay. Ze liep achter hen aan terwijl David Moss naar de voordeur sleurde.

David liet Moss los, boog zich naar de deur, draaide de knop om en deed de deur open. Moss hief haar hand afwerend op toen hij aanstalten maakte haar weer bij haar jas te pakken.

'Zo is het genoeg,' zei ze. Ze liep naar buiten. Meteen toen Kay naar buiten stapte, werd de deur dichtgesmeten. Moss en Kay liepen over het pad naar het trottoir.

'Gaat het, *ma'am*?'

'Jawel, en noemt me alsjeblieft geen "ma'am". Ik ben de koningin niet,' zei Moss. Ze trok haar trui onder haar jas recht. 'Het was te verwachten. Ik dacht dat het de moeite waard was om het te proberen, voor het geval hij iets wist.'

'Denk je niet dat hij meer weet?' vroeg Kay.

'Nee, volgens mij niet. Maar ik kan niet altijd op mijn intuïtie afgaan. Dat is meer Erika's specialiteit.'

47

McGorry had de opdracht gekregen Ella Bartlett na te trekken, de danseres die met Marissa naar de juwelier was geweest. Vroeg in de ochtend had hij met een ontzettend verwijfde man gesproken, ene Martin, die hem het nummer van Ella had gegeven. Ze had afgesproken hem na een bezoek aan de sportschool te treffen, maar ze was te laat. Hij stond al twintig minuten bij de Gym Box in Farringdon op haar te wachten. Het sneeuwde niet meer, maar het was waterkoud, en alle gevoel trok uit zijn voeten. De Gym Box lag aan een drukke weg aan de rand van de juwelierswijk Hatton Garden in het hartje van Londen. McGorry had naast een ouderwetse rode telefooncel een beker koffie staan drinken, en in die tijd waren er zes beveiligde transporten langsgekomen.

'Hoi, ben jij John?' vroeg een stem. Hij draaide zich om en zag een tengere vrouw van begin twintig. Ze was adembenemend mooi, met lang honingblond haar en grote blauwe ogen.

'Ja, ik ben inspecteur John McGorry, recherche. Ik neem aan dat u mevrouw Bartlett bent?' Hij besefte dat hij belachelijk formeel klonk.

'Zeg maar Ella, hoor. Mag ik je John noemen?' zei ze. 'En mag ik je ID zien? Je weet tegenwoordig maar nooit.'

Hij haalde zijn legitimatiebewijs tevoorschijn en gaf het aan haar.

'In het echt zie je er veel leuker uit,' zei ze. Ze gaf zijn ID terug.

'Laten we aan de slag gaan,' zei McGorry.

'Heb je een pistool bij je?'

'Nee. Rechercheurs dragen geen wapens.'

'Handboeien? Pepperspray?' vroeg ze met grote, onschuldige ogen.

'Soms. In mijn auto.'

'Hoe ben je hier?' vroeg ze. Ze keek om zich heen.

'De metro. Ik heb de metro genomen...' McGorry voelde zich stom en opgelaten.

'Dus je bent ongewapend? Kwetsbaar? Sorry, ik zit maar wat te dollen.'

'Ik wil graag dat je me helpt om die juwelier te vinden. Het is heel belangrijk voor ons onderzoek. Niks grappigs aan.'

'Sorry... Ik vond haar wel oké, Marissa. Ik heb er wel eens aan gedacht om de hele boel achter me te laten en naar L.A. of New York te gaan. Maar daar had ik het lef niet voor. Zij wel.'

Ze liepen naar de hoek van de straat en gingen naar rechts, Hatton Garden in, waar ze bij de eerste juwelierszaken kwamen. De etalages lichtten op in het kille grijze daglicht, en er lagen prachtige gouden en zilveren sieraden uitgestald. Ze slenterden een paar minuten door. Zo nu en dan bleef Ella bij een etalage staan en keek om zich heen.

'We waren de hele tijd aan het kletsen, en we kwamen van de andere kant. Ik lette niet goed op,' zei ze. 'Al die etalages lijken op een gegeven moment op elkaar.'

Ze liepen nog een tijdje door, en toen bleef ze bij een rode brievenbus staan. 'Volgens mij was het hier,' zei ze. Ze wees naar een winkeldeur.

'Waarom denk je dat het hier was?' vroeg McGorry.

'Die brievenbus. Dat is nog zo'n ouderwetse.'

McGorry keek omhoog naar de gevel. Er stond: R.D. LITMAN & SONS FINE JEWELLER'S EST. 1884.

Ze gingen naar binnen, waar een aangenaam ouderwetse winkelbel boven de deur klingelde. Het interieur straalde een verstilde élégance uit. De grote glazen toonbank glansde. Een oudere kalende man met een lichte bochel verscheen uit een vertrek achter in de zaak. Hij nam hen met een geoefend oog op, maar wachtte tot ze als eerste iets zouden zeggen.

McGorry liet zijn ID zien en legde de reden van hun komst uit. Ella leek de man niet te herkennen, maar hij herkende haar wel.

'Zeker. U was hier samen met nog een jongedame met donker haar. Diamanten oorbellen, princess-geslepen, 1.62 karaat, uitzonderlijk zuiver, in 24-karaats goud gevat.'

'Hoe weet u dat allemaal nog zo zeker?' vroeg McGorry.

'Het is mijn taak om zulke dingen te onthouden,' zei de man hooghartig. 'En uiteraard vergeet je twee beeldschone dames niet snel. Heeft uw vriendin zich bedacht? Wil ze de oorbellen toch verkopen? Hoe heette ze?'

'Marissa? Nee, die is dood,' zei Ella.

'Ach. Spijtig om te horen,' zei hij. 'Wilt ú ze misschien verkopen?'

'Nee, we zijn hier niet om iets te verkopen,' zei McGorry. 'Ik wil verifiëren dat ze überhaupt hebben bestaan. Is het mogelijk dat uw taxatie onjuist was?'

Uit de blik die de man hem toewierp concludeerde McGorry dat daarvan geen sprake kon zijn.

'Ik heb ze getaxeerd op... Het exacte bedrag is me even ontgaan... Tien...'

'Tienduizend vijfhonderd,' vulde Ella hem aan.

'Ja.'

'Mag ik vragen hoe u heet?' vroeg McGorry.

'Peter Litman.'

'Hebt u veel contact met collega's hier uit de buurt?'

'Contact?'

'Ja.'

'Dit is een hechte gemeenschap van juweliers die al jaren bestaat. Het zijn familiebedrijven, met de nadruk op "bedrijven". We houden het zakelijk.'

'Mag ik u mijn kaartje geven, voor het geval u nog iets te binnen schiet?'

'Ja, hoor.' Hij nam het hem aangereikte visitekaartje aan.

McGorry bedankte hem, waarna ze de winkel verlieten.

Peter Litman keek McGorry en Ella door de etalageruit na, met zijn handen bedaard op zijn rug. Toen ze uit zijn blikveld waren verdwenen, liep hij naar achteren, naar een kantoor, waar een reusachtige kluis stond.

'Charles, dat was de politie, ene inspecteur McGorry. Hij vroeg naar de princess-oorbellen van die vermoorde vrouw.'

Charles Fryatt keek op van zijn werk. Hij zat achter een computer, met daarnaast een grote stapel paperassen. 'Ik heb alles gehoord.'

'Dan zul je ook gehoord hebben dat ik gewoon de waarheid heb verteld. Ik lieg niet tegen de politie. Ik vraag het je nog een keer. Heb jij iets te maken met de dood van die jonge vrouw?'

'Nee,' zei Charles, die op zijn stoel heen en weer schoof. 'Het gaat over die oorbellen. Verder niks.'

'Die oorbellen waren van je moeder?'

'Ja.' Charles ging weer aan het werk en keek niet meer op.

'Charles, als schoonzoon kun je op me rekenen, maar mijn loyaliteit kent haar grenzen. Als blijkt dat mijn dochter of ik ergens door in verlegenheid worden gebracht...'

'Het stelt niks voor!' zei Charles met stemverheffing. 'U hebt niet gelogen, en dat is prima.'

Peter keek zijn schoonzoon een langgerekt moment aan en liep terug naar de winkel om de inrichting van de vitrines bij te werken. Hij was er niet gerust op.

48

Het was vroeg in de middag toen de man die zichzelf 'T' noemde vertrok van zijn werk. Het was de hele dag rustig geweest in zijn winkel. Er waren alleen een man en een vrouw langsgekomen om een paar vragen te stellen.

Hij vond het fijn dat hij bij een familiebedrijf werkte, want daardoor kon hij komen en gaan wanneer hij wilde als het rustig was. Hij nam de trein naar het centrum van Londen; het was maar een klein eindje.

Toen hij via Rupert Street de wijk Soho betrad, zag hij de vervallen gevel van de Raymond Revue Bar al opdoemen. Zijn hart begon versneld te bonzen, en hij merkte dat hij een stijve kreeg. Hij vond het altijd spannend om het seksdistrict te betreden, met zijn felverlichte bars en seksshops. In deze kleine wijk kon je anoniem rondstruinen; het was een plek waar je de afstandelijkheid van de Britse aristocratie kon afwerpen. Homo's durfden er hand in hand te lopen, en mensen konden zijn wie ze waren. Toen hij langs de Prowler-seksshop liep, kwamen er net twee jonge jongens naar buiten, die hem bewonderend van top tot teen opnamen. Hij wachtte met oversteken tot een ratelend schoonmaakwagentje van de gemeente voorbij was; de borstels boenden de vieze straat op hoge snelheid schoon. Hij stak over, liep langs de seksshop op de hoek en ging Walker's Court in, een smalle voetgangersstraat met groezelige hoge gebouwen aan weerskanten, waarin seksshops en nachtclubs waren gevestigd en opzichtige neonreclame het duister verdreef.

Smeltwater stroomde van de daken in een gebarsten goot en viel kletterend op straat bij een seksshop met zwart geblindeerde ramen. Het woord 'spanking', met neon rottinkjes die flikkerend versprongen, gaf aan in wat voor soort seksartikelen en pornofilms de zaak gespecialiseerd was. T merkte dat hij steeds meer opgewonden raakte, en bijna zonder erbij na te denken bracht hij een hand naar zijn kruis en voelde hij het leer door de dunne stof van zijn donkere broek. Hij vond het een fijn idee dat de straat er al tweehonderd jaar zo uitzag; alleen de felle neonlampen en de geblindeerde ramen waren van deze tijd. Destijds verdwenen jonge mannen en vrouwen op klaarlichte dag zonder dat er een haan naar kraaide. Een mensenleven had weinig waarde.

Een kleine jonge vrouw in een dikke, zilverkleurige, gewatteerde jas stond voor een van de kleine nachtclubs die een lapdance aanboden. Muziek schalde door de deur naar buiten. T voelde de vibratie van de bonkende bassen in zijn tanden en zijn romp. Hij vertraagde zijn pas toen de vrouw oogcontact maakte en haar jas opensloeg. Eronder droeg ze een superstrak minirokje en een kort zwart topje dat een groot deel van haar uitgemergelde ribbenkast onbedekt liet. Haar ogen waren felgroen maar doods, en haar volle lippen zaten onder de koortsblaasjes.

'Wil je even lekker losgaan?' zei ze, hard genoeg om zich verstaanbaar te maken.

T boog zich naar haar toe tot zijn lippen bijna haar oor raakten. 'Ik zoek iemand die voor me wil poseren.' Ze deinsde achteruit en keek met haar groene ogen om zich heen of er politie in de buurt was. Een kleine man met een donkere huid en een stoppelbaard keek op van zijn plek bij de seksshop aan het eind van de straat.

'O ja? Hoeveel?' zei ze.

'Een privéklus. Heel privé.'

'Honderd voor een uur. Heb je een hotel?' zei de jonge vrouw. Er was geen sprankje leven in haar ogen te zien. Alsof ze een levend lijk was. De harde muziek stopte, en toen klonk er een nieuw nummer, trance, dat met een trage beat begon. De man aan het eind van de straat hield zijn hoofd schuin en keek in de richting van de vrouw. T voelde de zenuwen in zijn maag grommen; dit was opwindend en beangstigend tegelijkertijd. Dit meisje zou uit vrije wil met hem meegaan, maar hij was van plan erg ver te gaan, en hij wilde niet dat al te veel mensen hen samen zagen. De man op de hoek van de straat was haar pooier, daar was hij wel van overtuigd.

'Ik ga even wat spullen kopen,' zei T. Hij knikte naar een seksshop een eindje verderop. 'Ik heb iemand nodig die niet bang is voor een beetje bloed, maar je zult er geen spijt van krijgen. Je moet er een eindje voor reizen. Ik woon een eindje weg.'

'Als ik moet reizen, kost het honderdvijftig per uur, minimaal drie uur, vooruit betalen...' De vrouw zei het nonchalant, zonder angst of schroom. Zo te zien was ze zwaar aan de drugs. Misschien stond ze bij een dealer of haar pooier in het krijt.

Plotseling rende ze weg in de richting van Rupert Street. T keek op om te zien waar haar pooier was, maar die was verdwenen. Een paar stadswachten waren Walker's Court vanaf de andere kant in gelopen. Ze waren druk met elkaar in gesprek, zoals zo vaak bij stadswachten het geval was, maar met hun ogen tastten ze de omgeving af. De straat werd steeds leger. Schaduwen gleden weg in portieken.

T liep opgelucht door, als een forens: snel en gehaast. Hij passeerde de twee stadswachten rakelings en kwam bij het eind van de straat, waar een fruitmarkt was. Hij had de opwinding en de verleiding achter zich gelaten en snoof de frisse lucht op.

49

Erika en Isaac mochten pas vroeg in de middag naar Edward toe. Isaac zei dat zij eerst maar moest gaan en dat hij later zou komen. Dan ging hij beneden in het restaurantje een kop koffie drinken.

De afdeling was op de vijfde verdieping. Erika moest twee dubbele deuren door, die elektronisch voor haar werden opengedaan, en liep met een verpleegkundige mee naar een rij bedden aan het eind van de gang. Toen ze de zaal betrad, zag ze niet meteen wie van de oude mannen Edward was. De meesten lagen te slapen, op hun zij, en ze hadden allemaal hetzelfde grijze haar.

Ze vond hem achter in de zaal, bij een raam dat uitkeek op het parkeerterrein. Hij stak alleen met zijn hoofd boven de dekens uit. Zijn gezicht klaarde op toen hij haar zag.

'Erika, schat,' zei hij. Hij tilde een gekneusde hand op die verbonden was aan een infuus. Er stond niets op het kastje naast zijn bed. Bij veel van de andere patiënten zag ze kaartjes en fruit, en ze nam het zichzelf kwalijk dat ze niets voor hem had meegebracht.

'Hallo,' zei ze, terwijl ze zijn hand pakte. Die voelde erg droog aan. Ze trok een stoel bij en ging dicht bij het bed zitten. 'Wat is er gebeurd?'

'Ik ben gevallen. Ik ben in het donker uit bed gegaan, en veel meer kan ik me niet herinneren. De postbode heeft me de volgende morgen horen roepen.'

'Je hebt nog geprobeerd me te bellen, hè?'

'Dat weet ik niet meer.'

'Ik wist niet dat je een mobieltje had.'

'Die gebruik ik ook zelden, maar vlak na de kerst is mijn telefoon afgesloten, en ik snapte niet waarom. Ik betaal mijn rekeningen altijd keurig op tijd...' Hij ging geagiteerd rechtop zitten.

'Dat weet ik.'

'En toen ging de cv ook nog stuk. Ik heb de houtkachel aangestoken. De stroom werd ook afgesneden. Terwijl ik mijn rekeningen altijd keurig op tijd betaal, Erika. Dat weet je toch?'

Ze knikte. 'Ik ben er nu, en ik zal zorgen dat alles wordt geregeld,' zei ze.

'Je bent een fijne meid.'

Ze schudde haar hoofd. 'Heb je een nieuwe heup gekregen?'

'Ja. Ze hebben er ook een paar schroeven in gedaan, zei de arts...' Hij slikte moeizaam en begon te hoesten. Erika pakte een beker uit de kast naast het bed en vulde die met water uit een kan. 'Dank je wel, schat.' Hij dronk het bekertje leeg en gaf het aan haar terug. 'Voor je het weet ben ik er weer bovenop. Hoewel ik niet weet of ik in winkels niet in de problemen kom.'

'Hoezo?'

'Gaan die poortjes niet piepen als ik er met mijn schroeven doorheen ga? Dat lijkt me echt heel gênant als me dat in de supermarkt overkomt.'

'Nee, in winkels staan geen metaaldetectoren, die vind je alleen op vliegvelden.'

'O,' grinnikte hij. 'Ik heb geen plannen om naar het buitenland te gaan, dus dat maakt niet uit. Wat heerlijk om je weer te zien. Blijf je lang?'

'Ik blijf zolang als je me nodig hebt.'

Hij wuifde het weg. Isaac verscheen in de deuropening van de zaal, en Erika knikte en wenkte hem naderbij. 'Dit is mijn vriend en collega Isaac Strong,' zei ze.

Edward keek op en gaf Isaac een hand. 'Leuk om u te ontmoeten, meneer Foster. Erika heeft me veel over u verteld.'

'Vast niet veel goeds.'

Isaac schudde glimlachend zijn hoofd.

'Wat ben je groot. Lang.'

'Eh, ja. Maar ik ben niet goed in sport.'

Edward nam hem met half toegeknepen ogen op. 'Jammer. Volgens mij zou je heel goed in hoogspringen zijn geweest.'

'Isaac is arts. Forensisch patholoog.'

'Is dat met dode mensen?'

Isaac glimlachte. 'Ja.'

Edward begon te grinniken. 'Dan had ik je bijna werk verschaft. Gelukkig heeft de postbode me gevonden.'

'Nee!' zei Isaac. Zijn wenkbrauwen schoten verschrikt omhoog.

'Ik maak maar een grapje, jongen. Ik vind het leuk om je te ontmoeten. Elke vriend van Erika is een vriend van mij.'

Er verscheen een arts, die graag even met Erika wilde spreken. Ze liet Isaac bij Edward achter en liep met de arts mee naar de verpleegsterspost.

'Het was een redelijk overzichtelijke operatie,' zei hij. 'Hij is alweer een paar keer van bed geweest. Het herstel verloopt voorspoedig.'

'Mooi.'

Het gezicht van de arts betrok. 'We maken ons echter wel zorgen over de thuissituatie. Edward is niet op gewicht, en hij heeft een vitaminetekort. Ook kwam hij binnen met een nare urineweginfectie. Normaal gesproken zouden we iemand met zo'n zwakke conditie niet opereren, maar hij had een lelijke smak gemaakt. Gelukkig slaat de antibiotica aan. We kunnen hem pas uit het ziekenhuis ontslaan als er thuis voldoende zorg geregeld is. Woont u in de buurt?'

Erika legde uit dat ze in Londen woonde. Ze vertelde dat Edward haar op eerste kerstdag gebeld had, en dat hij toen erg verward had geklonken.

De arts knikte. 'Het komt vaak voor dat mensen met een urineweginfectie verward raken, en soms gaan ze zelfs hallucineren,' zei hij. Hij keek Erika ernstig aan. 'Maar dat neemt niet weg dat hij alleen woont en erg kwetsbaar is. Ik wil graag een maatschappelijk werker langssturen om te kijken hoe zijn thuissituatie is.'

Hij nam afscheid van Erika om verder te gaan met zijn ronde, en even bleef ze in de gang staan om te bedenken hoe het zo ver had kunnen komen. Hoe de tijd was verstreken. Het ging allemaal te snel voor haar: eerst de middelbare leeftijd die zich aandiende, en nu een bejaarde schoonvader die mantelzorg nodig had.

Dat was de reden waarom ze zich in het werk begroef. Als ze werkte, voelde ze dat ze leefde en dat ze jong was. Het werk ging altijd door. Er waren altijd criminele figuren die opgepakt moesten worden. De misdaad kende geen leeftijdslimiet. Ze schudde de gedachte van zich af. 'Wat een klerezooi,' zei ze bij zichzelf. Ze fatsoeneerde haar haar en ging terug naar de zaal.

50

Moss had het gevoel dat ze langzamerhand de greep verloor op de zaak-Marissa Lewis, die er door het gedoe met de gasmaskerman niet overzichtelijker op werd, en als degene die het onderzoek leidde had ze het gevoel nog steeds een inhaalslag te moeten maken. Ze was eraan gewend geraakt een radertje in het geheel te zijn, en daar ging ze zelfs prat op. Ze zag het als haar taak om de geoliede machine soepel te laten werken, om ondersteunend bezig te zijn en een grapje te maken wanneer de spanning te hoog opliep.

Nu ze de leiding over het geheel had, drukte dat zwaar op haar, en hoewel het slechts tijdelijk was, merkte ze dat haar collega's anders op haar reageerden. Ze noemden haar ineens 'chef'. Toen Crane haar voor het eerst met die term aansprak, dacht ze dat hij een grapje maakte. Maar ze had zich gerealiseerd dat het een serieuze kwestie was.

Wat haar ook in de weg zat, was de manier waarop Erika haar werk deed. Erika zette nooit veel op papier en sloeg alles in haar hoofd op, zodat Moss nu veel tijd kwijt was aan het helder krijgen van de feiten. De hoofdinspecteur had geïnformeerd of Marissa's moeder, Mandy, al gevraagd was naar haar bedsituatie, zoals ze dat noemde, en Moss had geen idee gehad wat ze daarmee bedoelde. Ze had haar hersens gepijnigd en geprobeerd zich de rapporten voor de geest te halen die ze onder ogen had gekregen. Bedoelde de hoofdinspecteur met 'bedsituatie' de mannen met wie ze seks had, of de plek waar ze sliep? Moss herinnerde zich op het laatste moment dat Mandy beneden had geslapen toen Marissa werd vermoord, maar het feit dat ze zo lang had moeten nadenken, maakte haar wel iets duidelijk. Het leek haar verschrikkelijk om teruggeplaatst te worden in haar oude functie van inspecteur zonder dat ze de zaak had opgelost, maar ze had geen idee hoe ze de boel moest aanpakken, en ze wist ook niet of ze dat überhaupt wel kon. Erika was altijd degene die de zaken oploste en haar opdrachten gaf. Moss merkte nu dat ze het altijd heerlijk had gevonden om opdrachten te kunnen uitvoeren.

Na haar gesprek met de hoofdinspecteur was Moss naar de toiletten op de bovenste verdieping gegaan, waar praktisch niemand kwam. Ze had zichzelf in een van de hokjes opgesloten en had Celia gebeld. Terwijl ze tegen haar tranen vocht, luchtte ze haar hart.

'Dit is voor het eerst dat je een onderzoek leidt,' merkte Celia op. 'Je moet niet zo streng zijn voor jezelf. Bovendien vervang je je chef tijdens een complex onderzoek dat al aan de gang is. Je bent populair onder je collega's. Maak eens een grapje om de spanning te breken. Is er geen nieuweling die nog niet weet dat je Kate heet?'

Moss lachte en depte haar wangen droog met een paar verfrommelde wc-papiertjes. 'Ik ben nu de chef. Ik kan geen Kate Moss-grapjes maken. Mensen kijken tegen me op en willen dat ik ze aanstuur en met wijze raad en strategische besluiten aankom. En ik moet die kutzaak zien op te lossen terwijl ik ook alle dossiers in orde moet maken en...' Ze maakte haar zin niet af.

'Lijstjes,' zei Celia. 'Je bent altijd heel goed in het maken van lijstjes. Je plakt altijd tig memoblaadjes op de koelkast, en dan werken we ze een voor een af, en zo lossen we problemen op en zorgen we dat alles geregeld wordt. Je moet je problemen en taken in stukjes opdelen in plaats van ze allemaal tegelijk te willen tackelen.'

'Je hebt gelijk,' zei Moss. 'Het is geen moordzaak, het is een lijstje met punten die ik moet afwerken.'

Het was laat op de middag, en Moss was weer in de recherchekamer. Ze zat te werken achter haar overvolle bureau, dat in de hoek stond. Er was haar een eigen kamer aangeboden, maar er was nog geen tijd geweest om haar computer en alle paperassen daarnaartoe over te brengen. Op Celia's aandringen had ze nu een lijst met taken opgesteld, die afschuwelijk lang was geworden, maar ze voelde zich er wel beter door. Een van de voordelen van chef zijn was dat je taken kon delegeren.

'Weten we al waar Don Walpole is?' riep ze.

'We wachten nog steeds op een reactie van het landelijke datacentrum van de ANPR,' zei Crane. ANPR stond voor Automatic Number Plate Recognition. 'Als hij door de tolpoortjes is gegaan, moet hij daarop te zien zijn.'

'Kun je ze niet een beetje achter de broek zitten en zeggen dat we hier niet voor Piet Snot zitten?' zei ze. Ze ging haar lijst nog eens af. 'We moeten in dit stadium ook zijn paspoort en creditcards in de gaten houden. Hij is tot nu toe het meest verdacht.'

Crane knikte en pakte de telefoon.

'En hoe staat het met die diamanten oorbellen? Waar is McGorry?'

McGorry kwam toevallig net de recherchekamer binnen. 'Ben je vanmorgen nog op zoek gegaan naar die juwelier in Hatton Garden?'

'Zeker, Moss. Chef, bedoel ik.'

'Hou het maar bij Moss.'

'Goed. De man die ons in de juwelierszaak te woord stond, ene meneer Litman, wist zich nog te herinneren dat Ella samen met Marissa bij hem langs was geweest om de oorbellen te laten taxeren. Hij zei dat het echte diamanten waren en dat ze tien en een half mille waard waren. Ik ben daarna weer bij mevrouw Fryatt langsgegaan om haar te vragen naar die oorbellen... Ik had nu zelfs extra informatie. Het waren princess-geslepen diamanten, gevat in 24-karaats goud.' Hij blies zijn wangen bol. 'Wat een oud kreng is het toch. Ze beschuldigde me ervan het fout te hebben en beweerde dat al haar juwelen veilig in haar kluis lagen opgeborgen.'

'Heb je gevraagd of je die kluis mocht zien?'

'Ja, en ze zei dat die op haar slaapkamer stond en dat ze jongemannen daar niet zonder huiszoekingsbevel liet rondsnuffelen.'

Peterson en Crane moesten daar om lachen, en het kostte Moss moeite om haar gezicht in de plooi te houden. Bijna had ze grappend willen opmerken dat niemand een huiszoekingsbevel nodig had om in haar broekje te komen en dat ze haar maar op een etentje bij Nando's hoefden te trakteren om het zo ver te laten komen, maar ze wist zich in te houden en hield zich voor dat ze nu de leiding over het onderzoek had. 'Denk je dat mevrouw Fryatt loog?'

'Ik weet het niet goed, want ik heb haar ook gevraagd waar haar zoon werkt,' zei McGorry. 'Dat bleek dezelfde zaak te zijn: R.D. Litman & Sons. Charles Fryatt is getrouwd met de dochter van meneer Litman, Lara, een gepensioneerde onderwijzeres. Ze hebben drie kinderen die allemaal al het huis uit zijn. Het is een tamelijk groot familiebedrijf. De twee zoons van meneer Litman werken er ook.' Hij zweeg even om de informatie tot iedereen door te laten dringen. 'Charles Fryatt was er niet toen ik daar was. We hebben alleen meneer Litman gesproken. Ik vroeg Ella of er nog iemand aanwezig was toen ze met Marissa de oorbellen liet taxeren, en zij zei dat ze alleen met meneer Litman hadden gesproken.'

'Kan het zijn dat Charles Fryatt er niets van wist?' opperde Crane.

'Dat lijkt me sterk. Maar zei je dat mevrouw Fryatt gewoon vertelde waar Charles werkte?' zei Moss.

'Ja, zonder enige aarzeling. Ze leek dat totaal geen punt te vinden. Ze was er zelfs trots op dat hij zo'n goede baan had,' zei McGorry.

'Heb je Charles Fryatt gesproken?'

'Nee, ik heb hem nog niet te pakken kunnen krijgen. Toen ik de winkel belde, zei meneer Litman dat Charles er niet was. Hij nam zijn telefoon ook niet op, en zijn vrouw wist niet waar hij was.'

'Stel dat Marissa heeft gelogen over waar ze de oorbellen vandaan had,' opperde Peterson.

'Maar waarom zou ze dan beweren dat ze ze van iemand had gestolen? Zou het niet makkelijker voor haar zijn geweest om te zeggen dat ze de oorbellen van een bewonderaar had gekregen die naar haar show was komen kijken?' zei Moss.

'Zou er niet iets sinisters achter kunnen zitten?' zei McGorry. 'Ik weet zo een-twee-drie niet wat dan precies, maar Marissa Lewis was wel een vrouw met ontzettend veel geheimen.'

'Dat kunnen we er nog wel bij hebben, iets sinisters,' zei Moss. Ze keek naar haar lijst en voelde zich weer door de werkelijkheid ingehaald.

51

Erika en Isaac bleven tot laat in de middag in het ziekenhuis.

'Hij lijkt er erg stoïcijns onder,' zei Isaac toen ze naar Slaithwaite terugreden.

'Zo zijn mensen uit het noorden. Iedereen is hier veel aardiger dan in Londen, en ze hebben een veel zinniger kijk op het leven.'

'Wat zei de arts?'

'Edward kan pas weer naar huis als ze er zeker van zijn dat hij voor zichzelf kan zorgen, anders moet hij naar een verpleeghuis.'

'Shit.'

'Ik wil de boel bij hem thuis schoonmaken en ervoor zorgen dat alles het weer doet. Als hij uit het ziekenhuis komt, moet zijn huis wel een beetje op orde zijn. Wat zal de maatschappelijk werker er wel niet van zeggen?'

Ze stopten bij een supermarkt en kochten eten en schoonmaakmiddelen. Het was donker toen ze bij het dorp kwamen, en door de fonkelende lichtjes van de huizen in de sneeuw bood het een knusse aanblik.

'Ik zal eens kijken of ik de houtkachel aan de praat kan krijgen,' zei Isaac toen ze naar binnen gingen. 'Volgens mij is het buiten warmer.' Hij verwijderde de as en maakte het rooster schoon.

'Het mysterie van het gas is opgelost,' zei Erika, nadat ze een stapel post had gevonden en een paar brieven had opengemaakt. 'Zo te zien is Edward overgestapt op een andere energieleverancier, die de juiste bankgegevens niet heeft...'

Isaac hield een lucifer bij wat papier en houtblokken, maar er gebeurde niets.

'En hetzelfde geldt voor zijn telefoon. Volgens mij heeft zo'n vergelijkingssite hem ertoe overgehaald om alles bij een ander bedrijf onder te brengen, maar zijn adres klopt niet, zijn bankgegevens kloppen niet... Schoften zijn het,' zei ze. Ze pakte haar telefoon.

Isaac vond het vermakelijk hoe Erika diverse bedrijven de mantel uitveegde, een klacht indiende en ervoor zorgde dat Edward weer op het net werd aangesloten.

De rest van de avond waren ze bezig met schoonmaken en opruimen. Ook kwam er een monteur langs, en rond achten was het gas weer aangesloten, zodat ze de centrale verwarming weer konden gebruiken, en belangrijker nog, dat ze zich weer konden wassen. Isaac nam een douche, en daarna liet Erika het bad in de inmiddels schoongemaakte badkamer vollopen. Toen ze zich in het warme water liet zakken voelde ze dat haar vermoeide lijf zich ontspande, en de rillerigheid die haar de laatste paar dagen parten had gespeeld verdween langzamerhand. Ze had een paar kaarsjes aangestoken, waardoor de badkamer een knus holletje leek. Er was in al die jaren niets veranderd in Edwards badkamer met de lavendelkleurige tegeltjes. Boven het toilet hing een plankje met wat Pears-zeepjes erop, een gebreide toiletrolhouder in de vorm van een Spaanse señorita, flacons talkpoeder, en haarkleurmiddel in de tint 'wilde kastanje', dat de moeder van Mark altijd gebruikte. Erika had er bij het schoonmaken van de badkamer niets van durven weggooien. De spullen leken heilig, het waren restanten van het leven dat Edward had geleid met de moeder van Mark, Kath. Erika dacht aan Marks moeder, die altijd zo aardig en naïef was geweest. Ze had steeds in haar eigen wereldje geleefd, in de geborgenheid van Edward en Mark, in dit leuke dorpje in de Yorkshire Dales.

Terwijl ze in het hete water ging verliggen, merkte ze dat er iets was met die plank, een herinnering waar ze niet bij kon. De damp kringelde omhoog naar het plafond en deed de kaarsen flikkeren en sissen. Ze legde haar hoofd tegen de koele tegels, en terwijl ze zich koesterde in het warme water, vielen haar ogen dicht.

Erika was terug in Forest Hill, in Foxberry Road. Het was al laat op de avond, en de straat, die meestal vol geparkeerde auto's stond, was leeg. Het sneeuwde, maar het was net of het heel warm was, alsof ze in een stoomcabine zat. Ze ging op haar hurken zitten en veegde sneeuw van het wegdek. Eronder zag ze geen asfalt maar tegels. Lavendelkleurige badkamertegels met witte voegen. Ze veegde nog wat meer sneeuw weg en merkte dat de straat met tegels geplaveid was, tot zover het oog reikte. De stilte werd doorbroken door knerpende voetstappen in de sneeuw. Ze draaide zich om. Een lange, in het zwart geklede man kwam op haar af. Hij droeg een gasmasker. Het gladde, glanzende leer van de kap weerspiegelde het schijnsel van de lantaarns. Hij hield zijn pas in en bleef op een meter afstand voor haar staan. Hij stak zijn neus omhoog en snoof de lucht op. De slurf van het zuurstoffilter deed haar denken aan de snuit van een hond. De man leek om zich heen te kijken zonder haar te zien, alsof ze onzichtbaar was. Ze kroop naar hem toe en kon hem horen ademen, en ze zag de kap van het gasmasker glimmen als hij zijn hoofd bewoog. Ze keek door de glazen kijkgaten maar kon geen gezicht ontwaren omdat de gaten zwart waren. Terwijl de damp uit het filter stroomde, rook ze een sterke chemische geur, bedwelmend en metalig...

Erika schrok wakker toen haar mond en neus het koude water raakten. De warme waterdamp was verdwenen en haar vingers waren rimpelig geworden. Ze stapte uit bad, sloeg een dunne handdoek om zich heen en ging op de badmat staan. Ze tuurde naar de plank boven het toilet. De Pears-zeepjes en het haarverfmiddel...

Vlak na hun trouwen waren zij en Mark bij Edward en Kath op bezoek toen Mark naar boven ging om naar de wc te gaan. De anderen zaten in de woonkamer thee te drinken, en toen Mark terugkwam had hij een klein zwart flesje bij zich, met in het rood de woorden RELAX-FUN erop.

'Mam, waarom staan er poppers in de badkamer?' zei Mark.

Kath, die bezig was cakejes op haar mooiste taartplateau te rangschikken, keek op. 'Wat heb je daar, lieverd?'

'Er staat een open flesje poppers in de badkamer. Ik werd al bijna high toen ik stond te plassen.'

'Dat is een luchtverfrisser,' zei Kath. 'Heb ik op de markt gekocht. Dan ruikt het lekker fris. Het kostte maar een pond. Er waren heel wat jongeren die het ook kochten. Een van hen zei dat het voor een party was... Ik denk dat hij het bij hem thuis lekker wilde laten ruiken voor de gasten. Hoewel ik die geur vind tegenvallen...'

Erika had zich van het lachen bijna in haar thee verslikt.

'Mam, dit is geen luchtverfrisser. Dit is amylnitriet,' zei Mark.

'Wat?' zei ze. Ze zette haar leesbril op en liep naar hem toe. 'Nee, kijk. Op het etiket staat dat het een luchtverfrisser is.'

Mark had zijn moeder uitgelegd dat mensen poppers snoven voor de kick of de roes die dat veroorzaakte.

'Is dat waar, Erika, lieverd?' had Kath aan haar gevraagd.

Erika had geprobeerd haar gezicht in de plooi te houden. 'Ja, hoor. Het is een drug, al is het niet verboden... Sommige mensen gebruiken het voor de kick. Het is populair in de gayscene, omdat het helpt om...'

Mark had haar met een blik het zwijgen opgelegd.

'O, hemeltje, wat zullen ze wel van me gedacht hebben?' had Kath uitgeroepen. Ze had haar handen aan haar borst gedrukt.

'Dat kon u niet weten,' zei Erika.

'Maar ik heb gezegd dat het voor mijn man was, wanneer hij naar het toilet gaat,' zei ze ontzet.

Erika glimlachte bij de herinnering, maar toen begon er iets te dagen. Ze rende naar beneden, in haar handdoek, en pakte haar mobieltje. Ze belde Moss, maar kreeg haar antwoordapparaat.

'Moss, met mij. Ik heb het team verteld dat we ons moeten richten op de man met het gasmasker, en dat we op zoek moeten naar iemand die misschien oude gasmaskers uit de oorlog verzamelt. Bekijk de verklaringen nog eens van de mensen die zijn aangevallen. Jason zei dat hij iets raars had geroken, een metalige geur. Kijk eens of de andere slachtoffers daar ook melding van hebben gemaakt. De dader zou een doekje in het filter kunnen hebben gestopt dat in amylnitriet gedrenkt was, om seksueel gestimuleerd te worden. Kijk ook naar sm-kleding. Als je kunt uitvissen wat voor type gasmasker er is gebruikt, kun je bij leveranciers navraag doen... Ik weet niet hoe dit in de zaak-Marissa Lewis is in te passen, maar mogelijk komen we zo te weten wie die man met het gasmasker is... Nou... Ik hoop dat alles goed gaat.'

Erika verbrak de verbinding en voelde zich mijlenver van het onderzoek af staan.

52

Moss zat de volgende ochtend met een duf hoofd aan de keukentafel achter een kom muesli, toen Jacob met zijn gitaar binnenkwam en een nieuw liedje wilde laten horen dat hij had verzonnen. Terwijl hij op de gitaar ragde en begon te zingen, schreeuwde Moss dat hij moest ophouden. Jacob keek verschrikt op en begon te huilen. Normaal schreeuwde ze nooit tegen hem.

'Mama heeft vandaag hoofdpijn. Zet je gitaar maar weg en kleed je maar aan, dan maak ik warme chocolademelk voor je,' zei Celia.

'Maar je zei dat ik een nieuw liedje voor je moest maken. Dat heb je gisteren zelf gezegd, je zei dat ik een liedje moest maken, en nou heb ik een liedje gemaakt en...'

'Ik heb vanmorgen een beetje rust en stilte nodig,' beet Moss hem toe. Celia ging met Jacob de keuken uit en kwam een paar minuten later terug. 'Het is niet de bedoeling dat je hem elke dag warme chocolademelk geeft,' zei Moss.

'Hij krijgt het alleen omdat het kerst is geweest...' zei Celia.

'Ja, nou, morgen is het oud en nieuw. Dan heeft hij het al tien dagen achter elkaar gehad!'

'Gaat dit echt over Jacob die te veel chocolademelk krijgt? Of reageer je je op hem en mij af omdat je je werk niet aankunt?'

'Ik kan mijn werk wel aan!' riep Moss. Ze stond op en zette haar nog halfvolle kom muesli in de gootsteen. 'Ik heb alleen wat tijd nodig om na te denken! Je hebt geen idee hoe ingewikkeld deze zaak is... En het is hier altijd zo'n herrie.'

'Zo zijn jongetjes van vijf nou eenmaal. Gisteravond heb je hem uitvoerig gevraagd of hij een liedje voor je wilde maken, maar dat was dus alleen maar om hem stil te krijgen!'

Moss' telefoon ging, en ze haalde het toestel tevoorschijn. Het was Peterson.

'We hebben Don Walpole opgespoord. Zijn vrouw is ziek geworden, en hij is bij haar in het ziekenhuis gebleven. Het University College Hospital. De ANPR heeft gemeld dat zijn auto door de tolpoortjes is gegaan.'

'Goed gedaan. Kun je me daarnaartoe brengen?'

Ze hing op en liep de keuken uit. Even later hoorde Celia de voordeur met een klap dichtvallen.

'Leuk. Ze valt in voor de chef, en ik kan het sloofje spelen... Geen "tot ziens", geen zoen op de wang.'

'Ik wil je wel een kus op je wang geven, mama,' zei Jacob, die in de deuropening verscheen, met zijn gitaartje in de hand.

Moss en Peterson kwamen net na negenen in het UCL aan. Jeanette Walpole was op de afdeling Nefrologie opgenomen, en ze kregen aan de balie uitleg hoe ze daar konden komen.

'Nefrologie is toch de nieren?' zei Peterson toen ze met de lift omhooggingen.

Moss knikte. 'Heb je alles bij je? De formulieren? De slijmkit?'

Hij knikte en hield een dikke map omhoog. De 'slijmkit' verwees naar het koffertje met spullen om DNA te kunnen afnemen. 'Alles goed?' vroeg hij. Het was hem niet ontgaan dat ze gespannen was.

'Ik had vanmorgen ruzie met Celia, en ik ben tegen Jacob uitgevallen. Ik zei dat hij niet zo'n herrie moest maken.'

'Ik vind die herrie wel leuk, zo'n jongetje over de vloer...' Peterson haalde zijn telefoon tevoorschijn en swipete door de foto's. Hij draaide het scherm naar Moss toe. Het was een filmpje van Kyle die aan het drummen was. Hij zat in de keuken op de grond met een laken om zijn schouders, als een superheld met een cape om, en sloeg met een houten lepel op een verzameling omgekeerde potten en pannen.

'Wat melodieus,' zei Moss. Haar blik gleed naar het display in de lift. De lift stopte, en iemand schoof een lange metalen kist op wieltjes naar binnen. Peterson en zij wisten allebei dat daar een lijk in zat.

'Hoe gaat het tussen jullie?' vroeg Moss.

'Goed, echt heel goed. Ze zijn tijdelijk bij me ingetrokken, tot we weten hoe het verder moet,' zei hij.

'Volgens mij wil je graag dat ze blijven.'

'Ja.'

'Heb je al met Erika gepraat?'

'Ik dacht dat ze al genoeg aan haar hoofd had door dat gedoe met haar schoonvader, en ik vertel het haar liever een keer in een persoonlijk gesprek, wanneer ze weer terug is.'

'Als je het maar niet op de lange baan schuift. Al denk ik dat zij degene zal zijn die het op de lange baan zal schuiven.'

'Ik heb ook een filmpje van Kyle die een liedje zingt,' zei Peterson. Hij swipete door zijn bestanden en glom van trots.

'James, straks. We moeten ons nu concentreren.'

De liftdeuren gleden open, en ze wurmden zich langs de lange kist die naar het mortuarium werd gebracht. Ze kwamen bij een dubbele deur die toegang gaf tot de afdeling Nefrologie, maar hij zat op slot. Moss tuurde door het raampje. 'Ik zie niemand. En er is geen bel of wat dan ook.' Ze sloeg met haar vlakke hand op het raam. 'Hé... HÉ!'

'Jeetje, Moss, rustig aan,' zei Peterson.

'Straks staan we hier over een uur nog.'

Aan het eind van de gang verscheen een verpleegkundige, die naar hen toe kwam.

'We kunnen ook rustig aan doen, dan komt alles goed,' zei hij.

Ze haalde een paar keer diep adem en knikte. 'Ik zal blij zijn als zijn DNA een match oplevert. Don Walpole moeten we hebben. Dan kan ik de zaak sluiten en teruggaan naar een veel prettiger salarisschaal.'

De verpleegkundige deed de deur voor hen open. Nadat ze hun ID hadden laten zien, werden ze naar een kamertje aan het eind van de gang gebracht.

'Hier ligt mevrouw Walpole,' zei ze, terwijl ze de deur opendeed.

Jeanette zat rechtop in bed en lag aan de nierdialyse. Haar huid vertoonde een gele tint, en ze ademde moeizaam.

Don zat aan haar bed en draaide zich om naar Moss en Peterson. 'Ja?'

'Mogen we even met u praten? Het liefst op de gang,' zei Moss. Don zoende Jeanettes hand en liep met hen de gang op. Moss en Peterson lieten hun ID zien.

'We proberen u al een tijdje te bereiken, meneer Walpole,' zei Moss.

'Zoals u ziet is mijn vrouw erg ziek.'

'We willen graag wat wangslijm bij u afnemen,' zei Peterson.

Don nam hem van top tot teen op. 'Arresteert u mij?'

'Nee.'

'Dan hoef ik geen DNA af te staan, en dat wil ik dan ook niet.'

'Meneer Walpole. Wettelijk gezien mogen we DNA van u afnemen als er een aanleiding is om te denken dat u bij een misdrijf betrokken bent. Dat kunnen we hier doen, of we kunnen u meenemen naar het politiebureau,' zei Moss.

Don keek hen beurtelings aan.

'Ik heb een document bij me waarin uw rechten staan beschreven,' zei Peterson. 'U mag dat wel even doornemen als u wilt.'

Don keek door het raampje naar Jeanette, die nu met gesloten ogen was gaan liggen. 'Goed,' zei hij.

Peterson zag dat er naast Jeanettes kamer een keukentje was. Ze gingen er naar binnen en deden de deur dicht. Don ging aan een tafeltje zitten. Peterson trok handschoenen aan en haalde een plastic buisje met een lang wattenstaafje tevoorschijn. 'Ik wil graag een monster van de cellen in uw keel,' zei hij. Don deed zijn mond open, en Peterson streek met de wattenstaaf achter in zijn keel en langs zijn wang. Daarna deed hij het wattenstaafje terug in het buisje en verzegelde het.

'Dank u,' zei Moss. Ze gaf Don een formulier dat hij moest ondertekenen.

Hij nam de tekst vluchtig door en zette zijn handtekening. 'Ze maakt het niet lang meer,' zei hij. 'Haar lichaam laat haar in de steek.'

'Dat is heel naar om te horen,' zei Moss. 'Het zal naar verwachting vierentwintig uur duren voordat we de DNA-uitslagen binnenkrijgen.'

De zon probeerde van achter de wolken tevoorschijn te komen toen ze het ziekenhuis verlieten.

'Ik ga naar het lab in Vauxhall om het DNA-monster weg te brengen,' zei Peterson.

'Goed. Ik ga bij mevrouw Fryatt langs om het mysterie van de oorbellen op te lossen. En ik wil ook dat er bij Charles Fryatt DNA wordt afgenomen.'

'Zal ik even langs Hatton Garden gaan? Ik heb nog een DNA-setje bij me.'

'Nee. Ga eerst maar naar het lab. Ik ga eerst even bij mevrouw Fryatt langs. Ik wil meer dan een toevallig vermoeden hebben om achter haar zoon aan te gaan.'

53

Bij het huis van mevrouw Fryatt werd niet opengedaan. Moss belde verschillende keren aan en tuurde door het raam naar binnen. Ze liep terug naar het trottoir en keek naar de gevel van het grote huis. De glimmende ramen weerspiegelden de grijze lucht en leken haar onbewogen aan te staren.

Moss leunde tegen het tuinhek. Er kwam een gevoel van angst en onrust bij haar op, iets wat ze niet gewend was. Ze bedacht hoe ze die ochtend van huis was gegaan en helemaal vergeten was Celia en Jacob gedag te zeggen. Net toen ze haar telefoon pakte om ze te bellen, begon het toestel te rinkelen. Ze herkende het nummer niet.

'Hallo, u spreekt met Lisa Hawthorne. Ik ben intercedent van Jobcentre Plus in Forest Hill. Ik heb gegevens over het arbeidsverleden van Joseph Pitkin, en een van uw collega's heeft me verzocht daarover contact met u op te nemen.'

'Ja, maar...'

'Sorry voor de vertraging, maar we zitten hier tot over onze oren in het werk. Joseph Pitkin heeft de afgelopen vier jaar in de bijstand gezeten. Hij heeft maar een paar keer een werkloosheidsuitkering gehad. Hij is vier keer aan het werk geweest. Drie keer daarvan werkte hij in een pub in Honor Oak Park, seizoenswerk in december 2014, 2015 en 2016.'

'Het spijt me, maar kunt u misschien contact opnemen met een van mijn collega's van...' begon Moss, in een poging het gesprek te beëindigen, maar de vrouw ging verder:

'Hij heeft ook gewerkt voor een fotostudio in New Cross, Camera Obscura genaamd. Hij heeft daar begin 2016 zes weken gewerkt...' Moss spitste haar oren toen ze dit hoorde. Ze klemde haar mobieltje onder haar kin en pakte haar notitieboekje en een pen. Lisa vervolgde haar verhaal: 'Die studio wordt gerund door ene Taro Williams. Het is een ouderwetse portretstudio.'

'Weet u misschien waarom Joseph met dat werk is opgehouden?'

'Nee. In het dossier zie ik dat hij is aangenomen als assistent, fulltime, en dat hij er na zes weken onverwacht mee gestopt is. Dat was raar, want we hebben veel moeite gedaan om deze baan voor hem te regelen, en hij reageerde heel enthousiast.'

'Was er verder niets? Geen klachten van de werkgever?'

'Nee. Het is zo jammer dat Joseph zijn passie voor fotografie niet verder heeft kunnen ontwikkelen.'

'Hoe goed kende u Joseph?'

'Ik had zijn dossier in mijn portefeuille en zag hem twee keer per week.'

'Ik moet u tot mijn spijt meedelen dat Joseph zichzelf onlangs van het leven heeft beroofd.'

'Wat spijtig om te horen,' zei ze gelaten. Het klonk alsof ze wel vaker dat soort berichten over haar cliënten te horen kreeg. Moss bedankte de vrouw en verbrak de verbinding. Ze keek achterom naar het donkere huis van mevrouw Fryatt en bedacht wat ze nu het best kon doen. New Cross was niet ver met de auto.

54

Taro Williams was een lange, forsgebouwde man van tegen de veertig. Hij had een breed, hoog voorhoofd en grove gelaatstrekken. Camera Obscura en het woongedeelte erboven had hij geërfd van zijn vader, die de zaak in de jaren zestig was begonnen. Het pand stond in Amersham Road, in een woonwijk met grote, aan verval onderhevige rijtjeshuizen, een paar minuten lopen van station New Cross. In het verre verleden waren deze majestueuze panden met een hoogte van vier verdiepingen gebouwd door kooplieden die tijdens de industriële revolutie hun fortuin hadden vergaard. Het waren rijke families die ook woonvertrekken voor het personeel hadden. Drie verdiepingen bevonden zich boven straatniveau, en elk huis had ook een grote kelder. De etalage van Camera Obscura had een groot raam, stond een eindje van de weg af en werd deels aan het oog onttrokken door een grote meidoornstruik die voor het huis stond.

De zaak had heel wat jaren als fotostudio dienstgedaan, maar door de opkomst van digitale camera's en smartphones gingen de zaken de laatste jaren wat minder. Taro maakte zich daar geen zorgen over. Hij had genoeg geld achter de hand en vond het prettig om de tijd aan zichzelf te hebben. Als hij er zin in had, deed hij een huwelijksreportage. Hij deed de zaak maar een paar keer per week open om portretten te maken, meestal van jonge stellen die verloofd waren, en stellen met kleine kinderen die hun lievelingen professioneel op de foto wilden laten vastleggen.

Hij vond het een droevige zaak dat de meeste ouders met kleine kinderen niets wilden weten van de zilveren fotolijstjes die hij verkocht en hun foto's liever lieten afdrukken op kussentjes of legpuzzels, of – nog erger – petjes en koffiebekers.

Taro was net bezig de fotolampen uit te doen en het achterdoek weg te halen. Hij had die ochtend een fotoshoot gedaan. Een jong Japans stel had foto's laten maken voor hun verlovingskaart. Hij keek er altijd van op hoe klein Japanners waren. Ze leken nogal onder de indruk van zijn grote postuur en zijn ernstige gezicht, maar hij had de spanning gebroken met een grapje en een brede glimlach, wat hem altijd veranderde in een joviale beer van een vent. Tijdens de fotosessie hadden ze met z'n drieën staan grinniken, maar de twee hadden niet gemerkt dat zijn glimlach nooit zijn ogen bereikte.

Hij borg net de laatste softbox op toen een kleine roodharige vrouw het pad naar de voordeur betrad. Ze probeerde de deur te openen, maar toen ze merkte dat de winkel op slot zat, tikte ze op het raam.

Hij liep naar de deur en wees op het bordje met de tekst AANBELLEN VOOR ASSISTENTIE.

Er gleed een glimlach op zijn gezicht, en hij gaf te kennen dat ze moest aanbellen. Ze rolde met haar ogen en drukte op de bel bij de deur. Lachend stak hij zijn duimen op en hij maakte de deur open.

'Hallo, ik ben inspecteur Moss, recherche,' zei ze, terwijl ze haar ID liet zien. 'Mag ik even met u praten?'

'Natuurlijk.' Glimlachend liet hij haar binnen.

55

'Wat kan ik voor u betekenen?' vroeg Taro toen hij Moss had uitgenodigd plaats te nemen in een van de grote stoelen die hij bij zijn fotosessies gebruikte. Er stond een camera op een standaard, en een groot wit vel reflecterend papier hing aan de muur, met verschillende lampen op standaards eromheen.

Moss ging zitten en haalde een dossier uit haar tas. 'Ik ben hier omdat ik een paar vragen heb over een voormalige werknemer van u. Joseph Pitkin. Hij heeft hier in 2016 zes weken gewerkt.'

'Ja, dat klopt.'

'Mag ik vragen waarom hij is weggegaan?'

Taro knikte ernstig. 'Ik ben bang dat ik hem heb moeten ontslaan.'

'Waarom?'

'Hij was... niet eerlijk. Hij had geld van me gestolen...'

Moss knikte. 'Hoeveel?'

'Geen groot bedrag. Volgens mij vijftig pond.'

Moss keek om zich heen en zag op de toonbank bij de etalage een kassa staan. 'Hebt u aangifte gedaan?'

'Nee.'

'En hebt u het arbeidsbureau ervan op de hoogte gesteld?'

'Dat weet ik niet meer. Het is bijna twee jaar geleden.'

'Hij stond bij het arbeidsbureau ingeschreven, en zijn intercedent heeft de baan voor hem geregeld. Hebben ze nog contact met u opgenomen om te vragen waarom hij er zo snel mee ophield?'

'Ja, volgens mij wel...' Hij ging er niet verder op in. Glimlachend kwam hij dichterbij en ging op de armleuning van de stoel vóór haar zitten. Hij droeg een driedelig bruin maatpak. Uit een borstzakje hing een gouden horlogeketting.

‘Mag ik vragen wat voor foto’s u maakt?’

‘Hoofdzakelijk portretten. Jonge stellen, baby’tjes...’ Hij wees naar de foto’s die achter hem aan de muur hingen. ‘Zet een baby voor de camera en ze gaan negen van de tien keer krijsen. Kennelijk worden kinderen bang als ze me zien.’

‘Neemt u ook nog andersoortige foto’s?’

‘Ik doe ook wel huwelijksreportages, maar dat hangt er helemaal van af of ik er zin in heb.’

‘Doet u ook erotisch werk?’

‘In de privésfeer, bedoelt u?’ zei hij. Weer glimlachte hij breed naar haar.

‘Nee,’ zei ze. Hij zag er verzorgd uit, maar toch voelde Moss zich niet bij hem op haar gemak.

‘Sorry, slechte grap.’

Ze wuifde het weg. ‘Wat vond u van Joseph als fotograaf?’

‘Ik moet zeggen dat ik daar nauwelijks zicht op heb gekregen, omdat hij hier maar zo kort is geweest.’

‘Heeft hij foto’s voor u gemaakt?’

‘Ja.’

‘Foto’s waarvan?’

‘Ik heb hem een fotoshoot laten doen van een jong stel dat verloofd was.’

‘Legde hij interesse voor naaktfotografie aan de dag, of zelfs... Hoe zeg ik dat...’

‘Expliciete erotiek? Nee. Dat soort dingen doe ik niet... Hoor eens, ik heb een lange ochtend achter de rug, dus ik snak naar een kop koffie. Kan ik u ook een kop aanbieden? Ik zou even in mijn administratie kunnen kijken of ik nog iets bijzonders over Joseph heb opgeschreven en of ik contact heb gehad met het arbeidsbureau.’

‘Nou, als u dat zou willen doen, heel graag,’ zei Moss.

Taro stond op en liep naar een vertrek achter in de zaak en deed de deur achter zich dicht.

Moss besloot even in de fotostudio rond te kijken. Achterin stond een groot apparaat dat gebruikt werd om foto’s te ontwikkelen. Het was met een laagje stof bedekt, en er stond allerlei troep op. Voorop was een sticker geplakt met de tekst '1 UURSERVICE'. Erboven hing een kastje met allerlei voorwerpen die met een foto bedrukt konden worden: kopjes, puzzels, magneten, petjes en kussens. Als voorbeeld was steeds dezelfde foto gebruikt van een meisje met een gele ballon in de hand. Aan een andere muur hingen voorbeelden van portretten die Taro had gemaakt, voornamelijk babyfoto's.

Moss liep naar de toonbank. Op een plank aan de muur stond een wedstrijdbeker, en er waren verschillende medailles uit 1991 uitgestald, toen Camera Obscura tot Winkel van het Jaar van South London was uitgeroepen. Er hing een foto van een oudere versie van Taro, waarschijnlijk zijn vader, met zijn vrouw en kinderen, gefotografeerd voor de winkel.

'U hebt het gênante familiekiekje gevonden,' zei een stem achter haar.

Moss schrok, en toen ze zich omdraaide, zag ze dat Taro vlak achter haar stond. Ze perste er een lachje uit.

'Ik heb net water opgezet,' zei hij.

Ze zag door het raam dat er storm op komst was: de donkere lucht zag er dreigend uit. De fotostudio werd in de etalageruiten weerspiegeld.

'Ik heb wat gegevens over Joseph gevonden.'

Moss liep terug naar haar stoel, en Taro nam weer tegenover haar plaats. Hij haalde een bril uit zijn borstzakje, zette die op en sloeg een map open. 'Ik heb in de loop der jaren maar weinig mensen in dienst gehad, alleen maar een paar assistenten. Is dit Joseph? Ik kende hem als Joe,' zei hij. Hij liet een pasfoto van Joseph zien, genomen in een fotocabine.

'Ja, dat is hem,' zei Moss. Joseph keek onbewogen in de camera, zoals de meeste mensen dat deden. 'Ik wilde u vragen hoe het was om hem in dienst te hebben. Heeft hij ooit apparatuur geleend? Hebt u ooit vrienden of kennissen van hem ontmoet?'

'Wordt hij ergens van verdacht?' vroeg Taro. Hij keek op van de map; er lag een aimabele, rustige blik in zijn ogen.

'Ik ben bang dat hij niet meer leeft.'

'Ach, wat afschuwelijk. Hoe komt dat?'

'Zelfmoord.'

Taro zette zijn bril af en kauwde op een van de pootjes. 'Dat is echt afschuwelijk om te horen. Wanneer is dat gebeurd?'

'Op tweede kerstdag.'

'Zo kortgeleden nog... En dan nog wel met de kerst.' Taro bladerde door de map en vond nog een foto, van het formaat 20 bij 25. 'Ik heb wel foto's van hem genomen.'

'Maar hij was toch bij u in dienst?'

'Dat klopt. Joseph poseerde voor me toen ik besloot op de digitale fotografie over te stappen. Ik wilde de nieuwe camera's uitproberen. Ik vond dat ik te lang in de oude technologie en ontwikkelmethoden was blijven hangen.'

Joseph stond er in zijn volle lengte op, gefotografeerd tegen een lichte achtergrond, met alleen maar een spijkerbroek aan. Hij leek niet erg ontspannen.

'Waarom heeft hij geen shirt aan?'

'Hij wilde een paar foto's hebben om aan een meisje te geven dat hij leuk vond,' zei Taro grinnikend. 'Hier heb ik nog een.' Hij gaf haar een foto van Joseph in een kreukelige onderbroek. Hij hield zijn iele armen in wat een macho pose moest voorstellen. Moss werd getroffen door de wezenloze blik die in zijn ogen lag. Ze had die gelaatsuitdrukking wel vaker gezien, lang geleden, toen ze net de opleiding had afgerond en zaken met seksueel misbruik toegeschoven kreeg. Diezelfde afwezige blik had ze bij de slachtoffers gezien die zich voor het hier en nu hadden afgesloten.

'Dus hij heeft u gevraagd of u hem zo wilde fotograferen?' vroeg Moss. Ze schrok toen de ketel achter in de zaak begon te fluiten.

'Ja. Dit is een fotostudio,' zei Taro terwijl hij overeind kwam. 'Mij wordt wel vaker gevraagd vreemde foto's te nemen, al trek ik de grens bij naaktfotografie.' Hij keek haar even aan, terwijl het kabaal van de fluitketel aanhield. 'Ik ben zo weer terug.'

Zo gauw hij was verdwenen, pakte Moss haar mobieltje. Ze had net het nummer van Peterson ingetoetst toen Taro zijn hoofd om de deur stak. 'Melk en suiker?'

'Graag.'

'In deze straat is vaak geen bereik. Misschien komt dat door de bomen.'

Moss hield het mobieltje tegen haar oor en hoorde de telefoon niet overgaan. Taro glimlachte weer naar haar, uiterst aimabel, en verdween naar de gillende fluitketel. Moss werd door zijn gedrag compleet van haar stuk gebracht. Ze liep naar de deur achter in de zaak en zag dat die toegang gaf tot een lange gang. Ze hoorde aan het eind ervan het gekletter van de ketel en het getik van een lepel op een schoteltje. Ze liep naar de toonbank en nam de hoorn van de vaste telefoon. De lijn was dood. Toen liep ze naar de voordeur. Die bleek op slot te zitten. Er zat geen sleutel in. Had Taro de deur achter haar rug om op slot gedaan? Had ze dat niet gemerkt?

Dit is belachelijk, dacht ze, in een poging rustig te blijven. Ze had zo haar best willen doen nu ze de leiding van het onderzoek had. Ze liep door het vertrek met haar mobieltje in de lucht, in een poging een signaal op te vangen.

Toen ze achter de twee stoelen langs liep waar ze hadden gezeten, zag ze op de stoel van Taro de opengeslagen map liggen. Er zat een formulier in van het arbeidsbureau, keurig met een blauwe pen in een kriebelig handschrift ingevuld. Verder zat er een papier met handgeschreven aantekeningen in, en rijtjes getallen. Rechtsonder, in dezelfde kleur inkt, stond een tekening. Met trillende handen pakte Moss de map. Het was een afbeelding van een hoofd met een gasmasker op, zorgvuldig getekend en met een zwarte pen beschaduwd.

Moss had haar telefoon in haar andere hand en scrolde naar de afbeelding van het gasmasker dat in het berichtje aan Joseph had gestaan. Zowel het handschrift als de tekening kwamen overeen: ze waren afkomstig van een en dezelfde persoon.

Er klonk een licht rammelend geluid. Moss draaide zich om. Taro stond achter haar, met twee porseleinen theekopjes in zijn handen.

‘Hebt u dit getekend?’ vroeg Moss. Ze deed een stap achteruit. De map trilde in haar hand.

‘Ja. Jazeker,’ zei Taro zacht. De theekopjes rammelden weer toen hij ze voorzichtig op het tafeltje zette.

Moss deed haar mond open om iets te zeggen, maar Taro dook naar de deur achter in de zaak en deed het licht uit, waardoor het vertrek in een onheilspellende duisternis werd gehuld. Moss liep snel naar de voordeur, waar een zwak schijnsel door de grote matglazen ruit viel, maar toen ze een dreun tegen haar achterhoofd kreeg, werd alles zwart.

56

Toen Erika en Isaac weer bij Edward op bezoek gingen, was hij zienderogen opgeknapt. De verpleegkundige had hem al aan het lopen gekregen, en hij vond zelf dat het was alsof hij een splinternieuw been had gekregen, na jarenlang pijn in zijn heup te hebben gehad. Hij nam afscheid van Isaac, omdat die de volgende morgen voor zijn werk weer in Londen moest zijn.

Op de terugweg naar Slaithwaite vroeg Erika aan Isaac of hij een omweg wilde maken door een wijk met mooie lanen en vrijstaande huizen. 'Kun je hier even stoppen?' vroeg ze.

Hij stopte voor een vrijstaand huis van twee verdiepingen. In de voortuin lag sneeuw, en dicht bij de voordeur stond een sneeuwpop met een wortel als neus, twee zwarte ogen en een rode sjaal. Aan de dakrand hingen kerstlampjes, en ze zagen in de woonkamer een kerstboom staan.

'Leuk, hoor,' zei Isaac. 'Maar waarom moest ik hier stoppen?'

'Dit is mijn huis,' zei Erika. Ze keek er verdrietig naar. 'Hier hebben Mark en ik vijftien jaar gewoond.'

'O...'

Erika keek ernaar. Er kwam een traan in haar oog en ze veegde hem weg.

'Ik ben er na zijn dood niet meer geweest. Ik heb al mijn spullen laten inpakken en in de opslag gedaan, en een makelaar in de arm genomen om het huis te verhuren.'

'Ken je de mensen die er nu wonen? Wil je even kijken of er iemand thuis is?'

'Nee.'

Isaac knikte. 'Hoe lang blijf je hier nog?'

'Ik wil eerst dat Edward weer naar huis kan en zich kan redden.

Ik zal thuiszorg voor hem moeten regelen.'

Haar telefoon ging. Het was een nummer in Londen dat haar niet bekend voorkwam.

'Erika?' vroeg een vrouwenstem. Ze klonk bezorgd.

'Ja.'

'Met Celia, de vrouw van Kate. Van Moss.'

'Dag, Celia, sorry. Je nummer staat niet in mijn telefoon, vandaar dat ik het niet herkende.'

'Heb jij iets van Kate gehoord?'

'Nee. Ik heb een tijdje geleden een bericht ingesproken, maar daar heeft ze niet op gereageerd.'

'Het is namelijk zo dat ze me elke dag wel een keertje belt. We hadden een stom ruzietje vanmorgen, had niks te betekenen, maar zij is zo iemand die dan opbelt om het weer goed te maken. Ik heb James en John McGorry al gebeld, maar die weten niet waar ze is. Ik heb haar al zes keer een berichtje gestuurd.'

'Ze heeft nu de leiding over een ingewikkeld onderzoek. Neem maar van mij aan dat je de wereld om je heen dan soms helemaal vergeet.'

'Dat weet ik. Kate heeft de zaak van je overgenomen en is daar erg gespannen onder...'

'Waarschijnlijk heeft ze ook mijn slechte gewoonten overgenomen. Ik verlies de tijd vaak uit het oog wanneer ik met een onderzoek bezig ben...' Erika zweeg even. Ze verloor alleen alle gevoel van tijd doordat er niemand op haar telefoontje wachtte. 'Waarschijnlijk zit ze ergens in een vergadering. Nu ze de leiding heeft, heeft ze om de haverklap vergaderingen, en die lopen nogal eens uit.'

'Oké,' zei Celia. 'Sorry, je zult dit wel heel raar van me vinden.'

'Nee, hoor. Ik denk dat Moss in haar handen mag knijpen met iemand zoals jij. Als ik met mensen ruziemaak, willen ze me vaak niet meer zien! Als ze me belt, zal ik zeggen dat ze jou moet bellen.'

'Ja.'

'En ik kan je het rechtstreekse nummer van hoofdinspecteur

Hudson wel geven,' zei Erika. Nadat ze dat gedaan had, beëindigde ze het gesprek.

'Alles goed?' vroeg Isaac.

Erika toetste het nummer van Moss in, maar kreeg onmiddellijk het antwoordapparaat aan de lijn. 'Celia zegt dat Moss al sinds vanmorgen geen contact meer met haar heeft opgenomen.'

'En is dat ongebruikelijk?'

'Voor hen wel, ja.'

'Dat mis ik wel: iemand die verwacht dat ik bel,' zei Isaac.

'Ik ook,' zei Erika. Ze keek nog een keer naar het huis. 'Wat is de blauweregen gegroeid,' zei ze. Ze wees naar de hoge, dikke stam die langs de zijkant van het huis omhoog kroop in de richting van de dakgoot. 'Ik heb hem in een kleine pot gekocht, de dag dat we hier zijn komen wonen. We waren op weg hiernaartoe bij een tuincentrum langsgegaan, en de blauweregen was in de aanbieding. Zeventig pence kostte hij. Mark vond het zonde van het geld voor zo'n klein stokje. Hij dacht dat het plantje dood was.'

'Hij zal wel heel mooi zijn als hij in bloei is,' zei Isaac.

Erika knikte en veegde haar tranen weg. 'Kom, laten we gaan. Ik wilde hier even langs, maar het is maar een huis, een plek om te wonen. Het zijn de mensen die het huis zo bijzonder maken, en we wonen er nu niet meer. Er woont nu een ander gezin.'

57

Taro, of 'T' zoals hij zichzelf graag noemde, sloeg Moss hard met een leren knuppel op haar achterhoofd. Het ding lag altijd in de keukenla, en hij had hem in zijn achterzak gestoken toen hij thee ging zetten. De gedachten tolden door zijn hoofd, maar hij was niet bang en raakte niet in paniek. Ze sloeg met een smak tegen de grond, maar het was een eindje van de etalage af, en in het donker. Het licht was uit.

Hij hoorde de klok tikken. Er kwam een auto voorbij. Hij hurkte bij haar neer en hield de knuppel in zijn rechterhand paraat, voor het geval ze zich nog kon verweren. Hij pakte haar pols met zijn vrije hand beet en voelde dat ze een trage, regelmatige hartslag had. Hij hield zijn vinger even op dat pulserende plekje om het leven in haar te voelen kloppen. Hij bracht zijn hand naar haar achterhoofd. Haar haar was nat van het bloed. Hij kwam overeind, stopte de knuppel weer in zijn achterzak, stapte over haar heen en liep naar het raam. Het was stil op straat. Hij gleed weer terug in de schaduwen en draaide haar op haar rug.

'Forse meid,' mompelde hij terwijl hij haar betastte, haar borsten kneedde en met zijn handen tussen haar benen gleed. Hij hield zijn handen daar even en genoot van de warmte, tot hij zijn aandacht op haar zakken richtte. Hij pakte haar autosleutel, telefoon, portemonnee en ID, legde de spullen naast de kassa op de toonbank, en liep weer naar haar toe. Zonder dat het hem al te veel moeite kostte bukte hij zich, tilde haar in een vloeiende beweging op en legde haar over zijn schouder. Hij liep met haar slappe lichaam naar achteren, verdween door de deuropening en kwam na een paar minuten terug.

Hij deed het licht aan. Het kleed was schoon op de plek waar ze in elkaar was gezakt, en er waren geen bloedsporen, maar om het zekere voor het onzekere te nemen, zou hij het toch schoonmaken. Hij liep naar de toonbank en pakte haar telefoon en autosleutel. Hij deed de voordeur van het slot, ging naar buiten en liep het pad af. Hier en daar op de parkeerplekken voor vergunninghouders stonden auto's. Hij drukte op de autosleutel en keek naar rechts, maar er gebeurde niets. Toen hij daarna naar links keek en op de knop drukte, begonnen de koplampen van een donkere Rover te knipperen, vijftig meter verderop.

T dacht even na. Hij stond er zelf versteld van hoe rustig hij was. Hij had weliswaar een versnelde hartslag, en hij voelde het bloed kloppen in zijn benen en polsen, maar hij had alles onder controle. Hij was niet in paniek geraakt.

Hij wist niet of ze iemand had verteld dat ze bij hem langs zou gaan. Het was vroeg in de middag. Politieagenten waren niet altijd van die sociale types; misschien zouden ze Moss pas de volgende ochtend missen, maar wanneer er alarm werd geslagen, zou er vast iemand bij hem langskomen om vragen te stellen. Hij zou dan moeten toegeven dat ze bij hem langs was geweest, maar hij zou zeggen dat ze op een gegeven moment weer was weggegaan. Hij keek naar de autosleutel en de portemonnee. Hoe kon hij het doen voorkomen dat ze inderdaad was vertrokken?

Verderop in de straat kwam een busje van de plantsoenendienst van Lewisham Council de hoek om. Het was zo'n busje met een platte laadbak dat werd gebruikt om gemaaid gras en planten te vervoeren. Hij liep naar de chauffeurskant van Moss' auto, deed of hij het portier wilde opendoen en wreef snel Moss' mobieltje schoon met zijn jack. Toen het busje langsreed, gooide hij Moss' mobieltje in de laadbak in een berg takken en dode bladeren. Hij ging in haar auto zitten en keek het busje na, dat aan het eind van de straat voor het stoplicht wachtte en vervolgens verder reed. Hopelijk in de richting van de South Circular, de ringweg om Londen heen.

Taro startte de auto en reed systematisch door de woonwijk om een plek te zoeken waar geen beveiligingscamera's hingen. Hij parkeerde de auto aan het eind van Tresillian Road, een rustige straat met woonhuizen, ongeveer drie kilometer van de winkel af. Hij deed de auto op slot, en nadat hij het sleuteltje had schoongeveegd, gooide hij het in een rioolput.

Hij wandelde rustig terug naar de fotostudio, terwijl het langzaamaan donkerder werd. De tijd tussen kerst en oud en nieuw was perfect voor zijn plan. Hij kwam niemand tegen. Hij zou bijna willen dat hij zijn gasmasker bij zich had gehad, om wat lol te trappen. Maar hij wist dat hij beter terug kon gaan naar de studio om zich over de rechercheur te ontfermen.

58

Mevrouw Fryatt zat bij de haard thee te drinken uit haar favoriete porseleinen kopje toen de bel ging. Het duurde even voordat het haar te binnen schoot dat er niemand anders thuis was om open te doen, en moeizaam kwam ze uit haar favoriete leunstoel overeind.

Het duurde even om bij de voordeur te komen, vanwege de grootte van het huis en doordat ze stijf was geworden van het urenlange zitten. Ze deed de deur naar de vestibule open en liep de kille ruimte in. Achter de ruit van de voordeur zag ze een zwarte man in een pak staan, die geflankeerd werd door vijf geüniformeerde politieagenten.

Een zwarte man, dacht ze afkeurend. Ze deed de deur van het slot en opende die. De man liet zijn legitimatiebewijs zien. 'Mevrouw Elsa Fryatt? Ik ben inspecteur James Peterson van de recherche.'

'Wat moet u?' vroeg ze hooghartig. Ondanks haar geringe lengte kon ze de meeste bezoekers op gelijke hoogte aankijken doordat de vestibule iets hoger lag dan het stoepje.

'We hebben gerechtelijke toestemming om huiszoeking te doen in verband met de moord op Marissa Lewis,' zei hij. Hij overhandigde haar het document.

'Hier heb ik niks aan, ik heb mijn bril niet bij me,' zei ze.

'Ik ga niet wachten tot u het gelezen hebt,' zei Peterson. Hij stapte naar binnen en torende nu wel boven haar uit. Ze stak haar armen uit om hem tegen te houden, maar hij duwde haar rustig aan de kant en liep verder.

'Hou uw zwarte handen bij u!' riep ze. De agenten liepen langs haar heen, gingen het huis in en trokken latex handschoenen aan. 'Wat doen jullie? Waarom komen jullie zomaar mijn huis binnen?'

Een jonge agente trok laatjes open van een van de kastjes die in de vestibule stonden. Mevrouw Fryatt probeerde haar tegen te houden.

'Mevrouw, wilt u even aan de kant gaan? Anders moeten we u arresteren.'

'Op grond waarvan?'

'Op grond van het hinderen van een agent bij een huiszoeking.'

Ze ging bij de trapleuning staan en keek toe terwijl de politiemensen zich door het huis verspreidden en de kamers inspecteerden. Ze liep naar de telefoon en toetste met trillende handen het mobiele nummer van haar zoon in. 'Charles? De politie is hier!' riep ze. Haar stem klonk heel hoog. 'Ze zeggen dat ze een huiszoekingsbevel hebben... Ze halen alles overhoop...' Ze luisterde naar haar zoon, die haar allerlei vragen stelde. Ondertussen keek ze door de deuropening de woonkamer in, waar boeken van hun plaats werden getrokken, op de kop werden gehouden, heen en weer werden geschud en op de grond werden gegooid. 'Ik weet het niet. Ik heb mijn leesbril niet bij de hand. Ze weigeren me te zeggen wat ze van plan zijn. Een van hen heeft me in de vestibule zelfs ruw aan de kant geduwd... Ja, kom maar snel hierheen!'

Ze legde de telefoon neer en probeerde te bedenken waar ze het best kon gaan wachten, maar de politie leek het hele huis in bezit te hebben genomen. Het was alsof ze met veel meer waren dan de zes agenten die ze voor de deur had zien staan. Ze liep terug naar de ijskoude vestibule en ging op het stoeltje zitten dat ze altijd gebruikte om haar schoenen aan te trekken. Haar handen trilden, en dat kwam niet alleen van de kou.

Een uur later zag ze Charles Fryatt voor het raampje in de voordeur. 'Waarom deed je er verdomme zo lang over?' siste ze toen ze opendeed.

'Waar is dat huiszoekingsbevel?' zei Charles. Hij pakte het van haar aan en nam de ondertekende tekst vluchtig door. Ze gingen naar binnen toen Peterson de trap af kwam.

'Bent u Charles Fryatt?' vroeg hij.

'Ja. Ik vind dit echt belachelijk. Mijn moeder kan onmogelijk iets met de moord op Marissa te maken hebben!' zei Charles. 'Dat ziet u zelf toch ook wel? Ze is zevenennegentig!'

Peterson negeerde hem. 'Is de slaapkamer aan de voorkant die van u, mevrouw Fryatt?'

'Ja! Bent u daarbinnen geweest? U?' riep ze.

'Ja.'

'Ik zou hebben verwacht dat dat door een van uw vrouwelijke collega's werd gedaan. U hebt zeker met die handen van u aan al mijn persoonlijke spulletjes gezeten!'

Charles wierp zijn moeder een blik toe. 'Moeder. Let op je woorden,' sprak hij vermanend.

'Ik mag in mijn eigen huis toch zeggen wat ik wil? Er bestaat toch niet voor niets vrijheid van meningsuiting?'

'We willen dat u de kluis in uw kledingkast openmaakt,' zei Peterson.

Charles keek zijn moeder met grote, angstige ogen aan.

'Ik neem aan dat ik geen keuze heb?' zei ze.

'Dat klopt. Als u ons niet helpt, zijn we genoodzaakt de kluis open te boren.'

Ze liepen achter hem aan de trap op naar de slaapkamer, waar haar grote hemelbed stond, en een grote, op maat gemaakte kledingkast die de hele wand besloeg. De middelste deur stond open, waardoor een zwarte metalen kluis met een combinatieslot te zien was.

'Ik ben de enige die de combinatie kent,' zei mevrouw Fryatt hooghartig.

'En als je de combinatie nou niet meer weet?' vroeg Charles. Het klonk alsof hij haar het advies gaf te doen alsof ze de combinatie vergeten was, maar mevrouw Fryatt schuifelde naar de kluis en ging moeizaam op haar knieën zitten.

'Jullie moeten je allemaal omkeren,' zei ze. Peterson, Charles en de twee agenten die ook waren meegekomen wendden hun blik af. Er klonken een paar zachte klikken, waarna het slot van de kluis opensprong. Charles probeerde de blik van zijn moeder te vangen, maar ze weigerde hem aan te kijken. 'Zo,' zei ze.

Peterson liep naar de kluis en ging op zijn hurken zitten om te kunnen zien wat erin lag. Er waren drie plankjes. Op het eerste lagen een stapeltje bankbiljetten van twintig pond en een paar ouderwetse aandelen. Op het tweede stond een groot aantal fluwelen bijouteriedozen. De twee agenten kwamen dichterbij en trokken nieuwe latex handschoenen aan om de dozen uit de kluis te halen en ze op het kleed te zetten.

De eerste doos was breed en plat en bevatte een schitterende halsketting, in de tweede en derde zaten twee armbanden en een diamanten Cartier-horloge. Peterson inspecteerde de andere dozen die op het kleed werden gelegd. Ze bevatten een diamanten broche, gouden oorbellen, en een halsketting met een blokje goud eraan van honderdtachtig gram. In de laatste twee dozen zaten een paar grote rondgeslepen diamanten, gevat in goud, en twee vierkante princess-geslepen diamanten.

Het onderste plankje van de kluis was leeg.

'Bezit u nog meer princess-geslepen diamanten?' vroeg Peterson.

'Nee,' zei mevrouw Fryatt. 'Onder de aandelen op de bovenste plank vindt u alle verzekeringspapieren voor mijn sieraden. Die verzekering is eind augustus ingegaan. Alles is aanwezig en in orde.'

Peterson nam een paar minuten om de documenten te controleren. Daarna ging hij naar Charles, die bij het raam stond te wachten. Zijn grauwe huid glom van het zweet, hoewel het niet erg warm was. 'Kunt u bevestigen dat Marissa Lewis in de juwelierszaak is geweest waar u werkt, met twee princess-geslepen oorbellen van diamant, precies zoals deze?' vroeg hij, terwijl hij de doos omhooghield.

'Eh. Ja... kennelijk heeft ze dat gedaan,' zei Charles.

Mevrouw Fryatt wierp haar zoon een kille blik toe.

'Waarom hebt u mijn collega's dat niet verteld toen ze u in verband met de moord op Marissa hebben gesproken?'

'Omdat ik niet wist dat ze bij ons in de zaak was geweest. Dat hoorde ik pas toen een van uw collega's langskwam en met mijn schoonvader sprak. We werken met z'n vieren in het familiebedrijf,' zei Charles. Zijn ogen schoten heen en weer tussen Peterson en zijn moeder, die hem nog steeds een kille blik toewierp.

'Is dat bedrijf van uw vrouw?'

'Ja, ik werk daar met twee van haar broers.'

'Ik wil deze oorbellen graag laten onderzoeken,' zei Peterson.

'Waar wilt u ze op laten onderzoeken?' vroeg mevrouw Fryatt.

'Op DNA.'

'Nou, u zult mijn DNA aantreffen, en ongetwijfeld ook DNA van mijn schoondochter, die ze een paar keer heeft geleend. En natuurlijk zult u het DNA van Marissa erop aantreffen.'

Peterson keek haar verbijsterd aan. 'Waarom zegt u dat?'

'Omdat zij ze even mocht proberen, meneer de rechercheur. Als u even wacht, haal ik een foto waarop te zien is dat ze de oorbellen draagt. Ze heeft hier een fotoshoot gedaan voor haar portfolio. Haar vriendin Sharon heeft ons toen geholpen.' Ze hield een hand op om de oorbellen terug te krijgen.

'Toch wil ik deze oorbellen graag voor onderzoek meenemen.'

'Is dat alles wat u wilt? Wilt u misschien ook een bloedtest afnemen? Urine? Of wilt u het hele huis op vingerafdrukken onderzoeken?'

'Alleen de oorbellen,' zei Peterson, die haar strak aankeek en weigerde zijn ogen neer te slaan.

'Prima. Onderzoek ze maar, maar het is zonde van de tijd, en ik waarschuw u: als ze beschadigd raken, hoe miniem ook, zal ik u en het hele politiekorps voor de rechter slepen. Daar heb ik het geld voor.'

Peterson deed de oorbellen in een bewijszakje. Hij verliet het huis, met de vijf agenten in zijn kielzog. Niemand zei iets tot ze bij de auto's waren.

'Shit,' zei Peterson. Hij sloeg met zijn vuist op de motorkap. 'Fuck!'

59

Moss kwam langzaam bij kennis. Alles was zwart om haar heen. Ze zag niets. Ze lag op haar rug, op een harde ondergrond, en haar hoofd bonsde. Toen ze inademde, rook ze een sterke dierlijke lichaamsgeur, en zurig zweet. Ze werd bij vlagen misselijk en was bang dat ze moest overgeven. Ze raakte in paniek toen ze merkte dat haar mond met tape was dichtgeplakt. Toen ze volledig bij bewustzijn was, merkte ze dat haar handen voor haar lichaam waren vastgebonden, bij de polsen, en haar enkels ook. Ze slikte en probeerde rustig te blijven. Ze hoorde een zacht gesis, toen *whoemp*, waarna er een klein blauw vierkantje aan de rand van haar blikveld verscheen, dat een paar seconden zichtbaar bleef en toen verdween.

Moss slikte nog een keer. Ze had een droog en plakkerig gevoel in haar keel. Ze probeerde haar lichaam te draaien en uit te vissen op wat voor ondergrond ze lag. Ze bewoog haar vastgebonden armen naar rechts en voelde een metalen rooster, en links ook. Ze schoof heen en weer en merkte dat er bij haar hoofd en voeten spijlen waren. Haar hartslag versnelde, de paniek werd sterker en dreigde haar te overweldigen. Ze lag in een soort kooi.

Rustig blijven, rustig blijven, rustig blijven, zei een stem in haar hoofd. Ze dacht aan de mindfulnesstraining waarmee Celia was begonnen om haar gepieker onder controle te krijgen. Moss had Celia ermee geplaagd dat ze het mindfulnessboek overal mee naartoe nam. Nu had ze er spijt van dat ze het niet gelezen had. Ze probeerde zich voor de geest te halen waar het ook alweer over ging, wat Celia erover had verteld. Het ging erom je te focussen op wat er werkelijk gebeurde, zonder dat je je liet meeslepen door de emoties die bij je opkwamen. Ze concentreerde zich op de koude ondergrond, tastte met haar vastgebonden handen en was er tamelijk zeker van dat het hout was.

Wat was dat blauwe licht? Het was een vlam, het vlammetje achter het kijkgaatje van een cv-ketel. Ze moest proberen rechtop te gaan zitten, om te kijken wat ze bij dat schijnsel nog meer kon ontwaren, als het vlammetje tenminste nog een keer aansloeg.

Langzaam ademde Moss in en uit. Het was of er niet genoeg zuurstof door haar neus kwam. Ze probeerde rechtop te gaan zitten, maar halverwege moest ze haar poging staken, omdat het bloed dat door haar aderen werd gepompt de pijn naar haar hoofd leek te drukken, waardoor ze het gevoel kreeg dat haar hoofd elk moment uit elkaar kon spatten. Ze werd weer misselijk. Als ze moest overgeven, zou ze stikken.

Voorzichtig ging ze weer liggen. Diep ademend draaide ze haar hoofd opzij, en ze voelde de koude ondergrond tegen haar wang. Ze dacht terug aan wat er gebeurd was. Ze dacht aan de tekening van het gasmasker, het moment waarop alles op zijn plaats was gevallen. En dat was hem natuurlijk niet ontgaan.

Weer raakte ze in paniek. Hij zou haar vermoorden. Als het inderdaad het vlammetje van een cv-ketel was dat ze had gezien, lag ze waarschijnlijk in de kelder. Vastgebonden. Haar mond afgeplakt. In een kooi. Angst nam haar in een ijzeren greep, en ze leek alle hoop te verliezen. Toen zag ze het gezicht van Jacob voor zich. Zijn beeldschone ogen en zijn onbevangen glimlach. Hoe lekker hij rook. Hoe hij zijn armen graag om haar steeds meer uitdijende middel sloeg en dan op haar voeten ging staan, zodat ze samen door de kamer konden lopen. En Celia, met haar honingblonde haar en haar beeldschone lieve gezicht. Waarom had ze hen die ochtend niet geknuffeld en verteld dat ze van hen hield voordat ze naar haar werk was gegaan?

De tranen sprongen haar in de ogen, en ze kreeg weer de energie om te vechten. Ze haalde diep adem en kwam centimeter voor centimeter omhoog, tot ze min of meer rechtop zat. Ze probeerde zich te herinneren aan welke kant ze het blauwe vlammetje had gezien, duwde haar hoofd tegen de spijlen links van haar en schoof nog verder omhoog. Pijn bonsde door haar hoofd en overweldigde haar bijna. Ze zoog meer lucht in haar longen en ademde diep in en uit. Hij had haar jasje uitgetrokken, en haar handen waren vastgebonden vanaf de pols tot aan haar vingers. Ze voelde dat het ducttape was, door de manier waarop de haartjes op haar armen eraan bleven plakken.

Rechts van haar hoorde ze iets klikken, en het blauwe vlammetje ging weer aan. Ze zag niet scherp, maar het lukte haar om zich te focussen en een paar contouren te onderscheiden. De vorm van de cv-ketel aan de muur. Tussen haar en het apparaat stonden verschillende spullen, en ze constateerde dat de kooi op de grond stond. Het vlammetje ging uit, waarna alles weer in een diepe duisternis werd gehuld.

De misselijkheid kwam weer op, en haar rug en kuiten verkrampten. Het was al erg genoeg dat ze haar benen niet kon gebruiken, maar doordat haar armen aan de voorkant van haar lichaam waren vastgebonden, met haar handen naar voren, was het onmogelijk om helemaal rechtop te gaan zitten. De kramp werd erger, en ze dook ineen van de pijn.

Rustig blijven ademen, rustig blijven ademen. De pijn gaat vanzelf over. Ze slaakte een gesmoorde kreet toen de kramp ondraaglijk werd. Ze zat in een gebogen houding, met haar ellebogen tegen elkaar. Ze dacht aan een videofilmpje dat ze eens op internet had gezien, van een of andere Amerikaanse zelfverdedigingsexpert die had uitgelegd wat je kon doen als je handen met ducttape waren vastgebonden. Dat was een van Celia's hobby's: zelfverdediging. Ze deed er cursussen in, en zou graag zien dat Moss met haar meeging, maar de cursustijden leken niet goed te combineren met haar werk. Celia had haar het bewuste filmpje op YouTube laten zien... Een man had zijn vastgebonden armen boven zijn hoofd geheven en ze met zo veel kracht naar zijn buik gebracht dat het ducttape scheurde. Dat had te maken met de trekvastheid van ducttape; als je probeerde je armen los te wurmen, rekte de tape gewoon iets uit, als een soort onbreekbare kauwgom, maar als je er vanuit een andere hoek kracht op zette, scheurde de tape vanaf de zijkant.

Moss haalde diep adem en wilde haar armen omhoog doen, maar doordat het zo donker was, schatte ze de hoek verkeerd in en sloeg ze met haar vastgebonden polsen tegen de brug van haar neus. Ze snikte gesmoord en raakte in paniek toen ze een bloedneus kreeg. Ze boog zich voorover, maar haar polsen waren nog steeds vastgebonden, en ze kreeg bijna geen lucht meer. Ze leek in het donker te stikken in haar eigen bloed.

60

T vond het prettig om rustig naar de studio terug te lopen. Een goed moment om even na te denken. Hij zag zijn leven als een combinatie van licht en donker. Zijn werk, het maken van familieportretten, was zo ouderwets en simpel dat hij dat als het licht beschouwde. Als hij de winkel sloot en alleen was, betrad hij een duistere wereld.

Hij had die wereld leren kennen door een meisje dat hij vijftien jaar geleden had ontmoet. Of nee, dat was niet helemaal correct. De duisternis was er altijd al geweest, maar Tabitha had zijn duistere kant blootgelegd, naar boven gehaald. Hij dacht destijds dat hij de enige ter wereld was die zulke gewelddadige fantasieën had, maar Tabitha, een jonge, voorlijke studente, had hem aangemoedigd te experimenteren met seksspeeltjes en rollenspellen. Ze had hem aangemoedigd haar zijn duistere geheimen toe te vertrouwen.

Tabitha vond het heerlijk om vastgebonden te worden, en ze speelden fantasieën na waarin hij haar ontvoerde en verkrachtte. Toentertijd had hij het allemaal als zeer schokkend en gedurfd ervaren, maar nu hij erop terugkeek wist hij dat het slechts kinderspel was geweest. Tabitha had enkel gedaan alsof. Het was maar rollenspel. En ze was niet erg overtuigend in haar rol geweest. Haar angst had iets apathisch en onechts gehad. Ze fungeerde als een opstapje naar een nog duisterder wereld.

Op een avond waren ze naar een illegale sm-club in Soho gegaan. Daar had hij kennisgemaakt met maskers, en wurgseks, en het had het einde van zijn relatie met Tabitha betekend. Die avond had hij haar bijna gewurgd. Hij had echte angst in haar ogen gezien en was niet in staat geweest te stoppen. Na afloop had hij haar ervan kunnen weerhouden naar de politie te gaan.

In de daaropvolgende jaren was hij regelmatig naar Amsterdam gegaan, waar hij sm-clubs bezocht en extreme porno kocht, maar hij kwam er al snel achter dat zelfs de hardste vormen van porno hem niet konden bevredigen. Toen ontdekte hij gasmaskers, en vooral seks met een gasmasker op, met het luchtfilter gesloten voor wurgseks, of gevuld met watten die gedrenkt waren in amylnitriet.

Hij wist niet meer wanneer hij voor het eerst op het idee was gekomen om 's avonds laat de straat op te gaan. Hij was high geworden met een vent die hij had uitgenodigd in de sekskerker die hij in zijn kelder had gebouwd. Om de een of andere reden waren ze in de tuin beland, en toen was hij door het hekje de tuin uit gegaan, de straat op, waar hij zich in een donker hoekje had teruggetrokken om mensen te bespieden. Het gevoel van macht dat zich van hem meester maakte was sterker dan alles wat hij tot dan toe had ervaren. Hij had steeds meer risico durven nemen. Eerst had hij zich aan mannen en vrouwen laten zien, en op een gegeven moment had hij zelfs iemand aangevallen.

T vertraagde zijn pas toen hij Camera Obscura naderde. Hij had meer tijd nodig om na te denken. Het gegeven dat het om een vrouw ging die bij de recherche werkte gaf hem een extra kick. Ondanks het grote aantal keren dat hij de afgelopen jaren had toegeslagen, was hij nooit gepakt. Hij had geen strafblad, ze hadden zijn DNA niet, en nooit had hij een parkeerbon of strafpunten op zijn rijbewijs gekregen.

Ze was daar, in de kelder. Ze had hem gezien. Als hij haar liet gaan, zou het voor hem over en uit zijn.

Hij hield ervan om risico's te nemen. Hij had ze al zand in de ogen gestrooid. Hij zou moeten bedenken hoe hij zich van haar lichaam zou ontdoen. Ze was een forse meid. Hij keerde zich om en besloot nog een blokje om te lopen. Hij moest nadenken en een plan maken.

61

Moss stak haar armen in het donker omhoog en bracht ze met kracht omlaag. Haar polsen sloegen tegen haar borstkas aan. Ze deed het nog eens. Er kwam bloed uit haar neus en ze kreeg bijna geen lucht. Bij de derde poging knalden haar polsen van elkaar en kwamen haar ellebogen met een klap tegen de tralies aan. Ze negeerde de pijn, bracht haar gevoelloze vingers naar haar mond en scheurde de strook ducttape weg waarmee ze was gekneveld. Ze kokhalsde en spuwde en zoog de lucht in grote teugen in haar longen.

'O, mijn god, o, mijn god!' riep ze, opgelucht doordat ze haar handen weer kon gebruiken en door haar mond kon ademen. Ze rolde met haar schouders en bewoog zich in gehurkte positie door de kooi om de ruimte te verkennen. Boven haar bevonden zich dikke tralies, zo laag dat ze niet rechtop kon staan om haar benen te strekken. Aan één kant van de kooi hing een slot, dat stevig op slot zat.

'Shit,' zei ze. Het leek op een bench voor een grote hond. Ze hoorde een klik, waarna het vlammetje ontbrandde en het schijnsel de kleine ruimte verlichtte. Haar ogen waren inmiddels aan het donker gewend, en ze zag dat er achter in het vertrek een serie haken aan de muur hing. Ze onderscheidde verschillende vormen en contouren: iets langs en duns dat opgerold was, en een kap met kijkgaten en een luchtfilter. Een gasmasker. Ze tastte weer om zich heen. De spijlen van de kooi waren van stevig, dik metaal, maar de vloer van de kooi was van hout. Nu ze zich van het ducttape had bevrijd, kon ze zich wat vrijer bewegen. Ze slikte, streek langs haar neus en voelde dat het bloed al begon te stollen. Ze ging op haar hurken zitten en drukte haar rug tegen de bovenkant van de kooi. Ze wiegde heen en weer en voelde dat de kooi een paar centimeter opschoof. De kooi was niet aan de vloer vastgemaakt. Ze begon wilder heen en weer te schommelen, waardoor de kooi verder over de vloer schoof, bij de stenen muur vandaan. Het kostte haar ontzettend veel inspanning, en een paar keer hield ze op om op adem te komen. Ze stak haar hand door de tralies en voelde de muur niet meer. Nu had ze aan alle kanten genoeg ruimte. Moss zette haar rug tegen de spijlen en wiegde de kooi wild heen en weer, op zoek naar het kantelpunt. De kooi kwam met de zijkanten van de vloer. Ze begon nog wilder te schommelen. Op een gegeven moment viel de kooi met een kletterend geluid om. Moss slaakte een kreet van pijn toen ze op de spijlen belandde die nu de onderkant van de kooi vormden.

Ze wachtte even tot ze weer op adem was gekomen en begon tegen de spaanplaten vloer van de kooi te trappen.

'Je. Had. Me. Mijn. Schoe-nen. Moe-ten. Uit-trek-ken. Stomme. Lul!' siste ze. Ze benadrukte elke lettergreep met een trap en beukte met haar voeten tegen de spaanplaat. Pijnscheuten vlamden door haar botten, en de metalen spijlen sneden in haar rug en schouders, maar ze gaf het niet op. Uiteindelijk, toen ze het gevoel had dat haar voeten uit elkaar zouden spatten, begaf het hout het krakend; haar voet schoot erdoorheen en haar been schampte langs de houtsplinters. Ze schreeuwde het uit van de pijn, maar niets hield haar nu nog tegen. Ze trok haar been terug en begon het gat groter te maken. Ze trapte en beukte en trok de dikke spaanplaat weg. Het leek een eeuwigheid te duren, maar uiteindelijk had ze het gat groot genoeg gemaakt. Haar handen en benen zaten vol splinters. Maar ze was vrij. Ze krabbelde in het donker rond, vond een lichtschakelaar en draaide die om.

62

Moss was nauwelijks op adem gekomen toen ze zag in wat voor afschuwelijke ruimte ze terecht was gekomen. In een hoek stond nog een kooi, een grotere, plus een schandpaal en een tafel met leren riempjes. Het beton eronder vertoonde bloedvlekken. De muren hingen vol porno: extreme naaktfoto's van martelscènes. En er hing een enorme grootbeeld-tv. Op een plank stond een uitgebreide collectie dvd's.

Aan de muur hingen zwepen en ketenen, een leren tuigje, twee latex pakken, en er hing een zwart gasmasker met grote glazen kijkgaten en een verlengd luchtfilter, waarop een reeks witte vierkantjes was aangebracht, waardoor het op een gezicht met tanden leek.

Moss verstijfde van schrik toen ze voetstappen hoorde. Een grendel schoof opzij en de deur ging open.

Taro stond in de deuropening, trillend en lijkbleek. In één hand hield hij een grote injectiespuit met een donkerblauwe vloeistof, en in de andere had hij een rol zwart plastic. Hij was van plan geweest haar op een nette manier dood te maken zonder dat er al te veel troep van kwam, maar ze had de zaak er niet gemakkelijker op gemaakt. Ze vermoedde dat hij haar door de spijlen heen een injectie had willen toedienen. Het deed haar denken aan een afschuwelijke film die ze had gezien, over dierproeven. Het was afgrijselijk om te zien hoe de dieren wegkropen wanneer er een naald tussen de tralies door werd gestoken om ze een injectie te geven.

'Hoe ben je eruit gekomen?' zei hij. Hij sprak op zachte, gelijkmatige toon.

'Dat zie je toch,' zei ze. Zonder haar uit het oog te verliezen kwam hij binnen en deed met een voet de deur achter zich dicht. Hij deed een stap in haar richting.

'Achteruit,' zei ze.

'Je had hier nooit moeten komen. Ik wilde ermee stoppen. Ik wilde ermee ophouden en er nooit meer aan denken... Nu moet ik met jou dealen. NU MOET IK MET JOU DEALEN!'

Moss deed haar best om haar angst niet te tonen. Ze deed een paar passen naar achteren, zodat de kooi, die op zijn kant lag, tussen hen in was. Maar hij was sneller dan zij. Ze pakte de bovenste spijlen beet en probeerde de kooi naar hem toe te schuiven, als een stormram, maar het metaal gleed niet soepel over het beton, verschoof maar een paar centimeter. Ze verloor haar evenwicht en viel naar voren.

Onmiddellijk dook hij op haar af. Snel liep hij om de kooi heen en greep haar van achteren beet. Ze verzette zich uit alle macht en zag de spuit die hij in zijn hand had, met zijn duim op de plunjer. Hij bracht de spuit omhoog, klaar om de naald in haar te steken.

Ze boog zich naar voren en gooide haar hoofd vervolgens met een wilde beweging naar achteren. Met haar achterhoofd knalde ze tegen zijn mond aan, waardoor hij een paar van zijn boventanden verloor en zijn neus brak. Hij slaakte een kreet en stommelde achteruit. Moss rende naar de deur, maar kreeg die niet open.

Ze draaide zich om en zag dat Taro door het vertrek strompelde. Bloed stroomde uit zijn neus. Hij spuwde twee van zijn tanden uit en keek in haar richting. Zijn gezicht vertrok van woede. Ze keek om zich heen en zag dat er bij de deur een tafel stond met daarop een groot open hangslot, aan een ketting. Bliksemsnel greep ze het slot, en met alle kracht die ze kon opbrengen gooide ze het ding naar hem toe. Ze mikte op zijn hoofd. De tijd leek te vertragen, en het slot draaide in de lucht om zijn as, één keer, twee keer, tot het ding tegen zijn slaap knalde. Hij keek haar geschrokken en overdonderd aan, zakte in elkaar, en maakte met zijn hoofd een smak op het beton.

Moss liep weer naar de deur. Het ging moeizaam, maar het lukte haar nu wel om de kruk om te draaien en de deur open te maken.

Ze kwam in een felverlichte gang en gooide de deur achter zich dicht.

Ze zag dat er ouderwetse houten panelen in de gang waren aangebracht, en dat ze net een verborgen deur had gebruikt. Als de deur dicht was, vormde hij één geheel met de rest van de lambrisering. Ze zag in de gang een oude Singer-naaimachine staan, met boeken, planten en een schaal met sleutels erop. Moss versleepte het ding piepend over de stenen vloer, zonder de deur uit het oog te verliezen, bang dat die onverhoopt zou opengaan. Ze schoof de naaimachine ervoor en hoopte dat het voorlopig afdoende zou zijn.

Ze rende de gang door, naar de voorkant van het huis, naar de fotostudio. Buiten was het donker, en de voordeur was nog steeds op slot, maar ze pakte een van de standaards voor de fotolampen, en bijna hysterisch van angst wierp ze het ding door de etalageruit. Het glas knalde naar buiten. Ze schopte het resterende glas uit de sponning, klom door de opening naar buiten en zette het op een lopen, het pad af, de straat in.

Haar auto was verdwenen, en ze had geen mobieltje bij zich. Ze strompelde de straat door, terwijl de adrenaline door haar lijf gierde. Haar achterhoofd bloedde. Ze probeerde een telefooncel te vinden, maar ze zag er geen.

Moss rende naar het eind van de straat, waar de weg een bocht naar station New Cross maakte. Er liepen grote groepen tieners, die net het station uit kwamen, allemaal uitgedost om een avondje te gaan stappen. De herrie was oorverdovend. Ze baande zich een weg door de menigte en zag bij het station een oude telefooncel staan. Ze pakte de hoorn van de haak, en haar eerste ingeving was om Celia te bellen. Ze belde de operator via 100, en vroeg om een collect call.

63

Erika vond het jammer dat Isaac er niet meer was. Hij was vertrokken naar Londen, en ze hoopte dat hij onderweg geen last meer van de sneeuw zou hebben. Ze stak een nieuw vuur aan in de houtkachel en keek op haar telefoon, maar er was geen bericht van Moss. Ze vond geen rust en voelde zich ver van alles afstaan. Ze dacht terug aan haar bezoek aan het oude huis. De laatste jaren had ze Londen beschouwd als een tijdelijke bestemming, een plek waarnaar ze verbannen was door wat er in Manchester was voorgevallen, maar nu besefte ze dat ze zich in Londen thuis voelde. Het leven in het noorden behoorde tot het verleden. Daar had ze niets meer te zoeken.

Ze zapte langs de tv-zenders, maar er was niets wat haar interessant leek. Ze trok haar jas aan, een oude muts en handschoenen, en liep naar de begraafplaats, een klein wandelingetje door een veld. Het was een heldere nacht met een prachtige sterrenhemel, en terwijl ze de heuvel op liep, zag ze in het dal beneden de lichtjes van de huizen in het dorp. De maan kwam van achter de wolken tevoorschijn toen ze bij de ingang van de begraafplaats kwam, waardoor ze zich goed kon oriënteren tussen de in rijen geplaatste graven, op zoek naar Mark.

Zijn zwarte granieten grafzerk glom in de maneschijn.

TER HERINNERING AAN
MARK FOSTER
1 AUGUSTUS 1970 – 8 JULI 2014
VOORGOED IN ONS HART

Erika haalde een kleine fles Jack Daniel's tevoorschijn, schroefde het dopje eraf, nam een slok, en goot het flesje vervolgens leeg in het gras.

'Ik had nooit gedacht dat het zo zou lopen met ons,' zei ze. 'Ik mis je nog elke dag...' Met haar gehandschoende hand veegde ze een traan weg. 'Ik heb je het al talloze malen gezegd, maar ik moet mijn eigen leven leiden, en ik moet door. Als het andersom was, zou ik niet willen dat jij je hier op aarde de hele tijd ellendig voelde... Ik heb besloten dat ik het huis ga verkopen. Ik ben er vandaag nog geweest, en het is niet het huis zoals ik me dat herinnerde. Het is niet meer ons plekje. Ik koop een ander huis, en daar ga ik het gezellig maken...' Erika vocht tegen de tranen. 'Omdat jij er niet meer bent, en ik niet door kan met een leegte naast me die moet worden opgevuld. Ik zal je nooit vergeten, en ik zal altijd van je blijven houden, maar ik kan niet door als ik maar voor de helft leef.'

Wolken gleden voor de maan, waardoor ze in duisternis werd gehuld.

'Ik denk nog wel eens aan Jerome Goodman. Ik vraag me dan af waar hij is. Of hij nog wel eens aan ons denkt. Ik haal zijn naam door de computers op het werk, maar hij is verdwenen. Als ik ooit de kans krijg om samen met hem in één ruimte te zijn... dan zal ik hem langzaam doodmaken, om wat hij jou heeft aangedaan, en mij, en...'

Een kille wind blies over het pad, en ze voelde de kou in haar voeten en handen, en onder in haar rug. 'Ik zal voor je vader zorgen. Ik ga zorg regelen, en ik zal hem beter in de gaten houden en wat vaker bij hem langsgaan.' Ze drukte haar vingers tegen haar lippen en legde ze tegen de gouden letters waarin zijn naam was gebeiteld.

Toen Erika bij het huisje terugkwam, was het vuur uitgegaan. Ze rakelde de as los en legde er nog een paar houtblokken op. Net toen ze de houtkachel dichtdeed ging de telefoon. Het was Melanie.

Melanie viel met de deur in huis. 'Erika, er is iets met Moss gebeurd,' zei ze zonder omhaal. Melanie legde uit wat Moss was overkomen, en dat ze gevonden was in een telefooncel in New Cross, nauwelijks bij bewustzijn.

'Gaat het nu wel weer met haar?'

'Ik hoop het. Ze is in het ziekenhuis om een scan te laten maken. Ze heeft een zware hersenschudding. We hebben een vijfendertigjarige man opgepakt, ene Taro Williams, die een fotostudio in New Cross heeft. Moss was bij hem langsgegaan om met hem te praten op basis van informatie die ze van het arbeidsbureau had gekregen. Kennelijk heeft Joseph Pitkin begin 2016 als assistent voor hem gewerkt.'

Erika vond het erg fijn om dat te horen, maar ze voelde zich ook gefrustreerd omdat ze niet in Londen was. 'Ik zit in het noorden; ik kan mijn schoonvader niet zomaar in de steek laten.'

'Dat weet ik. Blijf daar vooral. We hebben hier alles onder controle. Williams heeft geld genoeg en heeft al een eersteklas advocaat in de arm genomen, dus we zullen voorzichtig moeten laveren en alles volgens het boekje moeten doen.'

'Moss had moeten zeggen waar ze naartoe ging. Ze heeft zichzelf in gevaar gebracht,' zei Erika.

'Schei nou toch uit, zeg. Hoe vaak heb jij jezelf wel niet in gevaar gebracht? Je hebt meer klappen te verduren gekregen dan Jackie Chan. Je bent een soort Vrouw van Zes Miljoen.'

'Heel grappig.'

'Sorry. Ik ben gewoon erg blij dat we deze zaak zo snel hebben weten op te lossen.'

'Afhankelijk van de DNA-tests,' zei Erika.

'Natuurlijk... Nou, neem de tijd om dingen voor je schoonvader te regelen.'

Erika wilde nog wat zeggen, maar Melanie had al opgehangen.

Erika bleef nog een hele tijd bij de kachel zitten. Door het raampje zag ze het vuur langzaam uitdoven, en ze voelde zich mijlenver van alles verwijderd.

64

Het was drie uur 's nachts, maar in het politiebureau in Lewisham Row hing een ontzettend opgewonden sfeer. Peterson, McGorry, Crane en hoofdinspecteur Hudson waren allemaal opgeroepen om naar het bureau te komen toen het bericht over Moss was binnengekomen. Nadat ze Celia had gebeld, had ze de politie om versterking gevraagd, en uiteindelijk, toen ze bijna buiten westen raakte, had ze Peterson gebeld.

Geüniformeerde agenten waren snel naar Camera Obscura gereden, waar ze Taro Williams in de kelder aantroffen. Hij was weer bij bewustzijn gekomen, en nadat hij door een ambulanceverpleegkundige was nagekeken, werd hij gearresteerd en naar Lewisham Row gebracht. Zijn vingerafdrukken en DNA werden afgenomen, en de monsters waren met spoed naar het lab gestuurd.

McGorry en Crane stonden met hoofdinspecteur Hudson in de observatieruimte in Lewisham Row te kijken terwijl Taro Williams door Peterson werd verhoord.

'Hij weigert iets te zeggen,' zei McGorry, terwijl ze naar het scherm keken waarop livebeelden van het verhoor te zien waren.

'Wat een klootzak is het, hè?' zei Crane.

'Een ontzettend griezelige klootzak. Ik krijg al kippenvel als ik die ogen van hem zie,' zei McGorry. 'Toen hij hier werd binnengebracht en zijn vingerafdrukken en DNA werden afgenomen, liet hij het allemaal gelaten over zich heen komen. Alsof het hem allemaal niets deed.'

Op het scherm vroeg Peterson of Taro kon bevestigen dat hij eigenaar van Camera Obscura en het bedrijfspand was, en dat hij fulltime fotograaf was.

Taro boog zich aimabel naar hem toe. 'Zeker. Ik heb het bedrijf twaalf jaar geleden na de dood van mijn vader van hem overgenomen,' zei hij. Hij sprak op zachte toon en koos zijn woorden zorgvuldig.

De telefoon van hoofdinspecteur Hudson ging.

'De forensische dienst,' zei ze. Haar collega's hoorden zwijgend toe terwijl ze het telefoongesprek voerde, en McGorry kruiste zijn vingers.

'We hebben een match! Het DNA van het bloed op het gebroken glas in het kantoor in West Norwood komt overeen met het DNA dat we van hem hebben afgenomen. We hebben hem te pakken!' riep Melanie uit. Ze staken hun gebalde vuisten in de lucht.

'Wat een gestoorde vent,' zei McGorry.

'Is het voldoende om hem voor alle zes de aanrandingen te veroordelen, en voor de moord op Marissa Lewis?' vroeg Crane.

'Ja, vooral voor de moord op Marissa. Ik wil niet dat die vent ooit nog vrijkomt. Hij heeft geen strafblad, en ik wil zijn gladde advocaat niet de kans geven om hem op borgtocht vrij te krijgen door er geen moord van te maken,' zei Melanie. Ze bracht haar hoofd naar de microfoon. 'Peterson, onderbreek het verhoor maar even. We hebben een DNA-match.'

Peterson kwam uit de verhoorkamer. Melanie vertelde hem wat er uit het DNA-onderzoek was gekomen en dat hij Taro Williams in staat van beschuldiging mocht stellen.

Vanuit de observatieruimte zagen ze dat Peterson weer naar binnen ging en Williams officieel in staat van beschuldiging stelde voor de verkrachting van Rachel Elder, Kelvin Price, Jenny Thorndike, Diana Crow en Jason Bates, en voor de moord op Marissa Lewis.

Taro liet het allemaal over zich heen komen en plukte alleen maar een pluisje van zijn colbert toen de aanklacht werd voorgelezen. Toen hij vervolgens recht in de camera keek, voelden de agenten in de observatieruimte een huivering door zich heen gaan. Het was alsof hij hen allemaal kon zien. Hij glimlachte zijn tanden bloot, maar de lach bereikte zijn ogen niet.

65

Erika bleef nog twee weken in het noorden. Tussen haar dagelijkse bezoekjes aan Edward door liet ze een traplift in zijn huis installeren. Ook verfde ze binnen een paar muren en registreerde hem online bij de nutsbedrijven, zodat ze kon controleren of zijn rekeningen op tijd werden betaald.

Tijdens een van haar laatste bezoekjes aan het ziekenhuis, voordat hij zou worden ontslagen, had Edward enthousiast gereageerd op haar ideeën en de veranderingen. Maar hij was minder enthousiast toen ze hem vertelde dat er drie keer per week iemand van de thuiszorg bij hem over de vloer zou komen.

'Ik laat mijn kont niet afvegen door een onbekende die zichzelf in mijn huis binnenlaat!' had hij gezegd. Hij zat inmiddels al rechtop in bed en was redelijk hersteld.

'Edward. Zo moet je dat niet zien. Ze helpt je met dingen die moeten gebeuren.'

'Ze?' had hij met half toegeknepen ogen gevraagd.

'Heb je liever een man over de vloer?'

'Mijn hemel, nee, zeg.'

'Ze helpt je met de was doen, schoonmaken, koken, of ze kan telefoontjes plegen, bijvoorbeeld als je een afspraak met de huisarts wil maken. Ze houdt je gezelschap. Ik beloof je dat niemand je kont zal afvegen.'

'Ik ben te jong voor de thuishulp!'

'Goed. Zullen we haar dan je persoonlijke assistente noemen?'

Hij had gelachen. 'Om wat voor iemand gaat het dan? Ik wil geen tory in mijn huis. En ik wil ook niet zo'n jong ding dat de hele tijd op haar mobieltje zit te kijken.'

'Natuurlijk niet.'

'En ik wil iemand uit de regio. Ik heb niks tegen lieden uit het zuiden, maar ik wil ze niet drie keer per week om me heen hebben.'

'Ze komt in zekere zin uit het noorden... Noord-Slowakije. Lydia heet ze. Ze is vijfentwintig, spreekt uitstekend Engels, en ze heeft als thuishulp... sorry, als persoonlijke assistente voor een mevrouw in een naburig dorp gewerkt.'

'Heb je een foto van haar?'

'Nee. Je ziet haar wel als je naar huis gaat, en dat is hopelijk morgen.'

Edward werd de volgende dag uit het ziekenhuis ontslagen, en Erika zat thuis op hem te wachten, samen met Lydia. Hij vond haar aardig, en ze konden meteen goed met elkaar overweg. Erika had het gevoel dat het laatste puzzelstukje op zijn plaats was gelegd.

Erika bracht de rest van de dag en de volgende dag met Edward door. Op zondag 14 januari reed ze terug naar Londen. Hij liep met haar mee naar de taxi, kon zich met behulp van een wandelstok verplaatsen, en ze omhelsden elkaar bij het afscheid.

'Wel goed je oefeningen blijven doen, hoor,' zei Erika.

'Ja, schat.'

'En zul je steeds goed eten? Morgen neemt Lydia goulash voor je mee.'

'Ik kijk ernaar uit.'

'En gebruik de traplift. Niet proberen indruk op haar te maken door naar boven te lopen.'

Hij knikte.

'Ik heb tegen Lydia gezegd dat je die steunkousen nog twee weken aan moet. Dat is ter voorkoming van...'

'Ja, van bloedstolsels,' zei hij. Hij trok een broekspijp op om haar zijn groene steunkousen te laten zien. 'En kom je nog eens langs?'

'Ja, natuurlijk,' zei ze.

Erika stond op het punt te gaan huilen, en daarom omhelsde ze hem nog een keer en stapte in de taxi. De treinreis naar Londen verliep soepel en snel. Alle sneeuw was gesmolten, en hoewel ze tweeënhalve week druk in de weer was geweest, had ze een uitgerust gevoel. De werkonderbreking had haar goedgedaan.

Toen ze haar flat binnenstapte was het er ijskoud, en er lag een grote stapel post op de mat.

De volgende ochtend werd ze vroeg wakker en ze reed naar Lewisham Row. Toen ze bij de receptie kwam, begroette ze de agent van dienst, brigadier Woolf, een forsgebouwde man met blozende wangen die over een paar weken met pensioen zou gaan.

'Gelukkig nieuwjaar,' zei ze.

'Jeetje, daar bent u wel een beetje laat mee,' zei hij. 'Oud en nieuw is allang in de mist der tijden opgegaan. De paaseitjes liggen alweer in de winkel!'

Erika pakte een beker koffie en ging naar haar kantoor op de vierde verdieping. Ze begon haar werkdag met het doornemen van de post en mailtjes die zich in de afgelopen weken hadden opgestapeld. Halverwege de ochtend werd er op haar deur geklopt, en hoofdinspecteur Hudson stak haar hoofd om de hoek. 'Dat is lang geleden! Welkom terug. Hoe is het met je schoonvader?'

'Gaat de goede kant op... Ik ben net bezig mijn achterstand weg te werken,' zei ze, wijzend op een stapel mappen op haar bureau.

'Ik heb je gisteren een mailtje gestuurd, en ik wilde voorkomen dat het tussen alle berichten in je inbox zoekraakte. We hebben het bewijsmateriaal en de dossiers verzameld die naar het OM en de verdediging van Taro Williams zullen worden gestuurd. We hebben een officiële DNA-match, waarmee we hem duidelijk kunnen linken aan twee van de verkrachtingen, en er is voldoende indirect bewijs om aannemelijk te maken dat hij ook de andere slachtoffers heeft aangevallen. De beelden van de beveiligingscamera's zullen worden doorgestuurd, plus de verklaring van mevrouw Fryatt met betrekking tot de moord op Marissa Lewis.'

'Verklaring van mevrouw Fryatt?'

'Ja, ze heeft officieel verklaard dat Marissa door Taro Williams is aangevallen, een paar weken voordat hij haar vermoord heeft.'

'Dat lijkt me nogal vaag, dat ze zei dat Marissa heeft gezegd...'

'De zaak is klip en klaar. Op camerabeelden is vastgelegd dat hij de voortuin van Marissa binnengaat. Ik wil graag dat je alles checkt en je rapport inlevert voordat we de boel opsturen. Moss en Peterson hebben tijdens jouw afwezigheid aan de zaak gewerkt, maar dat weet je natuurlijk wel.'

'Bent u er zeker van dat Williams voor de moord op Marissa veroordeeld zal worden?'

'Zo zeker als wat, gezien de camerabeelden, het DNA-monster, zijn gewelddadig verleden... Je gaat me toch niet vertellen dat we hier te maken hebben met een copycat?'

'Nee. Ik stel alleen maar wat vragen. Er zijn geen domme vragen als je een moord onderzoekt,' zei Erika.

Melanie knikte. 'Taro Williams heeft geld, en hij heeft het neusje van de juridische zalm in de arm genomen, en je weet zelf hoe goed ze zijn in het opsporen van minieme foutjes in de gevolgde procedure. Het papieren dossier ligt boven op de stapel.'

'Ik zal er meteen naar kijken.'

Melanies mobieltje ging, en ze excuseerde zich.

Erika pakte het dossier van de stapel en nam het door. Er waren verklaringen van alle slachtoffers die waren aangevallen, van Marissa's moeder, van mevrouw Fryatt, en een paar van Marissa's collega's. Wat Erika erg aangreep was de verklaring van Moss, waarin ze haar vreselijke beproeving beschreef van toen ze tegen haar wil werd vastgehouden.

Erika bestudeerde de foto's van Taro Williams die bij zijn arrestatie waren gemaakt. Hij was een forsgebouwde man met een breed gezicht en grove gelaatstrekken. Op de foto's kwam hij onbewogen over, en hij had een doodse blik in de ogen. Ze logde in op Holmes en bekeek de verhoren die op een USB-stick naar de verdediging zouden worden gestuurd. Williams was drie keer binnen twee dagen verhoord. Bij het eerste verhoor zat hij gelaten tegenover Peterson, en bij de andere verhoren was McGorry er ook bij geweest. Taro had bij alle sessies handboeien om, ondanks het verzoek van zijn raadsman om die te verwijderen. Taro had een slungelig postuur en zat voorovergebogen op zijn stoel. Het T-shirt en de trainingsbroek die hij droeg leken een maatje te klein, alsof hij zich in zijn kleren had moeten wurmen. Erika spoelde het tweede verhoor door naar het eind en zag dat Taro opstond om weg te gaan. Hij torende boven zijn advocaat, McGorry en Peterson uit, die zelf een meter tachtig was.

Erika bekeek de opnamen nog eens die op de avond van Marissa's dood waren gemaakt door de camera van de school tegenover haar huis. Taro Williams verscheen bij het huis voordat Marissa was gearriveerd. Erika zag een in het zwart geklede figuur met een gasmasker op, die voorzichtig en doelgericht door de sneeuw liep en bijna weggleed. Hij kwam bij het hek en keek de tuin in, naar het huis. Toen liep hij naar het steegje ernaast, om in het duister te blijven wachten.

Ze raadpleegde de bijgevoegde aantekeningen bij de opnamen en spoelde de beelden versneld door. Marissa verscheen bij het hek. Een beeldschone vrouw, vond Erika. Ze liep elegant in haar lange jas, met haar beautycase aan haar arm. Marissa deed het hek open, liep het tuinpaadje op en verdween in de donkere tuin. Tien seconden later kwam de in het zwart geklede gestalte uit de schaduwen van het steegje tevoorschijn en liep naar het hek toe, met een lang mes in de hand.

'Daar ben je, Taro,' mompelde Erika. Ze zag dat hij naar het hek liep, de tuin betrad en opging in de duisternis.

Terwijl Erika de beelden bekeek, voelde ze een golf van paniek opkomen. Ze spoelde de beelden terug naar het moment waarop de figuur met het gasmasker bij het hek kwam en bekeek de opname nog een paar keer. Met trillende handen ging ze naar de beelden van het derde verhoor met Taro Williams, toen hij met Peterson de verhoorkamer binnenkwam. Ze zette het beeld stil, vergeleek het met de opname van de figuur die bij het tuinhek stond. Ze pakte de telefoon en belde Melanie. 'Kom snel hierheen,' zei ze.

66

'Hoe lang is Taro Williams?' vroeg Erika.

Melanie zat naast haar naar de camerabeelden te kijken die de dramatische gebeurtenissen op kerstavond voor het huis van Marissa weergaven. 'Ik weet niet. Vrij lang...' begon Melanie.

'Hij is een meter drieënnegentig,' zei Erika. Ze hield het rapport omhoog dat bij de arrestatie van Taro was opgesteld. 'Bekijk die beelden nog eens.' Ze liet de opname teruggaan naar het moment waarop Marissa Lewis in beeld verscheen. Erika zette de videoband stil toen Marissa bij het tuinhek stond. 'Marissa Lewis was een meter zevenenvijftig. Je ziet dat ze iets kleiner is dan de hekpaal.'

'Oké,' zei Melanie. Ze leek een donkerbruin vermoeden te hebben waar Erika heen wilde. Erika nam een stickertje en plakte het op het scherm, vlak boven de kruin van Marissa. 'Goed, we spoelen de video door,' zei Erika. 'Let goed op het stickertje.' De gedaante met het gasmasker kwam met gebogen hoofd door de sneeuw aangeschuifeld. Erika zette de video stil toen hij bij de hekpaal stond. 'Hier ziet u dat de persoon met het gasmasker...'

'Taro Williams,' benadrukte Melanie.

'De persoon met het gasmasker is nauwelijks langer dan Marissa.' Ze plakte nog een stickertje op het scherm, iets hoger dan het eerste. 'Taro Williams is vijfendertig centimeter langer dan Marissa Lewis. De persoon met het gasmasker in de opname is niet Taro Williams. Tenzij hij gigantisch gekrompen is.' Melanie boog zich naar het scherm toe, spoelde de video een stukje terug en bekeek het fragment met een zorgelijk gezicht. 'We hebben twee mensen, en we kunnen zien hoe lang ze zijn door ze te vergelijken met een onveranderlijk object, namelijk de hekpaal,' zei Erika.

'Shit.'

‘De verdediging zou hier meteen mee aan de haal gaan. Ik ken zaken waarin er ook beveiligingsbeelden werden aangevoerd en het aankwam op een verschil van een paar centimeter. De verdediging zou de beelden nader willen onderzoeken, en dan zouden ze strengere criteria hanteren dan een paar stickertjes die op het scherm zijn geplakt.’

‘Verdomme!’ riep Melanie. Ze sloeg met haar vlakke hand op het bureau. ‘Dit haalt de hele zaak onderuit. We hebben geen poot meer om op te staan.’

‘Jawel, dat hebben we wel!’ zei Erika. ‘Taro Williams heeft vijf mensen verkracht, en op grond van het gevonden DNA kunnen we dat bewijzen, maar wat ik me afvraag is wie Marissa heeft vermoord. Taro Williams in elk geval niet.’

67

De volgende ochtend vroeg stopte Erika voor het huis van Moss in Ladywell. Ze wilde net uitstappen toen Moss verscheen en instapte.

'Goedemorgen. Fijn om te zien dat je nog heel bent,' zei ze. Ze gaf Moss een onverwachte knuffel.

'Ach, u kent me toch? Als ik onderuitga, stuiter ik vanzelf weer omhoog,' zei Moss blozend.

Erika startte de motor en reed weg. Ze zaten een minuutje zwijgend naast elkaar. Erika keek opzij naar Moss. Dat ze zo stil was, was niets voor haar. Normaal gesproken was ze vrolijk en praatte ze graag. 'Huil je?' vroeg Erika.

'Nee,' zei Moss. Bozig veegde ze haar tranen weg.

'Het is nog te vroeg in het jaar voor allergie.'

'Ik heb dat verschil in lichaamslengte op de beveiligingsbeelden helemaal over het hoofd gezien. Typisch een beginnersfout. Ik schaam me dood...'

'Wiens fout is het?'

'Mijn fout.'

Erika knikte.

'Het siert je dat je de verantwoordelijkheid neemt. Ik zou het vervelend hebben gevonden als je zou proberen iemand anders de schuld in de schoenen te schuiven.'

'Dat is niet mijn stijl, chef.'

'Weet ik.'

'Toen we Taro Williams hadden opgepakt, waren we vooral gericht op het verzamelen van bewijsmateriaal. De meesten van het team werden op een andere klus gezet, zodat ik met minder mankracht verder moest. Maar ook dat is geen excuus. Ik kan geen onderzoek leiden. Dat is niets voor mij. Ik ben erachter gekomen dat ik liever tweede viool speel.'

'Maar je hebt Taro Williams te pakken gekregen.'

Moss schudde haar hoofd. 'Ik heb meer het gevoel dat dat puur toeval was. En bijna had ik daarbij zelf het loodje gelegd.'

'Maar dat is niet gebeurd,' zei Erika. 'Hij zou zijn doorgegaan met het aanvallen van mensen, en nu maakt hij de straten niet meer onveilig.'

'Maar hij weigert nog steeds om iets te zeggen.'

'Dat is niets nieuws. Of hij praat, of hij houdt zijn mond. Maar ja, wij hebben zijn DNA.'

'Dat rijmt. U bent een poëet, als u dat maar weet.'

Erika keek haar grijnzend aan. 'Zoals ik al zei: je hebt het fantastisch gedaan.'

Moss maakte een wegwuivend gebaar, en weer bloosde ze. 'Genoeg gepraat over mij. Hoe ging het in het noorden?'

'Met Edward gaat het prima. Hij was al jaren de volwassene die alle verantwoordelijkheid droeg, en ik was een soort kind. Ik merk hoe oud ik ben, nu ik voor hem moet zorgen.'

'U bent helemaal niet oud! Hoe zeggen ze dat ook alweer? Je bent zo oud als je je voelt.'

'Qua gevoelens gebeurt er ook weinig, tenzij je die ouwe man in Sainsbury's meetelt die zich bij de kassa tegen me aan drukte.'

Moss grijnsde. 'Fijn dat u weer terug bent, chef.'

'Dank je.' Erika keek haar glimlachend aan. 'Ik vind het fijn om weer terug te zijn. Maar nu de blik vooruit gericht. Laten we hopen dat we vandaag een doorbraak te zien krijgen.'

Erika sloeg de bocht om en reed Coniston Road in, naar het huis van Mandy Trent.

Ze parkeerden een eindje van Mandy's huis af. De sneeuw was verdwenen, en bij de tegenoverliggende school was het speelkwartier. Op het schoolplein krioelden de kinderen door elkaar, en hun luide stemmen en kreten schalden door de straat. Erika en Moss stapten uit en liepen naar een klein team van vier medewerkers van de forensische dienst die in lengtemetingen waren gespecialiseerd en hun spullen bij het hek opstelden. Het schoolplein was voor een deel afgezet, waardoor de camera's die op de hoek van het schoolgebouw hingen vrij zicht hadden. Een van de forensisch experts was bezig een soort reusachtige liniaal van plastic te installeren bij de hekpaal voor het huis. Het ding was twee meter hoog, en met rode strepen waren afstanden van vijf centimeter gemarkeerd. Een collega was bezig een camera op een standaard neer te zetten, op dezelfde hoogte en onder dezelfde hoek, verderop in Coniston Road. Een paar nieuwsgierige kinderen hadden hun spel onderbroken en stonden op het schoolplein toe te kijken.

Nadat Erika en Moss zich aan het team hadden voorgesteld, liepen ze het tuinpad op. De haag was teruggesnoeid, zodat alleen nog het lage muurtje de tuin omheinde. Nu er geen sneeuw meer lag, was de tuin niets meer dan een stukje platgetreden aarde. Mandy, de moeder van Marissa, stond vanuit de deuropening naar de verrichtingen van het forensisch team te kijken. Ze zag er onverzorgd uit en rookte een sigaret. Ze begroetten elkaar, en Erika vroeg hoe het met haar ging. Mandy zei dat ze bezig was de begrafenis van Marissa te regelen, die over een paar dagen zou plaatsvinden.

'Ik wil dat er dan "All Things Bright and Beautiful" gespeeld wordt, want dat vond ik altijd zo mooi toen ik nog op school zat,' zei ze, terwijl ze een trek van haar peuk nam. 'Vinden jullie dat ook zo'n mooi lied?'

'Ja, prachtig,' zei Moss.

'En ik wil veel bloemen. Ik ga voor lelies. Marissa vond lelies mooi. Joans ex-man runt een bloemenzaak in Honor Oak Park... Voor een zacht prijsje levert hij een paar mooie, met een paar die al bloeien. Zo'n bos waarin ze allemaal dichtzitten, vind ik lelijk,' zei ze. 'Ik ben laatst naar de begrafenis van Joseph Pitkin geweest, en daar ben ik natuurlijk achteraan gaan zitten. Op zijn kist hadden ze ook lelies gelegd, en die waren allemaal nog dicht. Hij werd begraven, en ik dacht alleen maar dat ze nooit open zouden gaan omdat het steeds zo koud was. Ze zouden gewoon verdorren, voordat ze de kans hadden gehad om tot bloei te komen... En toen moest ik aan Marissa denken. Marissa is vermoord voordat ze de kans kreeg om tot bloei te komen. Hoe noem je dat ook alweer?'

Erika en Moss keken elkaar aan.

'Een tragedie,' zei Erika.

'Nee,' zei Mandy. Met een ongeduldig gebaar schoot ze haar peukje weg. 'Hoe dat heet. Een metafoor. De lelie die niet opengaat, dat is een metafoor voor Marissa, en voor Joseph.'

Erika en Moss knikten instemmend.

'Waarom zijn ze mijn hekpaal aan het opmeten?' vroeg ze.

'Dat is voor de bewijsvoering. Standaardprocedure. Dan kunnen we voor de rechter meer in detail treden.'

'Is het erg dat ik de heg heb laten terugsnoeien? Ik vond het een onveilig idee dat iemand zich daarachter kon verbergen.'

'Nee hoor, prima,' zei Erika. Ze konden nu vanuit de tuin de straat in kijken en zagen Don Walpole met een vuilniszak naar buiten komen. Hij knikte hun even toe en ging weer naar binnen.

Mandy stak nog een sigaret op. 'Jeanette is ook weer uit het ziekenhuis. Ze heeft een maagimplantaat gekregen om het drinken tegen te gaan. Als ze een slok alcohol neemt, kotst ze het meteen weer uit... Ik hoop wel dat hij flink wat tapijtreiniger heeft ingeslagen.'

'Hebt u Marissa's spullen al opgeborgen?' vroeg Erika.

'Nee. Ik kan me er niet toe zetten. Dat doe ik wel na de begrafenis. Joan is goed in het opruimen van spullen. Ze heeft gezegd dat ze me wel wil komen helpen. Dan kunnen we samen kijken wat er bewaard moet worden en wat naar de kringloop kan. Haar showkostuums kunnen we wel op eBay zetten,' zei Mandy.

'Neem de tijd. Zulke dingen hebben geen haast.'

'Ik ben blij dat jullie de schoft hebben opgepakt die haar dit heeft aangedaan... Ik heb de berichten op tv gezien. Dat hij 's nachts de straat op ging... Ik weet wel dat dit een ruige buurt is, maar je verwacht niet dat zoiets letterlijk bij je op de stoep kan gebeuren.'

'Zouden we even een laatste keer in Marissa's slaapkamer mogen kijken, om er absoluut zeker van te zijn dat we alles hebben voor de rechtszaak?' vroeg Erika.

'Ja hoor, ga maar naar boven. Jullie weten wel waar het is, hè?' zei Mandy. De zon kwam van achter de wolken tevoorschijn. Mandy liet haar hoofd tegen de bakstenen muur rusten, sloot haar ogen en draaide haar bleke gelaat naar de zon.

Ze gingen naar binnen en liepen de trap op naar de slaapkamer aan de voorkant van het huis. Het zag er nog net zo uit als toen Erika er met McGorry was geweest. Dezelfde posters hingen nog aan de muur, en de burlesque-kleren waren nog niet weggehaald. Erika liep naar het raam en keek naar buiten, naar de straat. Verschillende buren waren naar buiten gekomen om zich te vergapen aan het forensisch team. Aan de overkant klonk een bel die aangaf dat het speelkwartier voorbij was, en de kinderen gingen allemaal in de rij staan. Mandy had haar nachtpon nog aan, had er een dikke winterjas overheen geslagen en liep op pantoffels naar de overkant om met Joan te gaan praten, die voor haar huis een sigaretje stond te roken.

'Die diamanten oorbellen zitten me nog steeds niet lekker,' zei Erika. 'Ik heb het gevoel dat ze cruciaal zijn in deze zaak. Waarom ging Marissa uitgerekend naar de juwelierszaak waar Charles Fryatt werkte? En wist hij dat ze was langs geweest? Ik heb de rapporten gelezen, en hij beweert dat hij pas wist dat Marissa in de winkel was geweest toen McGorry ernaartoe ging met Ella, de vriendin van Marissa. En zij beweren dat die oorbellen niet van mevrouw Fryatt waren.'

'Charles Fryatt heeft een alibi, namelijk zijn vrouw. Bovendien is hij ook tamelijk lang,' zei Moss. Ze pakte een metalen staaf die bij de kleine haard lag, een fakkel die door vuurspuwers gebruikt werd, en bekeek het uiteinde.

'Volgens Martin, de kostuumman van The Matrix Club, en Ella, een van de danseressen, had Marissa gezegd dat ze de oorbellen van mevrouw Fryatt had gestolen, maar wie spreekt er de waarheid? We weten niet waar die oorbellen vandaan kwamen, en ook niet waar ze nu zijn.'

'Kan het zijn dat Mandy ze heeft gepakt toen ze haar dochter in de sneeuw vond?' opperde Moss, die naast haar bij het raam kwam staan. Joan en Mandy staken een nieuwe sigaret op.

'Het is nog steeds niet duidelijk waar Mandy sliep toen Marissa is vermoord. Zelf zei ze dat ze in de slaapkamer aan de achterkant van het huis sliep, maar we hebben aanwijzingen dat ze beneden op de bank lag.'

'Er lag een dekbed op de bank,' zei Erika. 'Maar dat bewijst op zich niets. Misschien had ze daar net even een dutje gedaan.'

'Erika. Het gaat er bij deze zaak om hoe lang de dader is. Het gaat helemaal niet over diamanten, of beter gezegd: de oorbellen van diamant.'

'Wat zei je daar?'

'Het gaat erom hoe lang de dader is. Taro Williams was het niet...'

'Nee, daarna.'

'Het gaat niet over die oorbellen. Tenminste, zo zie ik het.'

Erika ijsbeerde nu heen en weer. 'Toen ik met Peterson in The Matrix Club was, zei die man die de kostuums doet dat Marissa steeds beweerde dat het om "de diamant" ging, niet om "diamanten". Dat "de diamant" haar geluk zou brengen... Hij zei iets in de trant van: "Ik weet dat Marissa niet bepaald de slimste was, maar ze wist wel degelijk het verschil tussen enkelvoud en meervoud." Als ze het niet over de diamanten oorbellen had, waar had ze het dan over?'

'Nu snap ik het even niet meer,' zei Moss. 'Op haar kostuums is een diamant geborduurd.' Ze liep naar de drie paspoppen, die bij elkaar langs de muur stonden en waarover een deel van de showkleren van Marissa was gedrapeerd. Het diamanten logo was goed te zien. 'Ze was van plan om naar New York te gaan om daar haar carrière voort te zetten. Dacht ze misschien dat ze daar fortuin kon maken?'

Erika schudde haar hoofd en keek uit het raam. Mandy en Joan waren nog druk met elkaar in gesprek. Joan zei iets vanuit een mondhoek, en Mandy schaterde het uit, waarbij een lange sliert rook uit haar mond kwam. De laatste kinderen liepen het schoolgebouw binnen, en een van de forensische experts riep iets naar een paar buurtbewoners die stonden toe te kijken.

'Gaat u alstublieft achteruit!' riep hij. Hij wapperde met zijn gehandschoende handen naar hen. Ze deden een paar passen naar achteren – twee dames en een jonge vent – als schapen die werden teruggedreven.

Erika liet haar blik door de slaapkamer gaan. Haar oog viel op een grote ingelijste foto die aan de muur hing, tussen ingelijste pr-foto's van Marissa. Het was een foto van een grote, fonkelende diamant aan een ring. Ze liep naar de foto toe, haalde de lijst voorzichtig van de muur en onderzocht hem aandachtig. De achterkant bestond uit dik karton.

'Heb je latex handschoenen bij je?' vroeg ze.

Moss zocht in haar zakken en gaf haar er twee.

68

Erika legde de ingelijste foto ondersteboven op het bed. Ze keken allebei naar het dikke karton aan de achterkant.

'Het is een nogal oude en gebutste lijst,' zei Erika. 'En de foto van de diamant is verkleurd, alsof hij tijden in de zon heeft gehangen, maar dit karton oogt spiksplinternieuw.'

Erika pakte een nagelschaartje uit een pot die op het bureau bij het raam stond. Moss hield de lijst vast, terwijl Erika het karton loshaalde en wegtrok. Ze stonden er allebei naar te kijken. De foto was het enige wat erin zat, plus een stuk karton. Erika haalde het geheel voorzichtig uit het lijstje. Het voelde dik aan, en ze hield het in het licht.

'De voorkant is vergeeld, maar de achterkant niet,' zei Moss. 'Dat is op zich natuurlijk logisch: alleen de voorkant zou verkleuren.'

Erika inspecteerde de randen van de kaart. 'Er is een klein stukje overlap hier, kijk, die witte rand, en die andere rand is geler.'

'Het zijn twee delen, ze zijn op elkaar geplakt,' zei Moss.

Erika ging voorzichtig met haar gehandschoende vingers over de foto van de diamant. In het midden hielden haar vingers stil. 'Ik voel hier een randje, alsof er iets onder zit. Iets rechthoekigs. Het zou een vel papier kunnen zijn dat is opgevouwen, of een envelop die ertussen is geplakt.'

Erika en Moss stelden de foto veilig en reden er snel mee naar Lewisham Row, waar ze naar een van de steriele medische onderzoekskamers gingen. Ze pakten handschoenen en haarkapjes, en met behulp van een scalpel sneed Erika de twee op elkaar geplakte stukken papier los.

‘Voorzichtig,’ zei Moss. Ze keek toe terwijl Erika zorgvuldig langs de scheidslijn tussen de twee stukken papier sneed. Uiteindelijk lieten de twee afzonderlijke delen los.

Er kwam een bruin envelopje tevoorschijn.

‘We moeten dit naar de forensische dienst brengen,’ zei Moss.

‘Ik weet het,’ zei Erika. ‘Ik zal niet de plek aanraken waar de envelop op het papier is vastgeplakt. De forensische dienst zal het speeksel moeten onderzoeken... Als dat überhaupt onderzocht moet worden.’

Voorzichtig sneed ze met het scalpel de envelop aan de bovenkant open en haalde er twee opgevouwen stukken papier uit. Het eerste vel was een ingescande foto van een paar Duitse identiteitsbewijzen die gedateerd waren op oktober 1942. Ze waren van een jonge vrouw die Elsa Neubukov heette. De vrouw op de sepiakleurige foto was toen tweeëntwintig, want ze was geboren in januari 1920. De identiteitspapieren bevatten drie vingerafdrukken: een duim en een rechter- en linkerwijsvinger. Erika huiverde toen ze het stempel van het Derde Rijk zag, het bekende symbool van Nazi-Duitsland: de adelaar met gespreide vleugels, met daaronder het hakenkruis. De vrouw op de sepiakleurige foto had kort blond haar, een hoog voorhoofd en een knap gezicht. Ze keek bijna uitdagend in de camera.

‘Deze Elsa is geboren in 1920. Dan zou ze nu zevenennegentig zijn, bijna achtennegentig,’ zei Moss zacht. Ze bekeken het tweede vel papier. Ook dat was een ingescande foto, van een Oostenrijks paspoort. Daar stond een datum op van zes jaar daarna, drie jaar na het eind van de Tweede Wereldoorlog. Er stond een andere foto op, van dezelfde vrouw. Deze keer heette ze Elsa Becher, met dezelfde geboortedatum. Ook in dit document waren vingerafdrukken opgenomen.

Moss en Erika keken elkaar aan.

‘Wat is de meisjesnaam van Elsa Fryatt? En wanneer is ze geboren?’

‘Daar kunnen we snel achter komen,’ zei Erika. Ze pakte haar telefoon en zocht het adres van Elsa Fryatt en de gegevens van de burgerlijke stand. 'Dezelfde geboortedatum. We zullen haar meisjesnaam moeten natrekken.'

'Zou Elsa Fryatt onder een valse identiteit door het leven gaan?' begon Moss.

'Maar dit zijn scans. Waar zijn de originelen?' vroeg Erika. Ze draaide het eerste ingescande document om en zag op de achterkant een telefoonnummer staan, dat er met een balpen op was geschreven. Het was een lang nummer, en Erika herkende het netnummer niet. Ook stond er een of ander vaag internetadres dat eindigde op .de, het achtervoegsel van Duitse websites.

'Denkt u dat dat Marissa's handschrift is?' zei Moss.

'Daar kunnen we snel achter komen,' zei Erika, die al bezig was het nummer in te toetsen.

69

Twee dagen later, nadat ze verschillende aanwijzingen hadden nagetrokken, reden Erika en Moss naar het huis van Elsa Fryatt. Het was een grauwe ochtend, en in de straat was het rustig en stil. Moss keek zenuwachtig naar Erika toen ze het tuinhek openden en over het pad naar de voordeur liepen. Ze wilden net aanbellen toen mevrouw Fryatt achter hen bij het hek verscheen, met boodschappentassen in de hand.

'Goedemorgen, dames. Waarmee kan ik u van dienst zijn?' vroeg ze. Ze haalde een sleutel uit haar jaszak. Toen ze naar hen toe liep, viel het Erika op hoe kwiek ze was voor een vrouw van zevenennegentig.

'Goedemorgen, mevrouw Fryatt. We komen de diamanten oorbellen terugbrengen die mijn collega voor onderzoek had meegenomen,' zei Erika. Ze liet een bewijszakje zien waarin het kleine fluwelen doosje zat.

'En dat is iets wat jullie met z'n tweeën moeten doen?' zei mevrouw Fryatt. Ze zette de boodschappentassen neer en deed de voordeur open.

Erika schonk haar een ontwapenende glimlach. 'We hebben begrepen dat ze erg kostbaar zijn, en we willen graag dat u een paar formulieren ondertekent om te bevestigen dat u uw eigendommen hebt teruggekregen en dat alles in orde is.' Even was Erika bang dat mevrouw Fryatt hen niet zou uitnodigen om binnen te komen, maar uiteindelijk ging ze overstag.

'Prima,' zei ze. Moss maakte aanstalten om de boodschappen voor haar naar binnen te dragen, maar mevrouw Fryatt tikte haar vermanend op de arm. 'Dat kan ik zelf wel.'

Ze liepen achter haar aan naar binnen en volgden haar door de lange gang naar de keuken. Charles was net bezig water op te zetten en trok wit weg toen hij Erika en Moss zag.

'Charles, wil je ook wat thee voor deze dames van de recherche zetten? Ze komen mijn oorbellen terugbrengen.' Ze wierp hem een blik toe, en hij knikte. Ze trok haar jas uit en hing die over een stoel. 'En ruim de boodschappen even op.'

Ze lieten Charles in de keuken achter en liepen met z'n drieën naar de ruime woonkamer. Mevrouw Fryatt bood hun de bank aan en ging zelf in een leunstoel tegenover hen zitten.

'Goed. Hier zijn uw oorbellen,' zei Erika. Ze legde het doorzichtige plastic zakje op de gewreven salontafel. 'Kunt u ze even controleren?'

Mevrouw Fryatt zette een bril op, haalde het doosje uit het zakje en deed het open. De oorbellen lagen naast elkaar op het kleine blauwe kussentje. 'Ja, dat zijn mijn kindjes,' zei ze. Ze bekeek ze zorgvuldig in het licht.

'We willen graag een handtekening van u om te bevestigen dat we uw eigendommen veilig en wel aan u hebben teruggegeven,' zei Erika. 'Kunt u kijken of alles in orde is en of het inderdaad uw oorbellen zijn?'

Er klonk een rammelend geluid toen Charles met een vol dienblad binnenkwam. Zijn handen trilden toen hij de theekopjes op de tafel zette.

'Charles, ik wil graag dat jij er met je expertise even naar kijkt,' zei mevrouw Fryatt. Ze gaf hem het doosje met de oorbellen. 'Ik moet officieel verklaren dat ze van mij zijn. Diamant en zirkoon kan ik nog wel uit elkaar houden, maar ik moet er wel zeker van zijn dat deze rechercheurs me niet oplichten.' Ze wierp Erika en Moss een glimlach toe, maar haar ogen glimlachten niet mee.

Charles haalde een oculair uit zijn zak en gebruikte dat om de oorbellen te bekijken. 'Hij heeft altijd alles bij zich,' zei mevrouw Fryatt met een lankmoedige grijns. Charles onderzocht de oorbellen, zwaar ademend, en liep naar het raam om ze ook bij daglicht te bekijken. De klok tikte.

'Alles in orde?' vroeg Erika.

'Ja,' zei hij. Hij kwam terug en legde het doosje op tafel.

Moss deed een map open en haalde er een ingevuld formulier uit, dat ze voor mevrouw Fryatt op de tafel legde. 'Als u even controleert of we uw naam en adres juist hebben ingevuld, kunt u onderaan voor ontvangst tekenen,' zei ze.

Mevrouw Fryatt pakte een pen die op de tafel lag, nam het formulier vluchtig door en zette haar handtekening onderaan.

Erika boog zich naar voren en legde de ingescande identiteitspapieren van Elsa Neubukov boven op het formulier. Verstijfd van schrik staarde mevrouw Fryatt langdurig naar de sepiakleurige foto en het stempel van het hakenkruis. Toen keek ze naar Erika. Haar blik gleed naar Moss, daarna naar Charles, die ook met open mond stond toe te kijken. Ze zakte naar achteren en bracht een trillende hand naar haar mond.

'We hebben deze papieren in de slaapkamer van Marissa Lewis aangetroffen. Ze zaten verborgen achter een foto die aan de muur hing,' zei Erika. 'En deze ook...' Ze legde een kopie van het Oostenrijkse paspoort van Elsa Becher naast de andere papieren. Vervolgens haalde ze een kopie tevoorschijn van een huwelijksakte van Elsa Becher en Arnold Fryatt, en legde die naast het ingescande Oostenrijkse paspoort. 'U ziet dat we een papieren spoor hebben dat van Elsa Neubukov naar Elsa Becher en vervolgens naar Elsa Fryatt leidt. U bent alle drie.'

'Dit is absurd,' zei mevrouw Fryatt. Alle kleur was uit haar gezicht getrokken, en haar handen trilden. Ze boog voorover en pakte de uitgeprinte scan van de Duitse identiteitspapieren. 'Dit is geen origineel. Dit moet een misselijke grap zijn. Dat meisje loog alles aan elkaar, en met de computer kun je tegenwoordig van alles veranderen...'

'Achterop staat een telefoonnummer, zoals u kunt zien,' zei Erika. 'Marissa's moeder heeft bevestigd dat dat het handschrift van haar dochter is. Het is het telefoonnummer van ene dr. Arnold Schmidt, die in Hamburg onderzoek doet naar oorlogsmisdaden van de nazi's.'

Charles zocht steun bij de deur; zijn gezicht vertoonde een grauwe, ongezonde kleur.

'Gaat u toch zitten, meneer Fryatt,' zei Erika. Charles liep naar de bank en ging tegenover zijn moeder zitten. 'Dr. Schmidt was niet van uw identiteit op de hoogte, mevrouw Fryatt, maar Marissa wel. Of misschien snapte ze hoe het zat toen ze deze identiteitspapieren vond. Ze heeft meneer Schmidt een paar weken voor de kerst opgebeld en stelde hem een paar vage vragen. Ze zei dat ze in een van de roddelbladen een artikel had gelezen waarin stond dat zogeheten nazi-jagers een beloning uitloofden voor iedereen die informatie had over mensen die in de oorlog in een concentratiekamp hadden gewerkt. Hij heeft haar verteld dat er tweeduizend euro was uitgeloofd... Ik denk dat Marissa onmiddellijk begreep dat er veel meer voor haar in zat als ze u chanteerde.'

'Leugens!' siste ze. 'Dat kreng. Ze heeft alles uit haar duim gezogen. Waar zijn de originelen? Nou? Waar?'

Moss sloeg de map weer open en gaf Erika een vel papier. 'Mevrouw Fryatt, of moet ik u Elsa Neubukov noemen? U hebt in de oorlog in concentratiekamp Mauthausen-Gusen in Oostenrijk gewerkt.'

'Leugens! Oostenrijk heeft nooit vrijwillig deelgenomen aan de oorlog. We zijn door het Derde Rijk geannexeerd. De Oostenrijkers hadden niets in te brengen, we werden er zomaar bij betrokken, door de grillen van politici.'

'Dr. Schmidt was heel snel in staat om de archieven van Mauthausen-Gusen te raadplegen. U werkte daar, Elsa,' zei Erika.

'Noem me niet zo,' riep ze uit. Ze drukte haar handen tegen haar oren.

'U hebt meegewerkt aan de vernietiging van mensen, enkel en alleen op grond van het ras waartoe ze behoorden. Ze werden als dwangarbeiders te werk gesteld, er werden experimenten op hen uitgevoerd, ze werden gemarteld.'

Elsa liet haar vlakke hand met kracht op de salontafel neerkomen. 'Denkt u dat wij daar verantwoordelijk voor waren? Denkt u dat het volk van Oostenrijk dat gewild heeft? We hadden geen keus!' riep ze uit. Haar ogen spuwden vuur.

'Mauthausen was een van de grootste concentratiekampen in het door de Duitsers bezette gedeelte van Europa,' zei Erika.

'Ik heb verdomme geen behoefte aan die geschiedenispraatjes!' riep Elsa uit.

Charles keek met een wezenloze blik naar de papieren die op de tafel lagen.

Erika zei: 'Gevangenen in Mauthausen-Gusen werden gedwongen om wapens te produceren en in steengroeves te werken. De omstandigheden waren er gruwelijk. Wat deed u daar precies? Volgens de dossiers was u een bewaker, wat een heel breed begrip is, maar het was dan toch uw taak om de gevangenen te bewaken? Om ze van de ene plek naar de andere te brengen, om te zorgen voor orde en discipline, om orders te geven? En wat voor orders waren dat? Die kwamen van Hitler en het Derde Rijk. Orders om Europa naar arische idealen om te vormen. Vindt u dat u tot een superieur ras behoort? Wat denkt u dan van mij, Elsa? Ik ben van Slavische afkomst, en in het Derde Rijk werden we beschouwd als een inferieur ras, als Untermenschen.'

'Rechercheurs, dit gaat te ver,' zei Charles. 'Mijn moeder is een dame op leeftijd. Kijk nou toch!'

'Te ver?' zei Erika, die haar geduld begon te verliezen. 'Vanwege haar leeftijd moeten we het er maar niet meer over hebben? Zand erover en klaar? Of ben ik nu misschien te politiek? Of probeer ik mijn liberale wereldbeeld aan u op te dringen?' Charles hoorde haar hoofdschuddend aan. 'Ik walg ervan dat mensen denken dat alles wat met de Holocaust en concentratiekampen te maken heeft in de loop der jaren minder erg wordt. Het systematisch afslachten van miljoenen mensen op grond van hun genetische pakket of de kleur van hun huid is iets wat nooit vergeven of vergeten mag worden. Ook vandaag de dag speelt het nog. Uw moeder is nu net zo schuldig als destijds, al die jaren geleden.' Ze keek naar Elsa, liet haar blik door de rijkelijk ingerichte kamer gaan, zag Elsa's mooie kleren en de diamanten oorbellen die naast de theekopjes in het openstaande doosje lagen.

'Dr. Schmidt, dr. Schmidt,' mompelde Elsa. 'Hoe oud is die man?'

'Dat weet ik niet,' zei Erika.

'Is hij net zo oud als ik?' zei ze, en ze tikte met haar vingers tegen haar borstkas.

'Hij is nog niet met pensioen, dus hij zal tussen de vijftig en zestig zijn.'

'Hoe kan hij dan in hemelsnaam weten hoe het was?' beet Elsa haar toe.

'U was bewaker in een concentratiekamp, Elsa. Geen vakantiekamp!' zei Moss.

'Als ik die baan had geweigerd, hadden ze míj in dat kamp gestopt!' zei Elsa zacht, met een felle blik in haar ogen. 'De Duitse soldaten gingen alle boerderijen af... We woonden op het platteland, we hadden een boerderij. Mijn vader was een van de beste boeren in de wijde omtrek, en ze zijn bij de boeren langsgegaan om de jongvolwassenen op te halen om ze in de kampen te laten werken. Als we weigerden, zouden we daar met onze familie naartoe moeten. Jullie hebben het niet meegemaakt, jullie kunnen je helemaal niet voorstellen hoe het was!'

'En toch hebt u het overleefd, en waarschijnlijk hebt u honderden of zelfs duizenden zien sterven,' zei Erika.

'Hebt u een gezin?' vroeg Elsa fel.

'Nee.'

'U?' Ze wees naar Moss.

'Ja,' zei Moss.

'Hebt u kinderen?'

'Ik heb een zoontje.'

'Als het Duitse leger bij u op de stoep zou staan en u te horen kreeg dat uw zoontje vergast zou worden als u niet in het kamp ging werken, wat zou u dan doen?'

'Ik zou er iets op verzinnen. Ik zou knokken voor mijn zoontje, ik zou me verzetten,' zei Moss trillend, met een verhit gezicht.

'Iedereen heeft nobele principes, totdat het er werkelijk op aankomt.'

Erika voelde de aandrang om te oude dame aan te vliegen, en toen ze naar Moss keek, zag ze dat Moss tegen dezelfde impuls vocht.

'Dus u ging elke dag naar uw werk om gevangenen te schofferen en ze de dood in te jagen. U droeg uw steentje bij aan de moord op miljoenen. Ging u fluitend naar uw werk, in de veronderstelling dat u niets kon gebeuren?'

'Natuurlijk niet!'

'Het concentratiekamp waar u werkte werd aangemerkt als klasse drie, de zwaarste kampen voor "hardnekkige politieke vijanden van het Rijk". Het was ook een van de meest winstgevende.'

'Hoe vaak moet ik u het nog uitleggen! Ik was het niet eens met Hitler! Ik werkte daar omdat ik wel moest!'

Iedereen zweeg even, en weer hoorde Erika de klok tikken.

'Mevrouw Fryatt. Uw zoon is met een Joodse vrouw getrouwd,' zei Erika. 'Dat begrijp ik niet.'

'Dat wisten we niet,' zei Charles, die zich nu voor de eerste keer liet horen. 'Mijn vader is gestorven zonder dat hij daarvan wist. Mijn moeder heeft haar persoonsgegevens veranderd toen ze naar Engeland emigreerde. Ze heeft haar papieren vervalst. Mijn vader wist dat ze Oostenrijkse was, en een boerendochter. Hij wist dat Oostenrijk in de oorlog door de Duitsers was geannexeerd, maar we wisten geen van beiden...' Hij sloeg zijn handen voor zijn gezicht.

'Wanneer kwam Marissa achter uw ware identiteit?' vroeg Erika aan Elsa.

'Een paar weken voor de kerst. Ik had het jarenlang verborgen kunnen houden, en dan doe je de kluis even niet goed dicht...' Elsa schudde haar hoofd. 'Eén foutje, één klein foutje... en alles viel als een kaartenhuis in elkaar.'

'U bewaarde de papieren in die kluis, en uw man wist dat niet?'

'Ik had een kluisje bij een bank in Londen... Die heb ik genomen toen ik in de jaren vijftig in het Verenigd Koninkrijk aankwam. Ik heb die papieren bewaard omdat dat was wie ik was. Mijn achternaam had niets te maken met de nazipartij. Het was een goede naam. Ik had de papieren moeten verbranden, maar ik kon het niet. Toen de bank een paar jaar geleden ging verhuizen, hebben ze contact met me opgenomen, vlak na de dood van mijn man. Ik heb ze toen hier in de kluis opgeborgen.' Elsa leunde naar achteren en sloot haar ogen.

'Wanneer is Marissa begonnen u te chanteren?' vroeg Moss.

'Toen ze die diamanten oorbellen van me mocht houden. Ik dacht dat dat wel genoeg zou zijn om haar het zwijgen op te leggen, maar dat was dus niet zo. Ze besefte wat de gevolgen zouden zijn voor mijn familie, voor Charles en zijn gezin, als mensen erachter kwamen. De juwelierszaak van de familie Litman is een lucratief bedrijf, en Hatton Garden is historisch gezien een Joodse wijk. Denkt u eens in wat er zou gebeuren als het bekend zou worden dat zijn moeder...' Haar stem verflauwde. Ze zag er nu vermoeid uit, alsof ze zich bij haar lot neerlegde.

'U zei dat Marissa was aangevallen door een man met een gasmasker op, een paar weken voor de kerst,' zei Erika.

'Ja.'

'Wilde u ons doen geloven dat hij het al eerder op haar had gemunt?'

'Het was een ideale kans. De kranten stonden vol van die man met het gasmasker. Iedereen was bang... Het was in die tijd dat ik in een winkel hier in de buurt mensen hoorde zeggen dat hij een jonge vrouw had aangevallen, 's avonds laat, toen ze van het station op weg was naar huis.'

'Het was niet ondenkbaar dat hij Marissa aangevallen zou kunnen hebben,' zei Moss. Elsa knikte.

'Om de perfecte moord te plegen, heb je de perfecte dekmantel nodig,' zei Erika. 'En Taro Williams was uw perfecte dekmantel.' Ze richtte zich tot Charles. 'Het heeft een tijdje gekost voordat we de telefoongegevens van Marissa konden inzien. We weten nu dat ze u, meneer Fryatt, gebeld heeft, vlak voordat ze op kerstavond op de trein naar Brockley stapte.'

Hij zat onderuitgezakt op de bank en keek op. 'Ze belde om te zeggen dat ze meer geld wilde, of sieraden, wat maar het snelst was,' zei Charles, en hij legde zijn hoofd in zijn handen. 'Ze zei dat ze weg zou gaan en dat er haast geboden was... We hadden haar al de oorbellen en geld gegeven. Ik had geen keus. Er kwam geen eind aan; ze zou ons blijven afpersen en bedreigen.'

'Waar had u het gasmasker vandaan?' vroeg Erika.

'Uit een tweedehandszaak in Soho,' zei Charles. Hij liet zijn hoofd hangen en begon te huilen.

'Het enige probleem, meneer Fryatt, is dat u een alibi hebt voor kerstavond,' zei Erika. Hij keek haar aan. 'U staat op camerabeelden van een benzinepomp in North London, elf minuten voordat Marissa is vermoord. Het is uitgesloten dat u daar had kunnen zijn.'

Ze keken weer naar Elsa.

'Niemand zal geloven dat een zevenennegentigjarige vrouw in staat is om een sterke, tweeëntwintigjarige vrouw te vermoorden,' zei Elsa met een nare, sluwe glimlach. Er viel een huiveringwekkende stilte.

'Dus u geeft toe dat u het hebt gedaan?' vroeg Erika.

Elsa schudde haar hoofd, nog steeds glimlachend.

'Uit de sectie blijkt dat Marissa is vermoord met een speciaal mes, twintig centimeter lang, met een kartelrand aan de bovenkant,' zei Erika. 'Bij de doorzoeking van uw huis is precies zo'n mes gevonden, en dat hebben we meegenomen. Omdat het niet om een waardevol voorwerp ging, bent u er niet van op de hoogte gesteld. U had het mes ongetwijfeld schoongemaakt, maar u zult er versteld van staan met wat voor minieme sporen de forensische dienst nog iets kan doen. We hebben microscopisch kleine sporen van het bot en het bloed van Marissa Lewis op dat mes aangetroffen...'

De glimlach was nu van Elsa's gezicht verdwenen, en ontzet hield ze haar mond open. Erika ging verder: 'En dat is niet het enige. We konden het mes ook in verband brengen met de verwondingen die Marissa heeft opgelopen. Uw mes is het moordwapen. Daarnaast hebben we de nieuwste technologie gebruikt om de camerabeelden van de school tegenover Marissa's huis te onderzoeken. Uw lichaamslengte komt overeen met de lengte van de persoon met het gasmasker.'

'Nee... nee!' riep Elsa.

'En het laatste stukje van de puzzel is eigenlijk nog het mooiste. Op kerstavond, toen Marissa in Brockley uit de trein stapte, droeg ze die diamanten oorbellen,' zei Erika. Ze wees naar het doosje dat nog geopend op de tafel stond. 'Jeanette Walpole heeft bevestigd dat Marissa die in had, en op beveiligingsbeelden van Brockley is te zien dat Marissa aan de voet van de voetgangersbrug werd aangesproken door twee dronken jongemannen. Ze hadden oneerbare bedoelingen en probeerden haar over te halen met hen mee te gaan. Ze hebben zelfs een selfie met haar gemaakt, ongetwijfeld om aan hun vrienden te laten zien.'

Moss haalde een foto uit de map. Het was een afdruk van de selfie, van uitstekende kwaliteit, waarop Marissa en de twee jongemannen poseerden. Het was duidelijk te zien dat Marissa de bewuste oorbellen droeg.

'Die foto is ongeveer een kwartier voor haar dood genomen,' zei Erika. 'We hebben de oorbellen op DNA onderzocht. Naast kleine sporen zweet en olie zijn er bloedsporen op aangetroffen. De oorbellen waren op het eerste gezicht schoon, maar we hebben luminol gebruikt, een chemisch goedje waarmee bloedsporen zichtbaar kunnen worden gemaakt. Misschien hebt u het wel eens in misdaadprogramma's op tv gezien. Onder speciale lampen licht bloed daarmee blauw op. We kwamen erachter dat beide oorbellen onder het bloed zaten. Veel meer dan zou kunnen als de drager een klein snijwondje had gehad. U hebt Marissa vermoord, mevrouw Fryatt. U hebt haar met uw fruitmes de keel doorgesneden, en toen ze buiten op de grond lag te sterven, hebt u de diamanten oorbellen gepakt.'

De bel ging, en er kwam iemand het huis binnen. Peterson verscheen in de woonkamer, samen met McGorry en drie geüniformeerde agenten. Erika knikte naar hen. Elsa schoof achteruit in haar stoel. Ze zag er verslagen uit, en haar gezicht was asgrauw. 'Nee... nee...' zei ze met krakende stem. Van haar bravoure en zelfvertrouwen was niets meer over.

'Elsa Fryatt, ik arresteer u voor de moord op Marissa Lewis. U hoeft niets te zeggen, maar het kan tegen u gebruikt worden als u zich op informatie beroept die u tijdens het verhoor hebt achtergehouden. Alles wat u zegt kan in de rechtszaal gebruikt worden. Ook informeer ik u hierbij dat we een verzoek hebben ontvangen van een advocaat van het Internationaal Strafhof en van de Duitse regering om u te mogen horen betreffende de tijd die u als bewaker in concentratiekamp Mauthausen-Gusen werkte, en betreffende misdaden tegen de menselijkheid die u in de Tweede Wereldoorlog hebt begaan.'

Mevrouw Fryatt keek haar aan. Plotseling griste ze een gouden briefopener van de salontafel en dook op Erika af, met de briefopener in haar vuist. Peterson rende naar haar toe en kon haar nog net bij haar pols tegenhouden, toen de punt nog maar een paar centimeters van Erika's gezicht verwijderd was.

'Zwarte handen. Haal die vieze zwarte handen van me af,' siste Elsa. Haar ogen glinsterden van haat.

Peterson pakte de briefopener af en draaide haar handen op haar rug, waarna McGorry haar in de boeien sloeg.

Elsa richtte zich tot Erika. 'Jullie zullen het nooit begrijpen. Als ik de kans kreeg, zou ik weer precies hetzelfde doen.'

'Breng haar weg,' zei Erika.

Peterson leidde Elsa de kamer uit en liep met haar naar de gereedstaande politieauto.

Epiloog

Erika, Moss, Peterson en McGorry keken toe terwijl Elsa en Charles naar aparte politieauto's werden gebracht. Elsa zat fier overeind achter in de wegrijdende auto, de blik recht naar voren. In de tweede auto zat Charles, ineengedoken, huilend en met gebogen hoofd.

Een paar buren waren naar buiten gekomen, anderen tuurden vanuit hun huis door de vitrage heen.

'Ik vraag me af wat ze zouden zeggen als ze wisten dat er bij hen in de straat een moordenaar en oorlogsmisdadiger had gewoond,' zei McGorry.

'Ze zouden ongetwijfeld geschokt zijn. Ze ging altijd tiptop gekleed in Marks and Spencer,' zei Moss. 'Dat verhult heel wat zonden.'

Erika glimlachte.

'Wat gaat er met haar gebeuren?' vroeg McGorry.

'Ondanks haar vergevorderde leeftijd zullen we erop aandringen dat ze wordt berecht voor de moord op Marissa,' zei Erika. 'En Charles zal medeplichtigheid aan moord ten laste worden gelegd. Ik maak me alleen zorgen over de andere aanklachten. De oorlogsmisdaden. Ik wil dat ze lang genoeg leeft om te boeten voor haar daden in de oorlog.'

'Laten we hopen dat ze nog jaren te gaan heeft en in de cel wegkwijnt,' zei Peterson.

Een zwart busje stopte bij de stoeprand, en een team forensisch experts stapte uit om het huis te onderzoeken. Erika stak een sigaret op. Peterson keek Moss aan.

'Kom, John,' zei Moss. 'Laten we ergens koffie gaan drinken.'

'Ik heb al twee koppen gehad...' begon hij, maar nadat ze hem veelbetekenend had aangekeken, liep hij achter haar aan de tuin uit.

Peterson stond wat heen en weer te schuifelen en keek Erika aan.

'Alles goed?' vroeg ze.

'Hoezo?'

'Dat met Elsa, en wat ze zei.'

'Aan racisme wen je nooit. Het is er altijd. Elke dag, in wisselende vormen of gedaanten...'

Erika knikte en wist niet wat ze moest zeggen.

'Ik wilde met je praten, over iets heel anders. Niet over het werk,' zei hij.

'Waarover dan?'

'Ik had je meteen moeten vertellen van Kyle en Fran... Ik heb geprobeerd het je te vertellen toen we samen naar die nachtclub zijn gegaan, maar... ik durfde niet.'

'Na al deze openbaringen... Het feit dat je vader bent lijkt nu niet meer zo'n schok.'

'Als je het zo bekijkt...' zei hij.

'Ik kan nog niet zeggen dat ik dolblij voor je ben, James, maar dat komt nog wel,' zei Erika.

'Oké.'

'Je hebt altijd al kinderen gewild, en op deze manier heb je de luierfase kunnen overslaan...'

Hij schudde zijn hoofd.

'Sorry, dat kwam er niet helemaal goed uit,' zei ze.

'Het geeft niet. Ik weet wat je bedoelt.' Hij schonk haar een glimlach. 'Is het weer goed tussen ons? Komt het weer goed?'

'Jawel. Het komt wel weer goed,' zei ze. Ze was blij toen zijn telefoon ging en hij aangaf dat hij moest opnemen. 'Zie ik je in de koffietent?'

Ze knikte en zag hem weglopen. Met een grote glimlach nam hij de telefoon op.

Ze bleef bij het tuinhek staan roken. Ze was opgelucht en blij dat ze de zaak had opgelost. Ze wist niet hoe lang ze daar al stond toen ze omlaagkeek en vier peuken op de grond zag liggen.

'Wat kan het ook schelen,' zei ze bij zichzelf. 'Het komt niet elke dag voor dat je nog voor de lunch al een moordenaar en oorlogsmisdadiger hebt opgepakt.' Ze stak nog een sigaret op.

Een van de geüniformeerde agenten kwam het huis uit en liep naar haar toe. 'Sorry dat ik u moet storen, mevrouw. Volgens mij hebben we de jas ontdekt die de moordenaar droeg. Hij was verstopt onder de vloer. Er lag ook een gasmasker. Allebei lijken ze onder het aangekoekte bloed te zitten.'

'Ik kom er zo aan,' zei ze. De agent ging weer naar binnen, en Erika bleef nog even van haar succes genieten. Ze hoorde een vogel zingen, in het topje van de boom, en ze keek omhoog naar de heldere hemel, genietend van het zachte geluid. Ze nam een trek, drukte de pas opgestoken sigaret tegen de onderkant van haar schoen uit en stak hem in haar zak.

Toen ging ze weer naar binnen.

Een brief van Rob

Allereerst wil ik u graag bedanken omdat u *Doods geheim* hebt gelezen. Of dit nu het eerste boek is dat u van mij hebt gelezen of dat u Erika Foster al uit eerdere boeken kent, ik zou u zeer dankbaar zijn als u een review zou willen schrijven. Die hoeft niet lang te zijn, een paar zinnetjes is voldoende, maar het maakt echt een verschil en kan nieuwe lezers ertoe overhalen eens een van mijn boeken te proberen.

Ik zou het heerlijk vinden om te horen wat u van het boek vond en om uw berichten te lezen. Dank aan alle lezers die me een berichtje hebben gestuurd. Ik lees elk bericht altijd met veel plezier. U kunt me bereiken via mijn Facebookpagina, op Twitter, Goodreads of op mijn website, www.robertbryndza.com. Er staan nog heel wat boeken op stapel, dus ik hoop dat u me zult blijven volgen!

Robert Bryndza

P.S. Als u graag per e-mail op de hoogte gehouden wilt worden wanneer er weer een nieuw boek van me verschijnt, kunt u zich via onderstaande link aanmelden. Uw mailadres zal niet met derden worden gedeeld, en u kunt zich te allen tijde afmelden.

www.bookouture.com/robert-bryndza

@RobertBryndza
@bryndzarobert
www.robertbryndza.com

Dankwoord

Dank aan Oliver Rhodes, Claire Bord en het fantastische team van Bookouture. Ook Rebecca Bradley hartelijk bedankt voor je feedback en advies betreffende de gang van zaken bij de politie. Alle feitelijke onjuistheden zijn voor mijn rekening.

Dank aan mijn geweldige literair agent, Amy Tannenbaum Gottlieb, die me met ontzettend veel tact en humor door de laatste maanden van het schrijfproces heeft geloodst. Dank ook aan de net zo fantastische Danielle Sickles, en aan iedereen van The Jane Rotrosen Agency. Dank ook aan Jan Cramer, voor de fantastisch ingesproken luisterboeken van de Erika Foster-serie.

Dank aan mijn schoonmoeder Vierka voor al je liefde en steun, en voor de tekening van het gasmasker. Ik ben trots op je; je hebt iets huiveringwekkends gemaakt. Ontzettend veel dank aan mijn echtgenoot Ján, die eindeloos veel kladversies heeft doorgenomen en zich mijn idiote schrijversgedrag heeft moeten laten welgevallen. Als er een literaire prijs bestond voor partners van schrijvers, zou je die elk jaar winnen. En ook Riky en Lola bedankt voor hun onvoorwaardelijke liefde, en omdat ze ons leven zo heerlijk en licht maken.

Uiteindelijk veel dank aan al mijn geweldige lezers, alle fantastische leesclubs, boekbloggers en reviewers van over de hele wereld. Een schrijver is niets zonder zijn lezers. Bedankt.

Heb je genoten van dit boek?

Laat dan een review achter op de site van de winkel waar je het gekocht hebt, of op een lezerscommunity als Hebban.nl. Dat helpt andere lezers dit boek ook te vinden.

LEES MEER VAN

Robert Bryndza

Op een frisse voorjaarsochtend gaat Kate Marshall zwemmen in zee. Ze merkt de opkomende gevaarlijke getijdenstroom niet op en wordt richting open zee getrokken. Nog net op tijd wordt ze door twee surfers gered.

In het ziekenhuis ontmoet Kate een oudere dame die haar vertelt over de tragedie in haar familie. Haar kleinzoon Charlie raakte elf jaar geleden vermist tijdens een kampeertripje. Hij verdween 's nachts in het mistige landschap, pas drie jaar oud. Er werd nooit een spoor van hem gevonden. Zijn verdwijning veroorzaakte bij zijn moeder een diepe depressie. Uiteindelijk pleegde ze zelfmoord.

Wanneer Kate hersteld is en het ziekenhuis verlaat, besluit ze om samen met haar partner Tristan de zaak te onderzoeken. Ze haalt de plaatselijke politie over om op de oorspronkelijke kampeerplek een nieuwe onderzoeksmethode te gebruiken. Dit levert een onverwachte vondst op en daarmee begint een nieuw hoofdstuk in deze verdwijningszaak.

Verkrijgbaar als